Chateaubriand

Vie
de Rancé

*Édition présentée
et annotée
par André Berne-Joffroy*

Gallimard

PRÉFACE

Le destin de cette œuvre peut faire rêver comme celui si surprenant de Vermeer ou de La Tour oubliés pendant quelque deux siècles, puis brusquement ressuscités[1] et bientôt portés aux nues. Pour la Vie de Rancé l'oubli a été moins long et moins absolu. Il n'en est pas moins remarquable. Aucune des histoires de la littérature d'avant-hier, pas même les plus catholiques, ne mentionnait cette œuvre de Chateaubriand : ni Doumic, ni Lanson, ni Calvet, ni Parvillez ; nul morceau de la Vie de Rancé dans les fameux Morceaux choisis de Ch.-M. Des Granges, ni même dans le volume d'Extraits de Chateaubriand composé pour Hachette par Brunetière et Victor Giraud. Puis vint l'heure des rééditions répétées et d'un extrême engouement. Il serait sans doute intéressant d'analyser point par point les raisons de cet engouement, les raisons données par les différents préfaciers, de Benda à Roland Barthes. Mais ce furent de toute évidence des raisons essentiellement littéraires, et il est peut-être temps d'en venir aux problèmes de fond. Julien Gracq a vu dans la Vie de Rancé comme une pointe extrême de l'art de Chateaubriand, une pointe pré-rimbaldienne[2]. C'est une loi générale : l'évolution des arts, de la littérature, du goût, force sans cesse à en récrire l'histoire. De nouvelles résonances surgissent : Valéry a noté celle, baudelairienne, que prenait dans une oreille moderne tel vers de Bérénice[3]. Chateaubriand eût peut-être raillé cette foucade de notre époque pour son dernier ouvrage.

*Il avait soupçonné les premiers fervents français de Shakespeare de
« caresser leurs propres difformités sur les bosses* [4] *» du grand homme,
et il nous aurait sans doute rappelé à l'ordre* [5]. *Observant déjà de son
temps un certain goût pour les bancroches et pour les verrues, il le
dénonçait, sans mâcher ses mots, comme la marque d'une certaine
« dépravation de l'esprit* [6] *». A la lumière d'une telle doctrine force
serait de juger assez sévèrement et la* Vie de Rancé *et l'enthousiasme
déconcertant qu'elle a suscité de nos jours. Il s'agit d'une biographie, et
elle ne saurait passer pour un modèle du genre. On ne peut guère l'aimer
que pour son étrangeté, pour ce qui la fait bancroche, pour les verrues
qui y abondent. On doit cependant y admirer les libertés impériales de
l'auteur* [7]. *Il révérait les règles, mais savait bien que toute règle est
relative. Aux raideurs de la logique il a su, comme avant lui Bacon et
après lui Claude Bernard, ceux-ci dans le domaine des sciences, préférer
en littérature une sorte de méthode tout expérimentale* [8]. *Au vrai ici on le
voit surtout suivre sa pente particulière. Il les admettait toutes,
reconnaissant que chacune apporte sa récolte singulière et précieuse* [9]. *La
sienne est ici comme ailleurs celle des digressions* [10]. *Dans la* Vie de
Rancé *il ne procède pas autrement que dans son* Essai sur la
littérature anglaise, *où il introduit des allusions à sa détention à la
préfecture de police, des considérations sur Lamennais, sur Carrel, et
une analyse assez étendue de la correspondance de Voltaire* [11].
*Exploitant littéraire, tire-t-il à la ligne comme les clercs de notaire ?
L'étude sur la correspondance de Voltaire, il la reprendra presque mot
pour mot dans la* Vie de Rancé [12]. *Distraction ? Non. L'étude
s'achève par une merveilleuse rêverie sur les correspondances amoureuses. Il sait la beauté de ces lignes, il y tient, il ne sait où les nicher, il
est vieux, et du haut de sa gloire il décide de les servir chaque fois que ça
lui chante. De vrai c'est un morceau d'anthologie. « Se plaindra-t-on
de la digression et de l'oubli du lieu ? tranchera Sainte-Beuve. Il n'y
avait à la Trappe, dans le cabinet de l'abbé, que quelques estampes de
dévotion : cette page est décidément trop belle, je la détache et je
l'emporte avec moi* [13]. *» Chateaubriand a donc décrit Rancé « selon son
propre génie ». Cette notion de « génie », il la raillait pourtant à
l'occasion : « Le génie, qui en a ? si ce n'est dans notre siècle où il court*

les rues en sortant du maillot, comme un poussin qui brise sa coquille [14]. » Décidément je crois qu'il nous tire la langue, et qu'il serait déraisonnable de voir dans la Vie de Rancé un appel au dérèglement (de tous nos sens). Malgré toutes les libertés qu'il s'accorde, Chateaubriand y reste l'homme qui écrivit un jour : « Il faut de plus grands efforts pour intéresser en restant dans l'ordre, que pour plaire en passant toute mesure ; il est moins facile de régler le cœur que de le troubler [15]. » Mais en quelques grands moments l'auteur semble planer, et donne par là comme une impression de voyance (rimbaldienne si l'on veut [16]). Ces grands moments font oublier et les longueurs et les quelques lignes qui çà et là déparent l'ouvrage, comme ce fade compliment à propos du traité De la sainteté et des devoirs de la vie monastique : « Le travail de Rancé apprendra à ceux qui ne le connaissaient pas qu'il y a dans notre langue un bel ouvrage de plus [17]. »

Le souci d'exalter la Vie de Rancé a généralement empêché d'aborder l'œuvre avec simplicité, et de la considérer bonnement comme un devoir plus ou moins réussi, ainsi que Chateaubriand y incite pourtant et dans la première et dans la seconde préface, soit qu'il nous indique que c'est là œuvre de pénitence [18], une pénitence que lui a imposée son confesseur, et qu'il n'a étudié cette vie qu'avec répugnance, soit qu'il rende grâces à ceux qui lui ont signalé erreurs ou défauts dans la première édition [19]. En 1911, donc avant l'heure de l'engouement, l'abbé Mugnier avait gentiment noté ses impressions devant cette mosaïque « ni composée ni fondue » de comparaisons inattendues. Mais se rappelant les propos très durs que lui avait tenus en 1884 le Révérendissime abbé de la Trappe, dom Étienne [20], il se rebiffe : « Malgré tout, écrit-il, j'aime ces pages révélatrices du moi profond de l'auteur. Quel est le trappiste qui en écrivait autant [21] ? » Il va de soi qu'en une Vie de Rancé l'approche profonde du « moi » de Rancé eût semblé plus naturelle et plus décente. Mais un « moi » peut-il aborder un autre « moi » sans partir de son « moi » propre [22] ? De toute manière les scoliastes modernes ne se sont guère souciés de cette incongruité. On a été jusqu'à insinuer qu'une époque instruite et par Marx et par Freud [23] ne pouvait s'intéresser à un personnage comme

*Rancé. Drôle de point de vue : comment peut-on se complaire dans une
culture ainsi close et si délibérément aliénante ?*

   *Quelle avait été au juste l'intention de l'abbé Séguin ? Rendre Rancé
plus illustre grâce à la plume de Chateaubriand ? Ou bien amener
celui-ci à une repentance plus vive, l'acheminer vers une conception plus
chrétienne de la vie et de la mort ? Sans doute a-t-il espéré faire d'une
pierre deux coups. Si discutable que soit le travail de Chateaubriand, la
première visée a été certainement atteinte, au moins de nos jours. Mais
comment savoir si sa méditation sur la vie de Rancé a ou non modifié le
« moi profond » de l'auteur ? A le lire on a l'impression d'un homme
désespéré. On ne voit pas que l'espérance chrétienne qui animait et
apaisait Rancé ait donné à l'auteur du* Génie du christianisme *cette
sérénité devant la vieillesse et devant la mort que savaient parfois
trouver les païens. Le paragraphe où, vers la fin du livre, Chateaubriand résume son point de vue (peu clair) sur Rancé (« Cette vie ne
satisfait pas* [24]*... »), et où, lui supposant d'autres destins (le suicide ou
la dissipation), il ne voit que mécompte en toute vie, ce paragraphe est
immédiatement suivi d'un autre, où l'auteur gémit sur les tourments de
ses dernières années : « On ne se dégage pas à volonté des songes ; on se
débat douloureusement contre un chaos où le ciel et l'enfer, la haine et
l'amour se mêlent dans une confusion effroyable... Heureux celui dont
la vie est* tombée en fleurs [25]*. » Il est d'ailleurs beau que ce
paragraphe contredise le précédent. Réflexion faite, Chateaubriand
approuve cette vie qui un instant plus tôt ne le satisfaisait pas ; il
reconnaît que pour un homme comme Rancé il n'y avait que le froc.
Mais à l'auteur du* Génie du christianisme *dévoré jusqu'en son
extrême vieillesse par des passions contradictoires on est tenté d'opposer
l'apaisement décrit dans le* De Senectute [26]*. Au vrai, quoi qu'ait pu
croire Cicéron, la vieillesse n'éteint pas toujours les passions ni le goût
du plaisir, et on n'avait pas besoin de Chateaubriand pour le savoir.
Seulement, dût-on déranger certaines idées, il faut bien observer ici
qu'un païen peut être préservé de cette malencontre, et un chrétien ne
l'être pas. Rancé apparemment l'avait été. Sa vie normalement
considérée eût dû corroborer l'idée que la religion, et en particulier la
religion chrétienne, « console tout autrement que la philosophie* [27] *». Il*

est bien remarquable que Chateaubriand, se considérant lui-même au lieu de considérer Rancé, semble aboutir à une conclusion inverse. L'abbé Séguin en eût été sans doute et dépité et contristé.

Quel est en cette affaire le poids du passé ? Il pèse certainement, mais selon les cas de façons bien diverses. Chateaubriand a été scandalisé par le silence[28] de Rancé sur les péchés de sa jeunesse. On peut sans doute s'interroger. Le passage où Chateaubriand, s'autorisant de je ne sais quelle source, parle d'un trappiste « qui avait fait ce qui avait troublé Rancé[29] » laisse perplexe. Devait-il cependant opposer à Rancé l'exemple de saint Augustin et de ses Confessions ? Un converti peut trouver malsain, et pour lui-même et pour les autres, de s'épancher sur son passé. Pudeur et discrétion peuvent le lui interdire : nos péchés souvent ne sont pas seulement les nôtres. Et puis cela est-il si instructif ? Notre époque tend à le croire, et se délecte aux déboutonnages d'un Stendhal. Mais Valéry n'avait-il pas raison de faire observer à Gide que le « monsieur » n'est pas moins vrai que l' « être en pyjama[30] » ? Alain allait jusqu'à soutenir qu' « on ne voit l'homme vrai qu'en cérémonie, car l'humeur n'est pas vraie ». Et Jean Biermez, qui le cite, l'explique très bien : « Les rides qui troublent l'eau sous l'action du vent ne révèlent pas la nature de l'eau, l'homme est troublé par l'humeur qui ne le révèle pas. Mais la cérémonie, qui nous met en présence des autres et de nous-mêmes, ne souffre aucun trouble, aucun accident qui rompe l'unité si rare du corps et de l'esprit... Elle fait voir l'homme vrai[31]. » Chateaubriand, en tout cas, était bien impudent en s'indignant du silence de Rancé. Pensant très tôt à ses Mémoires, il avait écrit à Joubert : « Je n'entretiendrai pas... la postérité du détail de mes faiblesses ; je ne dirai de moi que ce qui est convenable à ma dignité d'homme et, j'ose le dire, à l'élévation de mon cœur. Il ne faut présenter au monde que ce qui est beau ; ce n'est pas mentir à Dieu que de ne découvrir de sa vie que ce qui peut porter nos pareils à des sentiments nobles et généreux[32]. »

*

Un des passages les plus connus et les plus goûtés de la Vie de Rancé est celui (introduit seulement dans la seconde édition, et qu'ici

on ne trouvera donc qu'en note [33]) de la tête coupée de Mme de
Montbazon, posée par terre, heurtée du pied par Rancé, et emportée par
lui à la Trappe. Je suis étonné que cette scène si contestable soit si
admirée. Combien moins forcé, plus simple, plus fort, le morceau très
analogue où Hugo, contant la mort de Talleyrand, montre la table sur
laquelle les embaumeurs ont laissé la cervelle, cette cervelle qui a pensé
tant de choses, dominé tant d'événements, trompé tant de rois, — et le
valet, qui ne sachant qu'en faire va la jeter dans l'égout de la rue Saint-
Florentin [34] ! Que la scène narrée par Chateaubriand soit remarquable,
on ne saurait le nier. Elle avait déjà frappé Schopenhauer, et l'avait
amené à rapprocher la conversion de Rancé de celle de Raymond
Lulle [35]. Il soulignait la brusquerie des deux conversions, et parlait
d'une soudaine et complète transformation de l'être intime [36]. Une
phrase de Chateaubriand peut en effet tromper quiconque le lit trop vite.
« On prétend, écrit-il, qu'on montrait à la Trappe la tête de Madame
de Montbazon dans la chambre des successeurs de Rancé [37]. » Le
lecteur à ces mots ne lit plus son livre. Il voit Rancé courant de l'hôtel
de Montbazon à l'abbaye de la Trappe avec cette tête, dont il se serait
témérairement emparé, ou que lui aurait cyniquement livrée M. de
Soubise, fils de la défunte, outré par la vie de sa mère, et congédiant le
familier de la duchesse avec ces mots fameux : « C'en est fait, l'abbé !
La farce est jouée. » Barthes lui-même est tombé dans le panneau [38].

Or, il faut bien prendre garde à la chronologie. La mort de Mme de
Montbazon le 28 avril 1657 est sans doute une date cruciale dans la
vie de Rancé. Mais il n'est pas alors question pour lui d'aller à la
Trappe. N'étant probablement pas souhaité à Montargis, aux
funérailles de la duchesse, c'est en Touraine, dans sa luxueuse et
confortable propriété de Véretz [39], qu'il va chercher refuge. Six ans
s'écoulent avant qu'il s'installe comme abbé régulier à la Trappe le
26 juin 1663.

Sainte-Beuve, à qui la tête de Mme de Montbazon n'avait pas fait
perdre la sienne, note les incidents intermédiaires, qui menèrent Rancé à
l'ultime décision, notamment sa rencontre avec un vieux berger, près
duquel il dut s'attarder sous un arbre un jour de pluie, et qui lui dit la

douceur de sa vie [40]. *Rancé aimait à dire combien il avait été marqué par cet entretien champêtre, et Chateaubriand en parle bien, mais chez lui l'incident devient imperceptible* [41] *après le plat épicé de la tête coupée, comme s'est fait, semble-t-il, invisible, quoique dûment rapporté, l'événement considérable du 2 août 1662* [42], *antérieur de neuf mois au noviciat, et de presque un an à l'installation à la Trappe. Si les exégètes ne s'y sont guère arrêtés, c'est que Chateaubriand n'invite guère à y faire halte. Voilà de quoi étonner. La vocation de trappiste, il le marque suffisamment, lui était incompréhensible. Mais il était fait pour comprendre et pour exalter la vocation de chrétien conséquent et celle d'honnête homme. Car le geste du 2 août 1662 est simplement celui d'un homme scrupuleux. Il s'agissait pour Rancé de rendre aux pauvres ce que son père puis lui-même leur avaient volé. La situation était claire. Les revenus ecclésiastiques devaient être divisés en trois parties : la première pour l'entretien des abbayes, la deuxième pour celui des bénéficiaires, la troisième pour celui des pauvres. Mais d'abus en abus les prétendus « gens de bien », qui, du fait de leur « honorabilité » et de leurs relations, récoltaient la plupart de ces prébendes, avaient peu à peu réduit au néant la part des pauvres. Le père de Rancé avait consacré cette part à ses affaires, et Rancé lui-même l'avait vouée à ses divertissements. Pour bien faire comprendre le caractère scandaleux de tels abus, Bremond écrira : « Imaginez les académiciens d'aujourd'hui se partageant les millions Cognacq* [43] *! » Je pense comme lui que la honte de ces détournements accumulés a plus fait pour acheminer Rancé vers le cloître que la mort de Mme de Montbazon. Comment ne pas s'incliner devant l'acte d'août 1662 ? Comment ne pas honorer le chrétien qui en dépit du caractère courant de telles friponneries prit enfin à la lettre les terribles avertissements de l'Évangile* [44] *?*

Ce qui l'aida en ce tournant, dont il ne faut point méconnaître l'héroïsme, ce fut d'abord l'humilité. Peu sûr de son propre jugement, il prit conseil auprès de quelques évêques réputés pour leur piété, leur droiture, leur rigueur : Félix Vialart [45], *évêque de Châlons ; Stéphane de Caulet, évêque de Pamiers ; Gilbert de Choiseul, évêque de Comminges ; Nicolas Pavillon, évêque d'Alet* [46]. *Il lui fallait courir au loin pour trouver ces hautes consciences.*

Rancé était l'aumônier de Monsieur. Monsieur mourut à Blois le
? février 1660, tendrement assisté par lui. Cette mort le libérait, et ce
fut là aussi un moment essentiel de son cheminement. Ce ne sera
qu'après de longs débats qu'il en vint à vendre son bien de Véretz et à se
défaire de ses maisons de Paris pour rendre enfin aux pauvres ce qu'il
estimait leur devoir : environ deux cent mille livres.

Comment Chateaubriand a-t-il pu noyer ce moment solennel, qui fut
sans doute le porche de la vocation de Rancé ? Lisant en 1846 des lettres
de celui-ci, que Gonod venait de publier, Sainte-Beuve souligne toute la
distance qui sépare la religion romantique de celle du grand siècle :
« On sent, dit-il, en s'approchant de près du personnage, combien il y
avait peu, dans la religion toute réelle et pratique de ce temps-là, de
cette poésie que nous y avons mise après coup pour nous reprendre à la
croyance par l'imagination [47]. » Dans son Manuel d'histoire de la
littérature française, l'abbé Calvet déplorera résolument l'influence
de Chateaubriand sur l'évolution du sentiment religieux [48]. De vrai, ce
n'est pas en marge de ce christianisme romantique qu'il faut considérer
le geste de Rancé, mais à l'ombre de la théologie sérieuse des nobles
orateurs du grand siècle, et par exemple en se reportant au Sermon sur
les richesses de Bourdaloue [49]. Comment ne pas penser aussi au début
de la sixième Provinciale [50] ? Le père Rapin dans ses Mémoires [51]
fait précisément allusion à la présence de Rancé chez Mme de
Guénégaud quand y fut lue cette Provinciale. Elle a pu le faire
réfléchir. Certains sans doute accuseraient aujourd'hui un Bourdaloue,
un Pascal, de matérialisme marxiste et antichrétien, et d'ourdir un
changement de société. Chateaubriand a remarqué dans son Analyse
raisonnée de l'histoire de France qu'au temps de Louis XIV la
liberté de la chaire, alors la seule inviolable, avait donné asile à la
liberté politique [52]. Que la nostalgie du passé et un certain goût poétique
marquent le christianisme de Chateaubriand, que lui-même dans sa vie
n'ait pas été un chrétien modèle, n'empêche pas qu'il ait eu un sentiment
assez juste du message évangélique, et une grande idée de son avenir.
Parlant du siècle de Voltaire, il reconnaîtra résolument que « si
l'irréligion y était poussée jusqu'à l'outrage, elle menait néanmoins à ce
dégagement des préjugés qui devait faire revenir au véritable christia-

nisme[53] ». *Ayant admis que le christianisme n'était « que le développement des lumières naturelles », il ne pouvait le concevoir figé. « Loin
d'être à son terme, écrira-t-il, la religion du libérateur entre à peine
dans sa troisième période*, liberté, égalité, fraternité... *Nous en
sommes encore aux malédictions prononcées par le Christ :* Malheur à
vous qui chargez les hommes de fardeaux qu'ils ne sauraient
porter, et qui ne voudriez pas les avoir touchés du bout du
doigt ! *Quand la société se recomposera-t-elle d'après les moyens secrets
du principe générateur ? Nul ne peut le dire ; on ne saurait calculer les
résistances des passions*[54]. » *Il a été saisi à plusieurs reprises d'élans
incontestablement modernistes et progressistes*[55]. *Ce n'est pas sans
raisons qu'un La Fayette et un Carrel, l'un pour le blâmer et le
dénoncer, l'autre pour le louer, l'ont qualifié de révolutionnaire.*

Le titre d'un livre de Jean Delumeau : Le Christianisme va-t-il
mourir ?[56] *a choqué hier une partie du monde chrétien. La question
que se posait Chateaubriand en 1797 était bien plus hardie :* Quelle
sera la religion qui remplacera le christianisme[57] ? *Commen-
tant l'*Essai sur les révolutions *en 1826, il envisagera la possibilité
d'un triomphe de l'islàm*[58].

*Revenons à Rancé. Ce qui se passa entre le 2 août 1662 et le 30 mai
1663 mérite aussi qu'on s'y arrête. Rancé pouvait-il se croire quitte
alors qu'il avait seulement payé un arriéré de dettes, face à ce que saint
Paul énonça un jour comme le seul commandement de Dieu*[59] : *Tu
aimeras ton prochain comme toi-même ? C'est le débat terrible entre tout
privilégié (aristocrate, grand bourgeois, bourgeois moyen ou minuscule)
et les exigences de sa croyance chrétienne*[60]. *Marsollier a bien marqué
cette phase dramatique dans la vie de Rancé. Face à l'Écriture et aux
conseillers dont il avait requis les avis, il se débat : « Quoi ! dit-il,
après avoir donné cent mille écus, il faudra me réduire à un seul
bénéfice. Je n'en ai aucun qui soit capable de m'entretenir selon ma
condition. On ne saurait se passer d'un carrosse et d'un certain nombre
de domestiques*[61]. » *Assez vite il se rendit compte qu'en dépit de
l'énorme sacrifice d'août 1662 il demeurait anormalement riche.
Songeons qu'il était non seulement abbé de la Trappe (soit un revenu de
7 000 livres), mais aussi de Notre-Dame-du-Val (3 000 livres), de*

*Saint-Symphorien-de-Beauvais (4 000 livres) et prieur de Boulogne
près de Chambord (1 000 livres). Il lui fallait bien admettre que, si
réduit fût-il, son train de vie, avec domestiques et carrosse, avait pour
un religieux quelque chose de choquant face à la vie de ses frères piétons,
manants ou misérables.*

*Ayant tenu, en se défaisant de son patrimoine, la promesse qu'il
avait faite à M. d'Alet (Nicolas Pavillon), il tint à honneur de tenir
aussi celle qu'il avait faite à M. de Pamiers (Stéphane de Caulet) de
ne conserver qu'un seul bénéfice. Cela fait, il crut devoir tenir compte
aussi des avis de M. de Comminges (Gilbert de Choiseul), qui lui
avait représenté qu'il n'était pas bien naturel que les revenus d'une
abbaye soient consacrés, fût-ce seulement pour un tiers, à l'entretien
d'un commendataire, et que seule était vraiment chrétienne la condition
d'abbé régulier.*

— Moi, me faire frocard ! s'était-il d'abord écrié.

Il y vint cependant[62]*. Pour être abbé régulier il ne suffisait pas
d'être prêtre. Il lui fallut se faire moine, et passer par la dure épreuve
du noviciat. Son valet de chambre, d'abord indigné par ce qu'il appelait
« des folies », avait été subjugué par son exemple. Il prit lui aussi
l'habit de novice à Perseigne. Rancé dut nettoyer les pots de chambre de
la communauté. Ainsi maître et serviteur se trouvèrent enfin libérés de
leur inégalité, frères enfin, frères dans le siècle devant l'éternité.*

*Ce dur cheminement n'est évidemment pas la suite de cette vie
mondaine de Rancé, dont Chateaubriand a lourdement meublé l'arrière-
plan de son tableau, de ses liens avec le monde de la Fronde ou de l'hôtel
de Rambouillet, mais bien celle des scrupules qui l'avaient hanté
derrière ce décor*[63]*. Déjà il avait été fort troublé quand, ayant fait
retraite à Saint-Lazare en 1648, il avait appris de la bouche de
Monsieur Vincent que le grand nombre de bénéfices accumulés sur sa
seule tête était choquant et contraire au droit canonique*[64]*. Ordonné
prêtre, il sut éviter la réunion élégante dont sa première messe aurait pu
être l'occasion*[65]*. C'est certainement avec gravité qu'il entretenait
Mme de Montbazon de la grâce*[66]*. Dès qu'il la sut perdue il chercha à
l'amener au repentir, et fit chercher le curé de Saint-Paul pour recueillir
sa confession. N'ayant pas oublié le* Vade prius reconciliari fratri

tuo[67], *il la persuada même « d'envoyer un gentilhomme faire des compliments de sa part à Monsieur le Comte de Brienne avec qui elle était brouillée ». L'anecdote, rapportée par Maupeou, a paru si notable à Chateaubriand qu'après avoir tu ou laissé pénombreux quantité d'incidents lumineux, il n'a pas cru pouvoir éluder*[68] *celui-là, bien qu'il contredise absolument le récit de Larroque qui avait ses préférences.*

Comment ne pas penser à l'agonie de Mme de Montbazon devant la confidence de Rancé relatée par Marsollier et répétée par Chateaubriand : « Je fus touché de la mort de quelques personnes *et de l'insensibilité où je les vis dans ce moment terrible qui devait décider de leur éternité*[69]. » *On ne saurait comprendre le tournant fondamental de la vie de Rancé si l'on ne conçoit la profondeur de sa croyance en une vie future où les uns seront récompensés et les autres punis*[70]. *L'idée de récompenses ou de punitions d'outre-tombe est sans doute plus importante que toute autre dans le domaine religieux*[71]. *Que l'on croie à des dieux, à des esprits, à un Esprit, ou à rien, serait sans grande conséquence quant à la vie courante, si quelques religions n'avaient inculqué la crainte d'une vie future. Certains même s'étonnent qu'une menace si astucieuse n'ait pas d'effets plus décisifs*[72]. *Sans doute faudrait-il, pour que le système soit plus efficace, que la théorie d'ensemble en soit moins injuste, moins absurde*[73], *et surtout que les règles édictées ne soient pas d'emblée ou très vite décourageantes. Mais il est peu douteux que beaucoup de méchants seraient plus méchants encore s'ils ne redoutaient quelque punition. Et méchant, qui ne l'est pas ?* Non enim est distinctio[74], *dit justement saint Paul.*

Le récit que nous fait Chateaubriand[75] *d'une vision de Rancé a une bien autre portée que l'épisode de la tête tranchée. Le contexte ne laisse pas de doute : Chateaubriand tient que Rancé a vu Mme de Montbazon en enfer et l'appelant au secours. Qu'il s'agisse bien de l'enfer, non du purgatoire, est clair :* « Je vis à la naissance du jour, dit Rancé, le monstre infernal *avec lequel j'avais vécu*[76]. » *Et qu'il y ait là aux yeux du biographe un fait déterminant est nettement marqué.* « Il était hors de lui, dit-il. Ces convulsions de l'âme se calmèrent : il n'en resta à Rancé que l'énergie d'où sortent les vigoureuses résolutions. » *Je sais bien que l'histoire de cette vision narrée par*

Maupeou a été regardée par Gervaise comme un conte. Point de doute
que Chateaubriand l'ait trouvée au contraire hautement significative.

Malraux citait volontiers un mot de Valéry disant, si je me rappelle
bien, que les superstitions sont plus profondément ancrées au cœur de
l'homme qu'aucune croyance proprement religieuse. Or Chateaubriand
a précisément évoqué certains traits de superstition chez Rancé. Il note
qu'il « donna dans l'astrologie[77] », et qu'ayant étudié les sciences
occultes « il essaya les moyens en usage pour faire revenir les morts[78] »,
mais qu'il ne fut point exaucé. Mme de Montbazon était allée, dit-il,
« à l'infidélité éternelle ». On ne peut guère douter que Rancé ait prié
toute sa vie pour l'amie qu'il croyait damnée.

Cette vision de Rancé donne une étrange profondeur au récit de
Chateaubriand. Elle auréole indirectement et rend essentiel ce fameux
passage sur les correspondances entre deux personnes qui se sont aimées,
que Sainte-Beuve trouvait si incongru[79]. Rien ne semble plus propre à
combler une vie que l'amour, et cependant il n'est rien de plus triste.
Comment une telle exaltation peut-elle être si passagère et si fragile ?
Rancé, priant à la Trappe pour une défunte amie, nous donne l'image
réconfortante d'une tendresse transcendant, par la fraternité perpétuelle
des âmes dans un éternel présent, celle si désolante que nous offre
Chateaubriand quand il dénonce tristement la fugacité inévitable et
désespérante des sentiments humains.

*

Les différentes formes de monachisme, qui se sont développées dans
la civilisation chrétienne, offrent des aspects bien divers. Les premiers
anachorètes furent des solitaires orants, contemplatifs et oisifs. Chez
les cénobites réunis en communauté la vertu se fit plus active. Le
souvenir des moines défricheurs, transformant en terres de labour ou en
prairies bien irriguées des lieux marécageux épars dans des forêts
sauvages, demeure encore vivant dans certaines régions comme la
Double en Périgord. Mais si l'on veut comprendre une règle comme
celle des trappistes, il faut considérer autre chose. Les rigueurs, qui se
sont développées dans certains ordres, ont un caractère pénitentiel et

*expiatoire. Ces hommes qui se mettent eux-mêmes en prison, afin sans
doute d'y prier, mais aussi d'y jeûner et d'y souffrir, se tiennent-ils tous
pour des criminels, et pensent-ils seulement au rachat de leurs propres
fautes ? Ce serait mal comprendre leur vocation que de ne pas la situer
dans les perspectives de la justice mystique. Il faut considérer ces vies à
la lumière du mot de saint Paul aux Corinthiens : « Que votre richesse
présente supplée à l'indigence des pauvres pour rétablir l'égalité,
puisqu'il est écrit que celui qui a beaucoup ne doit pas surabonder, ni
celui qui a peu manquer de ce qu'il lui faut* [80]. » Car cela, bien entendu,
ne concerne pas seulement les biens temporels. Les biens spirituels
constituent aussi un trésor commun dont tous doivent bénéficier. C'est le
partage fraternel des mérites, qu'on appelle traditionnellement la
« communion des saints [81] ». (Pour éviter toute méprise sur le mot
« communion », on devrait dire : le communisme.) Les vies monacales
sont en principe vouées à l'enrichissement de ce trésor, dont tous doivent
profiter [82]. Que le principe de cette justice mystique soit sensible dans la
Vie de Rancé, je n'en veux pour preuve que la réaction indignée de
Dominique Aury : « Puisque, à la Trappe, dans un profond silence,
dans les jeûnes, les fièvres, les religieux mouraient, le roi pouvait faire
parade de ses adultères. Les mérites des saints balançaient les fautes du
pécheur. Cette injustice suprême tournée en suprême charité, en
surnaturelle justice, n'a rien qui rebute Chateaubriand. Il en joue
comme d'une grandeur qui lui est familière [83]. » Quoi pourtant de plus
naturel ! Cette croyance a dû couler dans les esprits comme le lait de la
tendresse humaine : qui ne voudrait soulager un être aimé qu'il voit
souffrir ? L'auteur des* Mémoires d'outre-tombe *comptait pour son
rachat sur les mérites conjugués de sa mère, de sa sœur Julie et de son
neveu Christian [84].*

*Au vrai, dans le domaine du partage, on observe souvent chez les
chrétiens une certaine mesquinerie [85]. Beaucoup sont portés à limiter
l'amour du prochain au cercle des amis. Le Christ avait cependant bien
précisé qu'il comprend aussi ceux qui nous paraissent le plus étrangers,
le plus antipathiques, le plus haïssables, le plus méprisables, incitant
ses disciples à adorer le Seigneur même sous les formes les plus
rebutantes de l'ignominie : « Je vous dis d'aimer vos ennemis, car si*

vous n'aimez que ceux qui vous aiment, quel mérite aurez-vous [86] *? »*
Cette grandeur nouvelle était sans doute difficile à comprendre.

Les idées de saint Augustin sur la communion des saints sont
déroutantes. Comment l'homme qui, au livre premier de La Cité de
Dieu, *chapitre XXXV, distingue si judicieusement l'Église mystique et*
l'Église visible, qui admet donc implicitement que seule compte la
première, peut-il au livre XXI, chapitre XXXIV, soutenir que les justes
ne pourraient qu'inutilement prier pour les non-baptisés, pour les
hérétiques, ni a fortiori pour les damnés, et s'écrier à ce propos :
Pourquoi l'Église ne prierait-elle pas dès à présent pour le diable et
pour ses anges [87] *? — Mais justement pourquoi pas ? Si vous croyez au*
diable et aux démons, ne sont-ils pas comme nous tous de malheureuses
créatures de Dieu, nos semblables, nos frères [88]*, et pouvant répéter*
l'imploration qu'on peut lire dans vos Confessions *: « Seigneur, tu*
demeures dans l'éternité, mais tu ne demeureras pas éternellement en
colère contre nous [89]*... » ?*

Rien de plus paradoxal que ce goût du privilège, qui s'est développé
parmi les chrétiens. En dépit de saint Augustin, comment un homme,
qui pratiquerait de tout son cœur les préceptes évangéliques : *Aimez vos*
ennemis [90] *!, bénissez ceux qui vous maudissent, souhaitez du bien à*
ceux qui vous veulent du mal, priez pour ceux qui vous calomnient [91] *!,*
un homme qui prendrait au sérieux la prière ordonnée par le Christ :
Pardonne-nous nos offenses comme nous pardonnons à ceux qui nous ont
offensés [92] *!, et, si fautif qu'il puisse être en d'autres domaines que celui*
de la miséricorde, ne pourrait-il en toute logique et en toute justice
adjurer le Dieu du Christ d'aimer lui aussi ses ennemis, et de leur
vouloir du bien ? Ici se pose d'ailleurs un problème capital d'apologéti-
que. Comment un chrétien séduirait-il un incrédule avec un Dieu moins
bon que certains hommes, moins bon que le général Hugo incitant son
housard à donner « tout de même à boire » à l'homme qui vient de le
viser au front, — moins bon que le Hicock d'In cold blood *serrant*
cordialement la main aux quatre responsables de sa capture et de sa
condamnation, et déclarant avant d'être pendu : « *Je veux simplement*
dire que je ne tiens rancune à personne [93] *»*, — moins bon que M. et
Mme Bérard qui, pardonnant à l'assassin de leur fille, et refusant de se

porter partie civile contre lui, expliquaient au tribunal qu'à présent c'était surtout le criminel qui avait besoin d'aide et d'amitié[94] ? Penserait-il, ce chrétien, qu'il est plus facile d'attirer les gens dans une communauté d'arrogance, de rancune, de haine, de vengeance ? Il est vrai que tout ce qui peut flatter la vanité de race, la vanité de classe, et les vanités de la foi, passe peut-être mieux que l'apologie de la générosité. Mais le Rancé que nous suggère Chateaubriand croit en un Dieu généreux, qui, touché par ses prières et par ses pénitences, fera grâce à une damnée. Si, comme disait l'abbé Mugnier, l'enfer est un état dont il s'agit de sortir[95], on peut penser que Rancé en était mieux sorti que saint Augustin.

Quant aux hérétiques, l'opinion de saint Augustin est devenue classique dans l'Église catholique romaine. Le terrible abbé Boulenger enseignait que pas plus que les infidèles ils ne pouvaient tirer bénéfice de la communion des saints[96]. (Il n'accordait pas sans peine qu'on pût prier pour les pécheurs.) Il venait pourtant de citer saint Paul, lequel soutient fermement que notre Dieu Sauveur entend que tous les hommes soient sauvés[97]. Il n'est évidemment pas niable qu'on trouve aussi dans les Écritures maintes phrases où Dieu ne paraît pas aussi bien intentionné. Mais la préférence que tels chrétiens marquent pour les discours impitoyables ne dénonce-t-elle pas surtout la noirceur de leur âme ? Bourdaloue, évoquant le feu éternel annoncé par le Christ[98], ne peut se garder d'une certaine horreur : Comment un Dieu, qui est la souveraine Miséricorde, peut-il prévoir des peines monstrueusement interminables pour des fautes seulement temporelles ? « Le pourrais-je croire, dit-il, s'il ne l'avait lui-même révélé[99] ? » Il faut bien convenir que l'étonnement de Bourdaloue est plus conforme aux notions de Bonté et de Justice que le texte sacré. Or comme l'indique Pascal, quand il se rencontre quelque absurdité dans l'Écriture, « il ne faut pas s'obstiner à dire que c'en soit le sens naturel », il faut en chercher un autre[100]. Les fulminations vouant au feu éternel quiconque ne peut encaisser tel dogme promulgué ne sont-elles pas d'ailleurs contredites au chapitre XXV de l'Évangile selon saint Matthieu ? Il n'est point dit aux élus : Prenez possession du royaume des cieux parce que vous avez cru à ceci ou à cela, au mystère de la Sainte-Trinité, à ma naissance

*miraculeuse, à ma résurrection, à la transsubstantiation, à l'immaculée
conception de ma mère. Non, il leur est dit simplement : Venez parce
que vous m'avez nourri lorsque j'avais faim, car c'est moi que vous avez
nourri, abreuvé, hébergé, consolé, chaque fois que vous avez nourri,
vêtu, logé, soigné, visité en prison l'un ou l'autre de vos congénères les
plus méprisés, voire les plus méprisables :* Quamdiu fecistis uni
ex his fratibus minimis, mihi fecistis [101]. *On voit bien là que
l'ordre du Christ est avant tout un ordre de bonté, comme l'indique
aussi saint Paul quand il dit que « toute la loi tient en un seul
commandement : Tu aimeras autrui comme toi-même [102] ». Ce n'est
pas une loi facile à observer : nul ne saurait aisément dompter ses
instincts égoïstes ; mais c'est une loi intelligente et intelligible ; et il est
aisément intelligible qu'elle soit fondamentale. Il est bien remarquable
que nulle allusion n'y soit faite dans le* Credo.

Rien de plus choquant dans la seconde édition de la Vie de Rancé
*(la plus souvent rééditée) que le paragraphe très bref[103] où est évoquée
la révocation de l'édit de Nantes. On est triste de ne pouvoir compter
Rancé parmi les* happy few *qui n'y applaudirent pas : Vauban,
Saint-Simon et quelques autres, de rencontrer au contraire ce malheureux mot de « miracle » partout cité, et, que je sache, nul témoignage de
compassion. Ne jugeons pas ! Mais comment comprendre cette époque ?
Il est sidérant qu'au temps même où l'on gavait d'abbayes le chevalier
de Lorraine tant pour les services qu'il rendait au roi que pour ceux plus
scabreux qu'il rendait à Monsieur, Louis XIV ait tenu pour
définitivement enterrés de par le concile de Trente les abus qui avaient
originairement suscité la Réforme. Il est plus sidérant encore qu'un
Nicole ait comme Bossuet tenu pour déplorable le temps où fut appliqué l'édit de Nantes, « le triste état de la France lorsqu'elle était
obligée de nourrir et de tolérer des gens sans religion et qui ne songeaient
qu'à renverser le christianisme [104] ». Mais le plus sidérant est que, face
à Bayle qui opinait que Dieu ne saurait rien exiger de plus qu'une
recherche sincère de la vérité, le théologien protestant Jurieu ait soutenu
tout au contraire que, l'aveuglement étant toujours la conséquence de
passions coupables, il devait en effet être châtié, et qu'il ait admis qu'on
ne pouvait tirer argument contre ce principe de l'usage abusif qu'en*

faisaient les papistes[105]. *Il est suprêmement éberluant que, se mettant en scène si volontiers, Chateaubriand, si réticent devant Rancé, ne l'ait pas aussi sur ce point regardé du haut des idées que lui-même avait exposées à plusieurs reprises, les reprenant et dans son* Analyse raisonnée de l'histoire de France *et dans son* Essai sur la littérature anglaise. *Pensant toute proche l'heure de l'œcuménisme, il n'hésitait pas à reconnaître des vertus « maïeutiques » au protestantisme « accoucheur d'esprits, comme Socrate*[106] *», et à déclarer que la réformation « ouvre les temps modernes », qu'elle a été « l'événement le plus important » de son époque*[107]. *Il est vrai que son point de vue était nuancé, et qu'il avait considéré* l'Apologie de Louis XIV sur la révocation de l'édit de Nantes *par l'abbé de Caveyrac comme un excellent morceau de critique historique*[108]. *Le curieux en tout cela, qu'il s'agisse de Nicole, de Bossuet ou de Rancé, de Jurieu ou de Chateaubriand, est que tout le monde semble oublier le passage de saint Matthieu, où on voit le Christ condamner péremptoirement toute prétention à un magistère, et proclamer l'égalité fraternelle de tous ses disciples : Vous êtes tous frères ; qu'aucun de vous sur terre ne se fasse appeler ou Père ou Rabbi ou Maître*[109].

Dans une lettre citée par Dubois[110], *Rancé parle des « maximes empoisonnées » des protestants, et de leurs « abominations ». Je ne vois pas que sur ce point il se soit jamais repris, comme il se reprend à propos des jansénistes dans une lettre à M. de Brancas largement citée par Chateaubriand*[111]. *Il est affligeant que Rancé ne s'en soit pas tenu à ses résolutions d'alors, toutes conformes à l'enseignement du Christ :* Nolite judicare[112]. *Je sais bien qu'il y avait une différence majeure entre jansénistes et protestants, les uns entendant rester dans la communion de l'Église, et les autres pas. Mais comment ne pas distinguer l'Église romaine et l'Église mystique ? Seule importe cette dernière comme l'a bien marqué saint Augustin au premier livre de la* Cité de Dieu *par le titre même du chapitre XXXV :* Des enfants de l'Église qu'on trouve parmi les impies, et des faux chrétiens qui sont dans l'Église[113].

On voit que le Christ aimait bien les hérétiques à son attitude devant les Samaritains, pour qui le temple de Jérusalem, construit au temps de

Salomon par un architecte égyptien, était resté une scandaleuse
nouveauté, et qui continuaient à adorer Dieu au haut des montagnes,
notamment sur la cime du mont Garizim, conformément à la vieille
tradition. A la Samaritaine étonnée qu'il lui parle, le Christ répond que
l'heure est venue d'adorer Dieu en esprit et en vérité[114]. Et veut-il
donner un exemple de charité, il le montre, non point chez le prêtre ou le
lévite orthodoxes, mais chez le Samaritain hérétique[115]. Cependant des
chrétiens aujourd'hui encore voudraient qu'on entende à la lettre les
passages le plus manifestement légendaires ou symboliques de l'Écriture, sans remarquer que bien des textes en contredisent d'autres[116]. Ils
se montrent par contre bizarrement méfiants devant le Si mortiferum
quid biberint, non eis nocebit[117]. Nul récitant du Credo, si
fermement attaché soit-il à la lettre des textes, ne se montrera disposé à
goûter sans panique le breuvage présumé vénéneux qu'un incrédule
taquin viendrait à lui offrir.

Point de doute que si l'on veut comparer sur les chapitres de la
tolérance et de l'humilité un homme comme Fénelon et un homme comme
Rancé, l'avantage n'est pas du côté de ce dernier[118]. La part que Rancé
a prise à la querelle du quiétisme montre qu'en 1697 il avait bien oublié
ses bonnes résolutions de 1676. On sait avec quelle abnégation et quelle
vaillance l'archevêque-duc de Cambrai s'inclina le jour venu devant le
verdict qui le condamnait. Combien différente avait été l'attitude de
Rancé quand Rome déclara excessives les rigueurs de la Trappe ! Loin
de se soumettre, il eut recours au roi. Fénelon n'eût pu agir de même
puisque c'était à l'instigation du roi que Rome le condamnait, mais le
cas échéant n'aurait-il pas eu scrupule à le faire ?

Si le gallicanisme de Rancé ne pose pas de problème bien
difficile[119], ses rapports avec le jansénisme relèvent au contraire d'une
analyse délicate, du fait même qu'ils ont été fluctuants. Il avait sans
doute pris part dans sa jeunesse au lancement des Provinciales[120].
Les évêques, qu'il a consultés à un tournant de sa vie, étaient tous de
tendance plus ou moins janséniste. Plus tard il prendra ses distances.
Au moment de sa lettre à Brancas on le voit revenir sur ses pas, regretter
des paroles injustes. Mais, par la suite, on observe une seconde période
d'éloignement. Il s'en expliquait en disant que le jansénisme avait

évolué. Sainte-Beuve observera que de fait il y eut une « déviation très prompte de l'esprit du premier Port-Royal, du Port-Royal de Saint-Cyran[121] *».*

Quant à la question de fond, qui a suscité, je suppose, la condamnation du jansénisme, celle de la prédestination, elle était vieille. Qui se croit continûment libre, et pense qu'il aurait pu faire ce qu'il n'a pas fait, se berce sans doute d'illusions. Il est tant de cas où la faim (je l'entends au sens le plus étendu) est plus forte que nos idées et que nos sentiments. Saint Paul s'en expliquait parfaitement : « Je ne fais pas, dit-il, le bien que je veux ; je fais, au contraire, le mal que je ne veux pas[122]. » Mais une religion, si elle se veut utile, si elle veut aider ses fidèles à être quelquefois moins mauvais qu'ils ne seraient s'ils se laissaient aller, doit les assurer de leur libre arbitre, et condamner quiconque semble nier ce libre arbitre, même s'il hurle qu'il ne le nie pas. Seulement il est bien des façons de condamner. Si une condamnation tourne à la cruauté, la victime, quels qu'aient pu être son orgueil, son obstination, son erreur, demeure une victime, suscitant pitié et sympathie. Il est remarquable que l'intolérance et la tentation de violence aient déjà pointé le nez au temps du Christ. Un bourg de Samarie ayant refusé de les recevoir, Jacques et Jean voulaient prier pour qu'il soit détruit. Or Jésus les reprend : « Vous ne connaissez pas l'esprit qui vous inspire. Le fils de l'homme n'est pas venu pour perdre les âmes, mais pour les sauver[123]. » Ces saintes colères de la foi se poursuivront pourtant à travers les âges avec leurs cortèges d'horreurs. « L'expérience nous fait voir, dira Pascal, une différence énorme entre la dévotion et la bonté[124]. »

Rancé applaudissant à la Révocation comme à un « miracle inespéré » indigne, et Chateaubriand ne grondant pas étonne, ce Chateaubriand qui, préfaçant en 1826 la réédition de son Essai sur les révolutions, avait pourtant bravement écrit : « Je ne redeviendrai incrédule que quand on m'aura démontré que le christianisme est incompatible avec la liberté ; alors je cesserai de regarder comme véritable une religion opposée à la dignité de l'homme[125]. » Peut-être l'habile écrivain réservait-il sa réaction pour la destruction de Port-Royal des Champs, dix ans après la mort de Rancé, destruction qui *avec son horreur particulièrement théâtrale lui donnait l'occasion d'une extraordinaire digression et d'une admirable envolée*[126]*. On peut regretter que, capable de tels accents, il n'ait pas osé, sur ce point ou sur d'autres, interpeller aussi l'Église au nom même du génie du christianisme.*

*

Bien remarquable est cette phrase à propos de Retz : « *Il ne se douta jamais qu'il y eût plus de gloire dans un chapelet récité avec foi que dans tous les hauts et les bas de la destinée*[127]*.* » *A part cette phrase et l'allusion à l'apparition d'Alan*[128]*, il n'est guère question de dévotion mariale dans la* Vie de Rancé*. Krailsheimer observe que Rancé lui-même ne fait presque jamais allusion à la Vierge dans ses écrits*[129]*. Le point est embarrassant. Dans les Évangiles on voit que le Christ ne veut pas qu'un culte soit rendu à sa mère*[130]*. L'expression* « *Mère de Dieu* » *dévolue à Marie aggrave le problème*[131]*. La seconde partie de l'*Ave Maria*, celle qui commence par* Sancta Maria, Mater Dei *était de tradition toute récente au temps de Rancé. En 1690, dans ses* Homélies sur l'Oraison dominicale et la Salutation angéli-que*, Bocquillot n'énonçait encore (p. 440) que la première partie de la fameuse prière. Mais le culte de Marie paraissait aussi vieux que le christianisme. La France chrétienne était couverte de cathédrales vouées à Notre-Dame. Il n'y avait pas Lourdes, mais Liesse et quantité de Czestochowa plus ou moins réputés, moins réputés pourtant que Saint-Jacques-de-Compostelle. Ceux qui pouvaient s'y rendaient comme Irène en Épidaure. Ces dévotions demi païennes étaient populaires, et l'Évangile ne l'était guère, ni l'esprit de l'Évangile.* « *L'on ne voit point faire de vœux, observe La Bruyère, ni de pèlerinages, pour obtenir d'un saint d'avoir l'esprit plus doux, l'âme plus reconnaissante, d'être plus équitable et moins malfaisant ; d'être guéri de la vanité*[132]*...* »

Le célèbre Helder Camara considère avec compréhension les Africains qui, amenés au Brésil et baptisés en groupes, confondent les saints chrétiens avec les esprits de leur pays natal, et prennent la Vierge pour leur chère Iemanja, la déesse de la Mer[133]*. Si tout un peuple*

préfère s'adresser à une Mère de Miséricorde supposée plus indulgente,
plutôt qu'au Père éternel suspecté de dureté, ne risque-t-on pas de
l'éloigner de toute prière en l'écartant de ce tendre détour ?

La phrase sur Retz ne laisse guère de doute. Le bon vicomte devait
être un fervent du chapelet. Ce chapelet peut surprendre chez l'homme
qui avait écrit que la fable de la Vierge venait de l'ignorance des Juifs,
qui avaient mal compris l'astronomie égyptienne [134]. *Ce serait oublier*
*la réticence fondamentale qu'on trouve dans l'*Essai sur les révolutions *: « Simple narrateur des faits, je rapporte, comme mon sujet m'y*
oblige, les raisonnements des autres sans les admettre. Il est nécessaire
de faire connaître les causes qui nous ont plongés dans la révolution ; or,
celles-ci sont d'entre les plus considérables [135]. » *Lamartine a dit qu'il*
*n'était pas honnête « d'écrire l'*Essai sur les révolutions *en 1799 et*
d'écrire le Génie du christianisme *en 1800* [136] ». *Il abuse quant aux*
*dates : l'*Essai sur les révolutions *a paru à Londres en mars 1797,*
et le Génie du christianisme *à Paris le 14 avril 1802* [137] *; et il se*
*trompe quant aux idées, car déjà dans l'*Essai *la défense de la pratique*
religieuse est patente [138]. *Et rien de plus touchant que l'éloge*
nostalgique qu'on y trouve des saints curés de la vieille France [139]. *De*
*toute évidence il n'y a pas entre l'auteur de l'*Essai *et celui du* Génie
du christianisme *l'abîme que l'on a dit.*

Peut-être un mot de Cézanne peut-il éclairer le problème délicat de la
foi de Chateaubriand. « Je suis trop faible, expliquait Cézanne à
Gustave Geffroy. Il n'y a que l'Église qui puisse me protéger [140]. » *Il*
est peut-être étrange de parler de Cézanne à propos de Chateaubriand.
Que Chateaubriand ait parlé de chapelet à propos de Retz était aussi
assez curieux.

*

« Les grands génies, nous dit Chateaubriand, doivent peser leurs
paroles ; elles restent, et c'est une beauté irréparable [141]. » *J'ai entendu*
Valéry évoquer avec horreur les lectures présumées de Hitler. « Les
hommes d'État, murmura-t-il, ne sont que des résidus d'hommes de
lettres. » C'était résoudre trop simplement un problème complexe. Ne

*peut peser dans les décisions d'un homme d'action que ce qui l'a frappé
dans ses lectures ; et n'a pu le frapper que ce qui répondait à sa tournure
d'esprit lors de sa lecture. Il est extraordinaire que Chateaubriand pose
brusquement le problème à propos d'une phrase très peu célèbre et plutôt
anodine de Bossuet, que pour comble il cite de travers. « Le coadjuteur,
fait-il dire à Bossuet, menace Mazarin de ses tristes et intrépides
regards* [142]. *» Ces mots de Bossuet ont-ils pu susciter la carrière d'un de
ces hommes fatidiques, que Chateaubriand a tenus pour des monstres :
un Voltaire* [143], *un Robespierre, un Marat, un Bonaparte ? Les tristes
et intrépides regards de Retz face à Mazarin font plutôt penser à ceux
de Chateaubriand lui-même face à Napoléon. Alors ? Alors on devine
une réaction de jalousie furieuse. Les* Mémoires *de Retz, quand ils
furent enfin publiés dans toute leur ampleur en 1837, avaient
transformé en grand écrivain un homme dont la vie politique, en cela
analogue à celle de Chateaubriand, s'était terminée sur des échecs
retentissants. Comment Chateaubriand n'aurait-il pas pris ombrage de
la gloire littéraire de Retz ? René avait toujours exalté ses propres capa-
cités d'homme d'État* [144]. *Il ne pouvait pas ne pas voir combien d'un
certain point de vue Retz politique ou narrateur lui avait été supérieur
sur le plan du naturel, de la simplicité, de la vivacité, de la vitalité, de
l'audace, et il ne peut retenir sa colère quand il voit Mme de Sévigné
parler du « bon cardinal », Rancé assurer Son Éminence qu'il n'est
personne au monde dont son cœur soit plus occupé, et, suprême injure,
Bossuet lui-même parler de Retz avec considération. On comprend sans
doute qu'un homme, à qui nulle indignité ne répugnait, ait fait grande
horreur à Chateaubriand. Mais cette haine anachronique fait peine à
voir chez l'écrivain qui avait voulu être le chantre du christianisme. Il
oublie que Bossuet parle d'un coquin repenti, ayant méprisé sur le tard
les ambitions de sa jeunesse, et que c'est d'ailleurs avec une
considération toute balancée que le grand orateur parle de « cet homme
si fidèle aux particuliers, si redoutable à l'État, d'un caractère si haut
qu'on ne pouvait ni l'estimer, ni le craindre, ni l'aimer, ni le haïr à
demi* [145] *». Chateaubriand avait choisi la haine. Il est bien malencon-
treux que ce soit précisément sur ce fond de haine qu'il ait évoqué le
caractère irréparable de certaines paroles. « La guerre, écrivait Valéry,*

naît de la politique. La politique a besoin de la crédulité, de l'émotivité ; il lui faut de l'indignation, de la haine[146]. »

*

Le trop-plein de digressions et de hors-d'œuvre empêche de bien distinguer dans la Vie de Rancé les points essentiels du livre, ceux qui concernent directement Rancé[147], la Trappe, et ce qu'en pense Chateaubriand. Quand dans les dernières pages il finit par exprimer son point de vue, c'est, notons-le, un point de vue négatif. Pour lui, Rancé s'était trompé, et si la Trappe subsistait, elle n'était plus qu'une curiosité[148]. Les trappistes, « on croirait, dit-il, qu'ils jouent une scène d'autrefois[149] ». On peut légitimement se demander si Rancé, ses moines et le destin de la Trappe ne méritaient pas mieux que de telles considérations. S'il faut juger l'arbre à ses fruits, l'épouvantable Inquisition, qui alla jusqu'à enfermer un saint Jean d'Avila[150], n'est-elle pas une tache effrayante sur la tombe de saint Dominique, et l'édifiant avenir de la Trappe ne fait-il pas au contraire le plus grand honneur à Rancé ? S'il a bien vu le grand tournant de la Révolution, où la Trappe a héroïquement survécu, cependant que disparaissaient tant d'autres ordres, Chateaubriand ne pouvait sans doute prévoir l'épanouissement d'une institution qui lui paraissait surannée et comme à demi morte.

Mais avait-il clairement situé dans son contexte l'œuvre institutionnelle de Rancé ? On peut en discuter. La réforme que Rancé a réussie doit être considérée relativement à la décadence générale des ordres religieux sous l'Ancien Régime[151], et à la volonté de renouveau qui se fit jour chez les Cisterciens bien avant la vocation de notre abbé. Celle-ci s'était manifestée tout au début du XVIIe siècle dans deux monastères dépendant de l'abbaye de Clairvaux, puis à Clairvaux même. L'initiateur avait été Octave Arnolfini, abbé de La Charmoye puis de Châtillon. Il avait été suivi par Étienne Maugier, son successeur à La Charmoye, et ensuite par l'abbé de Clairvaux lui-même, dom Denis Largentier. Ces moines, qui en entraînèrent beaucoup d'autres, souhaitaient revenir aux austérités que Cîteaux avait inaugurées au

*xɪɪ^e siècle. Le mouvement prit de l'importance grâce au ralliement de
l'abbé de Cîteaux lui-même, dom Nicolas II Boucherat. Et allaient
être mêlés à l'affaire des personnages aussi considérables que le
cardinal de La Rochefoucauld*[152] *et même le cardinal de Richelieu. À
l'époque où Rancé devint abbé régulier de la Trappe, il y avait toujours
opposition entre les partisans de la réforme et leurs adversaires. Rancé
se rangea aussitôt parmi les premiers, dans le camp de la Stricte
Observance, dont l'étoile avait été jusqu'alors dom Jean Jouaud, abbé
de Prières*[153]. *Or, à l'époque, le supérieur général des Cisterciens, dom
Claude Vaussin, abbé de Cîteaux, soutenait les défenseurs de la
Commune Observance, par qui il avait été élu.*

*Chateaubriand nous montre avec quelle audace Rancé lutta et contre
dom Vaussin et contre le pape lui-même. Dans le bref que Clément IX
promulgua, les abbés protestataires furent blâmés, et Rancé le fut
nommément. Cependant la tolérance l'emporta : chaque monastère put
à son gré choisir la Stricte ou la Commune Observance. Cette dernière,
à vrai dire, ne s'épanouit qu'en France, de sorte qu'elle se serait comme
naturellement éteinte au moment de la Révolution, si le groupe des
trappistes n'avait vaillamment traversé les années d'épreuves et
finalement survécu. Quand plus tard la Stricte Observance voulut se
réorganiser, le groupe de la Trappe dominait à tel point la situation,
que la spiritualité rancéenne, jusque-là considérée avec quelque
suspicion, l'emporta décidément*[154]. *Plus forte, la Trappe se trouva
libre d'accentuer ses particularités. Elle les accentua au point de rendre
intolérables les différences entre la Commune et la Stricte Observance.
Elle était désormais trop respectée*[155] *pour être maltraitée, et les
instances des trappistes pour que la Stricte Observance soit constituée
en ordre distinct furent exaucées sous le pontificat de Léon XIII*[156]. *Ils
n'allaient plus dépendre que de leur abbé général, qui était en ce temps-
là dom Sébastien Wiart. Rancé, moins de deux siècles après sa mort, se
trouvait avoir été, non pas simple réformateur d'une communauté, mais
fondateur d'un ordre*[157]. *Les monastères de cet ordre comptaient alors
quelque 2 900 moines. Si la plupart se trouvaient encore en Europe et
surtout en France, l'ordre avait déjà essaimé au loin, et notamment en
Chine. Ces trappistes de Chine ont été aujourd'hui dispersés ou*

*massacrés. Mais il se trouve actuellement des abbayes de trappistes à
Hong Kong, au Japon, en Australie, en Nouvelle-Calédonie, aux
Philippines, en Indonésie, en Nouvelle-Zélande, au Mexique, au
Brésil, en Argentine , au Chili, en Algérie, au Cameroun, au Zaïre, au
Bénin, au Nigeria, en Angola, à Madagascar. Des couvents de
trappistines se trouvent également épars à travers le monde [158]. On aime
à penser que ces moines et ces moniales s'adonnent aux tâches de
défrichement, d'irrigation, de civilisation [159], qui dans l'Europe du
moyen âge firent la gloire des moines d'Occident.*

*

    *La vocation de moine peut paraître anachronique, sa persistance
oblige à la considérer. Les extrêmes rigueurs rétablies ou inventées par
le restaurateur de la Trappe débectaient Chateaubriand. Ce n'était pas
une raison pour esquiver le point crucial des humiliations [160], qui au
temps de Rancé avait fait tant de bruit. La dissertation que Guillaume
Le Roy avait rédigée à ce sujet, il ne la signale qu'en passant [161].
Sainte-Beuve, qui s'est au contraire appesanti sur l'incident, cite
longuement les lignes où Rancé montre qu'il y a toujours lieu de
reprendre quelqu'un, en particulier un religieux, au moment même où il
s'extasie sur ses mérites [162]. On peut s'étonner que dans le repas si riche
en hors-d'œuvre qu'il nous sert, Chateaubriand ait éludé ce mets
capital. Personne peut-être n'a mieux souligné que Bourdaloue
l'importance de cette mise en garde [163]. Elle est dans la ligne de
saint Paul incitant l'homme riche, l'aristocrate, l'homme qui réussit
dans la vie, et aussi et surtout l'homme vertueux, à une juste
humilité [164].*

    *S'il a ainsi failli sur le chapitre si important des humiliations,
Chateaubriand ne manque pas moins le coche pour celui des consolations. Citant Saint-Simon [165], il l'expurge résolument et bien à tort. Je
pense aux longs paragraphes où il est question des débauches dont fut
accusé dom Gervaise, abbé de la Trappe de 1696 à 1698 (du vivant
même de Rancé, celui-ci malade ayant dû renoncer à la direction du
monastère). Des imputations de Saint-Simon il ne retient, et pour la*

récuser, que la seconde. Il élude celle qui, par l'allusion à une épître de
saint Paul [166] *, eût dû l'entraîner du côté de Sodome. Elle se trouvait bel*
et bien dans l'édition qu'il pouvait consulter, celle de 1829 [167] *. Cette*
esquive étonnerait moins s'il n'avait précédemment cité et escorté d'un
commentaire goguenard une pièce fort ambiguë à la louange du jeune
Rancé [168] *. Ce passage de Saint-Simon est pourtant bien instructif.*
Autant Rancé se montre dur, s'agissant d'humilier les satisfaits, autant
on le voit là compréhensif, compatissant et tendre, s'agissant de
consoler. Peu importe qu'il s'agisse d'une médisance ou d'une calomnie.
Si Saint-Simon nous montre Rancé tellement soucieux puis tellement
affectueux à l'égard de dom Gervaise humilié, honteux, désespéré, c'est
bien parce qu'il ne pouvait l'imaginer autrement en pareille occurrence.
Il n'y avait pas lieu de se voiler la face. « Il n'est pas d'ordre si saint,
*lit-on dans l'*Imitation*, où ne puissent survenir des tentations* [169] *. »*
Nulle foi, si ferme soit-elle, et nulle précaution ne constituent jamais
un bouclier invincible. Il arrive aux humains, même sous l'habit
religieux, d'être soumis avec tant de violence à des désirs si forts et si
inexplicables, que leur raison, leur sagesse, l'amour de Dieu, le souci de
dignité, la crainte du gendarme, et même celle de l'enfer ne génèrent pas
un contrepoids suffisant. L'histoire du moine de saint Dorothée, qui ne
pouvait s'empêcher de voler quelque nourriture, même après qu'on l'eut
gavé [170] *, est l'un des plus délicieux rognons et l'un des plus édifiants*
dans la Vie de Rancé.

*

L'extraordinaire vitalité, que les trappistes montrent encore non loin
de nous par leur activité agricole, qui dans le Perche leur vaut
considération et respect, peut étonner quand on pense que ces hommes ne
cessent de songer à la mort, et qu'ils y aspirent comme au commencement
de leur vraie vie [171] *. Le récit que Chateaubriand fait de la mort de*
Rancé est un des grands moments du livre. Il simplifie Marsollier, et
donne à la scène une grandeur comme romane. Il n'est point douteux que
l'attrait d'une telle agonie puisse être un élément important dans la
vocation de trappiste, et que peut l'être plus encore, comme on le voit

dans le livre si émouvant de Pierre de Calan, *Côme ou le Désir de Dieu*, celui de l'inhumation de ces religieux ensevelis dans leur habit de chœur, sans cercueil, à même l'argile [172].

On peut être tenté de voir des êtres à part, des êtres peu faits pour la vie dans les hommes ou les femmes qui considèrent la mort comme un havre, et soutenir que seuls valent en ce monde ceux qu'animent des appétences de vie. Pourtant l'histoire nous montre que de grands païens du monde antique avaient touchant la vie et la mort des idées toutes semblables [173]. En quoi de telles idées pourraient-elles empêcher quelqu'un d'exercer son métier avec intelligence et avec ardeur, ou de se comporter familièrement avec humanité et avec chaleur ? Elles peuvent seulement l'aider à accueillir plus sereinement les tempêtes du monde et celles de son cœur, comme les différentes formes de l'injustice. Faire grief de telles idées au seul christianisme serait en tout cas une erreur. Le christianisme n'a fait que développer une mythologie singulière en marge d'une philosophie bien vivante avant lui [174]. Relisons Cicéron : « S'il nous était donné, dit-il, d'être averti par le ciel de notre mort prochaine, il nous faudrait rendre grâces et nous réjouir d'être enfin tirés de prison, libérés de nos chaînes, sur le point de retrouver notre vraie patrie pour l'éternité, ou sinon d'être du moins délivrés à jamais de toute sensation et de toute peine [175]. » Reconsidérons la morale qu'il tirait d'un tel point de vue : « Que faisons-nous, dit-il, quand nous éloignons notre esprit de la volupté, c'est-à-dire de notre corps ? Que faisons-nous sinon rappeler notre esprit à lui-même ? Or séparer l'esprit du corps, est-ce autre chose que d'apprendre à mourir ? Arrivés à notre terme nous vivrons enfin, car c'est une mort que notre vie [176]... » Il n'est pas jusqu'à la charité chrétienne qu'on ne voit prônée par lui quarante-cinq ans avant notre ère [177]. Point n'est question de nier le rôle du christianisme dans la transmission et le développement de telles idées, mais on peut regretter les assertions abusives de Chateaubriand ou de Tocqueville [178] assurant qu'avec l'Évangile a surgi « un principe nouveau de société, un autre droit des gens », et que ce fut là « la plus grande révolution qui se soit opérée sur la terre [179] ». Reste le prix d'une telle conception de la vie.

« A quoi donc, disait Roland Barthes, la *Vie de Rancé* peut-elle

*nous convertir, nous qui avons lu Marx, Nietzsche, Freud ou
Blanchot* [180] *?* » *Cette question m'en suggère une autre :* Toute lecture,
quelle qu'elle soit, ne devrait-elle pas par quelque biais, fût il critique,
instruire un lecteur appliqué? « Il n'est pas d'opération sensitivo-
intellectuelle plus importante, *observait Valéry,* que celle par laquelle
on change ce qui ennuyait en ce qui intéresse [181]. » *Il faut, il me semble,
bien de l'aveuglement pour ne pas voir en quoi la vie de Rancé et de ses
moines peut éclairer utilement, non pas seulement le chrétien, mais aussi
l'incroyant le plus déclaré. Comment ne pas envier le bonheur des
moines, leur gaieté, leur paix intérieure ? Comment ne pas s'interroger
sur les raisons de cette paix ?* « Vous auriez pu dire à cet incrédule,
écrivait Rancé à l'abbé Nicaise, que, outre à quinze cents à deux mille
pauvres que l'on nourrit, on soutient par des pensions toutes les familles
des environs qui sont hors d'état de travailler, que l'on reçoit quatre
mille hôtes, que l'on nourrit et entretient quatre-vingts religieux, et cela
pour huit ou neuf mille livres au plus de rentes ; et vous auriez pu lui
dire qu'il vous montre dix ménages avec autant de rentes chacun, qui
fassent quelque chose d'approchant ce que ces fainéants, comme il les
appelle, font avec une* gaieté *dont vous voudriez qu'il fût le
spectateur* [182]. »

Jean Paulhan avait recensé [183] *dans sa jeunesse une filandreuse étude
du Dr H. Zbinden* [184] *sur la rééducation philosophique des nerveux. En
extrayant le suc, il évoquait l'action étonnante que pouvaient avoir sur
certains malades telles idées, infusées par le médecin. D'abord une
conception déterministe du comportement d'autrui :* « n'en vouloir à
personne en songeant sans cesse que, à un moment donné, les gens ne
peuvent pas être autrement qu'ils ne sont. » *Puis* « l'esprit de bonté »,
*qui, s'ils s'en imprègnent assez pour le mettre en pratique, apaise leur
anxiété. Cette psychothérapie morale se rattachait à celle dont Dubois à
Berne et Déjerine à Paris constataient l'extraordinaire efficience.
Déjerine guérissait ainsi par milliers des neurasthéniques, que leurs
médecins avaient crus atteints de lésions organiques, faux gastropathes,
faux cardiaques, faux urinaires.* « La psychothérapie, *avouait-il,* est
vieille comme le monde. Toutes les philosophies, toutes les religions —
surtout la religion catholique — l'ont appliquée ou l'appliquent encore.

Les médecins ont été les derniers à se rendre compte de l'influence énorme exercée par le moral sur le physique [185]. » Si certains doctrinaires étaient plus curieux, ils pourraient bien trouver du côté de Rancé une façon d'envisager la vie qui rend presque impossible toute une catégorie de dépressions mélancoliques.

Il va de soi que, généralisée, une telle philosophie, car c'en est une, serait peu compatible avec la marche du monde. « Il faut, de toute nécessité, pour que l'ordre règne, observait sagement Valéry, qu'il y ait beaucoup d'hommes très sensibles aux honneurs et distinctions publiques... Il y faut aussi une certaine proportion d'individus assez féroces pour apporter à l'ordre la quantité d'inhumanité dont il a besoin ; il en faut aussi que les besognes les plus répugnantes n'écœurent point. Il importe enfin qu'il existe une grande quantité d'êtres intéressés, et que la lâcheté soit plus commune et, par là, politiquement plus forte que le courage* [186]. » Le christianisme n'eût été sans doute qu'une petite secte juive si saint Paul n'en avait ouvert la porte aux goyim. Mais que serait-il advenu si les chrétiens dans leur ensemble avaient pris à la lettre les avis de saint Paul touchant le célibat et la chasteté [187] ?

*

L'homme est plus embarrassant que l'ordre [188]. Épistolier et écrivain prolifique, ce fondateur d'un ordre muet fut lui-même bavard. Comment ne pas penser aujourd'hui qu'en plus d'un cas il eût mieux fait de se taire ? Dans un vieux numéro de la N.R.F. [189], non loin d'une étude où le nom de Rancé surgit inopinément sous la plume de Marcel Arland [190], je rencontre sous celle de Drieu La Rochelle et à propos de Sacha Guitry ces lignes singulières : « On ne vit que pour les autres. Il n'y a pas moyen d'échapper à la gloire. Et peut-être est-ce plus modeste de faire l'amour à haute voix devant cinq cents badauds — ils se soulèvent un instant jusqu'à vos paroles les plus basses — que de se retirer dans un désert ou dans quelque grande action et d'étonner les hommes [191]... » Le paradoxe est troublant, mais il est sans doute naturel et inévitable qu'en tout starets perce une star.

*

*Les réflexions de Chateaubriand sur Rancé et sur la Trappe peuvent
sembler courtes et quelque peu superficielles. Reste le livre et son charme
singulier. Valéry citait volontiers une phrase qu'il aimait et qu'il disait
de Voltaire : « La poésie est faite de beaux détails. » Or les beaux
détails ne foisonnent pas tellement dans la Vie de Rancé. L'admirable est que ce peu suffise, que quelques lueurs çà et là auréolent l'œuvre
de bout en bout. Sainte-Beuve ayant emporté comme « hors de son lieu »
l'émouvant morceau sur les correspondances amoureuses, je me rabats,
pour terminer, sur les deux lignes extraordinaires où est évoquée la
mort d'un jeune trappiste : « Il souriait lorsqu'il allait mourir comme
les anciens Barbares. On croyait entendre cet oiseau sans nom qui
console le voyageur dans le vallon de Cachemir[192]. » Que de choses
résonnent en même temps ici ! Le souvenir des Thraces, qui selon
Hérodote « avaient coutume de pleurer à la naissance de leurs enfants,
et de se réjouir à leur mort, regardant apparemment la mort comme la
fin de nos maux, et le commencement de la vie comme une entrée dans le
domaine des chagrins et des douleurs[193] ». Et ces « parfums d'une terre
inconnue », ce vent d'Asie, ce chant venu du Cachemire, et créant dans
le Perche par la grâce d'un oiseau « une Arabie heureuse[194] ».*

L'oiseau rit sur ta bouche et tu ne peux le voir.
Viens plus bas, parle bas, le noir n'est pas si noir[195].
Sollst sanft in meinen Armen schlafen[196].

*L'auteur plane et nous entraîne dans le monde de sa ̃verie érudite,
une rêverie éprise d'échos inattendus. Il n'est pas étonnant que nous
rêvions aussi, et qu'escortant les siens d'autres échos surgissent,
imprévisibles, faisant parfois frémir, autour de son abbé,*

Des cocotiers absents les fantômes épars[197].

*Ce ne sont pas seulement les syllabes et leurs jus capiteux qui
enivrent, il y a aussi les mots, les idées qui naissent sous leurs pas, et ces
résonances d'idées qui claquent et s'entrecroisent au vent des carrefours.*

André Berne-Joffroy

Vie de Rancé

A la mémoire de l'abbé Séguin, prêtre de Saint-Sulpice, né à Carpentras le 8 août 1748, mort à Paris, à 95 ans, le 19 avril 1843.

Son très-humble et très-obéissant serviteur,

CHATEAUBRIAND [1].

AVERTISSEMENT [2]

Je n'ai fait que deux dédicaces dans ma vie : l'une à
Napoléon [3], l'autre à l'abbé Séguin. J'admire autant le
prêtre obscur qui donnait sa bénédiction aux victimes
qui mouraient à l'échafaud, que l'homme qui gagnait
des victoires. Lorsque j'allais voir, il y a plus de vingt
ans, mesdemoiselles d'Acosta (cousines de madame de
Chateaubriand, alors au nombre de quatre et qui ne
sont plus que deux), je rencontrais, rue du Petit-
Bourbon [4], un prêtre vêtu d'une soutane relevée dans
ses poches : une calotte noire à l'italienne lui couvrait
la tête ; il s'appuyait sur une canne, et allait en
marmottant son bréviaire, confesser, dans le faubourg
Saint-Honoré, madame de Montboissier [5], fille de
M. de Malesherbes. Je le retrouvai plusieurs fois aux
environs de Saint-Sulpice ; il avait peine à se défendre
d'une troupe de mendiantes qui portaient dans leurs
bras des enfants empruntés. Je ne tardai pas à
connaître plus intimement cette proie des pauvres, et
je le visitais dans sa maison, rue Servandoni, n° 16.
J'entrais dans une petite cour mal pavée ; le concierge

allemand ne se dérangeait pas pour moi : l'escalier
s'ouvrait à gauche au fond de la cour, les marches en
étaient rompues ; je montais au second étage, je
frappais, une vieille bonne vêtue de noir venait m'ouvrir : elle m'introduisait dans une antichambre sans
meubles où il n'y avait qu'un chat jaune [6] qui dormait
sur une chaise. De là je pénétrais dans un cabinet orné
d'un grand crucifix de bois noir. L'abbé Séguin, assis
devant le feu et séparé de moi par un paravent, me
reconnaissait à la voix : ne pouvant se lever, il me
donnait sa bénédiction et me demandait des nouvelles
de ma femme. Il me racontait que sa mère lui disait
souvent dans le langage figuré de son pays : « Rappe-
lez-vous que la robe des prêtres ne doit jamais être
brodée d'avarice. » La sienne était brodée de pauvreté.
Il avait eu trois frères, prêtres comme lui, et tous
quatre avaient dit la messe ensemble dans l'église
paroissiale de Sainte-Maure. Ils allèrent aussi se
prosterner à Carpentras sur le tombeau de leur mère.
L'abbé Séguin refusa de prêter le serment : poursuivi
pendant la révolution, il traversa un jour en courant le
jardin du Luxembourg et se sauva chez M. de Jussieu,
rue Saint-Dominique-d'Enfer [7]. En quittant le Luxembourg pour la dernière fois en 1815 [8], je passai de même
à travers le jardin solitaire avec mon ami, M. Hyde de
Neuville. De tristes échos se réveillent dans les cœurs
qui ont retenu le bruit des révolutions.

L'abbé Séguin rassemblait, dans des lieux cachés,
les chrétiens persécutés. L'abbé Antoine, son frère, fut
arrêté, mis aux Carmes et massacré le 2 septembre.
Quand cette nouvelle parvint à Jean-Marie [9], il

entonna le *Te Deum*. Il allait déguisé, de faubourg en faubourg, administrer des secours aux fidèles. Il était souvent accompagné de femmes pieuses et dévouées ; madame Choqué se faisait passer[10] pour sa fille ; elle faisait le guet et était chargée d'avertir le confesseur. Comme il était grand et fort, on l'enrôla dans la garde nationale. Dès le lendemain de cet enrôlement, il fut envoyé avec quatre hommes visiter une maison, rue Cassette. Le ciel lui apprit le rôle qu'il avait à jouer[11]. Il demande avec fracas que les appartements lui soient ouverts ; la fouille est faite. L'abbé Séguin aperçut un tableau placé contre un mur et qui cachait ce qu'il ne voulait pas trouver. Il en approche, soulève avec sa baïonnette un coin de ce tableau, et s'aperçoit qu'il bouche une porte. Aussitôt, changeant de ton, il reproche à ses camarades leur inactivité et leur donne[12] l'ordre d'aller visiter les chambres en face du cabinet que dérobait le tableau. Pendant que la religion inspirait ainsi l'héroïsme à des femmes et à des prêtres, l'héroïsme était sur le champ de bataille avec nos armées : jamais les Français ne furent si courageux et si infortunés. Dans la suite l'abbé Séguin, ayant vu quel parti on pouvait tirer de la garde nationale, était toujours prêt à s'y présenter. Le mensonge était sublime, mais il n'en offensait pas moins l'abbé Séguin, parce qu'il était mensonge. Au milieu de ses violents sacrifices, il tombait dans un silence consterné qui épouvantait ses amis. Il fut délivré de ses tourments par suite du changement des choses humaines. On passa du crime à la gloire, de la république à l'empire.

C'est pour obéir aux ordres du directeur de ma vie que j'ai écrit l'histoire de l'abbé de Rancé. L'abbé Séguin me parlait souvent de ce travail, et j'y avais une répugnance naturelle. J'étudiai néanmoins ; je lus, et c'est le résultat de ces lectures qui compose aujourd'hui la Vie de Rancé.

Voilà tout ce que j'avais à dire. Mon premier ouvrage a été fait à Londres en 1797, mon dernier à Paris en 1844. Entre ces deux dates, il n'y a pas moins de quarante-sept ans, trois fois l'espace que Tacite appelle une longue partie de la vie humaine : « *Quindecim annos, grande mortalis ævi spatium.* » Je ne serai lu de personne, excepté peut-être de quelques arrière-petites-nièces habituées aux contes de leur vieil oncle. Le temps s'est écoulé, j'ai vu mourir Louis XVI et Bonaparte ; c'est une dérision que de vivre après cela. Que fais-je dans le monde ? Il n'est pas bon d'y demeurer lorsque les cheveux ne descendent plus assez bas pour essuyer les larmes qui tombent des yeux. Autrefois je barbouillais du papier avec mes filles, Atala, Blanca [13], Cymodocée, chimères qui ont été chercher ailleurs la jeunesse. On remarque des traits indécis dans le tableau du Déluge, dernier travail du Poussin : ces défauts du temps embellissent le chef-d'œuvre du grand peintre ; mais on ne m'excusera pas, je ne suis pas Poussin, je n'habite point au bord du Tibre et j'ai un mauvais soleil [14]. Jadis j'ai pu m'imaginer l'histoire d'Amélie, maintenant je suis réduit à tracer celle de Rancé : j'ai changé d'ange en changeant d'années.

LIVRE PREMIER

Dom[1] Pierre Le Nain, religieux et prieur de l'abbaye de la Trappe, frère du grand Tillemont[2] et presque aussi savant que lui, est reconnu comme le plus complet historien de Rancé. Il commence ainsi la vie de l'abbé réformateur :

« L'illustre et pieux abbé du monastère de Notre-Dame de la Trappe, l'un des plus beaux monuments de l'ordre de Cîteaux, le parfait miroir de la pénitence, le modèle accompli de toutes les vertus chrétiennes et religieuses, le digne fils et le fidèle imitateur du grand saint Bernard, le révérend père *Dom Armand-Jean Le Bouthillier*[3] *de Rancé*, de qui, avec le secours du ciel, nous entreprenons d'écrire l'histoire, naquit à Paris le 9 janvier 1626, d'une des plus anciennes et illustres familles du royaume. Il n'y a personne qui ne sache qu'elle a donné à l'Église monseigneur Victor Le Bouthillier, évêque de Boulogne, depuis archevêque de Tours, premier aumônier de M. le duc d'Orléans ; monseigneur Sébastien Le Bouthillier, évêque d'Aire, prélat d'une piété singulière ; et à l'État Claude Le

Bouthillier, sieur de Pons et de Foligny, qui fut d'abord conseiller au parlement de Paris, ensuite secrétaire d'État, et quelques années après, surintendant des finances et grand-trésorier des ordres du roi [4]. Cette famille, qui tirait son origine de Bretagne [5] et touchait de parenté aux ducs de cette province, a été encore plus anoblie [6] par la sainteté de celui dont nous écrivons la vie.

« Son père se nommait Denis Le Bouthillier, seigneur de Rancé, maître des Requêtes, président en la Chambre des Comptes et secrétaire de la reine Marie de Médicis. Il épousa Charlotte Joly, de laquelle il eut huit enfants : cinq filles, qui se firent religieuses presque toutes [7], et trois garçons. Le premier, Denis-François Le Bouthillier, fut chanoine de Notre-Dame de Paris ; le second fut notre digne abbé ; le troisième est le chevalier de Rancé, qui servit Sa Majesté en qualité de capitaine du port de Marseille et de chef d'escadre [8].

« Comme notre abbé avait été baptisé en la maison de son père, sans les cérémonies ordinaires de l'Église, elles furent suppléées le 30 mai 1627 en la paroisse de Saint-Côme et Saint-Damien. L'éminentissime cardinal de Richelieu fut son parrain, et lui donna le nom d'Armand-Jean ; il eut pour marraine Marie de Fourcy, femme du marquis d'Effiat [9], surintendant des finances. »

Tel est le début du Père Le Nain. Le désert se réjouit, le réformateur de la Trappe se montre au monde entre Richelieu, son protecteur et Bossuet, son ami. Il fallait que le prêtre fût grand pour ne pas disparaître entre ses acolytes.

Le frère aîné de Rancé, Denis-François, le chanoine de Notre-Dame, était, dès le berceau, abbé commendataire de la Trappe ; la mort de Denis rendit Armand le chef de sa famille : il hérita de l'abbaye de son frère par cet abus des bénéfices convertis en espèce de biens patrimoniaux [10]. Admis dans l'ordre de Malte, quoiqu'il fût devenu l'aîné, ses parents le laissèrent dans la carrière de l'Église.

Le père de Rancé, frappé des dispositions de son fils, lui donna trois précepteurs : le premier lui montrait le grec, le second le latin, le troisième veillait sur ses mœurs [11] ; traditions d'éducation qui remontaient à Montaigne. Les parlementaires étaient alors très-érudits, témoin Pasquier et le président Cousin. A peine sorti des langes, Armand expliquait les poètes de la Grèce et de Rome. Un bénéfice étant venu à vaquer, on mit sur la liste des recommandés le filleul du cardinal de Richelieu ; le clergé murmura, le Père Caussin [12], jésuite et confesseur du roi, fit appeler l'abbé en jaquette [13]. Caussin avait un *Homère* sur sa table, il le présenta à Rancé : le petit savant expliqua un passage à livre ouvert. Le jésuite pensa que l'enfant s'aidait du latin placé en regard du texte, il prit les gants de l'écolier et en couvrit la glose. L'écolier continua de traduire le grec. Le Père Caussin s'écria : *Habes lynceos oculos !* Il embrassa l'enfant, et ne s'opposa plus aux faveurs de la cour [14].

A l'âge de douze ans (1638), Rancé donna son

Anacréon. Cette précocité de science est suffisamment démontrée possible par ce que l'on sait de Saumaise et des enfants célèbres. Rancé, à soixante-huit ans, dans une lettre à l'abbé Nicaise [15], s'avoue l'auteur du commentaire.

L'*Anacréon* grec [16] parut sous la protection du cardinal de Richelieu ; Chardon de La Rochette a fourni la traduction de l'épître dédicatoire. On la pourrait faire plus précise, non plus exacte. Il est curieux d'entendre celui qui devait dédaigner le monde parler à celui qui n'aspirait qu'à en devenir le maître : l'ambition est de toutes les âmes ; elle mène les petites, les grandes la mènent.

L'épître ouvre par ces mots :

« Au grand Armand-Jean, cardinal de Richelieu, Armand-Jean Le Bouthillier, abbé,

» Salut et longue prospérité. Ayant appris de bonne heure à me pénétrer des sentiments de reconnaissance, etc [17].

» La langue grecque est aussi la langue des saintes Écritures, etc.

» J'ai donné à l'étude de cette langue les mêmes soins qu'à celle des Romains, etc.

» Me dévouant tout entier au service de votre Éminence... »

C'est une des immortalités contradictoires de Richelieu d'avoir eu pour panégyristes Rancé, scoliaste d'*Anacréon*, et Corneille, qui devint à son tour pénitent : *les Horaces* sont dédiés au persécuteur du *Cid*.

Les scolies, dans l'*Anacréon* de Rancé, suivent une à une les odes ; les pièces à la louange du jeune

traducteur, imprimées à la tête de l'ouvrage, ne
donnent guère une idée de l'avenir du saint. Dans les
collèges il y avait une sorte d'enfance mythologique
qui passait d'une génération à l'autre. « Quels vœux
formes-tu, chantre de Téos, dit un des rapsodes de ces
pièces, brûles-tu pour Bathille, pour Bacchus, pour
Cythérée ? Aimes-tu les danses des jeunes vierges, voici
Armand (de Rancé) qui l'emporte sur Bathille et sur
les jeunes vierges ; si tu possèdes Armand, vis heureux. »

Singulière annonciation du saint. Je me souviens
qu'un de nos régents nous expliquait en classe l'églogue d'Alexis : Alexis était un écolier indocile, qui
refusait d'écouter les paroles de son affectueux maître [18]. Candide pudeur chrétienne !

Rancé subséquemment [19] jeta au feu ce qu'il lui
restait du tirage de l'*Anacréon*, dont on trouve néanmoins des exemplaires à la Bibliothèque du roi. Un
voyageur anonyme qu'on sait être aujourd'hui l'abbé
Nicaise, dans un voyage fait à la Trappe du vivant de
Rancé, raconte une conversation qu'il eut avec l'abbé.
Celui-ci lui dit « qu'il n'avait gardé dans sa bibliothèque
qu'un exemplaire de l'*Anacréon*, qu'il avait donné cet
exemplaire à M. Pellisson, non pas comme un bon
livre, mais comme un livre fort propre et fort bien
relié ; que dans les deux premières années de sa
retraite, avant que d'être religieux, il avait voulu lire
les poètes, mais que cela ne faisait que rappeler ses
anciennes idées, et qu'il y a dans cette lecture un
poison subtil, caché sous des fleurs, qui est très-
dangereux, et qu'enfin il avait quitté tout cela ».

Il écrivait à l'abbé Nicaise, le 6 avril 1692 : « Ce que j'ai fait sur *Anacréon* n'est rien de considérable ; qu'est-ce que l'on peut penser à l'âge de douze ans qui mérite qu'on l'approuve ! J'aimais les lettres et je m'y plaisais, voilà tout. »

Protégé de Richelieu et chéri de la reine-mère, Rancé entrait dans la vie sous les auspices les plus heureux. Marie de Médicis avait pour lui une tendresse d'aïeule, elle le tenait sur ses genoux, le portait, le baisait ; elle dit un jour au père de Rancé : « Pourquoi ne m'avez-vous pas encore amené mon fils ? Je ne prétends pas être si longtemps sans le voir ! » On aurait pris ces caresses pour le comble de la fortune ; mais elles venaient de la veuve de Henri IV et de la mère de la femme de Charles Ier. Il ne manquait rien à l'opulence de l'écolier : pourvu d'un canonicat de Notre-Dame de Paris, et abbé de la Trappe, il jouissait du prieuré de Boulogne près de Chambor, de l'abbaye de Notre-Dame-du-Val, de Saint-Symphorien de Beauvais ; il était prieur de Saint-Clémentin en Poitou, archidiacre d'Outre-Mayenne dans l'église d'Angers et chanoine de Tours [20], faveurs obtenues de Richelieu par le crédit d'*Anacréon*.

Vers cette époque le jeune Bouthillier aurait eu à subir une épreuve, Richelieu s'était brouillé avec Marie de Médicis : la reine italienne aurait mieux fait de continuer d'élever le Luxembourg et l'aqueduc d'Arcueil, de perfectionner son propre portrait gravé en bois par elle-même [21]. Bouthillier le père, qui demeurait attaché à la fortune de Marie, voulut contraindre Rancé à cesser d'aller chez son parrain ;

Rancé resta fidèle au cardinal et le vit secrètement jusqu'à sa mort. Telles sont les traditions conservées dans les biographies, mais la chronologie les renverse ; lorsque Marie de Médicis se réfugiait dans les Pays-Bas, Rancé n'avait que trois à quatre ans.

Richelieu mourut le 4 décembre 1642, dans la dix-huitième année de son ministère. Le génie est une royauté par l'ère de laquelle il faut compter. *Le Père Joseph, Marion de Lorme, la Grande pastorale* sont des infirmités ensevelies avant celui auquel elles furent attachées.

Sous la régence d'Anne d'Autriche et le ministère de Mazarin, Rancé poursuivit son éducation. Dans ses cours de philosophie et de théologie, il obtint des succès que la société d'alors voyait avec un vif intérêt : il dédia sa thèse à la mère de Louis XIV. Un jour, poussé par un professeur qui appuyait son opinion sur un passage concluant d'Aristote, il répondit qu'il n'avait jamais lu Aristote qu'en grec et que, si l'on voulait lui produire le texte, il tâcherait de l'expliquer. Le professeur ne savait pas le grec, ce que Rancé avait soupçonné. Alors l'abbé cita de mémoire l'original et fit voir la différence qui existait entre le texte et la version latine [22].

Rancé eut le bonheur de rencontrer aux études un de ces hommes auprès desquels il suffit de s'asseoir pour devenir illustre, Bossuet. Rancé commença par la cour et finit par la retraite, Bossuet commença par la retraite et finit par la cour ; l'un grand par la péni-tence, l'autre par le génie. Dans sa licence, Bossuet n'atteignit qu'à la seconde place [23] ; Rancé obtint la

première, on attribua ce succès à sa naissance : Rancé
n'en triompha pas ; Bossuet n'en fut point humilié.

Rancé prêcha avec succès dans diverses églises. Sa
parole avait du torrent, comme plus tard celle de
Bourdaloue ; mais il touchait davantage et parlait
moins vite.

Dans l'année 1648, s'ouvrit la [24] tranchée dans
laquelle sauta la France, pour escalader la liberté.
Cette bacchanale entachée de sang brouille les rôles ;
les femmes devinrent des capitaines ; le duc d'Orléans [25] écrivait des lettres adressées *à mesdames les com-
tesses maréchales-de-camp dans l'armée de ma fille contre le
Mazarin.*

Broussel, le conseiller, était le grand homme ;
Condé, un petit personnage tenu en cage à Vincennes
par un prêtre [26] ; le coadjuteur attendait à Saint-Denis
le sac de Paris [27], pour que madame de Sévigné, disait-
il, *lui passât par les mains* [28]. On égorgeait le voisin et l'on
se consolait par des vers :

> *En voyant ces œillets qu'un illustre guerrier* [29]...

Mazarin et Turenne étaient des amoureux, l'un de la
reine, l'autre de madame de Longueville [30], tandis que
Charles Ier tombait sous la hache de Cromwell et que
la fille de Henri IV [31] mourait de froid au Louvre.
Chaque jour voyait naître des gazettes : *le Courrier
français* et *le Courrier extravagant* étaient écrits en vers
burlesques ; à peine rencontre-t-on parmi des choses
insipides quelques lignes comme celles-ci :

« Le jeune Tancrède de Rohan [32] fut le premier qui
porta des nouvelles aux Champs-Élysées de la cruelle

guerre que le cardinal Mazarin avait allumée en France. Le nautonier Caron, ayant passé ce jeune guerrier dans sa barque, lui montra les champs délicieux où se divertissent les princes et les héros ; il lui donna une des plus jeunes et plus fières Destinées pour l'accompagner jusqu'à la porte de cet admirable pourpris, où il fut reçu avec regret, à cause de sa jeunesse. »

Plus avant, vous rencontrez le duc *de Jeûne* avec l'*infante Abstinence, sa femme*, se saisissant du *fort de Carême* par l'entremise du *jour des Cendres*.

C'était là la lecture dont se nourrissait le réformateur de la Trappe. Il pouvait errer au milieu des sociétés qui commencèrent avant la Fronde et qui finirent avec elle : en effet, ce fut là[33] qu'il connut madame de Montbazon[34]. Ces sociétés étaient de diverses sortes ; la première et la plus illustre de toutes était celle de l'hôtel de Rambouillet. Arrêtons-nous pour y jeter un regard. On comprendra mieux d'où Rancé était parti, quand on saura de quelle extrémité de la terre il était revenu.

Madame de Rambouillet, fille du marquis de Pisani et de madame Savelli[35], dame romaine, avait, ainsi que plusieurs familles de l'époque de nos Médicis, du sang italien dans les veines. Elle enseigna à Paris la disposition des grands hôtels dont la Renaissance avait déjà indiqué les principes. Quand la reine-mère bâtit le Luxembourg, elle envoya ses architectes étudier l'hôtel de Pisani, devenu l'hôtel de Rambouillet et situé dans l'espace qu'occupe aujourd'hui la rue de Chartres, ayant vue sur le petit palais de Philibert

Delorme : la seconde galerie du Louvre[36] n'a été bâtie que de notre temps. Cet hôtel était le rendez-vous de tout ce qu'il y avait de plus élégant à la cour et de plus connu parmi les gens de lettres. Là, sous la protection des femmes, commença le mélange de la société, et se forma, par la fusion des rangs, cette égalité intellectuelle, ces mœurs inimitables de notre ancienne patrie. La politesse de l'esprit se joignit à la politesse des manières ; on sut également bien vivre et bien parler.

Mais le goût et les mœurs ne se jettent pas d'une seule fonte. Le passé traîne ses restes dans le présent : il faut avoir la bonne foi de reconnaître les défauts que l'on aperçoit dans les époques sociales. En essayant de curieuses divisions de temps, on s'est efforcé d'accuser Molière d'exagération[37] dans ses critiques : pourtant il n'a dit que ce que racontent les mémoires, de même que les lettres de Guy Patin, montrent que dans la peinture des médecins, le grand comique n'a pas passé la mesure.

Marini, le Napolitain, reçu avec transport à l'hôtel de Rambouillet, acheva de gâter le goût en nous apportant l'amour des concetti. Marie de Médicis faisait à Marini une pension de deux mille écus. Corneille lui-même fut entraîné par ce goût d'outre-monts, mais son grand génie résista : dépouillé de sa calotte italienne, il ne lui resta que cette tête chauve qui plane au-dessus de tout.

Il régnait à l'hôtel de Rambouillet, à l'époque de sa plus ancienne célébrité, un attrait de mauvaise plaisanterie qu'on retrouvait encore dans ma jeunesse au fond des provinces. Ainsi des vêtements rétrécis, afin de persuader celui [38] qui les reprenait qu'il avait enflé pendant la nuit [39] ; ainsi Godeau accoutré en nain de Julie et rompant une lance de paille contre d'Andilly, qui lui donna un soufflet ; voilà où en était l'hôtel de Rambouillet. Lorsque Corneille y lut *Polyeucte*, on lui déclara que *Polyeucte* n'était pas faite [40] pour la scène. Voiture fut chargé d'aller signifier à Pierre de remettre son chef-d'œuvre dans sa poche. C'est pourtant cette puissante race normande qui a donné Shakespeare à l'Angleterre et Corneille à la France.

On n'aimait pas, à l'hôtel de Rambouillet, les bonnets de coton. Montausier [41] n'eut la permission d'en user qu'en considération de ses vertus. Les femmes portaient, le jour, une canne comme les châtelaines du XIVe siècle ; les mouchoirs de poche étaient garnis de dentelle, et l'on appelait *lionnes* les jeunes femmes blondes [42]. Rien de nouveau sous le soleil.

Dans une fête que donnait madame de Rambouillet, elle conduisit une nombreuse compagnie vers des rochers plantés de grands arbres. Mademoiselle de Rambouillet et les demoiselles de sa maison, vêtues en nymphes, faisaient le plus agréable spectacle. Julie d'Angennes apparut avec l'arc et le visage de Diane ; elle était si charmante qu'elle vainquit au chant un rossignol et que la tour de Montlhéry haussait le cou dans les nues pour apercevoir ses beaux yeux.

Il y avait un cabinet appelé la chambre bleue, à cause de son ameublement de velours bleu rehaussé d'or et d'argent. On y respirait des parfums, on y composait des stances à Zyrphée, reine d'Argennes à

la cour d'Arthénice, anagramme du nom de Catherine,
faite par Racan pour Catherine de Rambouillet, dont il
était amoureux. Celle-ci écrit à l'évêque de Vence[43] :
« Je vous souhaite à tout moment dans la loge de
Zyrphée ; elle est soutenue par des colonnes de marbre
transparent, et a été bâtie au-dessus de la moyenne
région de l'air par la reine Zyrphée. Le ciel y est
toujours serein ; les nuages n'y offusquent ni la vue ni
l'entendement, et de là tout à mon aise j'ai considéré le
trébuchement de l'ange terrestre. » L'*Astrée* de d'Urfé,
publié entre 1610 et 1620, florissait à l'hôtel de
Rambouillet. C'est par l'*Astrée* que s'introduisirent les
longs verbiages d'amour, peut-être nécessaires pour
corriger les amours du xvie siècle. D'Urfé, épris de
Diane de Chateaumorand[44], femme de son frère, dont
le mariage fut cassé, épousa Diane[45] et partagea son lit
avec de grands chiens.

Tout ce système d'amour, quintessencié par mademoiselle de Scudéri, et géographié sur la carte du
royaume du Tendre, vint se perdre[46] dans la Fronde,
gourme du siècle de Louis XIV encore au pâturage.
Voiture fut presque le premier bourgeois qui s'introduisit dans la haute société ; on a des lettres de lui à
Julie d'Angennes. Naturellement fat, il voulut baiser le
bras de Julie, de laquelle il fut vivement repoussé ; le
grand Condé le trouvait insupportable : il n'a pas,
quoi qu'on en dise, décrit Grenade et l'Alhambra[47].
Puis venaient Vaugelas, Ménage, Gombault, Mal-
herbe, Racan, Balzac, Chapelain, Cottin, Benserade,
Saint-Évremont, Corneille, La Fontaine[48], Fléchier,
Bossuet. Les cardinaux de La Valette et de Richelieu

passèrent à l'hôtel de Rambouillet, qui toutefois résista à la puissance du maître de Louis XIII. En femmes, on vit successivement venir la marquise de Sablé[49], Charlotte de Montmorency[50] et mademoiselle de Scudéri, moins jeune et moins simple que madame de Scudéri[51] ; enfin, au bout du rôle paraît madame de Sévigné[52] dans sa primeur.

Mademoiselle de Scudéri était la grande romancière du temps, et jouissait d'une réputation fabuleuse. Elle avait gâté et soutenu à la fois le grand style, accoutumant les esprits à passer de *Clélie* à *Andromaque*. Nous n'avons rien à regretter de cette époque. Madame Sand l'emporte sur toutes les femmes [53] qui commencèrent la gloire de la France. L'art vivra sous la plume de l'auteur de *Lélia*. L'insulte à la rectitude de la vie ne saurait aller plus loin, il est vrai, mais madame Sand fait descendre sur l'abîme son talent, comme j'ai vu la rosée tomber sur la mer Morte. Laissons-la faire provision de gloire pour le temps où il y aura disette de plaisirs. Les femmes sont séduites et enlevées par leurs jeunes années ; plus tard elles ajoutent à leur lyre la corde grave et plaintive sur laquelle s'expriment la religion et le malheur. La vieillesse est une voyageuse de nuit[54] : la terre lui est cachée ; elle ne découvre plus que le ciel.

Montausier, que la différence de religion avait empêché d'épouser Julie d'Angennes[55] pendant plusieurs années, rompit par son mariage la première société de l'hôtel de Rambouillet. La *Guirlande de Julie*, un peu fanée, est arrivée jusqu'à nous ; la *Violette* y fait entendre encore sa langue parfumée[56]. Madame de

Montausier, à cinquante ans révolus, se laissait aller à la faiblesse de dire : « Quand j'étais en couches ce printemps. »

Lorsqu'on a à raconter une série d'événements et qu'on pousse son récit jusqu'à la mort des personnages, on parvient à cette gravité des enseignements qui résulte des variations de la vie. La marquise de Rambouillet mourut à l'âge de quatre-vingt-deux ans[57], en 1665. Il y avait déjà long-temps qu'elle n'existait plus, à moins de compter des jours qui ennuient[58] tout le monde. Elle avait fait son épitaphe :

> *Et si tu veux, passant, compter tous ses malheurs,*
> *Tu n'auras qu'à compter les moments de sa vie.*

Tel est le secret de ces moments qui passent pour heureux.

Madame de Montausier expira le 13 avril 1671, âgée de soixante-quatre ans. Nommée gouvernante des enfants de France lors de la grossesse de Marie-Thérèse d'Autriche, ensuite dame d'honneur de la reine lorsque la duchesse de Navailles[59] donna sa démission, elle fut effrayée de l'apparition de monsieur de Montespan, ce mari de l'Alcmène de Molière, qu'elle crut voir dans un passage obscur et qui la menaçait. Julie d'Angennes se reprochait la flatterie de son silence. Responsable des devoirs que lui imposait le nom de son mari, elle semblait avoir ouï l'apostrophe de l'orateur[60] aux cendres de Montausier : « Ce tombeau s'ouvrirait, ses cendres se ranimeraient pour me dire : « Pourquoi viens-tu mentir pour moi, qui ne mentis jamais pour personne ? » Madame de Montau-

sier se retira, languit pendant trois années, puis elle
disparut[61] : on entendit à peine se refermer sa tombe.

Hélas ! une des plus belles renommées commencées
à l'hôtel de Rambouillet s'ensevelit à Grignan, à la
source de son immortalité. Madame de Sévigné ne
s'était pas fait illusion sur sa jeunesse, comme madame
de Montausier. Elle écrivait à sa fille : « Je vois le
temps accourir et m'apporter en passant l'affreuse
vieillesse. » Elle écrivait encore à ses enfants : « Vous
voilà donc à nos pauvres Rochers. » Et c'était là
qu'avait habité long-temps madame de Sévigné elle-
même. La lettre datée de Grignan, du 29 mars 1696,
quatre ans avant la mort de Rancé, regarde le jeune
Blanchefort[62], « *disparu comme une fleur que le vent
emporte* ». Cette lettre est une des dernières de l'épistolaire[63] ; plainte du vent qui passe sur un tombeau. « Je
mérite, dit-elle, d'être mise dans la hotte où vous
mettez ceux qui vous aiment, mais je crains que vous
n'ayez point de hottes pour ces derniers. » Ces hottes
ne pèsent guère ; elles ne portent que des songes. On se
plaît mélancoliquement à voir dans quel cercle rou-
laient les idées dernières de madame de Sévigné. On
ne dit pas quelle fut sa parole fatidique : on aimerait à
avoir un recueil des derniers mots prononcés par les
personnes célèbres ; ils feraient le voculaire[64] de ces
régions énigmatiques[65] des sphinx par qui en Égypte
l'on communique du monde au désert.

A Rome, qu'avait habitée madame des Ursins[66],
alliée de madame de Rambouillet, madame des Ursins
ne se pouvait résoudre à retourner proscrite et vieille :
« Occupée du monde, dit Saint-Simon, de ce qu'elle

avait été et de ce qu'elle n'était plus, elle eut le plaisir
de voir Madame de Maintenon, oubliée, s'anéantir
dans Saint-Cyr. »

Et pourtant M. le duc de Noailles[67] vient de faire de
Saint-Cyr une restauration admirable. En nous parlant du plaisir que devait trouver madame des Ursins
à prolonger ses jours parmi des ruines, Saint-Simon
regardait apparemment comme plaisir la plus dure des
afflictions, le survivre. Heureux, l'homme expiré en
ouvrant les yeux ! il meurt aux bras de ces femmes du
berceau, qui ne sont dans le monde qu'un sourire.

Des débris de cette société se forma une multitude
d'autres sociétés qui conservèrent les défauts de l'hôtel
de Rambouillet sans en avoir les qualités. Rancé
rencontra ces sociétés ; il n'y put gâter son esprit, mais
il y gâta ses mœurs ; il eut plusieurs duels, à l'exemple
du cardinal de Retz, s'il faut en croire quelques écrits
dont on doit néanmoins se défier.

L'hôtel d'Albret et l'hôtel de Richelieu furent les
deux grandes dérivations de cette première source,
d'où sortirent l'hôtel de Longueville et l'hôtel de
madame de La Fayette, en attendant les jardins de La
Rochefoucauld, que j'ai vus encore entiers dans la
petite rue des Marais. On tenait ruelle[68] ; Paris était
distribué en quartiers qui portaient des noms merveilleux ; on les peut voir dans le *Dictionnaire des Précieuses*.
Le faubourg Saint-Germain s'appelait la Petite
Athènes ; la place Royale, la Place Dorique ; le Marais,
le quartier des Scholies ; l'île Notre-Dame, la place de
Délos[69]. Tous les personnages du commencement du
XVIIe siècle avaient changé d'appellation : témoin le

discours de Boileau sur les *héros de roman*. Madame
d'Aragonnais [70] était la princesse *Philoxène ;* madame
d'Aligre [71], *Thélamyre ;* Sarrasin, *Polyandre ;* Conrart,
Théodamas ; Saint-Aignan, *Artaban ;* Godeau, le *mage de
Sidon.*

Loin de là, vers le Marais, se trouvait une autre
société qui en prenait le nom, et dont [72] les personnages
se mêlaient parfois à ceux de l'hôtel de Rambouillet.
Là régnait le grand Condé, et passait Molière ;
on y rencontrait La Rochefoucauld, Longueville [73],
d'Estrées, La Châtre. Condé avait quitté les *petits-
maîtres,* ses premiers compagnons, et n'apprenait plus à
monter à cheval avec Arnauld d'Andilly. Molière
puisa dans une conversation avec Ninon, qui se
trouvait là, la peinture de l'hypocrite dont il fit ensuite
le Tartufe.

Ninon, puisque je l'ai nommée, paraîtrait [74] cependant n'avoir pas été connue de Rancé. Elle était impie ;
de là la faveur dont elle a joui dans le XVIIIe siècle ;
philosophe et courtisane, c'était la perfection. On a fait
trop de bruit de la fidélité que mademoiselle de
Lenclos mit à rendre un dépôt [75] : cela prouve qu'elle
ne volait pas. Son incrédulité passait sous la protection
de son esprit : il fallait qu'elle en eût beaucoup pour
que mesdames de La Suze [76], de Castelnau [77], de La
Ferté, de Sully, de Fiesque [78], de La Fayette, ne fissent
aucune difficulté de la voir. Madame de Maintenon,
n'étant encore que madame Scarron, était liée avec
elle ; elle voulut l'appeler à Saint-Cyr. La comtesse
Sandwich [79] la recherchait : la reine Christine, s'effor-
çant de l'emmener à Rome, l'appelait *l'illustre* Ninon ;

Port-Royal prétendit la convertir[80] : « Vous savez, disait-elle à Fontenelle, le parti que j'aurais pu tirer de mon corps ; je pourrais encore mieux vendre mon âme[81]. » Madame de Sévigné a fait connaître les amours de son fils : elle le blâme d'avoir livré à Ninon les lettres de la Champmeslé, par la raison que dans le mal même il faut avoir de l'honneur. Ninon ne se contenta pas d'une conquête dans la famille de Chantal, elle étendit son pouvoir sur trois générations.

On partageait les bienvenus de Ninon en plusieurs classes, les *martyrs,* les *favoris* et ceux qui attendaient leur bonheur de la fortune : son désintéressement ne la rendait pas insensible à la munificence de ses esclaves. Elle habitait sa maison, rue des Tournelles, maison que l'on montre encore ; elle passa quelque temps dans les environs de Saint-Germain-des-Prés. Dans le carême de 1651, on jeta un os par la fenêtre de Ninon ; cet os tomba sur un prêtre. Ce prêtre assura que l'on avait tué deux hommes là dedans et que l'on y mangeait de la viande. Ninon envoya Candale et Mortemart parler au bailli dans la juridiction duquel se trouvait une partie du faubourg Saint-Germain : l'affaire s'arrangea[82].

Ninon assurait que Fourreau, traitant fort riche, était mal portant, et qu'elle lui avait vu un javart[83]. Villearceaux[84], qui guettait Ninon à travers une fenêtre, voulut courir chez elle dans un accès de jalousie ; croyant prendre son chapeau, il s'enfonça sur la tête une aiguière d'argent qu'on eut mille peines à retirer. Villearceaux étant tombé malade, Ninon coupa ses cheveux et les lui envoya. Elle eut un fils de

Villearceaux. Ce fils, ignorant sa naissance, devint amoureux de sa mère et se poignarda : anecdote suspecte. Ninon[85] avait exclu Chapelle de sa société pour son ivrognerie ; Chapelle jura que pendant un mois il ne se coucherait pas sans être ivre et sans avoir fait une chanson contre Ninon.

Les œuvres de Saint-Évremont renferment huit lettres de mademoiselle de Lenclos, écrites à l'exilé[86] qui, n'ayant pu obtenir un tombeau dans sa patrie, a un mausolée à Westminster. Saint-Évremont apercevait Paris à l'envers, du fond de Londres ; il est vrai qu'il avait auprès de lui le chevalier de Grammont[87] ; et, comme Français, l'*Écossais* Hamilton, sans compter les belles Italiennes Mazarini[88] dont il était épris[89]. Les lettres de Ninon sont fines de style et de goût[90].

« Je défie, dit-elle à Saint-Évremont, je défie Dulcinée de sentir avec plus de joie le souvenir de son chevalier. Votre lettre a été reçue comme elle le mérite, et la *triste figure* n'a point diminué le mérite des sentiments. Je suis touchée de leur force et de leur persévérance. Conservez-les, à la honte de ceux qui se mêlent d'en juger. Je crois comme vous que les rides sont les marques de la sagesse. Je suis ravie que vos vertus extérieures ne vous attristent point : je tâche d'en user de même. Vous avez un ami gouverneur de province, qui doit sa fortune à ces agréments. M. de Turenne ne voulait vivre que pour se voir vieux. »

Madame de Sévigné aurait-elle parlé plus agréablement de ses *vertus extérieures ?* Ninon écrit encore à Saint-Évremont : « Nous mériterons les louanges de la postérité par la durée de notre vie et par celle de l'amitié. Je suis lasse quelquefois de faire toujours la même chose, et je loue le Suisse qui se jeta dans la rivière par cette raison. Mes amis me reprennent souvent sur cela, et m'assurent que la vie est bonne tant que l'on est tranquille et que l'esprit est sain. La force du corps donne d'autres pensées ; on préférerait sa force à celle de l'esprit, mais tout est inutile, quand on ne saurait rien changer. »

Nous venons d'entendre parler de Turenne. Voici La Fontaine :

« J'ai su que vous souhaitiez La Fontaine en Angleterre : on n'en jouit guère à Paris ; sa tête est bien affaiblie. C'est le destin des poètes : le Tasse et Lucrèce l'ont éprouvé. Je doute qu'il y ait eu du philtre amoureux pour La Fontaine ; il n'a guère aimé de femmes qui en eussent pu faire la dépense [91]. »

Le siècle de Louis XIV achève de défiler derrière ce transparent tendu par la main d'une nouvelle habitante de Céa [92].

On n'a jamais bien su la cause de la disgrâce du correspondant de Ninon et de l'implacabilité de Louis XIV. La lettre politique citée par Saint-Simon, malgré la susceptibilité du roi (fort naturelle après les troubles de sa minorité), ne saurait être la vraie cause de la disgrâce ; il faut qu'il y ait eu quelque blessure secrète : Saint-Évremont avait été lié avec Fouquet, et Fouquet touchait aux lettres de madame de La Vallière. Les lettres de Saint-Évremont, en réponse à mademoiselle de Lenclos, sont agréables sans être naturelles. On reconnaissait parmi les étrangers ces éclats détachés de la planète de la France, et qui formaient de petites sphères indépendantes de la région dans laquelle elles tournaient. Il est à peu près certain que Saint-Évremont est l'auteur de la conversation du père Canaye[93] avec le maréchal d'Hocquincourt[94].

> *Grotte d'où sort ce clair ruisseau,*
> *De mousse et de fleurs tapissée,*
> *N'entretiens jamais ma pensée*
> *Que du murmure de ton eau.*

Chaulieu chantait ainsi dans un moment de rêverie ; peut-être avait-il en pensée le souvenir de Ninon, lorsqu'il s'écriait :

> *Dieu ! ce soir qu'Iris est belle !*
> *Son cœur, dit-elle, est à moi :*
> *Passons la nuit avec elle ;*
> *Mais comptons peu sur sa foi.*

L'*Anacréon du Temple*, ainsi qu'on appelait Chaulieu parlant de la vieille mademoiselle de Lenclos, assurait que l'amour s'était retiré jusque dans ses rides ; toute cette jeune société avait plus de quatre-vingts ans. Voltaire, au sortir du collège, fut présenté à Ninon. Elle lui laissa deux mille francs pour acquérir des livres, et apparemment le cercueil que l'Égypte faisait tourner autour de la table du festin. Ninon, dévorée du temps, n'avait plus que quelques os entrelacés, comme on en voit dans les cryptes de Rome. Les temps de Louis XIV agrandissaient tout. Que serait-ce aujourd'hui que Ninon[95] ?

Au moment que paraît Ninon, se lève un nouvel astre, madame Scarron[96]. Elle demeurait avec son mari vers la rue du Mouton. Scarron, étant au Mans, s'était enduit de miel, et roulé dans un tas de plumes ; il avait jouté dans les rues en façon de coq. Tout cul-de-jatte qu'il était, il épousa mademoiselle d'Aubigné, belle et pauvre, née dans les prisons de la conciergerie de Niort, élevée au Château-Trompette où Agrippa d'Aubigné avait été transféré. Elle revenait d'Amérique ; son père Agrippa [97] y avait passé. L'amiral de Coligny avait voulu autrefois [98], dans les Florides, fonder une colonie.

Selon Segrais, mademoiselle d'Aubigné fut recherchée dans son enfance par un serpent : Alexandre est au fond de toute l'histoire [99]. Retirée chez madame de Villette, calviniste, et chez madame de Neuillant, avare, madame de Maintenon commandait dans la basse-cour. Ce fut par ce gouvernement que commença son règne. L'auteur du *Roman comique* produisit sa femme à l'aide du chevalier de Méré, qui appelait la femme de son joyeux ami sa *jeune Indienne*. Madame Scarron éleva d'abord les bâtards de Louis XIV [100] et de madame de Montespan, dans une maison isolée, au milieu de la plaine de Vaugirard. Ce qui lui fournit occasion de voir seule Louis XIV ; elle trouva une route à travers les habitudes du roi ; elle lui donnait les plaisirs de l'indépendance et ceux de la retenue [101]. Par cette route, elle arriva à devenir la femme de Louis XIV. Scarron fut chargé de la sorte d'une grande destinée : les nègres nourrissent pour leur maître ces élégantes créatures du désert qui ont le cou si long et si beau [102].

Au centre de la société commençaient les fêtes des Tuileries, bals, comédies, promenades en calèche. Les

différents jardins de Fontainebleau paraissaient des
jardins enchantés, et, comme on disait, les *déserts des
Champs-Élysées*. Louis XIV suivait alors Madame,
Henriette d'Angleterre, qui épousa Monsieur [103]. Plaisirs le jour, promenades et repas jusqu'à deux et trois
heures après minuit dans les bois avaient lieu, selon
madame de Motteville, *d'une manière qui avait un air plus
que galant*.

Mademoiselle de Montpensier raconte que l'on fut
une fois trois jours à accommoder sa parure ; sa robe
était chamarrée de diamants avec des houppes incar-
nat, blanc et noir [104] : la reine d'Angleterre avait prêté
une partie de ses diamants. Mademoiselle, qui se
vantait de sa belle taille, de sa blancheur et de l'éclat
de ses cheveux blonds, était laide ; elle avait les dents
noires, ce dont elle s'enorgueillissait comme d'une
preuve de sa descendance. Sous le cardinal de Richelieu, Mademoiselle avait déjà paru dans le ballet du
Triomphe de la beauté : elle représentait la Perfection ;
mademoiselle de Bourbon [105], l'Admiration ; mademoiselle de Vendôme [106], la Victoire.

Les contrastes assaisonnaient ces joies. Mademoiselle, pendant la Fronde, après avoir saisi Orléans
pour Monsieur, traversait le Petit-Pont à Paris ; son
carrosse s'accroche à la charrette que l'on menait
toutes les nuits pleine de morts ; elle ne fit que changer
de portière, *de crainte que quelques pieds ou mains ne lui
donnassent par le nez*. Durant cette révolution, on vivait
dans la rue comme en 1792. Mademoiselle fit une
visite à Port-Royal ; elle projetait d'avoir dans son
désert un couvent de carmélites [107].

Le cardinal de Retz était partout, prenant femme de toutes mains ; il fréquentait l'hôtel de Chevreuse. Mademoiselle de Chevreuse [100] *traitait ce qu'elle aimait comme ses jupes qu'elle mettait dans son lit quand elles lui plaisaient et qu'elle brûlait par une pure aversion deux jours après.* Enfin, au Marais et dans l'île Saint-Louis, demeuraient Lamoignon et d'Aguesseau, graves magistrats ; on en égalisait le poids dans leur jeunesse avec un pain, lorsqu'une grosse cavale les portait l'un vis-à-vis de l'autre dans deux paniers [109]. Henri III aimait à surprendre ces compagnies retirées, et s'asseyait au milieu d'elles sur un bahut.

Sociétés depuis long-temps évanouies, combien d'autres vous ont succédé ! Les danses s'établissent sur la poussière des morts, et les tombeaux poussent sous les pas de la joie. Nous rions et nous chantons sur les lieux arrosés du sang de nos amis. Où sont aujourd'hui les maux d'hier ? Où seront demain les félicités d'aujourd'hui ? Quelle importance pourrions-nous attacher aux choses de ce monde ? L'amitié ? elle disparaît quand celui qui est aimé tombe dans le malheur, ou quand celui qui aime devient puissant. L'amour ? il est trompé, fugitif ou coupable. La renommée ? vous la partagez avec la médiocrité ou le crime. La fortune ? pourrait-on compter comme un bien cette frivolité ? Restent ces jours dits heureux qui coulent ignorés dans l'obscurité des soins domestiques, et qui ne laissent à l'homme ni l'envie de perdre ni de recommencer la vie.

Rancé avait l'entrée des salons que je viens de peindre par ses amis de la Fronde, personnages dont nous le verrons porter les lettres de recommandation à

Rome. Le cardinal de Retz le logea chez lui près du Vatican. Champvallon[110], archevêque de Paris, était son familier. Champvallon avait l'habileté et l'audace des Sancy[111] ; il agréait à Louis XIV. On croit que le prince le choisit pour la célébration de son mariage avec madame de Maintenon. Celle-ci expia son ambition en osant écrire qu'elle s'ennuyait d'un roi qui n'était plus amusable[112]. Champvallon contraria Bossuet dans l'assemblée du clergé en 1682. La mort de cet archevêque fut honteuse à Conflans[113], qu'il avait acheté et qui est resté à l'archevêché de Paris.

Rancé était encore le compagnon de Châteauneuf[114] et de Montrésor[115], petit-fils de Brantôme. Il chassait avec le duc de Beaufort[116]. Enfin il tenait à tous ces êtres futiles par les familiers de l'hôtel de Montbazon, où sa liaison avec la duchesse de Montbazon l'avait introduit[117].

Au sortir de la Fronde, l'abbé Le Bouthillier résidait tantôt à Paris, tantôt à Véretz[118], terre de son patrimoine et l'une des plus agréables des environs de Tours. Il embellissait chaque année sa châtellenie[119] ; il y perdait ses jours à la manière de saint Jérôme et de saint Augustin, comme quand, dans les oisivetés de ma jeunesse, je les conduisis sur les flots du golfe de Naples. Rancé inventait des plaisirs : ses fêtes étaient brillantes, ses festins somptueux ; il rêvait de délices, et il ne pouvait arriver à ce qu'il cherchait. Un jour, avec trois gentilshommes de son âge, il résolut d'entreprendre un voyage à l'imitation des chevaliers de la Table ronde ; ils firent une bourse en commun, et se préparèrent à courir les aventures ; le projet s'en alla en fumée.

Il n'y avait pas loin de ces rêves de la jeunesse aux réalités de la Trappe.

Ainsi que Catherine de Médicis, dont on voit encore la tour des sortilèges accolée à la rotonde du Marché au blé, Rancé donna dans l'astrologie [120]. Le fond de religion qu'il avait reçu de son éducation chrétienne combattait ses superstitions ; les avertissements qu'il croyait recevoir des astres tournaient au profit de sa conversion future. De même que les anciens observateurs des révolutions sidérales, il connaissait les montagnes de la lune avant que les montagnes de la terre lui fussent connues. Un jour, derrière Notre-Dame, à la pointe de l'île, il abattait des oiseaux : d'autres chasseurs tirèrent sur lui du bord opposé de la rivière ; il fut frappé ; il ne dut la vie qu'à la chaîne d'acier de sa gibecière : « Que serais-je devenu, dit-il, si Dieu m'avait appelé dans ce moment [121] ? »

Une autre fois, à Véretz, il entend des chasseurs dans les avenues de son château : il court, tombe au milieu d'une troupe d'officiers à la tête desquels était un gentilhomme renommé par ses duels. Rancé s'élance sur le délinquant et le désarme. « Il faut, disait après le braconnier noble, que le ciel ait protégé Rancé, car je ne puis comprendre ce qui m'a empêché de le tuer. » On trouve une autre version de cette aventure : Rancé à cheval fut couché en joue par des chasseurs ; il n'était accompagné que d'un jockey, qu'on appelait alors un *petit laquais :* il se jette dans la bande, la fait reculer, et la force à lui demander des excuses.

Avant qu'il eût pris sa route en bas, son ambition le

poussait à monter. Tonsuré le 21 décembre 1635, bachelier en théologie en 1647, licencié en 1649, il reçut en 1653 le bonnet de docteur de la faculté de Navarre [122] ; dès 1651 l'archevêque de Tours, dans l'église de Saint-Jacques-du-Haut-Pas, lui avait conféré à la fois les quatre [123] mineurs, le sous-diaconat et le diaconat ; quelques mois après, le 22 janvier 1651, il fut ordonné prêtre [124].

L'imposition des mains étant faite, il ne restait plus qu'à passer à une cérémonie redoutable. J'ai entendu, au pied des Alpes vénitiennes, carillonner la nuit en l'honneur d'un pauvre lévite qui devait dire sa première messe le lendemain. Pour Rancé, les ornements et les vêtements préparés à la lumière du jour étaient magnifiques ; mais soit qu'il fût saisi des terreurs du ciel, soit qu'il regardât comme des licences sacrilèges celles qu'il avait obtenues, soit qu'il ressentît cette épouvante qui saisissait un trop jeune coupable quand la Rome païenne lui délivrait des dispenses d'âge pour mourir, Rancé s'alla cacher aux Chartreux. Dieu seul le vit à l'autel. Le futur habitant du désert consacra sur la montagne, à l'orient de Jérusalem, les prémices de sa solitude.

« Ce que le monde appelle les belles passions, dit un des historiens de Rancé, occupait son cœur : les plaisirs le cherchaient, et il ne les fuyait pas. Jamais homme n'eut les mains plus nettes, n'aima mieux à donner et moins à prendre. »

L'abbé Marsollier, dont je rapporte les paroles, était chargé d'écrire la vie du réformateur par les ordres du roi et de la reine d'Angleterre. Les injonctions de ces

majestés tombées impriment à l'expression du serviteur de Dieu ce quelque chose de tempérant et de
grave qu'inspire l'infortune [125] dans les hauts rangs.

Mazarin n'aimait pas les hommes qui sortaient de la
Fronde ; il aimait encore moins les protégés de son
devancier [126] et s'opposait à l'avancement de Rancé ;
Rancé lui-même ne se prêtait pas à cet avancement
quand il n'y trouvait pas sa convenance. Peu de temps
après avoir reçu la prêtrise, il refusa l'évêché de Léon ;
il n'en trouvait pas le revenu assez considérable, et la
Bretagne était trop loin de la cour. Dom Gervaise
raconte que la chasse était un de ses amusements
favoris : « On l'a vu plus d'une fois, dit-il, après avoir
chassé trois ou quatre heures le matin, venir le même
jour en poste de douze ou quinze lieues, soutenir une
thèse en Sorbonne ou prêcher à Paris avec autant de
tranquillité d'esprit que s'il fût sorti de son cabinet. »
Champvallon, l'ayant rencontré dans les rues, lui dit :
« Où vas-tu, l'abbé ? que fais-tu aujourd'hui ? — Ce
matin, répondit-il, prêcher comme un ange et ce soir
chasser comme un diable [127]. »

L'abbé de Marolles, dans ses *Mémoires,* cite Rancé :
« Cet abbé, dit-il, de qui l'humeur est si douce et
l'esprit si éclairé, s'il avait plu au roi de le nommer
coadjuteur de monsieur l'archevêque de Tours, son
oncle, son oncle en eût été ravi, autant pour les
avantages de son diocèse que pour l'honneur de sa
famille. » « L'archevêque crut d'abord, continue
Marolles, que ce n'était de ma part que pures civilités ;
mais comme il connut que j'y prenais quelque sorte
d'intérêt pour les grandes espérances que je concevais

de la capacité de l'abbé de Rancé, il me remercia. »
La mère de l'abbé de Marolles, dont il est ici
question, allait à la messe dans un chariot mené par
quatre chevaux blancs pris sur les Turcs, en Hongrie. Elle portait son fils à une fontaine qui coulait
au travers d'une saulaie[128]. Marolles mériterait que
l'on parlât de lui, n'eût-il composé que ces vers ; on
ne voit pas qu'ils pussent être du Marolles, auteur
des *Observations sur le Roland furieux* :

> Que de plaisir de voir deux colombelles,
> Bec contre bec, en agitant leurs ailes,
> Mille baisers se donner tour à tour ;
> Puis, tout ravies de leur grâce naïve,
> Dormir auprès d'une source d'eau vive
> Dont le doux bruit semble parler d'amour !

L'inclination militaire de Rancé le poussait dans
les lieux d'escrime. Quand il parvenait à faire sauter
le fleuret d'un prévôt d'armes, rien n'égalait sa joie.

L'habit de fantaisie de celui qui devait revêtir la
bure était un justaucorps violet, d'une étoffe précieuse ; il portait une chevelure longue et frisée, deux
émeraudes à ses manchettes, un diamant de prix à
son doigt. A la campagne ou à la chasse, on ne
voyait sur lui aucune marque des autels : « Il avoit,
continue Gervaise, l'épée au côté, deux pistolets à
l'arçon de sa selle, un habit couleur de biche, une
cravate de taffetas noir où pendoit une broderie d'or.
Si, dans les compagnies plus sérieuses qui le
venoient voir, il prenoit un justaucorps de velours
noir avec des boutons d'or, il croyoit beaucoup faire

et se mettre régulièrement. Pour la messe, il la disoit peu. »

Il reste quelques pages de Rancé, intitulées : *Mémoire des dangers que j'ai courus durant ma vie, et dont je n'ai été préservé que par la bonté de Dieu.* « A l'âge de quatre ans, dit l'auteur du *Memento,* je fus attaqué d'une hydropisie de laquelle je ne guéris que contre le sentiment de tout le monde. A l'âge de quatorze ans, j'eus la petite vérole. Une fois, en essayant un cheval dans une cour, l'ayant poussé plusieurs fois et arrêté devant la porte d'une écurie, le cheval m'emporta ; et, comme l'écurie était retranchée, il passa deux portes : ce fut une espèce de miracle que cela se pût faire sans me tuer. »

Suit cinq à six autres accidents de chevaux ; ils font honneur au courage et à la présence d'esprit de Rancé. J'ai vu des brouillons de la jeunesse de Bonaparte ; il jalonnait le chemin de la gloire comme Rancé le chemin du ciel.

Ces dangers auxquels le hasard exposait Rancé frappèrent un esprit sérieux chez qui des réflexions graves commençaient à naître. En s'attachant à une femme qui avait déjà franchi la première jeunesse, Rancé aurait dû s'apercevoir que la voyageuse avait achevé avant lui une partie de la route.

Le duc de Montbazon présidait un jour un assaut scolastique dans lequel l'abbé de Rancé était rudement mené. Fatigué des criailleries, le vieux duc se lève, s'avance au milieu de la salle en faisant jouer sa canne comme pour séparer des chiens, et dit en latin à Rancé : *Contra verbosos, verbis ne dimices ultra.* Montba-

zon, mort en 1644, à l'âge de quatre-vingt-six ans,
était né en 1558, sous Henri II [129]. Il avait vu passer
la Ligue et la Fronde. Était-il dans la voiture de
Henri IV lorsque celui-ci fut assassiné ? Le duc de
Montbazon, corrompu par son temps [130], faisait confidence à sa femme de ses infidélités octogénaires.
Devenu [131] amoureux d'une joueuse de luth, il se prit
de querelle avec la musicienne et la voulut jeter par la
fenêtre. La force manqua à sa vengeance ; il retomba
sur son lit près du volage fardeau que ne put soulever
ni son bras ni sa conscience.

C'était à cette école [132] qu'il endoctrinait sa femme
âgée de seize ans, fille aînée de Claude de Bretagne [133],
comte de Vertus, et de Catherine Fouquet de La
Varennes [134]. Le comte de Vertus avait fait tuer chez
lui [135], au château de Chantocé, Saint-Germain-La-
Troche, amant de sa femme. La duchesse de Montbazon était religieuse lorsqu'elle épousa son mari. Le duc
l'appelait sa *religieuse*. Il écrivait à la reine-mère qu'il
savait bien de quoi son âge le menaçait, mais que les
bons exemples de S. M. retiendraient sa femme dans
les bornes du devoir.

Il avait fait bâtir, à dix lieues de Paris, un château
plein de tourelles et orné de cornes. Il montrait ce chef-
d'œuvre aux curieux et ajoutait en se frappant le
front : « J'ai trouvé ça dans ma tête. » Tandis qu'avec
Bassompierre, sorti de la Bastille, il s'entretenait du
passé, la duchesse de Montbazon s'occupait du présent. Elle disait qu'à trente ans on n'était bonne à rien
et qu'elle voulait qu'on la jetât dans la rivière quand
elle aurait atteint cet âge.

Hercule de Rohan[136], gouverneur de Paris, était veuf lorsqu'il épousa la fille du comte de Vertus. Il avait plusieurs enfants d'un autre lit, entre autres la duchesse de Chevreuse[137] : de sorte que madame la duchesse de Montbazon était belle-mère de la duchesse de Chevreuse, quoique infiniment plus jeune que sa belle-fille.

Tallemant des Réaux assure que madame de Montbazon était une des plus belles personnes qu'on pût voir[138], qu'à trente-cinq ans, *elle défaisait toutes les autres au bal*. Le duc de Montbazon et Le Bouthillier le père étaient liés. Nous venons de voir comment le vieux duc vint au secours du fils dans un assaut scolastique.

Rancé, caressé dans la maison du duc, fut élevé sous les yeux de la jeune duchesse ; il résulta de ce rapprochement une liaison. Le duc mourut en 1644 ; sa femme avait alors trente-deux ans et ne paraissait pas en avoir plus de vingt. Les relations de madame de Montbazon et de Rancé continuèrent ; elles ne furent troublées qu'en 1657 par un accident. La duchesse se pensa noyer en traversant un pont qui se rompit sous elle. Le bruit de sa mort se répandit ; on lui fit cette épitaphe :

> *Ci-gît Olympe, à ce qu'on dit :*
> *S'il n'est pas vrai, comme on souhaite,*
> *Son épitaphe est toujours faite :*
> *On ne sait qui meurt, ni qui vit.*

Marie de Montbazon devint célèbre[139]. On la trouve dans tous les libelles du temps. Aimée du prince de Condé, l'inconstante amie de Rancé fut souvent la

rivale heureuse de madame de Longueville. Le duc de
Beaufort était le serviteur de madame de Montbazon.
On ne se pouvait ouvrir à lui d'aucun secret important
à cause de la duchesse, qui n'avait point de discrétion.
Elle eut une excuse à faire à madame de Longueville
au sujet de deux billets [140] de madame de Fouquerolles
adressés au comte de Maulevrier, et qui étaient tombés
de la poche de celui-ci. Madame de Montbazon les
trouva, prétendit qu'ils étaient de madame de Longueville et qu'ils regardaient Coligny [141]. Madame de
Montbazon les commenta avec toutes sortes de raille-
ries. Cela fut rapporté à madame de Longueville, qui
devint furieuse. La cour se divisa. Les *importants* prirent
le parti de madame de Montbazon, et la reine se
rangea du parti de madame de Longueville, sœur du
duc d'Enghien, dernièrement vainqueur à Rocroi. Les
importants étaient un parti composé de *quatre ou cinq*
mélancoliques qui avaient l'air de penser creux (Retz). C'était
madame de Cornuel [142] qui les avait ainsi nommés,
parce qu'ils terminaient leurs discours par ces mots :
« Je m'en vais pour une affaire d'importance. » Le duc
de Beaufort, le héros des halles, leur donnait une
certaine renommée vaille que vaille. « Il avait tué le
duc de Nemours [143], pleuré des hommes en public et
des femmes en secret », dit Benserade.

Le cardinal Mazarin convertit des tracasseries de
femmes en une affaire d'État. Madame de Longueville
exigeait une réparation, et Condé appuyait sa sœur ;
madame de Montbazon refusait toute satisfaction, et le
duc de Beaufort la soutenait.

« Durant que j'étais à Vincennes, dit mademoiselle

de Scudéri, vint madame de Montbazon avec M. de
Beaufort ; il lui faisait voir toutes les incommodités de
ce logement, triomphant lâchement du malheur d'un
prince qu'il n'oserait regarder qu'en tremblant s'il
était en liberté. »

Mademoiselle de Scudéri se souvient trop qu'elle a
fait un beau quatrain sur la prison du grand Condé. Le
duc de Beaufort osait regarder tout le monde en face ; il
avait même insulté Condé, et l'avantage de la branche
bâtarde était resté aux illégitimes sur la branche
cadette des légitimes [144].

Après maintes allées et venues pour concilier
madame de Longueville et madame de Montbazon, on
convint, d'après l'avis d'Anne d'Autriche et de Mazarin, des excuses que madame de Montbazon aurait à
faire à madame de Longueville. Ces excuses furent
écrites dans un billet attaché à l'éventail de madame
de Montbazon. Madame de Montbazon, fort parée,
entra dans la chambre de la princesse ; elle lut le petit
papier attaché à son éventail :

« Madame, je viens vous protester que je suis très-
innocente de la méchanceté dont on m'a voulu accuser ; il n'y a aucune personne d'honneur qui puisse dire
une calomnie pareille. Si j'avois fait une faute de cette
nature, j'aurois subi les peines que la reine m'auroit
imposées ; je ne me serois jamais montrée dans le
monde et vous en aurois demandé pardon. Je vous
supplie de croire que je ne manquerai jamais au
respect que je vous dois et à l'opinion que j'ai de la
vertu et du mérite de madame de Longueville. »

La princesse répondit : « Madame, je crois très-volontiers à l'assurance que vous me donnez de n'avoir nulle part à la méchanceté que l'on a publiée ; je défère trop au commandement que la reine m'en a fait. »

« Madame de Montbazon prononça le billet, dit madame de Motteville, de la manière du monde la plus fière et la plus haute, faisant une mine qui sembloit dire : « Je me moque de ce que je dis. »

Les deux dames se retrouvèrent dans le jardin du Renard[145], au bout du jardin des Tuileries ; madame de Longueville déclara qu'elle n'accepterait point la collation si sa rivale demeurait ; madame de Montbazon refusa de s'en aller. Le lendemain madame de Montbazon reçut un ordre du roi de se retirer dans une de ses maisons de campagne. Il y eut un duel entre M. de Guise[146] et M. de Coligny[147], suite du démêlé[148].

> *Enfin Montbazon*
> *A changé de maison,*
> *Voulant à ce prix*
> *S'approcher de Paris ;*
> *Mais l'argent qu'elle a pris*
> *Aigrit nos esprits.*

Dans une chanson sur l'air, *Réveillez-vous, belle endormie*, on donne à madame de Montbazon : La Feuillade, Barbezieux, La Meilleraie[149], Vassenar et le comte d'Évreux[150]. On trouvera mille autres turpitudes dans le recueil de Maurepas. C'étaient alors les libertés de la France.

La hardiesse de madame de Montbazon égalait la facilité de sa vie. Le cardinal de Retz, qui lâchait

indifféremment des apophtegmes de morale et des
maximes de mauvais lieux, écrivait ses *Mémoires* lorsqu'on croyait qu'il pleurait ses péchés. Il disait de
madame de Montbazon « qu'il n'avait jamais vu
personne qui eût montré dans le vice si peu de respect
pour la vertu ». Quoique grande, les contemporains
trouvaient qu'elle ressemblait à une statue antique,
peut-être à celle de Phryné [151] ; mais la Phryné française n'eût pas proposé, ainsi que la Phryné de
Thespies, de faire rebâtir Thèbes à ses frais, pourvu
qu'il lui fût permis de mettre son souvenir en opposition au souvenir d'Alexandre. Madame de Montbazon
préférait [152], on vient de le voir dans les chansons,
l'argent à tout ; l'avarice refroidissait ses voluptés sans
les arrêter. Rouville [153] et Bullion [154] négocièrent avec
elle pour *cinq cents écus bourgeois*. Bullion est fort
chansonné dans les recueils du temps ; il avait établi le
sou pour *livre*. En jouant sur les mots, on disait dans un
détestable quatrain :

> *La mort a pris deux hommes au corps,*
> *L'un étoit saoul, l'autre étoit ivre :*
> *Ainsi au royaume des morts*
> *On a passé le saoul pour l'ivre.*

D'Hocquincourt [155], ayant fait révolter Péronne,
écrivait à madame de Montbazon : « Péronne est à la
belle des belles [156]. » Il disait : « Je ne sais plus que
faire pour gagner madame de Montbazon : si je la
battais un peu ? » Ayant gagné une femme de chambre, il se cacha sous le lit de la duchesse. Il ne fut pas
aussi malheureux que Chastelard, fils naturel de

Bayard [157], sans peur, non sans reproche. Chastelard fut décapité pour s'être caché en Écosse sous le lit de Marie Stuart. Il avait fait une romance sur sa reine aimée :

> *Lieux solitaires*
> *Et monts secrets*
> *Qui seuls sont secrétaires*
> *De mes piteux regrets* [158].

Le vieux duc de Montbazon arrivé dans la chambre de la jeune duchesse sa femme, de petits chiens aboyèrent et découvrirent d'Hocquincourt ; il s'en tira facilement avec un octogénaire, lequel ayant lu que saint Paul était un *vaisseau d'élection* croyait que le saint voyageait dans un grand navire nommé *Élection,* et il disait à la reine : « Madame, laissez-moi aller ; ma femme m'attend. Dès qu'elle entend un cheval, elle croit que c'est moi [159]. »

Le cardinal de Retz, rapportant une conversation qu'il avait eue avec madame de Montbazon, relative à des défaillances du duc de Beaufort [160], dit : « J'étais accoutumé à ses discours, mais je ne l'étais pas à ses douceurs. Elle était fort belle : je proposai d'entrer dans le cabinet ; on me proposa pour préalable d'aller à Péronne. Ainsi finirent nos amours. »

Il y aurait de l'injustice à ne pas placer [161] en regard de ce tableau un pendant tracé d'une main plus amie : c'est un religieux [162] qui tient le pinceau.

« Dès que la jeune duchesse de Montbazon parut à la cour, elle effaça par sa beauté toutes celles qui s'en piquaient. Tant que son mari vécut, sa sagesse et sa vertu ne furent jamais suspectes ; se voyant affranchie du joug du mariage, elle se donna un peu plus de liberté. L'abbé de Rancé, alors âgé de dix-neuf à vingt ans, était déjà de l'hôtel de Montbazon. Il eut le don de plaire à la duchesse, et elle en sut faire une grande différence avec tous ceux qui fréquentaient sa maison.

« M. de Rancé le père étant mort, son fils l'abbé, devenu le chef de sa maison à l'âge de vingt-six ans, le prit d'un grand vol ; il parut dans le monde avec plus d'éclat qu'il n'avait jamais fait : un plus gros train, un plus bel équipage, huit chevaux de carrosse des plus beaux et des mieux entretenus, une livrée des plus lestes ; sa table à proportion. Ses assiduités auprès de madame de Montbazon augmentèrent ; il passait souvent les nuits au jeu ou avec elle ; elle s'en servait pour ses affaires : une jeune veuve a besoin de ce secours. Cette familiarité fit bien des jaloux ; on en pensa et l'on en dit tout ce qu'on voulut, peut-être trop.

« Il est vrai que, de tous ceux qui firent leur cour à madame de Montbazon, l'abbé de Rancé fut celui qui eut le plus de part à son amitié. Aussi c'était un ami véritable et effectif. Il sut en plusieurs occasions lui rendre des services très-considérables ; la reconnaissance exigeait de cette dame toutes ces distinctions. Au reste, ils gardaient toujours de grands dehors ; ils évitaient même de monter ensemble dans le même carrosse ; et pendant plus de dix ans qu'a duré leur commerce, on ne les y a jamais vus qu'une fois, encore étaient-ils si bien accompagnés qu'on ne pouvait s'en formaliser. Ainsi il y a quelque apparence que l'esprit avait plus de part à cette amitié que la chair.

« La reine Christine de Suède avait envoyé en
France, en qualité d'ambassadeur, le comte de Tot. Il
s'était adressé à M. Ménage pour voir ce qu'il y avait
de plus considérable à la cour, et lui demanda enfin si,
par son moyen, il ne pourrait pas voir madame de
Montbazon, dont il avait entendu dire tant de bien.
M. Ménage, qui, en qualité de bel esprit, avait accès
auprès de cette dame, fut la trouver, et lui dit que
l'ambassadeur de Suède, ayant vu tout ce qu'il y avait
de plus beau à Paris, croyait n'avoir rien vu s'il n'avait
l'honneur de voir la plus belle personne du monde,
qu'il lui demandait la permission de l'amener chez
elle : « Qu'il vienne après-demain, répondit la
duchesse, et qu'il se tienne ferme : je serai sous les
armes. »

Tel est le récit de Dom Gervaise. Madame de
Montbazon ne vint point au rendez-vous. Déjà atteinte
de la maladie qui l'emporta, elle ne parut sous les
armes que devant la mort.

Malgré la dissimulation du peintre, on aperçoit le
défaut principal de madame de Montbazon et le parti
qu'elle savait tirer de son ami *véritable* et *effectif*.

Heureusement des femmes moins titrées rachetaient
par leur désintéressement la rapacité des privilégiées
de tabouret [163].

Renée de Rieux, autrement la *belle Châteauneuf*,
aimée de Henri III, fut mariée deux fois : elle épousa
d'abord *Antinotti* [164], qu'elle poignarda pour cause
d'infidélité ; ensuite *Altovitti* [165] de Castellane, qui fut
tué par le grand-prieur de France ; *Altovitti* eut le
temps, avant d'expirer, d'enfoncer un stylet dans le

ventre du grand-prieur [166]. Ces assassinats de l'aristocratie ne furent point punis ; ils étaient alors du droit
commun : on ne les châtiait que dans les vilains.

La belle Châteauneuf accoucha en Provence d'une
fille, qui fut tenue sur les fonts de baptême par la ville
de Marseille. Puis Renée de Rieux disparaît. Sa fille,
Marcelle de Castellane, fut laissée sur la grève de
Notre-Dame-de-la-Garde comme une alouette de mer.
Ce fut là que le duc de Guise [167], fils du Balafré [168], la
rencontra. Il n'était pas beau, ainsi que son grand-
père [169] tué à Orléans, ou son père assassiné à Blois ;
mais il était hardi ; il s'était emparé de Marseille pour
Henri IV, et il portait le nom de Guise.

Marcelle de Castellane [170] lui plut ; elle-même se
laissa prendre d'amour : sa pâleur, étendue comme
une première couche sous la blancheur de son teint, lui
donnait un caractère de passion. A travers ce double
lis, transpiraient à peine les roses de la jeune fille. Elle
avait de longs yeux bleus, héritage de sa mère.
Desportes, le Tibulle du temps, avait célébré les
cheveux de Renée dans *les Amours de Diane*. Desportes
chantait pour Henri III, qui n'avait pas le talent de
Charles IX :

> *Beaux nœuds crêpés et blonds nonchalamment épars,*
> *Mon cœur plus que mon bras est par vous enchaîné.*

Marcelle dansait avec grâce et chantait à ravir ;
mais élevée avec les flots, elle était indépendante. Elle
s'aperçut que le duc de Guise commençait à se lasser
d'elle ; au lieu de se plaindre, elle se retira. L'effort
était grand ; elle tomba malade, et comme elle était

pauvre, elle fut obligée de vendre ses bijoux. Elle renvoya avec dédain l'argent que lui faisait offrir le prince de Lorraine : « Je n'ai que quelques jours à vivre, dit-elle ; le peu que j'ai me suffit. Je ne reçois rien de personne, encore moins de M. de Guise que d'un autre. » Les jeunes filles de la Bretagne se laissent noyer sur les grèves après s'être attachées aux algues d'un rocher.

Les calculs de Marcelle étaient justes ; on ne lui trouva rien ; elle avait compté exactement ses heures sur ses oboles ; elles s'épuisèrent ensemble. La ville, sa marraine, la fit enterrer.

Trente ans après, en fouillant le pavé d'une chapelle, on s'aperçut que Marcelle n'avait point été atteinte du cercueil : la noblesse de ses sentiments semblait avoir empêché la corruption d'approcher d'elle, comme le ciel embaume le corps de ceux qu'il s'est réservés.

Lorsque le duc de Guise partit pour la cour, Marcelle, qui possédait deux lyres, composa l'air et les rimes de quelques couplets ; ils furent entendus au bord de cette mer de la Grèce, d'où nous viennent tant de parfums.

Il s'en va, ce cruel vainqueur,
Il s'en va plein de gloire ;
Il s'en va, méprisant mon cœur,
Sa plus noble victoire.

Et malgré toute sa rigueur
J'en garde la mémoire.
Je m'imagine qu'il prendra
Une nouvelle amante.

Paroles de poésie et de langueur, voix d'un rêve oublié, chagrin d'un songe [171].

On pouvait facilement s'imaginer que madame de Montbazon prendrait le nouvel amant dont le trésor tenterait ses belles et infidèles mains.

Madame de Montbazon fut l'objet de la passion de Rancé jusqu'au jour où il vit flotter un cilice parmi les nuages de la jeunesse. « Tandis que je m'entretiens de ces choses criminelles, dit un anachorète, les abeilles volent le long des ruisseaux, pour ramasser le miel si doux à ma langue qui prononce tant de paroles injustes. »

D'après l'idée qu'on s'est formée généralement de Rancé, on ne verra pas sans étonnement ce tableau de sa première vie ; on ne peut douter de ces faits, puisqu'ils sont racontés par Le Nain lui-même, prieur de la Trappe, ami de Rancé ; il a resserré ces faits en peu de mots :

« Une jeunesse passée dans les amusements de la cour, dans les vaines recherches des sciences, même damnables, après s'être engagé dans l'état ecclésiastique sans autre vocation que son ambition qui le portait avec une espèce de fureur et d'aveuglement aux premières dignités de l'Église ; cet homme, tout plongé dans l'amour du monde, est ordonné prêtre, et celui qui avait oublié le chemin du ciel est reçu docteur de Sorbonne. Voilà quelle fut la vie de M. Le Bouthillier jusqu'à l'âge de trente ans, toujours dans les festins, toujours dans les compagnies, dans le jeu, les divertissements de la promenade ou de la chasse. »

C'est ce qu'en a dit deux cents ans après le cardinal de Bausset [172].

L'archevêque de Tours, l'ambitieux principal de sa famille, n'ayant pu obtenir son neveu Rancé pour coadjuteur, le fit nommer, en qualité d'archidiacre de Tours, député à l'Assemblée du clergé, en 1645 [173] ; en même temps l'archevêque donna sa démission de premier aumônier du duc d'Orléans, après avoir obtenu de Gaston que l'abbé Le Bouthillier serait pourvu de cette charge. L'Assemblée du clergé dura deux ans. Rancé ne s'y montra que la première année ; il y resserra les liens qui l'unissaient au cardinal de Retz, capable à lui seul d'empoisonner les plus heureuses natures ; il parla en faveur de son ami. Mazarin disait : « Si l'on voulait croire l'abbé de Rancé, il faudrait aller avec la croix et la bannière au-devant du cardinal de Retz. » Rancé augmenta sa réputation dans cette assemblée en venant au secours de François de Harlay, archevêque de Rouen, depuis archevêque de Paris. Le clergé chargea l'abbé Le Bouthillier de surveiller, avec les évêques de Vence et de Montpellier, une édition grecque d'Eusèbe [174] ou, selon d'autres, de Sozomène et de Socrate [175]. Il fut complimenté sur sa nomination de premier aumônier du duc d'Orléans ; il signa le formulaire [176], car il ne cessait de suivre les doctrines de Bossuet en différant de sa conduite. Comme parlementaire, il était fidèle à la cour. Des disputes s'élevèrent. Rancé s'opposa à diverses propositions ; il montrait une grande entente des affaires. Il déplut. On l'avertit de se retirer, ses jours ne paraissant pas en sûreté à ses amis. L'avis était faux, Mazarin ne faisait assassiner personne. L'abbé Le Bouthillier, après être allé remercier Gaston à Blois, se retira à Véretz [177] ; il y continua ses joyeux passe-temps. Peu après arriva l'accident qui changea sa vie.

Il y a un silence qui plaît dans toutes ces affaires aujourd'hui si complètement ignorées : elles vous reportent dans le passé. Quand vous remueriez ces souvenirs qui s'en vont en poussière, qu'en retireriez-vous, sinon une nouvelle preuve du néant de l'homme ? Ce sont des jeux finis que des fantômes retracent dans les cimetières avant la première heure du jour.

LIVRE SECOND[1]

Il existe un traité de deux cent trente pages in-12, imprimé à Cologne, chez Pierre Marteau, 1685 ; il porte deux titres : *Les véritables motifs de la conversion de l'abbé de la Trappe, avec quelques réflexions sur sa vie et sur ses écrits,* ou *les Entretiens de Timocrate et de Philandre sur un livre qui a pour titre : Les Saints devoirs de la vie monastique.* Je parlerai dans un autre endroit de cette seconde partie. Ce que j'en vais citer actuellement n'est introduit que par incidence. On lit :

« Je vous ai déjà dit que l'abbé de la Trappe étoit un homme galant et qui avoit eu plusieurs commerces tendres. Le dernier qui ait éclaté fut avec une duchesse fameuse par sa beauté, et qui, après avoir heureusement évité la mort au passage d'une rivière, la rencontra peu de mois après. L'abbé, qui alloit de temps en temps à la campagne, y étoit lorsque cette mort imprévue arriva. Ses domestiques, qui n'ignoroient pas sa passion, prirent soin de lui cacher ce triste événement, qu'il apprit à son retour[2]. » « Il n'y a rien de vrai dans ce qu'on rapporte de madame de

Montbazon, dit le mémorialiste, mais *seulement les choses qui ont donné cours à une fiction.* Je l'ai demandé franchement à M. de la Trappe, non pas grossièrement l'amour, et beaucoup moins le bonheur, mais le fait, et voici ce que j'ai appris. »

Et qu'a-t-il appris ? L'autorité serait décisive, si la réponse était péremptoire. Au lieu de s'expliquer, le duc de Saint-Simon convole au récit[3] des liaisons de Rancé avec les personnages de la Fronde. Il affirme du reste, comme Dom Gervaise, que Marie de Bretagne fut emportée par la rougeole, que Rancé était auprès d'elle, qu'il ne la quitta point, et lui vit recevoir les sacrements. « L'abbé Le Bouthillier, ajoute-t-il, s'en alla après à sa maison de Véretz, ce qui fut le commencement de sa séparation du monde. » Cette fin de narration prouve à quel point Saint-Simon se trompait. Les contemporains admirateurs de Rancé semblent s'être donné le mot pour se taire sur sa jeunesse : ils ne s'aperçoivent pas qu'ils diminuent la gloire de leur héros en rendant ses sacrifices moins méritoires. D'autant plus qu'ils en disent assez pour être entendus sur ce qu'ils omettent ; tantôt annonçant qu'un religieux s'était enseveli à la Trappe, *pour avoir fait ce qui avait troublé Rancé*[4], tantôt que Rancé lui-même ne cessait de pleurer ses fragilités. « L'abbé de Rancé, livré à toutes les séductions du monde, dit le cardinal de Bausset, se précipita dans un genre de vie peu conforme à la sainteté de son état, et qui dégradait en quelque sorte le triomphe qu'il avait obtenu sur son illustre émule... L'abbé de Rancé expiait sous la haire et le cilice les erreurs de sa jeunesse. » Maupeou, l'un des trois historiens contemporains de l'abbé de la Trappe, avait lu le récit de Larroque; il combat ce récit sans le détruire[5]. La seule chose nouvelle qu'il nous apprenne est l'exhortation faite par Rancé à la mourante : madame de Montbazon envoya un gentil-homme complimenter M. de Brienne[6], avec lequel elle était brouillée.

Maupeou avait fait un ouvrage exprès contre Larroque[7]. Rancé, informé de l'intention du curé de Nonancourt, se hâta de lui écrire : « Votre courage, monsieur, relèvera la critique, donnera sujet à des répliques, m'attirera un nombre infini d'ennemis sur les bras. Dieu sait combien j'ai d'estime et de considération pour vous; cependant je suis pressé de vous conjurer de supprimer la chose, s'il est possible. J'ai été si persuadé que rien n'était meilleur que de garder le silence en cette occasion, que je n'ai point voulu que l'on imprimât ce que j'avais eu envie de mettre dans la préface de la seconde édition des *Éclaircissements,* quoiqu'il n'y eût rien de plus modéré. Je n'ai rien à ajouter à ce billet, mon cher monsieur, sinon que je ne puis vous avoir une obligation plus sensible que celle d'entrer dans ma pensée. » (17 mars 1686.)

La vivacité avec laquelle Rancé écrit à Maupeou décèle des souvenirs alarmés. Le Père Bouhours[8], que l'abbé de La Chambre appelait l'*empeseur des muses,* réfute aussi les *Véritables motifs de la conversion de l'abbé de la Trappe* dans son quatrième dialogue, pages 528 et 529 : c'est toujours de l'humeur sans preuves. Madame de Sévigné disait en parlant du révérend critique : « *L'esprit lui sort de tous les côtés.* »

Marsollier, deuxième écrivain de la vie de Rancé, garde le silence ; mais Le Nain, le troisième, le plus complet, le plus sûr écrivain de cette vie, a entendu parler de Larroque. Pierre Le Nain [9] mourut à l'âge de soixante-treize ans, sous-prieur de la Trappe ; il était frère puîné du grand Tillemont [10]. Ami et confident de Rancé, au livre III, chap. IX de la Vie du réformateur de la Trappe, il écrit :

« Outre tous ces libelles, il en parut un autre composé par un huguenot, sous ce titre : *les Motifs de la conversion de l'abbé de la Trappe*. Mais l'auteur des *Homélies familières* [11] sur les Commandements de Dieu, tome III, page 378, le réfute admirablement par ces paroles : Je sais qu'un ministre hérétique a fait ce qu'il a pu pour décrier un saint abbé ; mais je sais bien aussi que toute la France et les pays circonvoisins ont regardé ce misérable livre comme un libelle diffamatoire, et son auteur comme un imposteur, qui fonde toutes ses calomnies sur des jugements les plus téméraires qui se puissent imaginer : comme si, pour détruire les vertus les plus éclatantes et les plus solides, il n'y avait qu'à dire témérairement qu'elles n'ont point d'autres sources que l'orgueil de celui qui les pratique. » Le Nain se débarrasse ainsi de la réponse. Les amplifications de l'auteur des *Homélies familières* sont naturelles, mais elles ne détruisent aucune assertion.

Sur le fait isolé lâché par une plume protestante, il est tombé une avalanche de malédictions catholiques [12]. Colère à part, on peut nier les erreurs avancées sur la jeunesse de Rancé, mais on ne peut nier des

relations qu'atteste toute l'histoire. On a craint sans
doute, en montrant Rancé pécheur, d'ébranler l'autorité des exemples de sa vertu. Cependant saint Jérôme
et saint Augustin n'ont-ils pas puisé leurs dernières
forces dans leurs premières faiblesses ? Un aveu franc
aurait délivré Rancé pour toujours des calomnies. On
ne l'accusait pas directement de la faute, il est vrai, car
il eût fallu accuser toute la terre ; mais on s'en prenait à
la vie entière d'un homme pour se soulager de ce qu'il
taisait. Il faut dire néanmoins que le silence de Rancé
est effrayant, qu'il jette un doute [13] dans les meilleurs
esprits. Un silence si long, si profond, si entier, est
devant vous comme une barrière insurmontable.
Quoi ! un homme n'a pas pu [14] se démentir un seul
instant ! quoi ! le silence absolu pourrait [15] passer pour
une vérité ! Cet empire d'un esprit sur lui-même fait
peur. Rancé ne dira rien, il emportera toute sa vie dans
son tombeau. Il faut trembler devant un tel homme [16].

Ainsi ni ceux qui rejettent l'anecdote de Larroque,
ni ceux qui l'accueillent, n'apportent aucune preuve de
leur négation ou de leur affirmation. Les incrédules
n'ont pour eux que l'invraisemblance du cercueil trop
court : il était si facile en effet de l'allonger pour
donner l'espace nécessaire à cette belle tête qui s'était
si souvent inclinée sur le sein de la vie ! Mais supposez
avec Saint-Simon, comme il l'insinue, que la décolla-
tion ne fut que l'œuvre d'une étude anatomique, tout
s'expliquera [17]. Il ne serait pas impossible qu'après le
décès de madame de Montbazon, Rancé eût obtenu la
relique qu'il avait adorée. Marguerite de Valois [18] et la
duchesse de Nevers [19] firent embaumer les têtes de

Coconnas et de La Môle[20], leurs amants décapités, et *elles les gardèrent parmi les marques de leur amour.* (Journal de Henri III[21].)

Tous les poètes ont adopté la version de Larroque, tous les religieux l'ont repoussée ; ils ont eu raison, puisqu'elle blessait la susceptibilité de leurs vertus, puisqu'ils ne pouvaient pas détruire le récit de Larroque par un démenti appuyé d'un document irrécusable. Mais au lecteur indifférent il est permis, à défaut de preuves positives, d'examiner des preuves négatives. J'ai déjà fait remarquer que Marsollier se tait sur madame de Montbazon, silence favorable à l'opinion de Larroque. Ce même chanoine, Marsollier, ajoute cette réflexion à son silence : « La mort et la disgrâce de plusieurs personnes avec lesquelles Rancé avait de forts attachements le touchèrent. Un vide affreux, dit-il, occupait mon cœur toujours inquiet et toujours agité, jamais content. Je fus touché de *la mort de quelques personnes* et de l'insensibilité où je les vis dans ce moment terrible qui devait décider de leur éternité. Je me résolus de me retirer dans un lieu où je pusse être inconnu au reste des hommes. »

Dans les corridors de la Trappe, entre diverses inscriptions, on lisait celle-ci empruntée de saint Augustin[22] : *Retinebant nugae nugarum et vanitates vanitatum antiquae amicae meae*[23]. Dans une de ses pensées, Rancé remarque que : « ceux qui meurent, bien ou mal, meurent souvent plus pour ceux qu'ils laissent dans le monde que pour eux-mêmes. »

Bossuet, transmettant à Rancé les oraisons funèbres de la reine d'Angleterre et de madame Henriette, lui mande : « J'ai laissé l'ordre de vous faire passer deux oraisons funèbres qui, parce qu'elles font voir le néant du monde, peuvent avoir place parmi les livres d'un solitaire, et qu'en tout cas il peut regarder comme deux têtes de mort assez touchantes. » — Bossuet connaissait-il ce que l'on racontait de madame de Montbazon ? faisait-il allusion à la tête de cette femme, en envoyant deux autres têtes s'entretenir avec elle ?

La sorte de plaisanterie formidable qu'il se permet ne semble-t-elle pas avoir des rapports avec la légèreté de la première vie de Rancé et la sévérité de sa seconde vie ?

On prétend qu'on montrait à la Trappe la tête de madame de Montbazon dans la chambre des successeurs de Rancé ; ce que les solitaires de la Trappe ressuscitée rejettent : les souvenirs conservés autrefois ne voyaient peut-être pas le front de la victime aussi dépouillé que la mort l'avait fait. On trouve ce passage dans le récit des courses du chevalier de Bertin : « Nous voici maintenant à Anet. La petite statue de Diane de Poitiers en pied n'est point sans doute aussi intéressante que la tête même de madame de Montbazon apportée à la Trappe par l'abbé de Rancé et conservée dans la chambre de ses successeurs [24]. »

Enfin, les indications des poètes ne sont pas à négliger. La muse n'a pas manqué aux traditions de la Trappe : madame de Tencin, née en 1681 (et qui par conséquent avait vécu dix-neuf ans contemporaine de Rancé), écrivit les *Mémoires du comte de Comminges* [25], à travers lesquels passent des souvenirs : madame de Montbazon est changée en cette Adélaïde, solitaire

mystérieux qui se fait reconnaître à l'ardeur avec
laquelle il creuse son tombeau. Qui avait donné
naissance à ce genre d'idées ? Ce sont là d'autres
ressorts que les inventions forcenées et les idées
difformes qui font maintenant des contorsions dans les
ténèbres. Le nom de Comminges est emprunté de celui
de l'évêque avec lequel Rancé se promenait sur les
Pyrénées. Il arrive souvent qu'on appelle des personnages étrangers pour cacher des rapports directs ; un
nom qui tourmente la mémoire s'y glisse sous mille
déguisements. On a une aventure contée par Maupeou, de deux frères épris de la même femme et qui,
après s'être battus, vécurent plusieurs années à la
Trappe sans se reconnaître ; on a une romance de
Florian sur Lainval et Arsène ; on a une héroïde de
Colardeau qui retrace la mort de madame la duchesse
de Montbazon :

> *Je fuis vers ma demeure, éperdu, tourmenté :*
> *La tête et le cercueil étaient à mon côté.*

Rancé avait fait peindre à la Trappe saint Jean
Climaque poussant des gémissements, et sainte Marie
égyptienne assistée par saint Sozyme. Il composa pour
ces deux tableaux des inscriptions. Dans l'épigramme
de douze vers latins adressée à la pénitente, on lisait :

> *Ecce columba gemente, sponsi jam sanguine lota* [26].

Il faut ajouter à ces semi-indications le désespoir de
Rancé, et ce sera au lecteur à se former une opinion.
Les annales humaines se composent de beaucoup de
fables mêlées à quelques vérités : quiconque est voué à

l'avenir a au fond de sa vie un roman, pour donner naissance à la légende, mirage de l'histoire[27].

Dès le jour de la mort de madame de Montbazon, Rancé prit la poste et se retira à Véretz : il croyait trouver dans la solitude des consolations qu'il ne trouvait dans aucune créature. La retraite ne fit qu'augmenter sa douleur : une noire mélancolie prit la place de sa gaieté, les nuits lui étaient insupportables ; il passait les jours à courir dans les bois, le long des rivières, sur les bords des étangs, appelant par son nom celle qui ne lui pouvait répondre.

Lorsqu'il venait à considérer que cette créature, qui brilla à la cour avec plus d'éclat qu'aucune femme de son siècle, n'était plus, que ses enchantements avaient disparu, que c'en était fait pour jamais de cette personne qui l'avait choisi entre tant d'autres, il s'étonnait que son âme ne se séparât pas de son corps[28].

Comme il avait étudié les sciences occultes, il essaya les moyens en usage pour faire revenir les morts. L'amour reproduisait à sa mémoire ornée le sacrifice de Simeth[29], cherchant à rappeler un infidèle par un des noms d'un passereau consacré à Vénus[30] ; il invoquait la nuit et la lune. Il eut toutes les angoisses et toutes les palpitations de l'attente : madame de Montbazon était allée à l'infidélité éternelle ; rien ne se montra dans ces lieux sombres et solitaires que les esprits se plaisent à fréquenter[31].

Toutefois si Rancé n'eut pas les visions des poètes de la Grèce, il eut une vision chrétienne : il se promenait un jour dans l'avenue de Véretz ; il lui sembla voir un

grand feu qui avait pris aux bâtiments de la basse-
cour : il y vole ; le feu diminue à mesure qu'il en
approche ; à une certaine distance, l'embrasement
disparaît et se change en un lac de feu au milieu
duquel s'élève à demi-corps une femme dévorée par les
flammes. La frayeur le saisit ; il reprend en courant le
chemin de la maison ; en arrivant, les forces lui
manquent ; il se jette sur un lit : il était tellement hors
de lui qu'on ne put dans le premier moment lui
arracher une parole[32].

Ces convulsions de l'âme se calmèrent : il n'en resta
à Rancé que l'énergie d'où sortent les vigoureuses
résolutions.

Dom Jean-Baptiste de Latour[33], prieur de la
Trappe, avait écrit une vie de Rancé : il était resté de
ce travail quelques copies manuscrites dont on a cité
des passages, entre autres celui-ci : « Pendant que je
suivais l'égarement de mon cœur (c'est Rancé qui
parle), j'avalais non-seulement l'iniquité comme de
l'eau, mais tout ce que je lisais et entendais du péché
ne servait qu'à me rendre plus coupable. Enfin le
temps bienheureux arriva où il plut au Père des
miséricordes de se tourner vers moi. Je vis à la
naissance du jour le monstre infernal avec lequel
j'avais vécu ; la frayeur dont je fus saisi à cette terrible
vue fut si prodigieuse que je ne puis croire que j'en
revienne de ma vie[34]. »

Rancé eut recours à la pénitence : la mère Louise,
religieuse de la Visitation de Tours, lui indiqua pour
directeur le Père *Séguenot*.

Cette mère Louise n'était autre que Louise Roger de

la Mardelière, appelée la *belle Louison*[35], jadis maîtresse de Gaston : « Louison, dit mademoiselle de
Montpensier parlant de son enfance, était brune,
bien faite, agréable de visage et de beaucoup
d'esprit. Je dis à madame de Saint-Georges : « Si
Louison n'est pas sage, je ne la veux point voir,
quoique mon papa l'aime. » Madame de Saint-
Georges me répondit qu'elle l'était tout à fait. »

C'était à cette mère Louise que Rancé s'adressa
d'abord. Partout, dans le changement de mœurs
qui s'opérait, des pénitentes échappées du monde
avaient dressé des embûches pour s'emparer des
repentirs, comme il y avait des pécheresses qui
cherchaient à retenir les déserteurs. A la Visitation
se trouvaient les écueils d'une première existence :
la mère Louise possédait plus de deux cents lettres
de Rancé, lettres qui étaient sans doute la partie
de la vie de Rancé sur laquelle il serait si curieux
d'avoir des renseignements. De la direction du
Père Séguenot, Rancé passa sous la conduite du
Père de Mouchy, homme instruit et bien né.

Des avertissements sous différentes formes arri-
vaient de toutes parts à Rancé. Dans les *Obligations
des chrétiens*, il raconte cette agréable histoire :

« Un jour je joignis un berger qui conduisoit un
troupeau dans une grande campagne, par un
temps qui l'avoit obligé à se retirer à l'abri d'un
grand arbre pour se mettre à couvert de la pluie
et de l'orage. Il me dit que ce lui étoit une consolation de conduire ses bêtes simples et innocentes,
et qu'il ne voudroit pas quitter la terre pour aller

dans le ciel s'il ne croyoit y trouver des campagnes et
des troupeaux à conduire. »

A Véretz, au lieu de se plaire dans l'ancienne
maison de ses délices, Rancé fut choqué de sa magnificence. Les meubles éclataient d'argent et d'or, les lits
étaient superbes. La Mollesse même s'y serait trouvée
trop à l'aise, dit un classique du temps. Les salons
étaient ornés de tableaux de prix, les jardins délicieu-
sement dessinés. C'était trop pour un homme qui ne
voyait plus rien qu'à travers ses larmes. Il mit la
réforme partout. La frugalité remplaça le luxe de sa
table ; il congédia la plupart de ses domestiques,
renonça à la chasse et s'abstint du dessin, art qu'il
aimait. On avait des paysages de sa façon et des cartes
de géographie.

Quelques amis, revenus de même que Rancé à des
pensées chrétiennes, s'associèrent à lui pour commencer ces mortifications dont il devait donner de si
grands exemples ; il semblait jouer à la pénitence pour
l'apprendre avant de la pratiquer : on assiste avec
intérêt à cette conquête de l'homme sur l'homme :
« Ou l'Évangile me trompe, répétait-il, ou cette maison est celle d'un réprouvé. »

Rappelé un moment à Paris pour une affaire, il se
logea à l'Oratoire. C'était un travail continuel pour lui
d'échapper à ces pensées qu'il avait nourries si long-
temps : un grand solitaire en fut atteint dans des
sépulcres ; saint Jérôme portait, pour noyer ses pensées
dans ses sueurs, des fardeaux de sable le long des
steppes de la mer Morte. Je les ai parcourues moi-
même, ces steppes, sous le poids de mon esprit. Deux

tentatrices cherchèrent Rancé. Elles lui dirent qu'elles n'étaient point à comparer à la belle personne qu'il pleurait, mais qu'elles avaient pour lui des sentiments qui ne le cédaient en vivacité à aucun de ceux qu'il avait inspirés[36]. Rancé se munit d'un crucifix, et s'enfuit.

On conseilla à Rancé de se consacrer aux missions, aller aux Indes, errer dans les rochers de l'Himalaya, et il y avait là des analogies avec la grandeur et la tristesse du génie de Rancé ; mais il était appelé ailleurs.

Poussé par ses malheurs, retenu par ses habitudes, Rancé n'avait point encore renoncé à ses emplois. Le temps de son quartier de service, comme aumônier du duc d'Orléans, était revenu ; il se rendit à Blois. Il avait déjà hasardé auprès du prince des idées de retraite : l'entrée en religion de la mère Louise avait mûri dans Gaston ces idées. La maîtresse convertie priait à la Visitation, à Tours, pour faire une violence à la miséricorde de Dieu. Il fut convenu que Gaston se retirerait au château de Chambor[37] avec douze de ses plus fidèles serviteurs. Rancé fut choisi pour accompagner le prince.

Le Bouthillier possédait, près du parc de Chambor, un prieuré de l'ordre de Grammont[38]. Ce prieuré était desservi par sept ou huit religieux. On n'apercevait pas de cet endroit le faîte de l'édifice qui devait éclater du rire immortel de Molière. « Le roi, dit le chevalier d'Arvieux[39], ayant voulu faire un voyage à Chambor pour y prendre le divertissement de la chasse, voulut donner à sa cour celui d'un ballet ; et comme l'idée des

Turcs qu'on venait de voir à Paris était encore toute
récente, il crut qu'il serait bon de les faire paraître sur
la scène. Sa Majesté m'ordonna de me joindre à
MM. de Molière et de Lulli pour composer une pièce
de théâtre où l'on pût faire entrer quelque chose des
habillements et des manières des Turcs. Je me rendis
pour cet effet au village d'Auteuil, où M. de Molière
avait une maison fort jolie. Ce fut là que nous
travaillâmes à cette pièce de théâtre que l'on voit dans
les œuvres de Molière, sous le titre du *Bourgeois
gentilhomme*. »

Cette pièce fut en effet jouée à Chambor devant
Louis XIV, pour la première fois, le 14 octobre 1670.

Quand on arrive à Chambor, on pénètre dans le
parc par une de ses portes abandonnées ; elle s'ouvre
sur une enceinte décrépite et plantée de violiers
jaunes ; elle a sept lieues de tour. Dès l'entrée on
aperçoit le château au fond d'une allée descendante.
En avançant sur l'édifice, il sort de terre dans l'ordre
inverse d'une bâtisse placée sur une hauteur, laquelle
s'abaisse à mesure qu'on en approche. François Ier,
arrière-petit-fils de Valentine de Milan [40], s'était enseveli dans les bois de la France, à son retour de Madrid ;
il disait comme son aïeule : *Tout ne m'est rien, rien ne m'est
plus*. Chambor rappelle les idées qui occupaient le roi-
soldat dans sa prison : femmes, solitudes, remparts.

> *Quand le roi sortit de France,*
> *En malheur il en sortit :*
> *Il en sortit le dimanche,*
> *Et le lundi il fut pris.*

Chambor n'a qu'un escalier double, afin de descendre et monter sans se voir : tout y est fait pour les mystères de la guerre et de l'amour. L'édifice s'épanouit à chaque étage ; les degrés s'élèvent accompagnés de petites cannelures comme des marches dans les tourelles d'une cathédrale. La fusée, en éclatant, forme des dessins fantastiques, qui semblent avoir retombé sur l'édifice : cheminées carrées ou rondes enjolivées de fétiches de marbre, semblables aux poupées que j'ai vu retirer des fouilles à Athènes. De loin l'édifice est une arabesque ; il se présente comme une femme dont le vent aurait soufflé en l'air la chevelure ; de près cette femme s'incorpore dans la maçonnerie et se change en tours ; c'est alors Clorinde appuyée sur des ruines. Le caprice d'un ciseau volage n'a pas disparu ; la légèreté et la finesse des traits se retrouvent dans le simulacre d'une guerrière expirante. Quand vous pénétrez en dedans, la fleur de lys et la salamandre se dessinent dans les plafonds. Si jamais Chambor était détruit, on ne trouverait nulle part le style premier de la Renaissance, car à Venise il s'est mélangé.

Ce qui rendait à Chambor sa beauté, c'était son abandon : par les fenêtres j'apercevais un parterre sec, des herbes jaunes, des champs de blé noir : retracements de la pauvreté et de la fidélité de mon indigente patrie. Lorsque j'y passai, il y avait un oiseau brun de quelque grosseur qui volait le long du Cosson, petite rivière inconnue.

L'abbé Le Bouthillier se logea parmi les moines de son prieuré : de quelque côté qu'on ouvrît une fenêtre, on ne voyait que des bois. Le château, près duquel n'a pas même pu se former un village, est frappé de malédiction. Touché par le vainqueur de Marignan prisonnier à Madrid, par nos soldats dispersés après Waterloo, par les marques de notre attachement à nos rois avant les journées de juillet, on aperçoit partout des traces de gloire et de malheur. Les chiffres de la duchesse d'Étampes, devancière[41] de la comtesse de Chateaubriand[42], attirent les yeux, traces périssables de beautés évanouies. François Ier, qui sentait l'inanité de ses plaisirs, avait gravé avec la pointe d'un diamant ces deux vers sur un carreau de vitre :

> *Souvent femme varie.*
> *Mal habil qui s'y fie.*

Jeux d'un prince qui avait fait déterrer Laure[43] pour la regarder. Où est le carreau de vitre ? Des Français s'associèrent dans le dessein d'acquérir pour Henri[44], non encore banni, un parc abandonné dans un royaume conquis par ses pères. Courier[45] éleva la voix contre l'acquisition et le jeune homme innocent, auquel il avait voulu arracher Chambor, a survécu.

Cet orphelin vient de m'appeler à Londres, j'ai obéi à la lettre close du malheur. Henri m'a donné l'hospitalité dans une terre qui fuit sous ses pas. J'ai revu cette ville témoin de mes rapides grandeurs et de mes misères interminables, ces places remplies de brouillards et de silence, d'où émergèrent les fantômes de ma jeunesse. Que de temps déjà écoulé depuis les jours où je rêvais René dans Kensington jusqu'à ces dernières heures[46] ! Le vieux banni s'est trouvé chargé

de montrer à l'orphelin une ville que mes yeux peuvent
à peine reconnaître.

Réfugié en Angleterre pendant huit années, ensuite
ambassadeur à Londres, lié avec lord Liverpool [47], avec
M. Canning [48] et avec M. Croker, que de changements
n'ai-je pas vus dans ces lieux, depuis George III [49] qui
m'honorait de sa familiarité jusqu'à cette Charlotte que
vous verrez dans mes Mémoires. Que sont devenus mes
frères en bannissement ? Les uns sont morts, les autres
ont subi diverses destinées : ils ont vu comme moi
disparaître leurs proches et leurs amis. Sur cette terre
où l'on ne nous apercevait pas, nous avions cependant
nos fêtes et surtout notre jeunesse. Des adolescentes, qui
commençaient la vie par l'adversité, apportaient le fruit
semainier de leur labeur afin de s'éjouir à quelques
danses de la patrie. Des attachements se formaient ;
nous priions dans des chapelles que je viens de revoir et
qui n'ont point changé. Nous faisions entendre nos
pleurs le 21 janvier, tout émus que nous étions d'une
oraison funèbre prononcée par le curé émigré de notre
village. Nous allions aussi, le long de la Tamise, voir
entrer au port des vaisseaux chargés des richesses du
monde, admirer les maisons de campagne de Rich-
mond, nous si pauvres, nous privés du toit paternel !
Toutes ces choses étaient de véritables félicités. Revien-
drez-vous, félicités de ma misère ? Ah ! ressuscitez,
compagnons de mon exil, camarades de la couche de
paille, me voici revenu ! Rendons-nous encore dans les
petits jardins d'une taverne dédaignée, pour boire une
tasse de mauvais thé en parlant de notre pays : mais je
n'aperçois personne ; je suis resté seul.

Rancé va quitter Chambor, il faut donc que je quitte
aussi cet asile où je crains de m'être trop oublié. Je vais
retrouver la Loire non loin du parc abandonné ; elle ne
voit point la désolation de ses bords : les fleuves ne
s'embarrassent point de leurs rives. Ne demandez pas
à la Loire le nom des Guise [50] dont elle a pourtant roulé
les cendres. A cent cinquante lieues d'ici, je rencontrai,
il y a huit mois, en terre étrangère, près du jeune
orphelin, M. le duc de Lévis, fidèle héritier du
compagnon de Simon de Montfort [51]. Mirepoix était
maréchal de la Foi, titre qui semble avoir passé à son
dernier neveu. J'ai retrouvé aussi madame la duchesse
de Lévis, qui porte le grand nom d'Aubusson [52] ; elle
aurait pu écrire l'histoire de Philippine-Hélène [53], si
elle n'avait des malheurs moins romanesques à pleurer. Je n'étais pas, dans mon dernier voyage à Londres,
reçu dans un grenier de Holborn par un de mes
cousins émigrés [54], mais par *l'héritier des siècles.* Cet
héritier se plaisait à me donner l'hospitalité dans les
lieux où je l'avais si long-temps [55] attendu. Il se cachait
derrière moi, comme le soleil derrière des ruines. Le
paravent déchiré qui me servait d'abri me semblait
plus magnifique que les lambris de Versailles. Henri
était mon dernier garde-malade : voilà les revenants-
bons du malheur. Quand l'orphelin entrait, j'essayais
de me lever ; je ne pouvais lui prouver autrement ma
reconnaissance. A mon âge on n'a plus que les
impuissances de la vie. Henri a rendu sacrées mes
misères ; tout dépouillé qu'il est, il n'est pas sans
autorité : chaque matin, je voyais une Anglaise passer
le long de ma fenêtre ; elle s'arrêtait, elle fondait en

larmes aussitôt qu'elle avait aperçu le jeune Bourbon : quel roi sur le trône aurait eu la puissance de faire couler de pareilles larmes ? Tels sont les Sujets inconnus que donne le malheur[56].

A peine retourné de Chambor, un courrier dépêché de Blois vint apprendre à Rancé la maladie du duc d'Orléans. L'abbé se remit en route : Gaston était en danger ; ce prince si peu digne à Castelnaudary[57] de la valeur du Béarnais, le parleur de la Fronde ne trouva pas un mot sur ses lèvres à dire à la mort : un spectre se tenait debout au pied de son lit ; Montmorency sans tête[58] lui demandait le talion.

Rancé écrivit à Arnauld d'Andilly la lettre qu'on va lire, et que je dois encore à la politesse de M. de Monmerqué[59].

« Blois, 8 février 1660.

» Je n'aurois pas été tant de temps sans avoir l'honneur de vous escrire si la maladie et la mort de Monsieur[60] ne m'en avoient empesché. Je vous avoue que, l'ayant assisté autant que je l'ai pu dans les derniers moments de sa vie, je suis tellement touché d'un spectacle si déplorable que je ne puis m'en remettre. On a ceste consolation qu'il est mort avec tous les sentiments et toute la résignation qu'un véritable chrestien doit avoir en la volonté de son Dieu. Il reçut nostre Seigneur dès le commencement de son mal, et eut le soin lui-mesme de le demander une seconde fois pour viatique avec de grandes démonstrations d'une foy vive et d'un parfait mespris des choses du monde. Quelle leçon, monsieur, pour ceux qui n'en

sont pas détachés et pour ceux qui sont persuadés de
son néant et qui travaillent pour s'en déprendre ! Ce
pauvre prince dit le matin du jour de sa mort ces
mesmes mots : *Domus mea domus desolationis*[61] ; et
comme on luy voulut dire qu'il n'estoit pas si mal qu'il
pensoit, il répliqua : *Solum mihi superest sepulchrum*[62] ;
ensuite il demanda l'extrême-onction, et dit qu'il estoit
résolu à la volonté de Dieu ; enfin je suis persuadé qu'il
luy a fait miséricorde. Je ne puis vous mander les
circonstances de sa mort ; j'escris de Blois, malade
d'un rhume qui me cause une oppression qui
m'empesche d'escrire. Je vous supplie de demander à
Dieu et de luy faire demander pour moy qu'il me fasse
la grâce de retirer tout le bien et l'avantage que je dois
d'une rencontre aussi touchante que celle-là l'est. Je
reviens à la mort de ce pauvre prince : la désolation
qui parut dans sa maison qui retentissoit de plaintes et
de gémissements au moment de sa mort, l'esprit
humain ne se sçauroit rien figurer de si pitoyable ; je
confesse que j'en suis accablé de douleur. »

Rancé se montra dans cette occasion si touchant,
que chacun faisait des vœux pour l'avoir auprès de soi
au moment suprême. On croyait ne pouvoir bien
mourir qu'entre ses mains, comme d'autres y avaient
voulu vivre. Gaston avait à peine rendu le dernier
soupir que ses familiers l'abandonnèrent. Rancé fut
laissé presque seul auprès du cadavre. Il ne suivit pas
le corps du prince à Saint-Denis ; mais il présenta le
faible cœur de Gaston aux jésuites de Blois : le cœur
intrépide de Henri IV avait été porté aux jésuites de

La Flèche. Le Bouthillier courut ensuite s'ensevelir au Mans, y demeura caché deux mois ; il changea même de nom, comme s'il eût craint d'être reconnu et arrêté aux portes du ciel.

Le projet qu'il méditait depuis long-temps de soumettre sa conduite future au conseil des évêques d'Aleth [63] et de Comminges [64] lui revenait dans l'esprit. Il se résolut de l'accomplir. Le 21 juin 1660, il écrivit à la mère Louise : « Je pars demain à l'insu de tous mes amis. » Il arriva à Comminges [65] le 27 du même mois, après un tremblement de terre : ce fut de même que j'arrivai à Grenade en rêvant de chimères, après le bouleversement de la Véga.

L'évêque de Comminges était absent ; Rancé l'attendit. Quand il revint, l'évêque commença une tournée diocésaine. Rancé l'accompagna.

Ils trouvèrent dans les cavernes environnantes des chrétiens qui avaient à peine figure humaine. L'évêque soulageait leur misère, les rassemblait, s'asseyait au milieu d'eux parmi les buis des rochers. L'abbé de Rancé était touché, lorsqu'il songeait que le bon pasteur avait ainsi cherché les brebis égarées.

Un jour il se promenait seul avec l'évêque, dans un endroit fort solitaire, d'où l'on découvrait les plus hautes Pyrénées : « L'évêque remarqua (j'emprunte le récit de Marsollier) que l'abbé parcourait des yeux les montagnes avec une attention qui le rendait distrait ; il y soupçonna du mystère, ce fut ce qui l'obligea de lui dire qu'il avait la mine de chercher un endroit où il pût bâtir un ermitage. L'abbé rougit ; mais comme il était sincère, il avoua que c'était en effet sa pensée, et qu'il croyait qu'il ne pouvait rien faire de mieux. — Si cela est, repartit l'évêque, vous ne pouvez mieux vous adresser qu'à moi : je connais ces montagnes, j'y ai passé souvent en faisant mes visites ; je sais des endroits si affreux et si éloignés de tout commerce que, quelque difficile que vous puissiez être, vous aurez lieu d'en être content. — L'abbé, qui croyait que l'évêque parlait sérieusement, le pressa avec cette vivacité qui lui était naturelle de lui faire voir ces endroits. — Je m'en garderai bien, reprit l'évêque ; ces endroits sont si tentants que si vous y étiez une fois il n'y aurait plus moyen de vous en arracher. » Après avoir visité l'évêque de Comminges, Rancé retourna chez l'évêque d'Aleth[66]. « Sa demeure est affreuse, écrivait Rancé, et entourée de hautes montagnes au pied desquelles est un torrent qui court avec beaucoup de bruit et de rapidité. »

Ces *endroits* de nos anciennes mœurs reposent. On aime à assister aux conversations de l'abbé de Rancé sur la légitimité des biens qu'on peut ou qu'on ne peut pas retenir, sur ce qu'il est permis de garder, sur ce qu'on est obligé de rendre, sur le compte de ses richesses que l'on doit à Dieu. Ces scrupules de conscience étaient alors les affaires principales ; nous n'allons pas à la cheville du pied de ces gens-là ; l'homme était estimé, quelle que fût sa condition : le pauvre était pesé avec le riche au poids du sanctuaire. Cette égalité morale lui servait à supporter les inégalités politiques. Bruno sur les Alpes, Paul[67] dans la Thébaïde, ne voulurent pas plus sortir de leur retraite que Rancé n'aurait voulu quitter les Pyrénées ; mais ces dernières montagnes avaient un danger : le soleil en était trop éclatant, et de leur sommet on découvrait les séjours d'Inès [68] et de Chimène [69].

Long-temps après le voyage de Rancé, une chevrière âgée de douze ans, conduisant ses biques dans la paroisse d'Alan, diocèse de Comminges, tomba en s'écriant : « Jésus ! » Une dame vêtue de blanc lui apparut, lui dit : « Ne craignez rien. » Et elle la tira du précipice. La petite fille dit à la sainte Vierge (c'était elle) qu'elle avait perdu son chapelet. La sainte Vierge lui en donna un, en lui recommandant d'ordonner à un prêtre de faire bâtir une chapelle au lieu où elle était tombée. L'évêque de Comminges, ancien hôte de Rancé, en écrivit à la Trappe. Rancé, du fond de son abbaye, conseilla l'érection d'une chapelle dédiée à Notre-Dame-de-Saint-Bernard, dont les ruines marquent aujourd'hui le premier pas de Rancé dans la solitude.

L'évêque de Comminges et l'évêque d'Aleth avaient combattu au commencement les desseins extrêmes de Rancé ; ils lui conseillaient cette médiocrité, caractère de la vertu : « Vous, disaient-ils, vous ne pensez qu'à vivre pour vous. » L'évêque d'Aleth approuvait que Rancé se défît de sa fortune ; mais il s'opposait à son penchant pour la solitude : « Ce penchant, répétait-il, ne vient pas toujours de Dieu ; il est souvent inspiré par un dégoût du monde, dégoût dont le motif n'est pas toujours pur. »

Convaincu en ce qui regardait le danger des biens, l'abbé ne se rendait pas également sur le point du désert ; il cédait à l'égard de l'abandon de ses béné-

fices : il convenait qu'un abbé commendataire n'était
pas dans l'esprit de l'Église ; mais il n'entendait parler
qu'avec terreur d'une abbaye régulière. Il s'était
souvent écrié : « *Moi, me faire frocard !* » Il témoignait
de ses perplexités en écrivant à ses amis : « Mes
embarras extérieurs sont les moindres embarras de ma
vie : je ne puis me défendre de moi-même. »

Tout est fragile : après avoir vécu quelque peu, on
ne sait si l'on a bien ou mal vécu. L'évêque d'Aleth se
maintint d'abord dans les opinions qui lui avaient
mérité l'attachement de Rancé ; il se souvenait d'avoir
causé avec le futur solitaire à trois cents pas de la
maison de l'évêque, au bord d'un gave, de même que
les vieillards de Platon s'entretenaient des lois sur la
montagne de Crète. Baissez le ton de la lyre, changez
les interlocuteurs, et le souffle du même torrent vous
apportera des paroles qui seront remplies d'autres
chimères. L'évêque d'Aleth persévéra plusieurs années
dans les saines doctrines, puis [70] arriva le moment
fatal. Madame de Saint-Loup en écrivit à Rancé le
29 janvier 1697. Rancé, qui penchait vers sa fin, n'eut
d'autre soulagement que de pleurer. L'évêque d'Aleth
céda au docteur Arnauld et à M. de Vaucelles [71],
théologal d'Aleth. Il se retira dans les Pays-Bas et fut
envoyé obscurément à Rome pour ses coreligionnaires
sous le nom de Valoni. L'infidélité avait perdu sa
grandeur : Arius ne tombait plus du milieu du concile
de Nicée, entraînant avec lui une partie de la chrétienté [72].

A Véretz, où il revenait toujours, Rancé vit conjurés
contre lui une famille nombreuse, des amis mécon-

tents, des domestiques désolés. En voulant se réduire à
la pauvreté, il éprouvait les difficultés qu'on rencontre
à s'enrichir. On ne pouvait savoir ce qui le poussait ;
car, depuis la mort de madame de Montbazon, jamais
le nom de cette femme, excepté dans son premier
désespoir, n'était sorti de sa bouche. On sentait en lui
une passion étouffée qui jetait sur ses moindres actions
l'intérêt d'un combat inconnu.

Ces souvenirs de la terre étaient une haine de la vie,
devenue chez lui une véritable obsession. Sa désespé-
rance de l'humanité ressemblait au stoïcisme des
anciens, à cela près qu'il passait par le christianisme.
Les platoniciens de l'école d'Alexandrie se tuaient
pour parvenir au ciel ; mais que de souffrances pour
une pauvre âme lorsqu'elle se débat dans cet état ! elle
éprouve les divers mouvements du suicide, incertitude
et terreur, avant qu'elle ait pris sa résolution.

« Je vous avoue, dit l'abbé de la Trappe dans ses
lettres, que je ne vois plus un seul homme du monde
avec le moindre plaisir. Il y a tantôt six ans que je ne
parle que de dégagement et de retraite, et le premier
pas est encore à faire ; cependant le cours de la vie
s'achève, et l'on se réveille à la fin du sommeil, et l'on
se trouve sans œuvres. Je désire tellement d'être oublié
qu'on ne pense pas seulement que j'ai été. »

Il vendit sa vaisselle d'argent ; il en distribua le
montant en aumônes, se reprochant les retards qu'il
avait mis à secourir les nécessiteux. Il avait deux hôtels
à Paris, dont l'un s'appelait l'hôtel de Tours ; il les
donna à l'Hôtel-Dieu et à l'Hôpital général par acte
passé devant les notaires Lemoine et Thomas. Pour

dernier sacrifice il se défit de la terre de Véretz ; mais par un reste de faiblesse il accorda la préférence aux offres d'un de ses parents : ce parent ne put réaliser la somme, et le marché fut rétrocédé à l'abbé d'Effiat [73], favori de Ninon [74]. Les cent mille écus que Rancé reçut de la vente furent à l'instant portés aux administrations des hôpitaux [75].

On lit des lettres modernes datées de Véretz : qui a osé écrire de ce lieu après le gigantesque Pénitent ? Dans les bois de Larçay, jadis propriété de Rancé, dans les parcs de Montbazon, parmi des noms qui rappelaient une ancienne vie, le 11 avril 1825, on trouva un cadavre. Le 10 d'avril, le jour finissant, une voix fut entendue : « *Je suis un homme mort !* » Une jeune fille, cachée avec son amant dans de hautes bruyères, avait été témoin d'un meurtre. D'un autre côté, à demi vêtue, la veuve de Courier (c'était lui dont on avait retrouvé le cadavre), âgée de vingt-deux ans, descend la nuit parmi des personnages rustiques, comme une ombre délivrée. Les opinions de Courier à Véretz avaient réduit son intimité à des rivalités inférieures : chagrins qui n'intéressent personne, gémissements qui vont se perdre dans l'océan muet qui s'avance sur nous. Peut-être quelque grive redit-elle l'acte tragique dans les bois où Rancé avait promené ses misères. Courier avait écrit dans sa *Gazette du village* : « *Les rossignols chantent et l'hirondelle arrive.* » Enfant d'Athènes, il transmettait à ses camarades le chant du retour de l'hirondelle.

Courier, savant helléniste, esprit tumultueux, pamphlétaire à cheval, avait eu le malheur à Florence de tacher d'encre un feuillet de Longus : ensuite l'éditeur d'un passage perdu de *Daphnis et Chloé* était venu s'ensevelir dans les lieux qu'avait habités l'éditeur d'Anacréon.

Si les arbres sous lesquels fut tué Courier existent encore, qu'est-il resté dans ces ombrages, que reste-t-il de nous partout où nous passons ? Paul-Louis Courier aurait-il cru que l'immortalité pouvait porter la haire et se rencontrer dans les larmes ? Le réformateur de la Trappe a grandi à Véretz ; l'auteur du Pamphlet des pamphlets a diminué. La vie dans sa pesanteur descendit sur un esprit qui s'était dressé pour morguer le ciel. Chose remarquable ! Courier, le philosophe, a fait ses adieux au monde par les mêmes paroles que Rancé, le chrétien, avait perdues dans les bois : « Détournez de moi le calice ; la ciguë est amère. »

Véretz, au milieu du XVIIIe siècle, était la possession du duc d'Aiguillon, ministre de Louis XV. Ce ministre de perdition, comme tous les hommes d'alors, y fit imprimer à cinq ou sept exemplaires le *Recueil des pièces choisies*[76], pages obscènes et impies de madame la princesse de Conti. Le château de Véretz fut démoli pendant la révolution, piscine de sang où se lavèrent les immoralités qui avaient souillé la France. A Véretz et à la Trappe, Rancé a laissé ses deux parts : à Véretz la légèreté, l'irréligion, les mauvaises mœurs, suivies d'une destruction complète ; à la Trappe la gravité, la sainteté, la pénitence, qui ont survécu à tout.

Après la vente de Véretz, Rancé se défit de ses bénéfices ; il ne se réserva qu'une retraite malsaine, pour y mourir, la Trappe. Lorsque Louis XIV prit les

rênes de l'État, la France se divisa ; les uns allèrent
combattre l'étranger, les autres se retirèrent au désert.
Trois solitudes demeurèrent en présence : la Chartreuse, la Trappe et Port-Royal. A l'abri derrière ses
guerriers et ses anachorètes, la France respira. Le
XVIIIe siècle a voulu effacer Louis XIV, mais sa main
s'est usée à gratter le portrait. Napoléon est venu se
placer sous le dôme des Invalides comme pour assurer
la gloire de Louis. On a eu beau faire les tableaux des
victoires de l'Empire à Versailles, elles [77] n'ont pu
effacer les souvenirs des victoires du XVIIe siècle.
Napoléon a seulement ramené enchaînés à Louis XIV
les rois que Louis XIV avait vaincus. Bonaparte a fait
son siècle ; Louis a été fait par le sien : qui vivra plus
longtemps de l'ouvrage du temps ou de celui d'un
homme ? C'est la voix du génie de toutes les sortes qui
parle au tombeau de Louis ; on n'entend au tombeau
de Napoléon que la voix de Napoléon.

Avant de nous parler des personnages qu'elle met en
scène, la Grèce nous introduit sur le théâtre de leurs
actions : Prométhée enchaîné s'entretient avec
l'Océan ; les sept chefs devant Thèbes jurent sur un
bouclier noir ; les Perses pleurent à l'apparition de
l'ombre de Darius ; Œdipe, roi, paraît à la porte de son
palais ; Œdipe à Colone s'arrête près du bois des
Euménides ; prêt à quitter son exil, Philoctète s'écrie :
« Adieu, doux asile de ma misère ! »

Les écrivains de la Vie des Pères du désert, Grecs de
naissance, ont été fidèles à cet ancien usage : ils nous
montrent Paul, premier ermite, caché sous un palmier ; Antoine, premier solitaire, s'enfermant dans un

sépulcre ; Pacôme, premier instituteur des Cénobites, assis sur une pierre à Thebennes. Nous n'irons pas si loin avec Rancé ; nous resterons près de Versailles : à trente lieues des escaliers de marbre de l'Orangerie, qui n'étaient pas encore souillés de sang, nous trouverons les austérités de la Thébaïde [78] ; et cependant le bruit de la Cour nous parviendra comme le murmure [79] des flots du siècle.

Qu'était-ce que la Maison-Dieu lorsque Rancé s'y retira ?

La Maison-Dieu s'appelle aujourd'hui la *Trappe* : Trappe, dans le patois du Perche, signifie degré, vraisemblablement de *trapan* ; Notre-Dame de la Trappe veut donc dire : Notre-Dame des Degrés.

L'abbaye de la Trappe fut fondée en 1122 par Rotrou, second de ce nom, comte du Perche. Rotrou avait fait vœu, en revenant d'Angleterre, que, s'il échappait au naufrage dont il était menacé, il bâtirait une chapelle en l'honneur de la sainte Vierge. Le comte miraculeusement délivré, pour conserver la mémoire de son aventure, fit donner au toit de son église votive la forme d'un vaisseau renversé. Rotrou III, fils du fondateur, acheva les bâtiments de la chapelle, qui s'était changée en monastère. Rotrou III partit pour la première croisade ; il rapporta de la Palestine des reliques qui furent déposées par son fils dans la basilique nouvelle, à laquelle il ne manqua rien de l'histoire de ces temps : vœu, naufrage, pèlerinage.

Louis VII était roi de France, et saint Bernard premier abbé de Clairvaux, lorsque l'abbaye de la Trappe fut fondée. Serlon IV, abbé de Savigny, la réunit à l'ordre de Cîteaux en 1144 : Saint-Germain-des-Prés se rebâtissait alors dans Paris ; l'abbaye eut pour bienfaiteur Richard Hurel et ses fils, qui lui donnèrent la terre de Vastine. La Trappe fut protégée des papes Alexandre III, Clément III, Innocent III, Nicolas III, Boniface VIII, Jean XXI, Benoît XII. Saint Louis avait pris sous sa protection Notre-Dame de la Maison-Dieu de la Trappe, afin, dit la charte royale, que les religieux soient libres, paisibles, exempts de tous subsides, *sint liberi, quieti, exempti ab omnibus subsidiis*. Ce grand nom de saint Louis se mêle à toutes les origines de la monarchie. Saint Louis est le fondateur des monuments de l'Europe gothique, à compter de Notre-Dame de Paris jusqu'à la Sainte-Chapelle.

Par un ancien ménologe et par un relevé des tombes, on suppose dix-sept abbés depuis le premier abbé de la Trappe, Dom Albode, jusqu'au cardinal Du Bellay [80], premier abbé commendataire, sous François Ier, en 1526.

Dom Herbert, abbé, s'étant croisé en 1212 avec Renaud de Dampierre et Simon de Montfort, fut pris par le kalife d'Alep [81] ; il demeura trente ans esclave. Délivré enfin, il fonda l'abbaye des *Clairets* dans la dépendance de la Trappe. On s'arrête à l'épitaphe du seizième abbé à cause de son nom : Dom Robert *Rancé*. La *Gallia Christiana* ne fait pas mention de quelques-uns de ces derniers détails.

L'abbaye de la Trappe n'était point fortifiée à l'instar d'autres monastères de qui les abbés, comme Abbon de Paris, menaient vaillamment les mains :

aussi pendant les deux siècles que les Anglais ravagè-
rent la France, la Trappe fut pillée plusieurs fois,
notamment dans l'année 1410.

D'après les Pouillés[82], l'abbaye possédait les *Terres-
Rouges*, les *bois de Grimonard*, le *chemin au Chêne-de-
Bérouth*, les *Bruyères*, les *Neuf-Étangs* et les ruisseaux qui
en sortent. Par où passait le chemin au Chêne-de-
Bérouth ? D'où venait l'immortalité de ce chêne,
immortalité qui ne dépassait pas son ombre ? Les
bruyères s'étendant vers cet horizon sont-elles les
mêmes que celles mentionnées aux Pouillés ? Je viens
de les traverser ; enfant de la Bretagne, les landes me
plaisent, leur fleur d'indigence est la seule qui ne se
soit pas fanée à ma boutonnière. Là s'élevait peut-être
le manoir de la châtelaine ; elle consuma ses jours dans
les larmes, attendant son mari, qui ne revint point de
la Terre-Sainte avec l'abbé Herbert. Qui naissait, qui
mourait, qui pleurait ici ? Silence ! Des oiseaux au haut
du ciel volent vers d'autres climats. L'œil cherche dans
les restes[83] de la forêt du Perche les campaniles
abattus, il ne reste plus que quelques clochetons de
chaume, bien que des *sings* annoncent encore la prière
du soir ; on n'entend plus à travers le brouillard
retentir cette cloche nommée à Aubrac la cloche des
Perdus, qui rappelle les errants, *errantes revoca*. Mœurs
d'autrefois, vous ne renaîtrez pas, et si vous renaissiez,
retrouveriez-vous le charme dont vous a parées votre
poussière ?

Il existe des procès-verbaux connus dans l'ordre des
Bénédictins sous le nom de *cartes de visite*, c'est-à-dire
cartes d'inspection : la carte de visite pour l'année

1685 est signée de Dom Dominique, abbé du Val-Richer [84]. Elle décrit l'état de la Trappe avant la réforme de Rancé : les portes demeuraient ouvertes le jour et la nuit, et les hommes comme les femmes entraient librement dans le cloître. Le vestibule de l'entrée était si noir qu'il ressemblait beaucoup plus à une prison qu'à une Maison-Dieu. Ici il y avait une échelle attachée contre la muraille ; elle servait à monter aux étages dont les planchers étaient rompus et pourris ; on n'y marchait pas sans péril. En entrant dans le cloître, on voyait un toit devenu concave qui à la moindre pluie se remplissait d'eau ; les colonnes qui lui servaient d'appui étaient courbées : les parloirs servaient d'écuries.

Le réfectoire n'en avait plus que le nom. Les moines et les séculiers s'y assemblaient pour jouer à la boule lorsque la chaleur et le mauvais temps ne leur permettaient pas de jouer au dehors.

Le dortoir était abandonné ; il ne servait de retraite qu'aux oiseaux de nuit : il était exposé à la grêle, à la pluie, à la neige et au vent ; chacun des frères se logeait comme il voulait et où il pouvait.

L'église n'était pas en meilleur état : pavés rompus, pierres dispersées ; les murailles menaçaient ruine. Le clocher était près de tomber : on ne pouvait sonner les cloches qu'on ne l'ébranlât tout entier.

Il n'y avait d'autres ruisseaux à la Trappe que ceux que forment les étangs successifs qui s'élèvent avec le terrain, ni d'autres prairies que les queues des étangs ; l'air n'était supportable qu'à ceux qui cherchaient à mourir. Des vapeurs s'élevaient de cette vallée et la couvraient. « Il est malaisé, écrit Rancé à madame de Guise[85], que je me tire de mes incommodités à l'âge que j'ai et à l'air que nous habitons ; c'est à la situation toute seule du pays qu'il s'en faut prendre. Il a plu à Dieu de nous y mettre ; il savait bien les maux qui nous en devaient naître : qu'importe où l'on vive, puisqu'il faut mourir ! »

Dom Le Nain raconte que « les esprits impurs faisaient leur séjour dans le monastère et se nourrissaient des excès qui y régnaient. Ils y habitaient par troupes, n'y ayant là personne qui les chassât[86]. »

Dom Félibien ajoute la vie à ces descriptions, en y faisant voir la renaissance du culte chrétien.

« On voit d'abord en entrant ces paroles de Jérémie, écrites sur la porte du cloître : *Sedebit solitarius et tacebit*[87].

» L'église n'a rien de considérable que la sainteté du lieu : elle est bâtie d'une manière gothique et fort particulière ; elle ne laisse pas d'avoir quelque chose d'auguste et de divin ; le bout du côté du chœur semble représenter la poupe d'un vaisseau.

» Ce qui est digne de considération est la manière dont ces religieux font l'office ; car vous les voyez d'une voix ferme et d'un ton grave chanter les louanges de Dieu. Il n'y a rien qui touche le cœur et qui élève davantage l'esprit que de les entendre à matines. Leur église n'étant éclairée que d'une seule lampe, qui est devant le grand-autel, l'obscurité, jointe au silence de la nuit, fait que l'âme se remplit de cette onction sacrée répandue dans tous les psaumes. Soit qu'ils soient assis, soit qu'ils soient debout, soit qu'ils s'agenouillent, soit qu'ils se prosternent, c'est avec une humilité si profonde, qu'on voit bien qu'ils sont encore plus soumis d'esprit que de corps [88]. »

Sur une inscription de saint Bernard, placée dans les cloîtres de la Trappe, Ducis composa ces beaux vers :

> *Heureuse solitude,*
> *Seule béatitude,*
> *Que votre charme est doux !*
> *De tous les biens du monde,*
> *Dans ma grotte profonde,*
> *Je ne veux plus que vous.*

> *Qu'un vaste empire tombe,*
> *Qu'est-ce au loin pour ma tombe,*
> *Qu'un vain bruit qui se perd ?*
> *Et les rois qui s'assemblent,*
> *Et leurs sceptres qui tremblent,*
> *Que les joncs du désert [89] ?*

Quand l'abbé de Rancé introduisait la réforme dans son abbaye, les moines eux-mêmes n'étaient plus que des ruines de religieux. Réduits au nombre de sept, ce reste de cénobites était dénaturé par l'abondance ou par le malheur. Les moines, depuis long-temps avaient mérité des reproches. Dès le XIᵉ siècle, Adalbéron [90] déclare « qu'un moine est transformé en soldat ». En Normandie, un supérieur ayant prétendu admonester ses moines fut flagellé par eux après sa mort. Abailard [91], qui tenta en Bretagne d'user de sévérité, se vit exposé au poison : « J'habite un pays barbare, disait-il, dont la langue m'est inconnue ; mes promenades sont les bords d'une mer agitée, et mes moines ne sont connus que par leur débauche. » Tout a changé en Bretagne, hors les vagues qui changent toujours.

Rancé courut de semblables dangers : aussitôt qu'il eut parlé de réforme, on parla de le poignarder, de l'empoisonner, ou de le jeter dans les étangs. Un gentilhomme du voisinage, M. de Saint-Louis[92], accourut à son secours : M. de Saint-Louis avait passé sa vie à la guerre; le roi l'estimait, M. de Turenne l'aimait. Selon Saint-Simon, « c'était un vrai guerrier, sans lettres aucunes, avec peu d'esprit, mais un sens le plus droit et le plus juste que j'aie vu à personne, un excellent cœur et une droiture, une franchise et une fidélité admirables ». Rancé refusa la généreuse assistance, disant que les apôtres avaient établi l'Évangile malgré les puissances de la terre, et qu'après tout le plus grand bonheur était de mourir pour la justice.

L'abbé menaça ses religieux d'informer le roi de leur dérèglement : ce nom du roi avait pénétré au fond des plus obscures retraites.

Jusqu'alors nous n'avions senti que le despotisme irrégulier des rois qui marchaient à regret avec des libertés publiques, ouvrages des états-généraux, et exécutées par les parlements; mais la France n'avait point encore obéi à ce grand despotisme qui imposait l'ordre sans permettre d'en discuter les principes. Sous Louis XIV, la liberté ne fut plus que le despotisme des lois, au-dessus desquelles s'élevait, comme régulateur, l'inviolable arbitraire. Cette liberté esclave avait quelques avantages : ce qu'on perdait en franchises dans l'intérieur, on le gagnait au dehors en domination : le Français était enchaîné, la France libre.

Les moines donnèrent à regret leur consentement à la réforme. Un contrat fut passé : 400 livres de pension furent accordées à chacun des sept demeurants, avec permission de rester dans l'enceinte de l'abbaye ou de se retirer ailleurs ; le contrat mutuel fut homologué au parlement de Paris, le 6 février 1663.

Rancé était toujours perplexe sur lui-même. Deux frères de l'Étroite Observance, appelés de Perseigne, arrivèrent et prirent possession de la Trappe.

Un accident survenu le 1er novembre 1662 contribua à fixer la résolution de Rancé. Sa chambre, dans le monastère qu'il avait achevé de réparer, s'écroula et pensa l'écraser : « Voilà, s'écria-t-il, ce que c'est que la vie ! » Il se retira aussitôt dans un coin de l'église. Il entendit chanter le psaume : *Qui confidunt in Domino*[93]. Frappé d'une lumière soudaine, il se dit : « Pourquoi craindrais-je de m'engager dans la profession monastique ? » Les difficultés de son esprit s'évanouirent.

Il partit pour Paris, afin de demander au roi la permission de tenir en règle l'abbaye de la Trappe. Quelques hommes saints essayèrent de le détourner de sa résolution ; mais il dit à l'abbé de Prières[94], vicaire-général de l'Étroite Observance : « Je ne vois point d'autre porte à laquelle je puisse frapper pour retourner à Dieu que celle du cloître ; je n'ai d'autre ressource, après tant de désordres[95], que de me revêtir d'un sac et d'un cilice en repassant mes jours dans l'amertume de mon cœur. »

L'abbé lui répondit : « Je ne sais, monsieur, si vous comprenez bien ce que vous demandez : *nescis quid petis*. Vous êtes prêtre, docteur de Sorbonne, d'ailleurs homme de condition ; nourri dans la délicatesse et dans le luxe, vous êtes accoutumé à avoir grand train et à faire bonne chère ; vous êtes en passe d'être évêque au premier jour ; votre tempérament est extrêmement faible, et vous demandez d'être moine, qui est l'état le plus abject de l'Église, le plus pénitent, le plus caché et même le plus méprisé. Il vous faudra dorénavant vivre dans les larmes, dans les travaux, dans la retraite, et n'étudier que Jésus crucifié. Pensez-y sérieusement. » Alors l'abbé de Rancé répondit : « Il est vrai, je suis prêtre ; mais j'ai vécu jusqu'ici d'une manière indigne de mon caractère ; je suis docteur, mais je ne sais pas l'alphabet du christianisme ; je fais quelque figure dans le monde, mais j'ai été semblable à ces bornes qui montrent les chemins aux voyageurs et qui ne se remuent jamais. »

L'abbé de Prières fut vaincu.

Dans quelques lettres qu'a bien voulu me communiquer M. Cousin, Rancé fait l'histoire des combats qu'il eut à soutenir à cette époque. Les quatre premières s'étendent de l'an 1661 à l'an 1664 ; elles sont écrites à l'évêque d'Aleth.

« Je ne puis comprendre, dit-il, que j'aie la hardiesse d'entreprendre une profession qui ne veut que des âmes détachées, et que, mes passions étant aussi vivantes en moi qu'elles sont, j'ose entrer dans un état d'une véritable mort. Je vous conjure, monseigneur, de demander à Dieu ma conversion dans une conjoncture qui doit être la décision de mon éternité, et qu'après avoir violé tant de fois les vœux de mon baptême, il me donne la grâce de garder ceux que je lui vais faire, qui en sont comme un renouvellement, avec tant de fidélité que je répare en quelque manière les égarements de ma vie passée. »

Rancé écrivait à ses amis, le 13 avril 1663 : « Je suis persuadé que vous serez surpris quand vous saurez la résolution que j'ai formée de donner le reste de ma vie à la pénitence. Si je n'étais retenu par le poids de mes péchés, plusieurs siècles de la vie que je veux embrasser ne pourraient satisfaire pour un moment de celle que j'ai passée dans le monde. »

L'abbé de Prières s'employa principalement auprès de la reine-mère, afin d'obtenir du roi pour que Rancé pût tenir son abbaye en règle. Louis XIV agréa la requête, mais à la condition qu'à la mort de cet abbé régulier, la Trappe retournerait en commende. Le roi tenait aux traités de sa race. Le brevet fut expédié le 10 mai 1663, et envoyé à Rome pour être confirmé de [96] Sa Sainteté [97]. L'évêque de Comminges, ayant su que Rancé était à l'institution à Perseigne pour commencer son noviciat, l'alla trouver, et lui dit qu'il craignait que, dans son ardeur, il n'allât si loin que personne ne le pourrait suivre. L'abbé répliqua qu'il se modérerait, et il trompa l'évêque : conversation entre deux soldats ; l'un a appris à mesurer le péril, l'autre ne l'a jamais calculé.

En 1662, Rancé était allé visiter la Trappe et jeter un coup d'œil sur la solitude éternelle qu'il devait habiter. Il avait vu les étangs qui se retirent et s'élèvent en montant dans l'ancienne forêt du Perche, et dont plusieurs sont aujourd'hui supprimés. Il avait vu partout ces grandes feuilles solitaires qui flottaient sur les eaux comme un plancher, et à travers lesquelles les oiseaux aquatiques faisaient entendre quelques cris. Il hésita entre cette profonde retraite et son prieuré de Boulogne[98], qui lui plaisait, parce qu'il était dans des bois assez voisins de la mer[99] ; mais enfin il se décida pour la Trappe, à cause de certaine affinité secrète entre les solitudes de la religion et les solitudes de son passé[100]. Il appela auprès de lui l'abbé Barbery.

Rancé dans ces jours-là écrivait à M. l'évêque d'Aleth : « Comme les choses que je quitte et ma séparation des embarras extérieurs sont les moindres attachements de ma vie, que je ne puis me défaire de moi-même, puisque je me trouve partout aussi misérable que je l'ai toujours été, je vous supplie de demander à Dieu ma conversion. »

L'évêque d'Aleth, nous l'avons vu, n'était pas[101] un guide sûr. Dans la confusion des doctrines du temps, l'ami sur le bras duquel vous vous souteniez prenait au premier détour une autre route, et vous laissait là.

Rancé, sentant qu'il était environné de chancelants compagnons, se décida : il sortit des rangs, rompit la ligne ; déserteur d'une armée qui ne le suivait pas, il alla droit de Paris à Perseigne apprendre la nouvelle profession qu'il s'était promis d'embrasser. L'abbé de Perseigne le reçut avec joie, mais avec tremblement. Au bout de cinq mois de noviciat, il se déclara chez Rancé une maladie dont il parle dans ses lettres, maladie d'autant plus dangereuse qu'elle avait été long-temps dissimulée. Les médecins le condamnèrent s'il ne quittait la vie monastique ; l'abbé s'obstina, se fit transporter à la Trappe, et guérit. Retourné à Perseigne, il écrivit à l'évêque d'Aleth : « Le temps de mes épreuves est près de finir : mon cœur n'en est pas moins rempli de misères. Je ne puis comprendre que j'aie la hardiesse de prendre une profession qui ne veut que des âmes détachées, et que, mes passions étant aussi vivantes en moi qu'elles le sont, j'ose entrer dans un état d'une véritable mort. »

Il fit un adieu général au monde. D'une course nouvelle, il s'élança après le Fils de Dieu, et ne s'arrêta qu'à la croix.

On l'employa utilement pour son ordre pendant son noviciat. La réforme avait été établie au monastère de Champagne [102]. Les moines résistaient ; la noblesse appuyait les moines : l'esprit frondeur n'était pas encore éteint : restait à rendre l'arrière-faix de la discorde. Ce moment de péril interrompit le noviciat de Rancé : on le fit courir au secours de l'Étroite Observance. Vingt-cinq gentilshommes, conduits par le marquis de Vassé [103], sous prétexte d'une partie de chasse, se présentèrent à une abbaye dans le dessein d'en expulser le parti des réformés. Rancé arrivait ; il leur demanda ce qu'ils voulaient : il fut reconnu par Vassé, auquel il avait rendu jadis un important service. Vassé courut à lui, l'embrassa, et consentit à laisser en paix les religieux.

Revenu à Perseigne, le prieur parla d'envoyer en Touraine l'abbé, dont le noviciat n'était pas encore achevé. Le postulant s'y refusa, disant que cette

tournée l'exposerait à des *périls*. L'historien se sert
deux fois de ce mot sans le comprendre : l'explication
est que Véretz, tout vendu qu'il était, barrait le
chemin ; les périls qui menaçaient Rancé étaient des
souvenirs. Étonné de la résistance, le prieur manda à
l'abbé de Prières que le nouveau moine lui paraissait
un homme attaché à son sens. L'abbé de Prières voulut
parler à Rancé ; celui-ci alla le trouver à quatre lieues
de Paris : le grand conspirateur de solitude le charma ;
car l'abbé Le Bouthillier avait des bienséances difficiles à distinguer de la véritable humilité : un éclair de
la vie passée de l'homme du monde plongeait dans les
rudesses de la Foi.

Avant de prononcer ses vœux à Perseigne, Rancé
retourna à la Trappe : il y lut son testament ; il donne
ce qui lui reste à son monastère. Il s'accuse d'avoir été,
par son insouciance, la cause d'un grand nombre de
malversations ; il déclare parler sans exagération et
sans excès ; il proteste que sa confession est aussi
sincère que s'il était devant le tribunal de Jésus-
Christ ; il abandonne à ses frères tous ses meubles ; il
leur remet particulièrement ses livres. « Si, par des
événements qu'on ne peut prévoir, dit-il, la réforme
cessait d'être à la Trappe, je donne ma bibliothèque à
l'Hôtel-Dieu de Paris pour être vendue au profit des
pauvres et des malades. »

Rancé a l'air d'avoir un pressentiment des malheurs
qui fondirent un siècle et demi plus tard sur son
abbaye. Il laissa sa bibliothèque à ses religieux, lui qui
ne voulait pas qu'un moine s'occupât d'études !

Ici on aperçoit madame de Montbazon pour la

dernière fois. Astre du soir, charmant et funeste, qui va pour toujours descendre sous l'horizon Aux dires de Dom Gervaise, Rancé avait nombre de lettres de cette femme et deux portraits d'elle : l'un la représentait telle qu'elle était à son mariage, l'autre telle qu'elle était au moment où elle devint veuve. Ces secrets d'amour étaient confiés à la garde de la religion. La mère Louise avait, pour surveiller ces [104] dépôts, la faiblesse et la force nécessaires, l'indulgence d'une femme qui a failli et le courage d'une femme qui se repent. Le matin même de ses vœux, Rancé écrivit à Tours pour donner l'ordre de jeter les lettres au feu et pour faire renvoyer les portraits à M. de Soubise [105], fils de madame de Montbazon. Rompre avec les choses réelles, ce n'est rien ; mais avec les souvenirs ! Le cœur se brise à la séparation des songes, tant il y a peu de réalité [106] dans l'homme.

Une autre lettre écrite à la mère Louise, le 14 juin 1664, porte : « J'attends avec une humble patience l'heureux moment qui doit m'immoler pour toujours à la justice de Dieu. Tous mes moments sont employés à me préparer à cette grande action. Je n'appréhende rien davantage, sinon que l'odeur de mon sacrifice ne soit pas agréable à Dieu ; car il ne suffit pas de se donner, et vous savez que le feu du ciel ne descendait point sur le sacrifice de ce malheureux qui offrait à Dieu des victimes qui ne lui étaient point agréables. »

On n'a jamais fait attention à cette plainte, qui sort du cœur de Rancé comme de ces boîtes harmonieuses faites dans les montagnes, qui répètent le même son ; cette plainte n'indique point son objet, elle se confond avec les accusations dont le souffrant charge la vie. Résolu de s'ensevelir à la Trappe, Rancé fit d'abord un voyage à son prieuré de Boulogne, parce qu'il était au milieu des bois et qu'on y découvrait la mer, dernière image du monde ; puis il partit pour la Trappe pour s'ensevelir [107] au milieu de ces jardins solitaires, comme jadis les souverains à Babylone.

Les expéditions de la cour de Rome pour tenir en règle l'abbaye de la Trappe arrivèrent. Rancé aurait voulu se régénérer avec Dom Bernier, ancien religieux de la Trappe mal vivant jusqu'alors, et enfin touché de la grâce ; mais Dom Bernier ne fut prêt que quatre mois plus tard. Le 26 juin 1664, Rancé fit profession, entre les mains de Dom Michel de Guiton, commissaire de l'abbé de Prières, vicaire général [108], avec deux autres novices, dont l'un, appelé Antoine, avait été domestique de Rancé [109]. De serviteur qu'il était, Antoine devint [110] l'égal de son maître dans les aplanissements du ciel. Quatre jours après, Pierre Félibien prit, au nom de l'abbé de Rancé, possession de l'abbaye de la Trappe en qualité d'abbé régulier. Rancé reçut la bénédiction abbatiale des mains de l'évêque irlandais d'Arda assisté de l'abbé de Saint-Martin de Séez. L'abbé de la Trappe se rendit dès le lendemain à son monastère. Et pourtant il écrivait à un de ses amis : « Ma disposition n'est qu'une pure résignation à la Providence. Priez pour moi. »

Ce premier séjour de Rancé à la Trappe ne fut pas long. Il faisait réparer de tous les côtés l'abbaye ; mais tandis qu'il donnait des règlements nouveaux [111] pour le chœur et la prière, que les charpentiers et les maçons

s'empressaient, il fut appelé à Paris à l'assemblée
générale des communautés régularisées. Ce jeune
homme, naguère si dépendant de l'opinion du monde,
se rendit au lieu de la réunion dans une charrette
comme un mendiant ; affectation dont il ne put
débarrasser sa vie. L'assemblée le nomma pour aller
en cour de Rome plaider la cause de la réforme. Avant
son départ, il s'aboucha avec le cardinal de Retz, qui
s'était avancé jusqu'à Commercy. Ensuite Rancé
retourna quelques jours à la Trappe. Il s'occupait
comme un humble frère. Il disait : « Sommes-nous
moins pécheurs que les premiers religieux de Cîteaux ?
Avons-nous moins besoin de pénitence ? » On lui
représentait que, plus faibles, on ne pouvait plus
pratiquer les mêmes austérités : « Dites, répondait-il,
que nous avons moins de zèle. » D'un consentement
unanime, les religieux se privèrent de l'usage du vin et
de celui du poisson ; ils s'interdirent la viande et les
œufs. Il s'introduisit une manière honnête de parler et
d'agir les uns avec les autres ; ils respectaient en eux
l'homme racheté, s'ils méprisaient l'homme tombé.

Dans la distribution du travail, une portion d'un
terrain inculte était échue à Rancé : au premier coup
de bêche, il rencontra quelque chose de dur : c'étaient
d'anciennes pièces d'or d'Angleterre. Il y en avait
soixante, chacune valant sept francs : ce fut un coup de
providence pour aider Rancé à faire son voyage [112].
Ayant convoqué ses moines, il leur fit ses adieux :
« J'ai à peine le temps, leur dit-il, de vous remettre
devant les yeux cette parole de saint Bernard : *Mon fils,
si vous saviez quelles sont les obligations d'un moine, vous ne*

mangeriez pas une bouchée de pain sans l'arroser de vos larmes. » Puis il ajouta : « Je prie Dieu d'avoir pitié de vous comme de moi. S'il nous sépare dans le temps, qu'il nous réunisse dans l'éternité. »

Les religieux se prosternèrent pour demander à Dieu la conservation de leur abbé.

Le nouveau Tobie partit pour Ninive[113] : il n'allait pas épouser la fille de Raguel ; la fille de Raguel n'était plus. Le voyageur qui accompagnait Rancé n'était pas Raphaël, mais l'Esprit de la pénitence ; cet esprit ne se mettait pas en route pour réclamer de l'argent, mais la misère. Lorsqu'on erre à travers les saintes et impérissables Écritures où manquent la mesure et le temps, on n'est frappé que du bruit de la chute de quelque chose qui tombe de l'éternité.

Le grand expiateur avait retrouvé à Chalon-sur-Saône l'abbé du Val-Richer, son compagnon désigné de voyage. A Lyon il baisa la boîte qui renfermait le cœur de saint François de Sales. Il traversa les Alpes et arriva à Turin : il n'y vit point le saint suaire[114]. A Milan le tombeau de saint Charles Borromée l'appela : heureux les morts quand ils sont saints ! ils retrouvent leur matin dans le ciel. Sainte Catherine à Bologne attira la vénération de Rancé ; c'étaient là les antiquités qu'il cherchait ; il faisait consister sa repentance à ne rien voir : ses yeux étaient fermés à ces ruines dont l'abbé de La Mennais nous fait une peinture admirable :

« De superbes palais, dit-il, se dégradent d'années en années, montrant encore, à travers leurs élégantes fenêtres ouvertes à la pluie et à tous les vents, les vestiges d'un faste que rien ne rappelle dans nos chétives constructions modernes, d'un luxe grandiose et délicat dont les arts divers avaient à l'envi réalisé les merveilles. La nature qui ne vieillit jamais s'empare peu à peu de ces somptueuses villas, œuvres altières de l'homme et fragiles comme lui. Nous avons vu des colombes nicher sur les corniches [115] d'une salle peinte par Raphaël, le câprier sauvage enfoncer ses racines entre les marbres déjoints, et le lichen les recouvrir de ses larges plaques vertes et blanches [116]. »

A Florence, le pèlerin ne s'enquit point de Dante et de Michel-Ange : quand, à mon tour, j'ai cheminé parmi ces débris, j'étais interdit. Rancé reçut les honneurs de la duchesse de Toscane [117]. On regrette qu'il ne se soit pas arrêté plus loin au vallon d'Égérie : il aurait pu mener des lémures [118] de femmes [119] saluer Néère [120] et Hostia [121] là où tant de femmes avaient passé. Enfin il entra dans la ville des saints apôtres. O Rome, te voilà donc encore ! Est-ce ta dernière apparition ? Malheur à l'âge pour qui la nature a perdu ses félicités ! Des pays enchantés où rien ne vous attend sont arides : quelles aimables ombres verrais-je dans les temps à venir ? Fi ! des nuages qui volent sur une tête blanchie !

Rancé était arrivé le 16 novembre 1664, six semaines après l'abbé de Cîteaux [122] accouru pour combattre l'Étroite Observance. Il fut appelé à l'audience du pape le 2 de décembre 1664, à Monte-Cavallo. Le pape l'accueillit [123] par ces paroles : *Adventus vester non solum gratus est nobis, sed expectavimus eum.* « Votre venue ne nous est pas seulement agréable, mais nous l'atten-

dions. » Sa Sainteté, reçut avec respect des lettres de la
Reine-Mère, de Mademoiselle, du prince de Conti et
de madame de Longueville, dont les signatures étaient
en contraste avec les vertus actuelles de Rancé : on
comptait à Rome non les mœurs, mais les rangs.
Dans sa harangue latine, Rancé dit au pape
Alexandre VII [124] : « Très-saint-père, sorti des monastères où nos péchés nous ont obligé de nous retirer,
nous venons écouter Votre Sainteté comme l'oracle
par lequel le Seigneur veut nous faire connaître ses
volontés. »

Cette soumission ne rassura pas tellement le pape
que Rancé ne se crût obligé de s'expliquer : « Les
Pères de la Trappe, dit-il, n'avaient pas prétendu se
soustraire à la juridiction ecclésiastique, pour aller
devant les tribunaux séculiers. » Point délicat par
lequel Rancé sut déterminer ensuite en sa faveur les
décisions de Louis XIV. Il fut résolu que Sa Sainteté
commettrait l'examen de l'Étroite Observance au
jugement d'une congrégation de cardinaux. Rancé se
retira satisfait ; il écrivit en tombant dans l'illusion
qu'on éprouve au Vatican [125] : « Je fus auprès de Sa
Sainteté une heure et demie ; on ne pourrait attendre
plus de marques de bénignité et de bonté que Sa
Sainteté n'en fit paraître. »

Rancé alla voir le Père Bona [126], qui, devenu cardinal, lui conserva de l'amitié. Des commissaires furent
nommés par le pape pour étudier l'affaire. La fureur
d'être pauvre et de disparaître semblait à Rome les
Petites-Maisons ouvertes. On instruisit Rancé qu'il
n'obtiendrait pas ce qu'il désirait, que manger de la

viande ou de n'en pas manger était jugé chose
indifférente pour la gloire de Dieu[127]. Au commencement de l'année 1665, Rancé apprit que les décisions
des cardinaux ne lui seraient pas favorables, et que des
lettres venues de France lui faisaient tort : il se
présenta au Vatican, où l'on bénit la ville et le monde,
et où il ne fut point béni[128].

L'affaire pour laquelle Rancé était venu ne plaisait
point : vivre comme un mendiant déplaisait à la
pourpre romaine. D'un autre côté, les ordres monastiques de la commune observance refusaient de s'amen-
der ; on traitait les réformateurs d'hommes singuliers[129], voisins du schisme ; la règle étroite ne trouva
parmi les grandes congrégations de Rome que la voix
de quelques moines inconnus d'une vallée du Perche.
En vain Rancé fut protégé par Anne d'Autriche, la
perspicacité italienne voyait que la mère de Louis XIV
se mourait : or, à Rome, la tombe[130], toute souveraine
qu'elle est, n'a aucun crédit. Alors Rancé, voyant sa
cause perdue, se remit en route pour la Trappe. A
peine fut-il sorti de Rome que son entreprise fut
surnommée *une furie française, una furia francese,* comme
on appelle notre courage. En arrivant à Lyon, il se
hâta d'écrire :

« Tous mes proches commencent à être d'un même
sentiment sur mon sujet, et j'ai reçu hier une lettre qui
vous surprendrait si vous l'aviez vue. Mon départ fit
pourtant quitter Rome à M. de Cîteaux qui nous était
un très-grand obstacle, lequel, croyant me devoir
suivre en France, sursit dans l'esprit de nos juges les
desseins qu'ils avaient sur notre affaire. »

L'abbé de Prières, ayant appris l'arrivée de Rancé, lui manda, le 24 février 1665, de retourner en Italie [131]. Bien que Rancé fût persuadé de l'inutilité de ce second voyage, il obéit. Une personne inconnue voulut faire accepter à Rancé une bourse où il y avait quarante louis : Rancé n'en prit que quatorze.

L'Apennin revit sur ses sommets ce voyageur qui n'écrivait ni ne faisait de journal. A Monte-Luco, parmi des bois d'yeuses, Rancé put apercevoir des ermitages blancs déjà habités de son temps, et où le comte Potoski [132] s'est depuis caché. Rancé portait avec lui une chère remembrance, mais c'était la première fois qu'il voyageait : il n'avait pas été dix-sept ans, comme Camoëns, exilé au bout de la terre, ainsi que le raconte si bien M. Magnin [133] ; il ne pouvait pas dire sur un vaisseau, en présence des rochers de Bab-el-Mandeb : « Madame, je demande de vos nouvelles aux vents qui viennent de la contrée que vous habitez, aux oiseaux qui vous ont vue. » Le souffle de la religion et la voix des anges ne laissaient arriver jusqu'à Rancé que des souvenirs expiatoires. Le soldat de la nouvelle légion chrétienne rentra le 2 d'avril 1665 à ce camp vide des prétoriens, où l'on ne voit plus que des martres et la fumeterre des chèvres, qui tremble sur les murs. « Rome, dit Montaigne, seule ville commune et universelle ! Pour être des princes de cet état, il ne faut qu'être de chrestienté. Il n'est lieu ici-bas que le ciel ait embrassé avec telle influence de faveur et telle constance : sa ruine même est glorieuse et enflée. »

Rancé monta au Vatican ; il parcourut inutilement le grand escalier désert foulé par tant de pas effacés,

d'où descendirent tant de fois les destinées du monde.
Il adressa une supplique aux cardinaux. Un d'entre
eux s'emporta : les réclamations de l'indigence le
mettaient en colère. L'abbé de Rancé répondit : « Ce
n'est point la passion, monseigneur, qui me fait parler ;
c'est la justice. »

« Ce grand homme, dit Pierre Le Nain, traitait les
affaires à la façon des anges, avec la paix de son cœur
et une parfaite soumission aux ordres du ciel. »

Lorsque Rancé parut à Rome en 1664, et qu'il y
revint au mois d'avril 1665, Alexandre VII, Fabio
Chigi, occupait la tiare. On recherchait encore les
traces de l'ambition de dona Olympia [134] sous Innocent X, comme on visite les dégâts d'un siège levé. Il
n'est resté des Pamphili que la villa de ce nom.
« Quant à Alexandre VII, dit le cardinal de Retz, il se
communiquait peu ; mais ce peu qu'il se communiquait était mesuré et sage, *savio col silentio*. »

Dans d'autres courses à Rome, le cardinal de Retz
trouva qu'il s'était trompé, et que Chigi n'était pas
grand'chose. Après l'élection de Chigi, Barillon avait
dit au coadjuteur : « Je suis résolu de compter les
carrosses pour en rendre ce soir un compte exact à
M. de Lionne : il ne faut pas épargner cette joie au
cocu [135]. » Tels étaient le langage, la politique et les
mœurs que Rancé rencontra au tombeau des saints
apôtres. Innocent X avait condamné les cinq propositions ; Alexandre VII changea quelques mots au
Formulaire [136]. Ces changements furent agréés par
Louis XIV : mais en même temps, pour réparation
d'une insulte faite au duc de Créqui, il exigea qu'une

pyramide[137] fût élevée devant l'ancien corps-de-garde
des Corses, pyramide qui ne fut abattue que sous
Clément IX. Alexandre VII canonisa saint François
de Sales, créa une nouvelle bibliothèque, et s'occupa
lui-même de lettres. On a de lui un volume de poésie
intitulé : *Philomati Musae juveniles*[138], seul rapport qu'il
eut avec l'éditeur des œuvres d'Anacréon, si ce n'est
le cercueil qu'il fit mettre sous son lit le jour de son
exaltation au pontificat.

Pendant le voyage de Rancé à Lyon, le cardinal de
Retz était revenu à Rome. Il reçut bien son ami le
converti, et le força d'accepter chez lui un logement.
Rancé ne tira aucun fruit du passage du coadjuteur à
Rome, si ce n'est quelques audiences inutiles qu'il lui
fit obtenir du pape. Le rôle actif du chef de la Fronde
était fini : il y a un terme à tout ce qui n'est pas de la
grande nature humaine.

Le cardinal de Retz était petit, noir, laid, maladroit
de ses mains ; il ne savait pas se *boutonner*. La duchesse
de Nemours[139] confirme ce portrait de Tallemant des
Réaux : « Le coadjuteur vint, dit-elle, en habit
déguisé, voir le cardinal Mazarin. M. le Prince, qui
sut cette visite, en parla au cardinal, lequel lui tourna
fort ridiculement et le coadjuteur, et son habit de
cavalier, et ses plumes blanches, et ses jambes tor-
tues ; et il ajouta encore à tout le ridicule qu'il lui
donna que, s'il revenait une seconde fois déguisé, il
l'en avertirait, afin qu'il se cachât pour le voir, et que
cela le ferait rire. »

Les portraits du cardinal de Retz, n'offrent pas ces
difformités : dans l'air du visage il a quelque chose

d'arrogant[140] de M. de Talleyrand, mais de plus intelligent et de plus décidé que l'évêque d'Autun.

Né à Montmirail au mois d'octobre 1614 d'une famille florentine qui conseilla la Saint-Barthélemy, le cardinal ne montra pas les vertus que tâcha de lui inspirer saint Vincent de Paul, son précepteur : l'homme du bien, en ces temps-là, touchait à l'homme du mal, et il restait dans celui-ci quelque impression de la main qui l'avait modelé. Retz écrivit la *Conjuration de Fiesque*[141] ; ce qui fit dire au cardinal de Richelieu : « Voilà un dangereux esprit. » La pourpre[142] romaine avait cela d'avantageux qu'elle créait un homme indépendant au milieu des cours. Retz professait du respect pour quiconque avait été chef de parti, parce qu'il avait honoré ce nom dans les *Vies* de Plutarque : l'antiquité a longtemps gâté la France. Il disait qu'à son âge César avait six fois plus de dettes que lui : après cela il fallait conquérir le monde, et Retz conquit Broussel, une douzaine de bourgeois, et fut au moment d'être étranglé entre deux portes par le duc de La Rochefoucauld.

Retz, à son début, aima sa cousine, mademoiselle de Retz[143] : elle montrait, dit-il, tout ce que la *morbidezza* a de plus tendre, de plus animé et de plus touchant.

Suspect à Richelieu, ayant eu l'audace de mugueter ses femmes, le lovelace tortu et batailleur fut obligé de s'enfuir. Il alla à Venise, où il pensa se faire assassiner pour la signora Vendranina ; il erra dans la Lombardie, se rendit à Rome, discuta à la Sapience, eut une querelle avec le prince de Schomberg[144], et revint en France. Ses mésintelligences avec le cardinal de Riche-

lieu continuèrent à propos de madame de la Meilleraie[145]. Il lui passa par la tête de hasarder un
assassinat sur le cardinal ; mais il sentit *ce qui pouvait
être une peur*. Bassompierre, prisonnier à la Bastille,
l'engagea avec des intrigants. La bataille de la Marfée
eut lieu ; le comte de Soissons[146] la gagna et fut tué.
Cette mort contribua à fixer le cardinal de Retz dans la
profession ecclésiastique. Une dispute commencée
avec un ministre protestant lui acquit quelque renom.
Il se lia avec mademoiselle de Vendôme par l'aventure
où il rivalisa de courage avec M. de Turenne contre
des capucins qui se baignaient à Neuilly : les conditions peu morales de cette liaison sont rapportées dans
les *Mémoires*. Enfin, en vertu des protections de ces
temps, il fut nommé coadjuteur de Paris, dont son
oncle, M. de Gondy[147], occupait le siège.

Vint la Fronde. Mazarin finit par enfermer le
coadjuteur au château de Vincennes ; de là transféré
au château de Nantes, il s'en évada : quatre gentilshommes l'attendaient au bas de la tour, dont il se
laissa dévaler. Caché dans une meule de foin, mené à
Beaupréau par M. et madame de Brissac[148], il fut
transporté à Saint-Sébastien en Espagne, sur une
balandre de la Loire. Il vit à Saragosse un prêtre qui se
promenait seul, parce qu'il avait enterré son dernier
paroissien pestiféré. A Valence, les orangers formaient
les palissades des grands chemins. Retz respirait l'air
qu'avait respiré Vannozia[149]. Embarqué pour l'Italie,
à Maïorque, le vice-roi le reçut : il entendit des filles
pieuses à la grille d'un couvent, troupe de longues
cigognes blanches qui chantaient[150]. Après trois jours

il traversa le canal de la Corse, alors inconnu, aujour-
d'hui fameux. Il arriva à Porto-Longone ; il se rendit à
Porto-Ferraio, qui plus tard reçut Bonaparte, homme
d'un autre monde, changé d'empire, jamais détrôné.
Enfin il prit terre à Piombino, et poursuivit sa route
vers Rome.

Un conclave s'ouvrit en 1655 par la mort d'Innocent X. Le cardinal de Retz s'attacha à l'escadron
volant : Chigi fut élu sous le nom d'Alexandre VII.
Retz fit courir le bruit qu'il avait contribué à l'élection : Joly [151], son secrétaire, assure qu'il n'en fut rien.

Retz se retira à Besançon, séjourna à Constance, à
Ulm, à Augsbourg, à Francfort, s'en prenant dans les
cabarets jusqu'aux servantes ; puis il se cacha en
Hollande avec une maladie : il alla voir [152] en Angleterre Charles II, dont il avait secouru la mère pendant
la Fronde.

Mazarin mourut le 9 mars 1661. Rentré en France,
Retz entreprit deux ouvrages : l'un, sa généalogie
(insipidité du temps : on compte ses aïeux lorsqu'on ne
compte plus) ; l'autre, une histoire latine des troubles
de la Fronde, de même que Sylla écrivit en grec ses
proscriptions. Le cardinal vint saluer le roi à Fontainebleau. Reçu avec froideur, les jeunes gens se deman-
daient comment cet avorton avait jamais pu être
quelque chose : ils n'avaient pas vu Couthon. Alors
commença, ou plutôt se renoua, la liaison du cardinal
et de madame de Sévigné.

Celle-ci, dont on a publié peut-être trop de lettres,
ne pouvait se garantir de la raillerie, même envers les
gens qu'elle croyait aimer : elle appelait le cardinal de

Retz le *héros du bréviaire*. Le cardinal lui mandait de Saint-Denis, en 1649, qu'il s'ennuierait fort sans l'espoir qu'*elle lui passerait par les mains au sac de Paris*. Madame de Sévigné annonce[153], nombre d'années après, au vieil acrobate mitré, que Molière lui lira, à lui, *Trissotin,* et que Despréaux lui fera connaître son *Lutrin*. Elle parle du *bon cardinal ;* elle nous apprend qu'il se fait peindre par un religieux de Saint-Victor, qu'il donnera son image à madame de Grignan, laquelle ne s'en souciait pas du tout. Madame de Sévigné se promène comme une bonne avec le malade ; elle insiste pour que sa fille accepte une cassolette de lui, et sa fille la refuse avec dédain[154]. Mais à mesure que l'on approche de la fin du cardinal, l'admiration de madame de Sévigné baisse, parce que ses espérances diminuent. Légère d'esprit, inimitable de talent, positive de conduite, calculée dans ses affaires, elle ne perdait de vue aucun intérêt, et elle avait été dupe des intentions testamentaires qu'elle supposait[155] au coadjuteur.

Joly, la duchesse de Nemours, La Rochefoucauld, madame de Sévigné, le président Hénault et cent autres ont écrit du cardinal de Retz : c'est l'idole des mauvais sujets. Il représentait son temps, dont il était à la fois l'objet et le réflecteur. De l'esprit comme homme, du talent comme écrivain (et c'était là sa vraie supériorité) l'ont fait prendre pour un personnage de génie. Encore faut-il remarquer qu'en qualité d'écrivain il était court comme dans tout le reste : au bout des trois quarts du premier volume de ses *Mémoires,* il expire en entrant dans la raison et devient

ennuyeux[156]. Quant à ses actions politiques, il avait
derrière lui la puissance du parlement, une partie de la
cour et la faction populaire, et il ne vainquit rien.
Devant lui il n'avait qu'un prêtre étranger, méprisé,
haï, et il ne le renversa pas : le moindre de nos
révolutionnaires eût brisé dans une heure ce qui arrêta
Retz toute sa vie. Le prétendu homme d'État ne fut
qu'un homme de trouble. Celui qui joua le grand rôle
était Mazarin ; il brava les orages enveloppé dans la
pourpre romaine : obligé de se retirer en face de la
haine publique, il revint par la passion fidèle d'une
femme, et nous amenant Louis XIV par la main.

Le coadjuteur finit ses jours en silence, vieux
réveille-matin détraqué. Réduit à lui-même et privé
des événements, il se montra inoffensif : non qu'il subît
une de ces métamorphoses avant-coureurs du dernier
départ, mais parce qu'il avait la faculté de changer de
forme comme certains scarabées vénéneux. Privé du
sens moral, cette privation était sa force. Sous le
rapport de l'argent il fut noble ; il paya les dettes de sa
royauté de la rue, par la seule raison qu'il s'appelait
M. de Retz. Peu lui importait du reste sa personne :
ne s'est-il pas exposé lui-même au coin de la borne ?
On le pressait de dicter ses aventures, et le romancier transformé en politique les adresse à une femme
sans nom, chimère de ses corruptions idéalisées.
« Madame, quelque répugnance que je puisse avoir à
vous donner l'histoire de ma vie, néanmoins, comme
vous me l'avez demandée, je vous obéis. »

N'ayant plus où se prendre, il s'était fait le familier
de Dieu, comme en sa jeunesse il avait serré la main

des quarteniers de Paris. Il passait ses jours aux
églises ; on prêtait l'oreille pour ouïr son cri du fond de
l'abîme, pour pleurer aux psaumes de la pénitence ou
aux versets du *Miserere*, et l'on écoutait en vain. Les
sépulcres, les images du Christ ne l'enseignaient pas :
uniquement épris de sa personne, il ne se rappelait que
le rôle qu'il avait joué, sans s'embarrasser de sa vie
morale. Il inspectait les lambeaux de ce qu'il fut pour
se reconnaître ; il éventait ses iniquités, afin de se
former une idée semblable de lui-même ; puis il venait
écrire les scandales de ses souvenirs. En l'exhumant de
ses *Mémoires,* on a trouvé un mort enterré vivant qui
s'était dévoré dans son cercueil.

Joueur jusqu'à la fin, ne lui vint-il pas dans l'esprit
de se retirer à la Trappe et d'écrire ses *Mémoires* sur la
table où Rancé écrivait ses *Maximes !* Rancé fut obligé
d'aller à Commercy[157] pour détourner le cardinal de
son pieux dessein[158]. Bossuet s'était malheureusement
écrié : « Le coadjuteur menace Mazarin de ses tristes
et intrépides regards[159]. » Les grands génies doivent
peser leurs paroles ; elles restent, et c'est une beauté
irréparable.

Homme de beaucoup d'esprit, mais prélat sans
jugement et évêque sacrilège, Retz contraria l'avenir
de Dieu : il ne se douta jamais qu'il y eût plus de gloire
dans un chapelet récité avec foi que dans tous les hauts
et les bas de la destinée. Esprit aux maximes propres à
des brouilleries plutôt qu'à des révolutions, il essaya la
Fronde à Saint-Jean-de-Latran, se croyant toujours
dans la *Cour des Miracles*. Indifférent et mélancolieux,
cet Italien francisé se trouva sur le pavé lorsque

Louis XIV eut jeté les baladins à la porte, même en respectant beaucoup trop en eux leur vie passée et l'habit qu'ils avaient sali. Placé entre la Fronde qui permettait tout, et le maître de Versailles qui ne souffrait presque rien [160], le coadjuteur s'écriait : « Est-il quelqu'un pire que moi ? » avec le même orgueil que Rousseau s'écrie : « Est-il quelqu'un meilleur que moi ? » Et Retz [161] continua ses passepieds jusqu'à sa mort : mais il faut être Richelieu pour ne pas s'amoindrir en dansant une sarabande, castagnettes aux doigts, et en pantalon de velours vert [162].

Ce n'était [163] donc pas à l'hôtel du cardinal de Retz que Rancé aurait pu apprendre à se plaire dans la capitale du monde chrétien. La société de Rome ne pouvait lui offrir aucune ressource [164] ; elle était tout au plus bonne pour le petit Coulanges [165]. Coulanges avait vu Rome en 1656 et en 1689 ; il consentait à végéter au milieu d'un monde de fourberies ; il faisait des vers, bien qu'il ne fût pas Horace :

> *Beaux jardins de Montalte,*
> *Ludovise, Pamphile et Mathei.*

Néanmoins à l'époque de Rancé, Rome n'était pas dépourvue de Français dignes de lui : en 1664, Poussin avait acheté, de la dot de sa femme, une maison sur le mont Pincio, auprès d'un casino de Claude Lorrain, en face de l'ancienne retraite de Raphaël, au bas des jardins de la villa Borghèse ; noms qui suffisent pour jeter l'immortalité sur cette scène. Le Poussin mourut au mois de novembre 1665 et fut enterré dans *Saint-Laurent in Lucina*. Si Rancé eût attendu seulement cinq

ou six mois, il aurait pu assister à des funérailles avec
l'abbé Nicaise, auteur d'un voyage à la Trappe, là où
je n'ai eu que l'honneur de placer un buste. Le
réformateur aimait les tableaux, témoin ceux qu'il
avait lui-même esquissés : en voyant le cercueil du
Poussin, il aurait été touché, tandis que se serait
augmenté son mépris pour la gloire humaine. « J'ai
rencontré Poussin, dit Bonaventure d'Argonne [166],
dans les débris de Rome, ou dessinant sur les bords du
Tibre. » L'abbé Antoine Arnauld, de la génération de
Port-Royal, affilié [167] à la Trappe, avait aussi fréquenté
l'auteur du tableau du Déluge. Ce tableau rappelle
quelque chose de l'âge délaissé et de la main du
vieillard : admirable tremblement du temps ! Souvent
les hommes de génie ont annoncé leur fin par des
chefs-d'œuvre : c'est leur âme qui s'envole [168].

Enfin la *Léonora* de Milton pouvait, à la rigueur,
exister : Mazarin l'avait fait venir à ses concerts ; peut-
être était-elle là, ne rendant plus aucun bruit ; lyre sans
cordes. Rancé ne fut pas touché de la grandeur des
campagnes romaines, ces sortes d'idées n'étaient pas
encore nées : toutefois saint François avait chanté la
beauté de la création éclose de la bonté de Dieu. Il y
avait bien des images dignes de la mélancolie dans
cette terre de tous les regrets ; Rancé eût pu marcher
avec les derniers pas du jour sur le sommet du
Soracte [169] ; du haut du mont Marius, il eût aperçu les
plages de Civita-Vecchia ; à Ostie il eût rejoint le sable
facile à se creuser. Lord Byron avait marqué sa fosse
aux grèves de l'Adriatique. Mais rien ne plaisait à
Rancé, dont le cœur était plus triste que la pensée.

Et cependant, s'il ne s'était trop enseveli dans la préoccupation de ses fautes, il eût rencontré dans Rome même de quoi contenter sa ferveur. Partout se présentaient à lui des oratoires dans des parcours abandonnés semés de fleurs, dans ces asiles dont le Père Lacordaire a fait cette peinture :

« Au son d'une cloche toutes les portes du cloître s'ouvraient avec une sorte de douceur et de respect. Des vieillards blanchis et sereins, des hommes d'une maturité précoce, des adolescents en qui la pénitence et la jeunesse laissaient une nuance de beauté inconnue du monde, tous les temps de la vie apparaissaient ensemble sous un même vêtement. La cellule des cénobites était pauvre, assez grande pour contenir une couche de paille ou de crin, une table et deux chaises ; un crucifix et quelques images pieuses en étaient tout l'ornement. De ce tombeau qu'il habitait pendant ses années mortelles, le religieux passait au tombeau qui précède l'immortalité. Là même il n'était point séparé de ses frères vivants et morts. On le couchait, enveloppé de ses habits, sous le pavé du chœur ; sa poussière se mêlait à la poussière de ses aïeux, pendant que les louanges du Seigneur chantées par ses contemporains et ses descendants du cloître remuaient encore ce qui restait de sensible dans ses reliques. Ô maisons aimables et saintes ! On a bâti sur la terre d'augustes palais ; on a élevé de sublimes sépultures ; on a fait à Dieu des demeures presque divines : mais l'art et le cœur de l'homme ne sont jamais allés plus loin que dans la création du monastère [170]. »

Déjoué dans ses négociations comme dans ses

sentiments, Rancé s'enferma dans sa vie. Il soigna un serviteur qui pensa mourir : inflexible pour lui, il pliait sa vie pour les autres. Il ne buvait que de l'eau, ne mangeait que du pain ; sa dépense par jour ne passait pas six oboles, prix d'une couple de colombes ; mais il s'abstenait de ces doux oiseaux qui coûtent si peu cher. Ne pouvant faire auprès des hommes les affaires de Dieu, il tâchait de faire auprès de Dieu les affaires des hommes [171]. « Il ne voulait voir, dit Maupeou, ni les anciens monastères, ni les anciens monuments de la magnificence romaine, cirques, théâtres, arcs de triomphe, trophées, portiques, colonnes, pyramides, statues et palais, imitant en cela le célèbre Ammonius, qui, accompagnant Athanase à Rome, n'y voulut voir que le fameux temple dédié aux apôtres saint Pierre et saint Paul. Rancé fréquentait les églises, passant des heures [172] à prier dans ces habitacles oubliés sur tant de collines célèbres. »

La pénitence sortie de Rome errait à l'entour ; pauvre *Piferario*.[173] des Abruzzes, elle faisait entendre le son de sa musette devant une madone. Rancé s'avançait quelquefois seul dans le labyrinthe des cercueils, soubassement de la cité vivante. Il n'y a peut-être rien de plus considérable dans l'histoire des chrétiens [174] que Rancé priant [175] à la lumière des étoiles, appuyé contre les aqueducs des Césars, à la porte des catacombes : l'eau se jetait avec bruit par-dessus les murailles de la ville éternelle, tandis que la mort entrait silencieusement au-dessous par la tombe.

Rancé avait désiré accomplir les fêtes de Noël dans un couvent de son ordre ; il y renonça lorsqu'il eut

appris d'un vieux moine qu'on ne faisait point à table
de lecture pieuse et qu'on jouait aux cartes après le
souper. Confiné dans sa maison, il écrivait : « Je passe
ici ma vie dans une langueur et dans une misère que je
ne puis vous exprimer. Rome m'est aussi peu supportable que la cour me l'était autrefois. Je ne vous dirai
rien des curiosités de Rome : je ne les vois point et je ne
me sens touché d'aucun désir de les voir. Mon unique
consolation est celle que je trouve au tombeau des
princes des apôtres et des saints martyrs, où je me
retire le plus souvent qu'il est possible. »

Enfin, ayant tout épuisé, Rancé songea à son
retour : il emportait quelques reliques que lui avait
données l'évêque de Porphyre, sacriste d'Alexandre VII. Saint Bernard retourna, jeune encore, à son
couvent avec une dent de saint Césaire : ne vieillissons
point en quelque lieu que ce soit, de peur de voir
mourir autour de nous jusqu'à notre renommée. Avant
de quitter Rome, Rancé obtint du pape la licence de se
retirer à la Grande-Chartreuse : ce permis existe ; il est
resté comme le bref d'un songe. Rancé n'exécuta pas
tout le bien qu'il avait rêvé ; en compensation des
bonnes intentions perdues on aperçoit dans les *Olim*[176]
des intentions de fautes qui n'ont jamais été commises.
L'esprit du réformateur errait partout où il n'y avait
point d'hommes ; il ne s'arrêtait qu'à l'orée d'un
champ, au feu de chaume du pâtre. Descendu de
l'Italie, Rancé visita dans la *Vallée d'Absinthe* la poussière du grand abbé de Clairvaux[177], si toutefois elle
renferme cette poussière : il y voulut demeurer ; on le
refusa. L'abbé de Prières avait mis Rancé sous la

conduite de l'abbé du Val-Richer, qu'on appelait dans
le siècle Dominique Georges : les héros d'Homère
avaient des noms vulgaires pour les peuples.

On ne vit donc point Rancé suspendu dans les
abîmes de saint Bruno, ou attaché à la tombe de saint
Bernard : c'eût été plus éclatant pour le poète, moins
grand pour le saint. Dieu, qui avait ses conseils,
rappela Rancé à la Trappe afin d'y établir la Sparte
chrétienne.

Rancé obtint une audience[178] de congé du Saint-
Père[179]. Pourvu d'une bénédiction, il partit au mois
d'avril[180], et il était accompagné du jugement du
pontife qui condamnait l'étroite observance. Ainsi il en
est arrivé de nos jours à l'auteur de l'*Indifférence en
matière de Religion* : caressé à son départ du Vatican, il
était suivi du rescrit qui le jetait hors de l'Église. Mais
l'abbé de La Mennais, repoussé par la réforme, a
continué de croire qu'elle s'accomplirait : une voix,
est-il persuadé, partira on ne sait d'où ; l'Esprit de
sainteté, d'amour, de vérité remplira de nouveau la
terre régénérée.

Voilà ce que pense l'immortel compatriote dont je
pleurerais en larmes amères tout ce qui pourrait nous
séparer sur le dernier rivage. Rancé, qui s'accotait
contre Dieu, acheva son œuvre ; l'abbé de La Mennais
s'est incliné sur l'homme : réussira-t-il ? L'homme est
fragile et le génie pèse. Le roseau, en se brisant, peut
percer la main[181] qui l'avait pris pour appui[182].

Ici commence la nouvelle vie de Rancé : il rompt[183]
avec sa jeunesse, il la chasse et ne la revoit plus. Nous
l'avons rencontré dans ses égarements, nous allons le

retrouver dans ses austérités. La pénitence était son
arrière-garde; il se mettait à sa tête, se retournait, et
donnait avec elle sur le monde. Il paraissait dans son
extérieur, disent les historiens, une majesté qui ne
pouvait venir que du Dieu de majesté. Ceux à qui leur
conscience reproche [184] quelque chose ne l'osaient
venir chercher, persuadés qu'il connaissait divinement
ce qu'ils avaient de plus caché. « Qui me donnera,
s'écriait-il, les ailes de la colombe pour fuir la société
des hommes ! » Dans mes temps de poésie, j'ai mis
moi-même ces paroles de l'Écriture [185] dans un chant
de femme [186]. L'hymne de Rancé se termine par ces
mots : « Les créatures me suivent partout; elles
m'importunent, par mes yeux elles entrent dans mon
esprit et portent avec elles l'inquiétude. Fermons les
yeux, ô mon âme, tenons-nous si éloignés de toutes ces
choses que nous ne puissions les voir et en être vus. »

Après ces éjaculations on surprenait le moine les
yeux levés vers le ciel. Il devenait immense; il
s'agrandissait de toute la gloire éternelle. Il y a des
tableaux qui représentent saint François aux bords de
la mer, en face de petits anges réunis dans des
branchages dépouillés.

Le 20 mai 1666 [187] revit Rancé dans les obscurs
chemins du Perche. Ce n'étaient là ni les restes de la
voie Appia, ni de la voie Claudia : Rancé ne rapportait
aucun souvenir de Rome, où tant de passions se sont
formées, d'où tant d'hommes n'ont point voulu revenir. Les Troyens restèrent à Albe avec leurs dieux.
Rancé n'avait même pas cueilli, pour la joindre aux
fleurs du printemps qui commençaient à renaître à la

Trappe, ces tubéreuses murales qui croissent sur l'enceinte ébréchée de Rome, où les vents transportent çà et là leurs échafauds mobiles.

Des divisions s'étaient élevées entre le prieur et le sous-prieur, le prieur avait rempli les cellules de meubles inutiles : le travail des mains avait été diminué, les pratiques pieuses altérées ; le vin et le poisson reparaissaient sur les tables. Rancé, instruit à Rome de ces infractions, s'était hâté de mander à la Trappe : « Vous savez que les actions mortes ne sauraient plaire au Dieu de la vie. Gardez le silence autant avec vous-mêmes qu'avec les autres ; que votre solitude soit autant dans l'esprit et dans le cœur que dans la retraite extérieure de vos personnes ; que vos corps sortent de vos lits comme de vos tombeaux : au moment où je vous écris, nos jours s'écoulent. » Les souvenirs d'Horace [188] ne cessaient de vivre dans l'opulente mémoire de Rancé : *Dum loquimur, fugerit invida ætas* [189].

Rancé remit la paix dans son monastère par la séparation de quelques chefs. Il se rendit ensuite au chapitre général de son ordre, qui se tint en l'année 1667. Un bref du pape de 1666 devait être reçu. Rancé avait connu ce bref à Rome. Plusieurs abbés, l'abbé de Cîteaux, à leur tête, l'acceptèrent. Rancé prit la parole, tout jeune qu'il était et dit qu'il avait droit d'opiner comme ancien docteur par la date de son doctorat. Il soutint que le pape Alexandre VII n'avait ni vu ni connu ce bref. Il demanda acte de sa protestation, qu'appuyèrent les abbés de Prières, de Faukaumont, de Cadouin et de la Vieuville. L'abbé de Cîteaux s'émut ; Rancé tint ferme, vérifia le procès-verbal et

obligea le secrétaire à le corriger. L'abbé de Cîteaux,
voulant la paix, nomma Rancé visiteur des provinces
de Normandie, de Bretagne et d'Anjou. Rancé n'accepta pas la charge, mais le bref de Rome passa. Il
supprimait le vicaire-général de la réforme de France,
et défendait les assemblées qu'avaient autorisées les
arrêts du parlement et du conseil. Rancé à demi
repoussé regagna son monastère.

Si les travaux spirituels avaient été interrompus, les
constructions matérielles n'avaient pas été suspendues
à la Trappe. Les moines étaient eux-mêmes les architectes et les maçons. Des frères convers, appendus au
haut du clocher, étaient ballottés par les vents et
rassurés par leur foi. Celui qui plaça le coq sur l'édifice
vint avant son entreprise se prosterner aux pieds de
Rancé. La religion prit le frère par le bras et il monta
ferme. Les travailleurs se mettaient à genoux sur leurs
cordes lorsque l'heure des prières venait à tinter.
Rancé augmenta le couvent d'un nombre de cellules ; il
éleva une mense pour la réception des étrangers. On
aperçoit dans l'avant-cour du couvent les écussons
insultés des armes de France. Rancé fit bâtir deux
chapelles, l'une en l'honneur de saint Jean Climaque,
l'autre en l'honneur de sainte Marie d'Égypte : j'en ai
déjà parlé. Il déposa sur l'autel de l'église les reliques
qu'il avait apportées de Rome, et qui s'enrichirent
ensuite de quelques autres. Dans l'église il remplaça,
et il eut tort, par un beau groupe, cette Vierge de peu
de prix qui, sur la cime des Alpes, rassérène les lieux
battus des tempêtes. Rancé retira le couvent de la
désolation humaine, et l'épura par la désolation chré-

tienne. Ces lieux que les Anglais avaient fait retentir de leurs pas armés ne répétèrent que le susurrement de la sandale.

L'abbaye n'avait pas changé de lieu : elle était encore, comme au temps de la fondation, dans une vallée. Les collines assemblées autour d'elle la cachaient au reste de la terre. J'ai cru, en la voyant, revoir mes bois et mes étangs de Combourg le soir aux clartés alenties du soleil. Le silence régnait : si l'on entendait du bruit, ce n'était que le son des arbres ou les murmures de quelques ruisseaux ; murmures faibles ou renflés selon la lenteur ou la rapidité du vent : on n'était pas bien certain de n'avoir pas ouï la mer. Je n'ai rencontré qu'à l'Escurial une pareille absence de vie : les chefs-d'œuvre de Raphaël se regardaient muets dans les obscures sacristies : à peine entendait-on la voix d'une femme étrangère qui passait.

Rentré dans son royaume des expiations, Rancé dressa des constitutions pour ce monde, convenables à ceux qui pleuraient. Dans le discours qui précède ces constitutions, il dit : « L'abbaye est sise dans un vallon fort solitaire, quiconque voudra y demeurer n'y doit apporter que son âme : la chair n'a que faire là-dedans. »

On croit lire quelque fragment des *douze tables*, ou la consigne d'un camp des quarante-deux stations israélites. On remarque ces prescriptions :

« On se lèvera à deux heures pour matines ; on fera l'espace d'entre les coups de la cloche fort petit, pour ôter lieu à la paresse. On gardera une grande modestie dans l'église, on fera tous ensemble les inclinations du corps et les génuflexions. On sera découvert depuis le commencement de matines jusqu'au premier psaume. »

On ne tournera jamais la tête dans le dortoir et l'on marchera avec gravité. On n'entrera jamais dans les cellules les uns des autres. On couchera sur une paillasse piquée, qui ait tout au plus un demi-pied d'épaisseur. Le traversin sera de paille longue ; le bois de lit sera fait d'ais sur des tréteaux. « C'est dans l'obscurité de leurs cellules, dit M. Charles Nodier dans ses *Méditations du cloître*, que Rancé cacha ses regrets et que cet esprit ingénieux, qui avait deviné à neuf ans les beautés d'Anacréon, embrassa à l'âge du plaisir des austérités dont notre faiblesse s'étonne. »

Au réfectoire on sera extrêmement propre ; on y aura toujours la vue baissée, sans néanmoins se pencher trop sur ce que l'on mange. Puis viennent sur l'usage du couteau et de la fourchette des recommandations qui semblent faites pour des enfants : le vieillard devant Dieu est revenu à l'innocence des jours puérils.

Aussitôt que la cloche sonne pour le travail, tous les religieux et novices se trouveront au parloir. On ira au travail assigné avec grande retenue et récollection intérieure, le regardant comme la première peine du péché.

Aux heures des récréations on bannira les nouvelles du temps. Dans les grandes sorties on pourra aller en silence avec un livre dans un endroit du bois hors de la hantise des séculiers. On tiendra le chapitre des coulpes deux fois la semaine : avant de s'accuser on se prosternera tous ensemble et, le supérieur disant : *Quid dicite* [190] ? chacun répondra d'un ton assez bas : *Culpas meas* [191].

A l'infirmerie le malade ne se plaindra jamais : un malade ne doit avoir devant les yeux que l'image de la mort, ne doit [192] rien tant appréhender que de vivre.

A ces constitutions Rancé ajouta des règlements ; ils commencent par ce prolégomène : « Je ne m'acquitterais pas de ce que je dois à Dieu, de ce que je vous dois, mes frères, ni de ce que je me dois à moi-même, si je négligeais dans ma conduite quelque chose de ce qui peut vous rendre dignes de l'éternité. »

Puis arrivent les instructions générales.

« On ne demeurera jamais seul dans aucun lieu dans l'obscurité », dit Rancé. Et cependant, sans s'en apercevoir, il mettait l'homme seul devant ses passions.

Les observances en ce qui concerne les étrangers sont touchantes : on voyait des avertissements écrits en chaque chambre du quartier des hôtes. S'il est mort quelque parent proche, comme le père, la mère d'un religieux, l'abbé le recommande au chapitre sans le nommer, de manière que chacun s'y intéresse comme pour son propre père, et que la nouvelle ne cause ni douleur, ni inquiétude, ni distraction à celui des frères qu'elle regarde. La famille naturelle était tuée et l'on y substituait une famille de Dieu. On pleurait son père autant de fois que l'on pleurait le père inconnu d'un compagnon de pénitence.

Il y a des usages pour sonner la cloche, selon les heures du jour et les différentes prières. Il y a des règles pour le chant : dans les psaumes, allez rondement jusqu'à la *flexe*[193] ; le *Magnificat*[194] doit s'entonner avec plus de gravité que les psaumes ; quoiqu'aucune pause ne soit commandée dans le cours d'un répons, on en doit faire dans le *Salve Regina*[195] : il faut qu'il y ait un moment de silence dans tout le chœur[196].

Par ces règlements Rancé avait mis à exécution ses deux grands projets : prière et silence. La prière n'était suspendue que par le travail. On se levait la nuit pour implorer celui qui ne dort point : Rancé voulait que l'âme et le corps eussent une égale occupation.

Quand l'abbé s'apercevait que ses religieux souffraient de douleurs qui ne se décelaient par aucune marque apparente, à ceux-là il s'attachait. Il n'opérait point à l'aide de miracles ; il ne faisait point entendre les sourds et les aveugles voir ; mais il soulageait les maladies de l'âme et jetait les esprits dans l'étonnement en apaisant les tempêtes invisibles. Variant ses instructions suivant le caractère de chaque cénobite, Rancé s'étudiait à suivre en eux l'attrait du ciel. Un mot de sa bouche leur rendait la paix. Des solitaires qui ne l'avaient jamais connu trouvèrent dans la suite, à sa sépulture, la guérison de leurs peines ; la bénédiction du ciel continuait sur sa tombe : Dieu garde les os de ses serviteurs[197].

L'hospitalité changea de nature ; elle devint purement évangélique : on ne demanda plus aux étrangers qui ils étaient ni d'où ils venaient ; ils entraient inconnus à l'hospice et en sortaient inconnus, il leur suffisait d'être hommes ; l'égalité primitive était remise en honneur. Le moine jeûnait tandis que l'hôte était pourvu ; il n'y avait de commun entre eux que le silence. Rancé nourrissait par semaine jusqu'à quatre mille cinq cents nécessiteux. Il était persuadé que ses moines n'avaient droit aux revenus du couvent qu'en qualité de pauvres. Il assistait des malades honteux et des curés indigents. Il avait établi des maisons de travail et des écoles à Mortagne. Les maux auxquels il exposait ses moines ne lui paraissaient que des souffrances naturelles. Il appelait ces souffrances la *pénitence de tous les hommes*. La réforme fut si profonde que le vallon consacré au repentir devint une terre d'oubli [198].

Il résulta de cette éducation des effets que l'on ne remarque plus que dans l'histoire des Pères du désert. Un homme s'étant égaré entendit une cloche sur les huit heures du soir : il marche de ce côté et arrive à la Trappe. Il était nuit ; on lui accorda l'hospitalité avec la charité ordinaire, mais on ne lui dit pas un mot : c'était l'heure du grand silence. Cet étranger, comme dans un château enchanté, était servi par des esprits muets dont on croyait seulement entendre les évolutions mystérieuses [199].

Des religieux en se rendant au réfectoire suivaient ceux qui allaient devant eux sans s'embarrasser où ils allaient ; même chose pour le travail : ils ne voyaient que la trace de ceux qui marchaient les premiers. Un d'entre eux pendant l'année de son noviciat ne leva pas une seule fois les regards : il ignorait comment était fait le haut de sa cellule. Un autre reclus fut trois ou quatre mois sans apercevoir son propre frère [200], quoiqu'il lui tombât cent fois sous les yeux. La duchesse de Guise [201] étant venue au couvent, un solitaire s'accusa d'avoir été tenté de regarder l'*évêque* qui était sous la lampe[202]. Rancé savait seul qu'il y eût une terre.

Ces grands effets ne se bornèrent pas à l'intérieur du couvent ; ils s'étendirent partout. Dans la suite, quand la Trappe fut détruite, on en vit mille autres renaître, comme des plantes dont la semence a été soufflée au haut des ruines. J'ai cité dans les notes du *Génie du Christianisme* les lettres de M. de Clausel[203] qui, de soldat à l'armée de Condé[204], était venu s'enfermer en Espagne à la Trappe de Sainte-Suzanne. Il écrivait à son frère[205] :

« J'arrivai un jour dans une campagne déserte à une porte, seul reste d'une grande ville. Il y avait eu sûrement dans cette ville des partis, et voilà que depuis des siècles leurs cendres s'élèvent confondues dans un même tourbillon. J'ai vu aussi Murviédro, où était bâtie Sagonte, et je n'ai plus songé qu'à l'éternité. Qu'est-ce que cela me fera dans vingt ou trente ans qu'on m'ait dépouillé de ma fortune ? Ah ! mon frère, puissions-nous avoir le bonheur d'entrer au ciel ! S'il me reste quelque chose, je désire qu'on fasse bâtir une chapelle dédiée à Notre-Dame des Sept Douleurs dans l'arrondissement de la maison paternelle, selon le projet que nous en fîmes sur la route de Munich. Hâtez-vous de faire élever des croix pour la consolation des voyageurs avec des sièges et une inscription comme en Bavière : *Vous qui êtes fatigués, reposez-vous*. J'aurai demain le bonheur de faire mes vœux : j'y ajouterai une croix comme on en met sur la tombe des morts. »

La chapelle vient d'être bâtie par mon vieil ami, M. de Clausel, dans les montagnes du Rouergue.

Après plus de quarante années, l'amitié a rempli un vœu. Avant de quitter ce monde ne verrai-je point cette pieuse sincérité de l'affection fraternelle, moi qui viens d'apprendre la mort de mon jeune neveu[206], petit-fils de M. de Malesherbes, et mort jésuite au pied des Alpes de Savoie, après avoir été brave officier ? Je tarde tant à m'en aller que j'ai envoyé devant moi tous ceux que je devais précéder.

Quand la Trappe fut détruite, un porteur de la haire de Rancé demanda asile au canton de Fribourg. Les moines quittèrent leur monastère ; chaque religieux avait dans son sac sa robe et un peu de pain. La colonie s'arrêta à Saint-Cyr ; elle fut accueillie par l'hospitalité expirante des Lazaristes, et fut bientôt obligée de s'éloigner. Le vœu de silence et de pauvreté paraissait une conspiration à ceux qui faisaient de si horribles bruits. A Paris, les chartreux, prêts à se séparer, reçurent les trappistes : les cloîtres de Saint-Bruno exercèrent leur dernier acte de charité. La solitude ambulante continua sa route[207]. La vue d'une église lointaine sur le passage des frères les ranimait ; ils bénissaient la maison du Seigneur par la récitation des psaumes, comme on entend, parmi les nuages, des cygnes sauvages saluer en passant les savanes des Florides. A la frontière, la charrette qui traînait les bannis au ciel fut regardée avec compassion par nos soldats. On ne fouilla point ces mendiants. En entrant sur le sol étranger, les exilés se donnèrent le baiser de charité dans une forêt ; à une lieue de l'ancienne abbaye de la Val-Sainte ils coupèrent une branche d'arbre, en firent

une croix et reçurent le curé de Cerniat qui venait à
leur rencontre.

A la Val-Sainte[208], ruine d'un monastère abandonné, ils trouvèrent à peine de quoi se mettre à l'abri.
Dans un temps où les armes, les malheurs et les crimes
faisaient tant de fracas, la renommée des solitaires se
répandit au dehors : les rois fuyaient et n'attiraient
personne sur leurs traces ; on accourait de toutes parts
pour se ranger au nombre des moines réfugiés. La Val-
Sainte, grossie de néophytes, fut obligée d'envoyer des
colonies au dehors comme une ruche répand autour
d'elle ses essaims. Mais la révolution, qui marchait
plus vite que la religion fugitive, atteignit les trappistes
dans leur nouvelle retraite : obligés de quitter la Val-
Sainte, chassés de royaume en royaume par le torrent
qui les poursuivait, ils arrivèrent jusqu'à Butschirad,
où j'ai rencontré un autre exilé[209]. Enfin le sol leur
manquant, ils passèrent en Amérique. C'était un
grand spectacle que le monde et la solitude fuyant à la
fois devant Bonaparte. Le conquérant, rassuré par ses
victoires, sentit la nécessité des maisons religieuses :
« Là, disait-il, se pourront réfugier ceux à qui le monde
ne convient pas ou qui ne conviennent pas au
monde. »

Dom Gustin, trappiste fugitif, racheta les ruines de
la Trappe avec des aumônes. Il ne restait plus du
monastère que la pharmacie, le moulin et quelques
bâtiments d'exploitation. Dans les environs de
Bayeux, les trappistines, chassées d'abord de la forêt
de Sénart, s'établirent sous la conduite de ma cousine,
madame de Chateaubriand[210]. Les enfants de Rancé

ne trouvèrent en rentrant dans la solitude de leur père
que des murailles recouvertes de lierre, et des débris à
travers lesquels serpentaient les ronces. Telle fut dès
son début la vigueur de l'arbre que Rancé avait planté,
qu'il continue de vivre ; il donnera de l'ombre aux
pauvres quand il n'y aura plus d'ombre de trônes ici-
bas. J'ai vu à la Trappe un ormeau du temps de
Rancé : les religieux ont grand soin de ce vieux Lare
qui indique les cendres paternelles mieux que la statue
de Charles II n'indique l'immolation de Charles Ier [211].

Les moines dont je viens de tracer l'histoire avaient
été les enfants de Rancé. Lorsqu'il arriva à la Trappe,
un de ses premiers soins fut de faire abattre une
fuie [212], cellules de colombes, qui se trouvait placée au
milieu de la cour, soit qu'il voulût abolir jusqu'au
souvenir des temps d'une abstinence moins rigoureuse,
soit qu'il craignît ces oiseaux que la Fable plaçait
parmi ses plus beaux ornements et dont les ailes
portaient des messages le long des rivages de l'Orient.
Un trappiste se confessait d'avoir regardé un nid : se
reprochait-il d'avoir pensé à un nid ou à des ailes ?
M. de Rancé fit détourner un grand chemin qui passait contre les murs de l'abbaye, le bruit renouvelé [213]
de ce chemin descend encore aujourd'hui au fond de
la vallée. Tout chef qu'il était, Rancé ne s'accorda
aucune des préférences de ses devanciers, il se conten-
tait de la pitance commune ; privé comme ses moines
de l'usage du linge, il prêchait et confessait ses frères ;
ses seules distractions étaient les paroles qu'il recueil-
lait sur le lit de cendres. Il fortifiait ses pénitents plutôt
qu'il ne les attendrissait. Il n'était question dans ses

discours que de l'échelle de saint Jean Climaque, des ascétiques de saint Basile et des conférences de Cassien[214].

Les cinq ou six premières années de la retraite de Rancé se passèrent obscurément : les ouvriers travaillaient sous terre aux fondements de l'édifice. Rancé recevait sans distinction tous les religieux qui se présentaient. Le premier qui parut fut, en 1667, Dom Rigobert[215], moine de Clairvaux ; ensuite Dom Jacques et le Père Le Nain. Ces réceptions commencèrent à faire des ennemis à Rancé. Cela nous paraît bien peu grave, à nous qui n'attachons de prix qu'aux guenilles de notre vie, mais alors c'étaient des affaires : Rome survenait, le grand conseil du roi s'en mêlait. Obligé d'entrer dans ces transactions générales, Rancé était forcé de survenir dans les accidents domestiques : il administrait ses premiers solitaires, qui mouraient d'abord presque tous. Dom Placide étant étendu[216] sur sa dernière couche, Rancé lui demanda où il voulait aller ? — « Au-devant des bienheureux », répondit-il.

Dom Bernard fut administré. A peine eut-il reçu le corps de Notre-Seigneur qu'il eut un pressant besoin de cracher : il se retint et mourut étouffé par le pain des anges.

Claude Cordon, docteur de Sorbonne, reçut en arrivant le nom d'Arsène, nom devenu fameux dans les nouvelles légendes. Arsène, après sa mort[217], apparut dans une gloire à Dom Paul Ferrand, et lui dit : « Si vous saviez ce que c'est que de converser avec les saints ! » Puis il disparut.

L'abbaye de Dorval se voulut réformer. L'abbé de

Dorval convint d'une entrevue avec Rancé : Rancé partit ; il rencontra l'abbé de Dorval à Châtillon[218], lieu triste où les espérances ne se réalisent pas. De là il se rendit à Commercy, où il revit le cardinal de Retz ; il le détourna de la pensée apparente qu'il avait de se retirer à la Trappe[219] : « Le saint homme, dit Le Nain, eut de bonnes raisons pour ne pas le lui conseiller. » M. Dumont, auteur de l'*Histoire de la ville de Commercy*, a bien voulu m'envoyer une lettre de Rancé au cardinal de Retz. « Si Votre Éminence, dit l'abbé de la Trappe, croyait qu'il y eût personne dans le monde dont mon cœur fût plus occupé que d'elle, elle ne me ferait pas justice. » Voilà où la déférence pour les rangs peut conduire la piété même. Après sa sortie, Rancé se hâta de se replier et de rappeler du monde sa patrouille. Revenu à la Trappe, il admit à profession frère Pacôme : celui-ci n'ouvrit jamais un livre, mais il excellait dans l'humilité. Chargé du soin des pauvres, il n'entrait dans le lieu où il mettait le pain qu'après s'être déchaussé, comme Moïse pour entrer dans la terre promise. Pacôme attira à lui un de ses frères ; ils vécurent sous le même toit sans se donner la moindre marque qu'ils se fussent jamais connus[220].

Rancé avait envoyé un religieux à Septfonts : ce religieux se gâta. « Je me suis mécompté, écrivait Rancé au visiteur, j'en ferai pénitence toute ma vie[221]. »

La plupart des repentants du XVIe siècle et du commencement du XVIIe avaient été des bandits ; ils ne se transformèrent pas, comme les massacreurs de septembre, en marchands de pommes cuites, et ne

vendaient point de leurs mains souillées de meurtres
des fruits aux petits enfants. Ces meurtriers étaient des
déserteurs des armées du temps, des *Routiers*, des
Condottieri, des *Ruffiens*. Somme toute, des capitaines,
tels que Montluc et le baron des Adrets, qui faisaient
sauter des prisonniers du haut des remparts, instrui-
saient leurs fils à se laver les bras dans le sang,
accrochaient leurs prisonniers aux arbres, valaient-ils
mieux que leurs soldats ? Les illustres égorgeurs qui se
retirèrent à Port-Royal et à la Trappe n'étaient-ils pas
les dignes appelés à la retraite vengeresse qui les devait
dévorer ? Un monde si plein de crimes se remplit de
pénitents comme au temps de la Thébaïde.

Depuis la réforme jusqu'à la mort de Rancé, on
compte cent quatre-vingt-dix-sept religieux et qua-
rante-neuf frères [222], parmi lesquels sont plusieurs de
qui Rancé a écrit la vie et qui peuvent figurer dans les
romans du ciel. On voit leurs noms dans l'*Histoire de
l'abbaye de la Trappe* [223], excellent recueil où tout se
trouve rapporté avec une minutieuse exactitude. Je le
recommande d'autant plus que j'y ai remarqué quelques paroles d'humeur contre moi [224]; cependant je
croyais ne les avoir pas méritées.

A Port-Royal, même affluence d'hommes du
monde ; mais à Port-Royal il y avait des femmes et des
savants ; Pallue [225] *coulant le temps*, médecin qui devint
celui des solitaires, fit bâtir, nous dit Fontaine, « un
petit logis, appelé le Petit-Pallue à cause de la petitesse
bien juste et bien ramassée de ses appartements ». Vint
ensuite Gentien-Thomas suivi de ses enfants. On vit
accourir M. de La Rivière, officier, qui apprit la langue

grecque et la langue hébraïque et se fit gardien des
bois.

A la Trappe arrive Pierre ou François Fore : sous-
lieutenant dans un corps de grenadiers, blessé dans
plusieurs rencontres, plongé dans toutes sortes de
vices, poursuivi par dix ou douze décrets de prise de
corps, il était incertain s'il fuirait en Angleterre, en
Allemagne, en Hongrie, ou s'il ne prendrait pas le
turban ; il entendit parler de la Trappe. En quelques
jours, il franchit deux cents lieues ; il arrive à la fin de
l'hiver par des routes défoncées et d'affreuses pluies ; il
frappe à la porte : son œil était hagard, son expression
hautaine et dure, son sourcil fier, sa contenance
militaire et farouche. Rancé le reçut. Des ulcères se
formèrent dans la poitrine de Fore ; il vomit le sang sur
la cendre et il expira [226].

A Port-Royal, on voit un M. de La Pétissière [227],
brave parmi les braves ; le cardinal de Richelieu se
reposait sur lui de sa sûreté : c'était un lion plutôt
qu'un homme. *Le feu lui sortait par les yeux et son seul
regard effrayait ceux qui le regardaient.* Dieu se servit d'un
malheur pour toucher d'une crainte salutaire son âme
féroce et incapable de toute autre peur. Comme il avait
une querelle avec un parent du cardinal, il eut plus de
huit jours un cheval toujours sellé et prêt à monter
pour aller se battre contre celui dont il croyait avoir été
offensé. La fureur qui le transportait était telle qu'encore qu'il fût le plus habile et le plus adroit du
royaume, il reçut, après avoir blessé à mort son
ennemi, un coup d'épée dans le bras, entre les deux os ;
la pointe demeura enfoncée sans qu'il pût jamais la

retirer. Il se sauva en cet état à travers champs, portant dans son bras le bout de l'épée rompue. Il alla trouver un maréchal, qui eut besoin pour la retirer de se servir des grosses tenailles de sa forge.

A la Trappe passe Forbin de Janson, obligé de quitter la France pour avoir tué son adversaire en duel : il obtint ensuite sa grâce. Il se trouva à Marseille, sous Catinat, reçut une blessure, fit vœu de se faire religieux et reçut l'habit des frères de la Trappe. Il fut envoyé au monastère de *Buon-Solazzo* (Bonne-Consolation), et fonda une maison de trappistes sur les charmantes collines de la Toscane[228]. Joseph Bernier[229], moine qui restait de l'ancienne Trappe, passa, à l'arrivée de Rancé, dans l'étroite observance ; il demanda en expirant que son corps fût jeté à la voirie : cynisme de la religion où se montre le cas que les chrétiens faisaient de la matière. Ces rigueurs se rattachent à un ordre de philosophie que notre esprit n'est pas plus capable de comprendre que nos mœurs de supporter. Timée[230], dans Diogène-Laërce, raconte que les Pythagoriciens mettaient leurs biens en commun, appelaient l'amitié égalité, ne mangeaient point de viande, étaient cinq ans sans parler, et rejetaient par humilité les cercueils de cyprès, parce que le sceptre de Jupiter était fait de ce bois.

Ces pécheurs de la Trappe et de Port-Royal se trouvèrent confondus avec des non-savants de toute nature. A Port-Royal était le jeune Lindo[231], d'une bonté et d'une ouverture de cœur à l'égard de tout le monde qui ne se peut concevoir. « Je sentais pour lui, écrit l'ingénu Fontaine[232], une tendresse particulière ; il était fort simple, et je l'étais aussi. »

De même parut à la Trappe frère Benoît, gentilhomme plein d'esprit, qui avait passé ses premiers jours à ne point penser. Rancé, qui tirait parti de l'innocence comme du repentir, a écrit sa vie, de même qu'un jardinier fait une petite croix sur des paquets de graines pour étiqueter un parfum.

M. de Sainte-Beuve a extrait avec la patience du goût les passages de Port-Royal, que je viens de citer ; il ajoute : « C'est le côté par lequel Port-Royal touche à la Trappe et à M. de Rancé, quand, sous les autres aspects, il paraît toucher plus près aux bénédictins de Saint-Maur et à Mabillon ; quand, par M. d'Andilly, il reste un peu à portée de la cour et presque figurant de loin ces riantes et romanesques retraites, imaginées en idée par mademoiselle de Montpensier, par madame de Motteville ou même par mademoiselle de Scudéri. »

La Trappe n'était pas riante ; ses sites étaient désolés, et l'âpreté de ses mœurs se répétait dans l'âpreté du paysage. Mais la Trappe resta orthodoxe, et Port-Royal fut envahi par la liberté de l'esprit humain. Le terrible Pascal, hanté par son esprit géométrique, doutait sans cesse : il ne se tira de son malheur qu'en se précipitant dans la foi. Malgré le silence que la Trappe gardait, il fut question de la détruire[233], tant le monde était effrayé d'elle ; elle n'échappa à sa ruine que par l'habileté de Rancé : Port-Royal fut moins heureux.

Parti de Paris dans la nuit du 27 octobre 1709, d'Argenson investit Port-Royal-des-Champs avec trois

cents hommes; c'était trop pour enlever vingt-deux
religieuses âgées et infirmes. Elles furent dispersées
en différents lieux; et l'on refusa quelquefois la
sépulture à ces brebis esseulées du troupeau de la
mère Angélique.

Enfin l'ordre de la démolition du couvent arriva le
25 janvier 1710, dix ans après la mort de Rancé. Cet
ordre *fut exécuté avec fureur,* selon Duclos. Les cadavres étaient déterrés au bruit de ricaneries obscènes,
tandis que dans l'église les chiens se repaissaient de
chair décomposée. Les pierres tumulaires furent
enlevées; on a trouvé à Magny celle d'Arnauld
d'Andilly. La maison de M. de Sainte-Marthe [234]
devint une grange; les bestiaux paissent sur l'emplacement de l'église de Port-Royal-des-Champs : « La
clématite, le lierre et la ronce, dit un voyageur,
croissent sur cette masure, et un marsaule [235] élève sa
tige au milieu de l'endroit où était le chœur. Le
silence est à peine interrompu par le gémissement du
ramier solitaire. Ici Sacy venait répéter à Dieu la
prière qu'il avait empruntée de Fulgence; là Nicole
invita Arnauld à déposer la plume; dans cette allée
écartée j'aperçois Pascal qui développe une nouvelle
preuve de la divinité du christianisme; plus loin,
avec Tillemont et Lancelot se promènent Racine, La
Bruyère, Despréaux qui sont venus visiter leurs
amis. Échos de ces déserts, arbres antiques, que
n'avez-vous pu conserver les entretiens de ces
hommes célèbres [236] ! »

Et quel est le chrétien persuadé, le génie poétique
qui s'adresse à ces illustres disparus, comme jadis à

Sparte j'appelai en vain Léonidas? C'est l'ancien évêque de Blois, le juge de Louis XVI[237].

Louis le Grand, vous avez enseigné à votre peuple les exhumations; accoutumé à vous obéir, il a suivi vos exemples : au moment même où la tête de Marie-Antoinette tombait sur la place révolutionnaire, on brisait à Saint-Denis les cercueils : au bord d'un caveau ouvert, Louis XIV tout noir, que l'on reconnaissait à ses grands traits, attendait sa dernière destruction; représailles de la justice éternelle! « Eh bien, peuple royal de fantômes », je me cite (je ne suis plus que le temps), « voudriez-vous revivre au prix d'une couronne? Le trône vous tente-t-il encore? Vous secouez vos têtes, et vous vous recouchez lentement dans vos cercueils. »

Rancé avait transporté avec lui au désert le passé et il y attira[238] le présent et l'avenir. Le siècle de Louis XIV ne négligeait aucune grandeur; il s'associait aux victoires d'un reclus comme aux victoires d'un capitaine : Rocroi pour ce siècle était partout. Les querelles du jansénisme, les mysticités du quiétisme occupaient la ville et la cour depuis Bossuet et Fénelon jusqu'à mesdames de Maintenon et de Longueville, depuis le cardinal de Noailles[239] jusqu'aux maréchaux amis ou ennemis[240] de Port-Royal, depuis les adversaires du protestantisme jusqu'aux esprits entêtés de l'hérésie. Par Rancé, le siècle de Louis XIV entra dans la solitude et la solitude s'établit au sein du monde.

Dans ces premières années de la retraite de Rancé, on entendit peu parler du monastère, mais petit à petit sa renommée se répandit. On s'aperçut qu'il venait des parfums d'une terre inconnue ; on se tournait, pour les respirer, vers les régions de cette Arabie heureuse. Attiré par les effluences célestes, on en remonta le cours : l'île de Cuba se décèle par l'odeur des vanilliers sur la côte des Florides. « Nous étions, dit Leguat [241], en présence de l'île d'Éden : l'air était rempli d'une odeur charmante qui venait de l'île et s'exhalait des citronniers et des orangers [242]. »

LIVRE TROISIÈME

Les calomnies [1] publiées contre le monastère de la Trappe par les libertins qui se moquaient des austérités, et par les jaloux qui sentaient naître une autre immortalité pour Rancé, commençaient à s'accroître : on avait sans cesse devant les yeux les premières erreurs du solitaire ; on s'obstinait à ne voir dans sa conversion que des motifs de vanité. Ses plus grands amis, l'abbé de Prières, visiteur de l'ordre, était lui-même épouvanté des réformes de la Trappe ; il écrivait à l'abbé : « Vous aurez beaucoup d'admirateurs, mais peu d'imitateurs. »

Maubuisson, abbaye près de Pontoise, avait été bâtie par la reine Blanche [2] et l'on y voyait son tombeau : Rancé écrivit à la supérieure [3] découragée de cette abbaye. Il écrivait à une autre femme, car tous les souffrants consultaient ce savant médecin qui avait essayé les remèdes sur lui-même : « Si l'ennui vous attaque, pensez que Jésus-Christ vous attend ; toute votre course et sa durée ne vous paraîtront qu'une vapeur dans ce point auquel il faudra qu'elle finisse. »

Le 7 septembre 1672 Rancé présenta une requête au roi en faveur de la réforme ; il commence par dire que les anciens solitaires, dont il ne mérite de porter ni le nom ni l'habit, n'ont point fait difficulté de sortir du fond de leurs déserts pour le service de Dieu ; qu'à leur exemple il croirait manquer au plus saint de ses devoirs s'il se taisait ; que malheureusement il ne va parler que pour se plaindre, et que celui qui lui ouvre la bouche n'a mis sur ses lèvres que des paroles de douleur. De là passant à son sujet, il parle de l'ordre de Cîteaux prêt à retomber dans les périls dont il est échappé, par le défaut de protection refusée à l'étroite observance établie par Louis XIII. Pendant que les solitaires ont vécu dans la perfection ils ont été considérés comme les anges tutélaires des monarchies ; ils ont soutenu, par le pouvoir qu'ils avaient auprès de Dieu, la fortune de l'empire : une sainte recluse avait connu en esprit ce qui se passait à la journée de Lépante [4]. « Votre Majesté, ajoute Rancé, ne sera point surprise qu'étant obligé par le devoir de ma profession de me présenter à tous les instants au pied des autels du Roi du ciel, j'aborde une fois dans ma vie le trône du roi de la terre [5]. »

La cour de Rome, qu'avaient en vue les réformes trop austères de la Trappe, s'opposait aux exagérations de ses serviteurs ; Rancé annonçait son habileté en réveillant la passion du pouvoir dans le cœur de Louis XIV.

Dans tous les bruits répandus, les uns dénonçaient Rancé pour sa doctrine, prétendant qu'elle n'était pas pure ; les autres le taxaient d'hypocrisie, les autres lui

reprochaient d'introduire dans l'ordre des voies nouvelles. Le roi, vers la fin d'octobre 1673, lui accorda
pour juger la question, les commissaires qu'il avait
demandés, l'archevêque de Paris, le doyen de Notre-
Dame, MM. de Caumartin[6], de Fieubet[7], de Voisin et
de La Marquerie.

Ses adversaires faisaient en même temps des
démarches à Rome contre lui. « Pour un moine, disait
Rancé, il n'y a pas de réputation qui lui soit due, il
n'est que pour être homme d'opprobre et d'abjec-
tion[8]. »

On popularisait ces sentiments hostiles en les répan-
dant dans des vers qui ne valaient pas ceux de notre
grand chansonnier, mais qui marquaient déjà la trace
par où la France devait arriver à une immortalité qui
n'appartient qu'à elle. On trouve cette allure qui nous
a amené des chanteurs de François Ier à Béranger :

> *Je suis revenu de la Trappe,*
> *Cette maudite trappe à fou ;*
> *Et si jamais le diable m'y attrape,*
> *Je veux qu'on me casse le cou.*
> *Ce maudit trou n'est qu'une trappe,*
> > *Ce maudit trou*
> *N'est qu'une trappe à fou.*

Les commissaires nommés par le cabinet s'étant
assemblés, Rancé fut mandé à Paris en 1675. Ils
avaient tout réglé selon les intentions du serviteur de
Dieu ; mais un abbé de la commune observance
déclara que, si l'on suivait les avis des commissaires,
les abbés étrangers ne viendraient pas au chapitre

général de Cîteaux. Le roi s'arrêta : tout se tenait alors, un mouvement dans le clergé pouvait entraîner un dérangement dans les affaires. Louis XIV le savait, et rien n'était si prudent que ce roi absolu élevé aux incartades de la Fronde.

Rancé purgea sa bibliothèque ; il répondit à l'évêque de Pamiers [9] et à M. Deslions [10] qui, dans le dessein de le décourager, lui disaient qu'il était encore loin des austérités des premiers chrétiens : « Il est vrai que le pain de tourbe dont vous me parliez était fort en usage parmi les moines. »

En 1676, il contracta une maladie habituelle [11] avec laquelle il mourut, mais qui ne l'empêcha pas de travailler. Après avoir passé trois mois à l'infirmerie, il revint à la communauté. Ainsi s'écoula sa vie jusqu'en 1689, qu'il fut saisi d'une grosse fièvre. Aussitôt que le mal lui laissait quelque relâche, il reprenait ses occupations suivies de rechutes : « La vie d'un pécheur comme moi dure toujours trop », disait-il.

Mademoiselle, grand hurluberlu qui se trouvait partout avec son imagination, écrivit à Rancé et lui demanda quelques religieux. Il lui répondit : « Je suis fort persuadé, mademoiselle, que votre altesse royale ne doute point que je n'eusse une extrême joie de pouvoir lui nommer un religieux tel qu'elle le désire, mais j'en ai perdu huit depuis un an qui sont allés à Dieu. Il y en a d'autres qui sont près de les suivre ; et quoique nous soyons encore un nombre considérable, nous ne vivons plus ni les uns ni les autres que dans la vue et le désir de la mort. »

A cette époque mourut un religieux qui n'avait pas

plus de vingt-trois ans, et qui, dans son attirail de décédé, dit à Rancé : « J'ai bien de la joie de me voir dans l'habit de mon départ. » Il souriait lorsqu'il allait mourir, comme les anciens Barbares. On croyait entendre cet oiseau sans nom qui console le voyageur dans le vallon de Cachemir.

C'est sur ce fond de la Trappe que venaient se jouer les scènes extérieures. Les silhouettes du monde se dessinaient autour des ombres, le long des étangs et dans les futaies. Le contraste était plus frappant qu'à Port-Royal ; car on n'apercevait pas M. d'Andilly marchant une serpe à la main, le long des espaliers, mais quelque vieux moine courbé allant, une bêche sur l'épaule, creuser une fosse dans le cimetière. C'étaient ces scènes de bergeries que l'on voit dans les tableaux des grands peintres.

Une des premières personnes du monde avec laquelle Rancé eut des rapports fut mademoiselle d'Alençon, autrement madame de Guise, fille de Gaston et cousine germaine de Louis XIV. Mademoiselle d'Alençon, bossue, ne voulut point rester fille ; elle épousa[12] le dernier duc de Guise[13], dont elle eut un fils qui mourut vite. « Le mérite, dit Mademoiselle dans ses *Mémoires*, qu'avaient autrefois en France les Lorrains du temps du Balafré et de tous ces illustres messieurs de Guise, n'avait pas continué dans tout ce qui était resté du même nom. »

Le duc de Guise, mari de mademoiselle d'Alençon, n'avait qu'un pliant devant sa femme : il ne mangeait qu'au bout de la table, encore fallait-il qu'on lui eût permis de s'asseoir.

M. Boistard, capitaine employé à Saint-Cyr, a bien
voulu me communiquer un recueil manuscrit conte-
nant vingt-sept lettres de l'abbé de Rancé à madame
de Guise. La lettre écrite du 3 mars 1692 parle de la
mort d'un solitaire de la Trappe. Ces lettres parlent
aussi de Jacques II : « On est inexorable, dit Rancé,
pour ceux qui n'ont pas la fortune de leur côté. »
Rancé affirme, dans la lettre du 7 septembre 1693, que
« le propre d'un chrétien est d'être sans souvenir, sans
mémoire et sans ressentiment ». Quand on a, un siècle
plus tard, vu passer 1793, il est difficile d'être sans
souvenir.

Louis XIV avait de l'affection pour madame de
Guise, bien qu'il s'emportât contre elle lorsqu'elle
s'enfuit à la Trappe sur le bruit que le prince d'Orange
allait descendre en France. Quand elle allait à l'abbaye, elle y passait plusieurs jours. Madame de Guise
mourut à Versailles le 17 mars 1696 ; elle avait vendu à
Louis XIV le palais d'Orléans, aujourd'hui le palais
du Luxembourg. Elle fut enterrée non à Saint-Denis,
mais aux Carmélites. L'oraison funèbre de madame de
Guise fut prononcée à Alençon par le Père Dorothée,
capucin : c'est toute la pompe que la religion livrée à
elle seule accordait aux grands.

Immédiatement avec madame de Guise, parut à la
Trappe le duc de Saint-Simon. Il faudrait presque
révoquer en doute ce qu'il raconte de la manière dont
il parvint à faire croquer par Rigaud le portrait de
Rancé[14], si Maupeou n'avait rapporté les mêmes
détails. Le père de Saint-Simon tenait son titre de
Louis XIII ; il avait acheté une terre voisine de la

Trappe ; il menait souvent son fils à l'abbaye. Saint-Simon serait très-croyable dans ce qu'il rapporte s'il pouvait s'occuper d'autre chose que de lui. A force de vanter son nom, de déprécier celui des autres, on serait tenté de croire qu'il avait des doutes sur sa race. Il semble n'abaisser ses voisins que pour se mettre en sûreté. Louis XIV l'accusait de ne songer qu'à démolir les rangs, qu'à se constituer le grand-maître des généalogies. Il attaquait le parlement, et le parlement rappela à Saint-Simon qu'il avait vu commencer sa noblesse. C'est un caquetage éternel de tabourets dans les *Mémoires* de Saint-Simon. Dans ce caquetage viendraient se perdre les qualités incorrectes du style de l'auteur, mais heureusement il avait un tour à lui ; il écrivait à la diable pour l'immortalité.

Le duc de Penthièvre [15] parut plus tard à la Trappe [16] : Saint-Simon ne se put guérir de l'âcreté de son humeur dans une solitude où le petit-fils du comte de Toulouse perfectionna sa vertu ; le fiel et le miel se composent quelquefois sous les mêmes arbres. Pieux et mélancolique, le duc de Penthièvre fit augmenter, s'il ne bâtit pas entièrement, l'abbatiale où il aimait à se retirer, en prévision du martyre de sa fille. La princesse de Lamballe, enfant, venait s'amuser à la Maison-Dieu ; elle fut massacrée après la dévastation du monastère. Sa vie s'envola comme ce passereau d'une barque du Rhône, qui, blessé à mort, fait pencher en se débattant l'esquif trop chargé.

Pellisson [17] fréquentait la Trappe. Il s'était flatté de faire consentir le roi à certain arrangement. Rancé insistait pour que sa communauté eût le droit de

choisir un prieur. « Je ne doute pas, mandait-il à
Pellisson, que vous ne voyiez mieux que moi tout ce
que je ne vous dis pas sur cette matière, parce que vos
connaissances sont plus étendues, et vont beaucoup
plus loin que les miennes. »

Pellisson abjura le protestantisme en 1670 à Chartres, entre les mains de l'évêque de Comminges [18], et
s'attacha ensuite à Bossuet. Pellisson est célèbre pour
avoir élevé une araignée : il demeura ferme dans le
procès de Fouquet, si bien débrouillé par M. Monmerqué [19]. Il écrivit, en défense de son ancien patron, trois
mémoires sur lesquels on pourrait encore jeter les yeux
avec fruit. Louis XIV le ménage ; il s'aperçut que la
conquête lui ferait honneur et ne serait pas difficile ;
mais, comme l'ancien commis des finances mourut
sans confession, on le soupçonna toujours. Rancé le
défendit toujours : la célébrité adoucissait sa foi. Rancé
avait peut-être vu Pellisson chez le cardinal de Richelieu lors de la création de l'Académie. Pellisson avait
aimé mademoiselle de Scudéri ; il n'était pas beau ; elle
ne perdit point sa bonne réputation [20] : elle mandait à
l'objet de ses amours :

> *Enfin, Acanthe, il faut se rendre*
> *Votre esprit a charmé le mien :*
> *Je vous fais citoyen du Tendre,*
> *Mais, de grâce, n'en dites rien.*

Pellisson avait trop de goût pour parler de ça.

Bossuet, camarade de collège de Rancé, visita son
condisciple, il se leva sur la Trappe comme le soleil sur
une forêt sauvage. L'aigle de Meaux se transporta huit

fois à cette aire. Ces différents vols vont toucher à des faits dont la mémoire est restée. En 1682 Louis XIV s'établit à Versailles. En 1685 Bossuet composa à la Trappe l'avertissement du Catéchisme de Meaux. En 1686 l'orateur mit fin à ses Oraisons funèbres par le chef-d'œuvre qu'il prononça devant le cercueil du grand Condé. En 1696 s'en alla à Dieu Sobieski[21], ancien mousquetaire de Louis le Grand. Sobieski entra dans Vienne par la brèche qu'avait ouverte le canon des Turcs. Les Polonais sauvèrent l'Europe, qui laisse exterminer aujourd'hui la Pologne. L'histoire n'est pas plus reconnaissante que les hommes.

La Trappe était le lieu où Bossuet se plaisait le mieux : les hommes éclatants ont un penchant pour les lieux obscurs. Devenu familier avec le chemin du Perche, Bossuet écrivait à une religieuse malade : « J'espère bien vous rendre à mon retour de la Trappe une plus longue visite », paroles qui n'ont d'autre mérite que d'être jetées à la poste en passant et d'être signées : *Bossuet.*

Bossuet trouvait un charme dans la manière dont les compagnons de Rancé célébraient l'office divin : « Le chant des psaumes, dit l'abbé Ledieu[22], qui venait seul troubler le silence de cette vaste solitude, les longues pauses de Complies, le son doux, tendre et perçant du *Salve Regina*, inspiraient au prélat une sorte de mélancolie religieuse. » A la Trappe il me semblait en effet, pendant ces silences, ouïr passer le monde avec le souffle du vent. Je me rappelais ces garnisons perdues aux extrémités du monde et qui

font entendre aux échos des airs inconnus, comme
pour attirer la patrie : ces garnisons meurent, et le
bruit finit.

Bossuet assistait aux offices du jour et de la nuit.
Avant vêpres, l'évêque et le réformateur prenaient
l'air. On m'a montré près de la *grotte de Saint-Bernard*
une chaussée embarrassée de broussailles qui séparait
autrefois deux étangs. J'ai osé profaner, avec les pas
qui me servirent à rêver René, la digue où Bossuet et
Rancé s'entretenaient des choses divines. Sur la levée
dépouillée, je croyais voir se dessiner les ombres
jumelles du plus grand des orateurs et du premier des
nouveaux solitaires.

Bossuet reçut le viatique le lundi saint de l'année
1704 : il y avait quatre ans que Rancé n'existait plus.
Bossuet se plaignait d'être importuné de sa mémoire ;
sa garde lui soutenait la tête : « Cela serait bon, disait-
il, si ma tête pouvait se tenir. » Dans un de ces
moments, l'abbé Ledieu lui prononça le mot de gloire ;
Bossuet reprit : « Cessez ces discours ; demandez pour
moi pardon à Dieu. »

Le 12 avril 1704, les pieds et les mains du moribond
s'engourdirent. Un peu avant quatre heures et demie
du matin il expira : c'était l'heure où son ami Rancé
priait aux approches du jour. L'aigle qui s'était en
passant reposé un moment dans ce monde reprit son
vol vers l'aire sublime dont il ne devait plus descendre.
Il n'est resté de Bossuet qu'une pierre[23].

Rancé eut d'abord la pensée de se démettre de son
abbaye ; il consulta Bossuet au mois de décembre
1682. Bossuet lui répondit d'attendre. Dans cette

année le père d'un jeune mousquetaire, réfugié à la Trappe se plaignit de la captation dont on avait usé envers son fils ; il ne reçut de l'abbé que ces mots : « Vous le quitterez bientôt. »

En ce temps-là mourut l'abbé de Prières. J'en ai souvent parlé. Il fit écrire à Rancé par un prêtre : « L'abbé de Prières m'ordonna dans les derniers moments de sa vie de vous donner avis de sa mort en vous témoignant l'estime qu'il a conservée pour vous jusqu'au dernier soupir. »

Ces honnêtes gens se léguaient leur estime.

De toutes les accusations portées contre Rancé aucune ne s'appuyait sur une apparence de vérité, excepté celle de jansénisme. On a une lettre de lui, adressée en 1676 à M. de Brancas[24], elle s'exprime ainsi :

« Je vous dis, en parlant de M. Arnauld et de ces messieurs, que le pape[25] était content d'eux, et qu'il avait reçu leur signature en la manière qu'ils l'avaient donnée ; vous me répondîtes ce que déjà des personnes de piété m'avaient donné comme une chose constante, qu'ils l'avaient surpris et que le pape avait fait comme ceux qui mettent la main devant leurs yeux, et qui font[26] semblant de ne pas voir. Cependant, monsieur, il m'est tombé entre les mains, depuis quelques jours, l'arrêt qui a été donné contre M. l'évêque d'Angers[27], qui porte expressément que le pape, avec beaucoup de prudence, a voulu recevoir la signature de quelques particuliers avec une explication plus étendue pour les mettre à couvert de leurs scrupules et des peines portées par les constitutions. Tellement, monsieur, que

non seulement il n'a pas fait semblant de ne pas voir
qu'ils aient signé avec explication, mais même il l'a
prouvé et s'en est contenté. Je suis bien heureux,
monsieur, de n'avoir jugé personne. Où en serais-je
réduit si j'avais condamné des gens que le pape reçoit
dans le fait même pour lequel je les aurais condamnés ?
Et à quelle réparation ne serais-je point tenu si j'avais
porté un jugement contre eux, et que j'eusse donné à
d'autres de faire la même chose sur mon témoignage ?
car, dans le fond, j'aurais, contre le respect que je dois
au pape et contre ses intentions, condamné ceux qu'il
justifie, et considéré comme personnes qui sont dans
l'erreur et dans la désobéissance celles dont il est
satisfait et qu'il reçoit dans son sein et dans sa
communion et par une conduite pleine de charité et de
sagesse. Je vous assure, monsieur, qu'il ne m'arrivera
pas de juger, et que je serai plus religieux que jamais
dans les résolutions que j'ai prises sur ce sujet-là. Je
vous parle sans passion et dans un désintéressement
entier de tous les partis (car je n'en ai aucun, et je suis
incapable d'en avoir que celui de l'Église), mais dans
la créance que c'est Jésus-Christ qui me met au cœur
ce que je vous vais dire.

» Il est impossible que Dieu demande compte ni à
vous ni à moi de ce que nous nous serons abstenus de
juger, n'ayant pour cela ni caractère ni obligation ;
mais il se peut très-bien faire qu'une conduite opposée
chargerait nos consciences, quelque bonnes que soient
nos intentions, si ceux qui ont autorité ou qui ont
obligation de juger se mécomptent après y avoir
apporté toute l'application, les soins et la diligence

nécessaires. Ils peuvent espérer que Dieu, qui connaît le fond de leurs cœurs, leur fera miséricorde ; mais pour ceux qui s'avancent et qui n'ont point de mission, si ce malheur leur arrive, ils ne peuvent attendre qu'une punition rigoureuse ; car, dès le moment qu'ils se sont ingérés et ont usurpé un droit qui ne leur appartenait point, ils ont mérité que Dieu les abandonne à leurs propres ténèbres. Je vous assure, monsieur, soit que je pense que Jésus-Christ nous a déclaré qu'il châtierait d'un supplice éternel celui qui dirait à son frère une légère injure, ou que je me regarde comme étant sur le point d'être jugé moi-même, il n'y a rien dont je sois plus éloigné que de juger les autres.

» Voilà quelle doit être la disposition de tout homme qui ne sera point prévenu, qui regardera les choses dans leur vérité sans intérêt et sans passion ; mais le mal est que nous croyons n'en pas avoir, parce que nous n'en avons point de propre et de particulière. Cependant nous sommes souvent engagés dans celles des autres sans nous en apercevoir. Pour moi, je suis persuadé qu'en de telles matières, la voie la plus sûre est de demeurer dans la soumission et dans le silence. C'est le moyen de m'attirer tous les partis et de ne plaire à personne ; mais, pourvu que je plaise à Dieu et que je me tienne dans son ordre, je ne me mets point en peine de quelle manière les hommes expliqueront ma conduite. Véritablement je ne suis plus de ce monde, et je ne suis pas assez malheureux pour y rentrer après l'avoir quitté par le dessein que j'aurais de le contenter contre mon devoir et les mouvements de ma conscience. Vous connaîtrez sans doute, monsieur, qu'il est si difficile, lorsqu'on parle dans les causes, même les plus justes, de se tenir dans les règles de la modération et de la charité, que ceux-là sont heureux que Dieu a mis dans des états où rien ne les oblige ni de parler ni de se produire ; et je vous confesse que je ne me lasse point d'admirer et de plaindre en même temps l'aveuglement de la plupart des hommes qui ne font non plus de difficulté de dire : Cet homme est schismatique, que s'ils disaient : Il a le teint pâle et le visage mauvais. Quand je vous dis, monsieur, que je ne vous parle que pour vous seul, ce n'est pas que je ne veuille bien que l'on sache quels sont mes sentiments et mes pensées sur ce point-là ; mais je serais encore plus aise, comme c'est la vérité, que l'on ne s'imagine pas que je m'occupe des affaires qui ne me regardent point.

» Je ne saurais m'empêcher de vous dire encore qu'il n'y a rien de moins vrai que ce que l'on dit que je faisais pénitence d'avoir signé le *formulaire*, puisque je le signerai toutes les fois que mes supérieurs le désireront, et que je suis persuadé qu'en cela mon sentiment est le véritable. Mais je ne nie point que dans le nombre presque infini de crimes et de maux dont je me sens redevable à la justice divine, celui d'avoir imputé aux personnes qu'on appelle jansénistes des opinions et des erreurs dont j'ai reconnu dans la suite qu'ils n'étaient pas coupables, n'y puisse être compris. Étant dans le monde, avant que je pensasse sérieusement à mon salut, je me suis expliqué contre eux en toute rencontre, et me suis donné sur cela une entière liberté, croyant que je le pouvais faire sur la relation des gens qui avaient de la piété et de la doctrine. Cependant je me suis mécompté, et ce ne sera point une excuse pour moi au jugement de Dieu, d'avoir cru et d'avoir parlé sur le rapport et sur la foi des autres. Cela m'a fait prendre deux résolutions que j'espère de garder inviolablement avec la grâce de Dieu : l'une, de ne croire jamais le mal de personne, quelle que soit la piété de ceux qui le diront, à moins qu'ils ne me fassent voir une évidence ; l'autre est de ne rien dire jamais, à moins qu'avec l'évidence je n'y sois engagé par une nécessité indispensable ; celui qui craint les jugements de Dieu et qui sait qu'il a mérité d'en être jugé avec rigueur, est bien malheureux quand il juge ses frères, puisque le plus grand de tous les moyens pour engager Jésus-Christ à nous juger dans sa miséricorde est de nous abstenir de juger.

» Je croirais faire un mal si je soupçonnais leur foi (des jansénistes) ; ils sont dans la communion et dans le sein de l'Église. Elle les regarde comme ses enfants ; et par conséquent je ne puis et ne dois les regarder autrement que comme mes frères.

» Vous dites, monsieur, qu'ils sont suspects ; mais Dieu me préserve de me conduire par mes soupçons. Je sais par ma propre expérience, et je l'éprouve tous les jours, jusqu'où va l'injustice et la violence de ceux qu'on appelle molinistes. Il n'y a point de calomnies dont ils n'essaient de ruiner ma réputation, point de bruits injurieux qu'ils ne répandent contre ma personne ; comme ils ne sauraient attaquer mes mœurs, ils attaquent ma foi et ma croyance, et trouvent dans les règles de leur morale et dans la fausseté de leurs maximes qu'il leur est permis de dire contre moi tous les maux que l'envie et la passion leur peut suggérer. *Circumveniamus justum, quoniam inutilis est nobis et contrarius est operibus nostris* [28]. Ma conduite n'est pas conforme à la leur ; mes maximes sont exactes, les leurs sont relâchées ; les voies dans lesquelles j'essaye de marcher sont étroites, celles qu'ils suivent, sont larges et spacieuses : voilà mon crime ; cela suffit, il faut m'opprimer et me détruire. *Opprimamus pauperem justum ; gravis est nobis etiam ad vivendum, quoniam dissimilis est aliis vita illius* [29].

» Comment voulez-vous, monsieur, que je leur donnasse quelque créance ; et peuvent-ils passer pour autre chose dans mon esprit que pour des emportés et des injustes ? En quel endroit de l'Écriture et des livres des saints Pères ces gens, si zélés pour la défense de la vérité, ont-ils lu qu'ils puissent en conscience imputer le plus grand de tous les crimes sous des imaginations toutes pures, et décrier par toutes sortes de voies publiques et secrètes des personnes qui servent Dieu dans la retraite et dans le silence, qui ne se mêlent ni des contestations ni des affaires, qui donnent de l'édification à l'Église, et dont la vie, de l'aveu même de ceux qui ne les aiment pas, est irrépréhensible ? Jugez vous-même, monsieur, qu'est-ce qui se peut présenter plus naturellement lorsqu'il me revient quelque chose des soupçons que l'on forme contre les jansénistes, sinon que, puisque les molinistes ne font nul scrupule de m'imputer des excès dont je ne suis pas moins exempt que vous-même, quoique je n'aie jamais rien dit à leur désavantage et qu'ils n'aient aucun sujet de se plaindre de moi, il est très-possible qu'ils attribuent des erreurs imaginaires à des personnes qui n'ont pas eu pour eux les mêmes égards ni les mêmes ménagements, et contre lesquelles ils ont depuis si long-temps une guerre toute déclarée ?

» Pour vous parler franchement, monsieur, je ne suis rien moins que moliniste, quoique je sois parfaitement soumis à toutes les puissances ecclésiastiques. Je ne pense point comme eux pour ce qui regarde la grâce de Jésus-Christ, la prédestination de ses saints et la morale de son Évangile, et je suis persuadé que les jansénistes n'ont point de mauvaise doctrine. Ce serait une grande faiblesse de régler sa conduite sur les caprices et les imaginations du monde ; et les gens de bien qui ne regardent que Dieu dans toutes les circonstances de leur vie ne se mettent guère en peine que l'on se scandalise de leur procédé lorsqu'il n'y a rien qui ne soit dans l'ordre et dans les règles. Le scandale ne retombe point sur eux, mais sur ceux qui veulent trouver des sujets d'en prendre des occasions qui ne sont point blâmables.

» Enfin, monsieur, j'ai vu, depuis que j'ai quitté le monde, les différents partis qui ont agité l'Église. J'ai vu de tous les côtés les intérêts et les passions qui les ont continués, et par la grâce de Dieu je n'y ai pris aucune part que celle de m'en affliger, d'en gémir devant Dieu et de le prier d'inspirer des sentiments de paix et de charité à ceux qui paraissent en avoir de tout contraires. J'ai vécu entre les uns et les autres dans un état de suspension, je me suis soumis à l'Église sans avoir de liaison avec personne, parce que j'ai cru qu'il n'y en avait point qui ne fût dangereuse et que le

meilleur des partis était de n'en point avoir, mais de
s'attacher simplement à Jésus-Christ et à ceux auxquels il a donné sa puissance et son autorité dans son
Église.

» J'ai demeuré dans le repos et dans le silence ; et
comme je pense souvent à cette grande vérité que Dieu
jugera sans miséricorde ceux qui auront jugé leurs
frères sans compassion, je me suis abstenu de m'expliquer et de condamner la conduite et les sentiments de
personne, sachant que je ne le devais pas à moins que
d'avoir des évidences et des certitudes que je n'ai
jamais eues et d'y être engagé par de véritables
nécessités. Je n'ai nul dessein de plaire aux hommes, je
ne recherche ni leur approbation ni leur estime, et je
sais trop que Dieu ne marque jamais plus clairement
dans ceux qui sont à lui qu'il ne rejette point les
services qu'ils lui rendent, que quand il permet qu'on
les persécute ; et la seule peine que j'aie est de voir que
ces gens-là engagent leurs consciences comme s'ils ne
savaient pas que Dieu jugera les calomniateurs avec
autant de rigueur et de sévérité que les homicides et les
adultères.

» Il me reste, monsieur, une autre affaire, qui est
d'empêcher qu'on ne croie que je favorise le parti des
molinistes ; car je vous avoue que la morale de la
plupart de ceux qui en sont est si corrompue, les
maximes si opposées à la sainteté de l'Évangile et à
toutes les règles et instructions que Jésus-Christ nous a
données ou par sa parole ou par le ministère de ses
saints, qu'il n'y a guère de choses que je puisse moins
souffrir que de voir qu'on se servît de mon nom pour

autoriser des sentiments que je condamne de toute la plénitude de mon cœur. Ce qui me surprend dans ma douleur, c'est que, sur ce chapitre, tout le monde est muet, et que ceux même qui font profession d'avoir du zèle et de la piété gardent un profond silence, comme s'il y avait quelque chose de plus important dans l'Église que de conserver la pureté de la foi dans la conduite des âmes et dans la direction des mœurs. Pour moi qui n'ai jamais pris de chaleur contre personne, parce que je me suis toujours préservé de toutes sortes de liaisons, quand je regarde les choses dans le désintéressement d'un homme qui ne veut avoir que Dieu et sa vérité devant les yeux, et que j'essaye de discerner ce qui fait qu'on est si échauffé de certaines matières et que sur les autres on n'a que de l'indifférence et de la froideur, rien ne se présente plus naturellement sinon que ce qui donne le mouvement à la plupart des hommes, c'est l'intérêt que d'un côté il y a à plaire et à gagner, et que de l'autre il n'y a rien qu'à perdre (j'entends de ceux qui sont théologiens et qui ne peuvent ignorer le fond et les conséquences des choses) ; et comme je n'ai rien à perdre ni à gagner en ce monde, et que j'ai réduit à l'éternité toute seule mes prétentions et mes espérances, ce sont des tempéraments et des retenues que je ne puis goûter ni comprendre. En vérité, si Dieu n'a pitié du monde et s'il n'empêche l'effet de l'application avec laquelle on travaille à détruire les maximes véritables pour en substituer d'autres en leur place qui ne le sont pas, les maux se multiplieront, et l'on verra dans peu une désolation presque générale. »

Je n'ai point abrégé cette lettre, trop longue pour
nous ; elle décide une question si vivante alors, aujour-
d'hui si morte [30]. Le jansénisme par son âpreté devait
plaire à un solitaire. Tout cela nous paraîtra accablant [31], car l'esprit humain n'a plus la force de se tenir
debout. Rancé, influencé par Bossuet, changea d'opinion [32] ; il cessa de tolérer ce qu'il avait respecté. La
permanence n'appartient qu'à Dieu. *Manet in aeternum* [33].

Dans l'année 1678, Rancé fit au maréchal de
Bellefonds [34] une déclaration de ses principes : Bellefonds était ce même maréchal puni à la guerre pour
deux désobéissances heureuses, et auquel Bossuet
écrivit une lettre sur la conversion de madame de La
Vallière. La lettre de Rancé est devenue rare : il
s'agissait de repousser les accusations qui s'élevaient
contre les rigueurs de la Trappe.

« S'il n'est pas impossible, dit l'abbé au maréchal,
de chanter les cantiques du Seigneur dans une terre
étrangère, il faut croire cependant qu'il est difficile de
garder fidèlement ses voies lorsqu'on est environné
d'affaires et de plaisirs.

» Dieu n'a pas commandé à tous les hommes de
quitter le monde ; mais il n'y en a point à qui il n'ait
défendu d'aimer le monde.

» Ma profession veut que je me regarde comme un
vase brisé qui n'est plus bon qu'à être foulé aux pieds :
et, dans la vérité, si les hommes me prennent par des
endroits par où je ne suis pas tel qu'ils me croient, il y a
en moi des iniquités qui ne sont *connues de personne* et sur
lesquelles on ne me dit mot ; de sorte que je ne puis ne

pas croire que les injustices qui me viennent du monde
ne soient des justices secrètes et véritables de la part de
Dieu, et ne pas considérer en cela les hommes comme
des exécuteurs de ses vengeances.

» C'est la disposition dans laquelle je suis, et que je
dois conserver, d'autant plus que les extrémités de ma
vie sont proches : aux portes de l'éternité, il n'y a rien
de plus puissant pour faire que Dieu me juge dans sa
clémence que d'être jugé des hommes sans pitié. »

Dans l'année 1679, Bellefonds appela Rancé à Paris.
Ces Bellefonds de Normandie étaient sortis des Bellefonds de Touraine. La marquise du Châtelet[35], fille du
maréchal, vécut très-pauvre avec son mari à Vincennes, dont Bellefonds était gouverneur; il mourut
dans le château où l'attendait le duc d'Enghien, qui
n'avait point encore paru sur la terre[36]. On avait
surpris la vieille[37] tante maternelle du maréchal[38] avec
le marquis de Villars, que l'on nommait *Orondat,* d'un
nom emprunté d'un personnage de *Cyrus.*

Rancé était mandé par le maréchal pour voir
madame de La Vallière; il se connaissait dans le mal
dont elle était attaquée. Cinquante lettres de madame
de La Vallière à Bellefonds sont imprimées à la suite
de l'abrégé de la vie de la maîtresse de Louis XIV.
L'auteur de cet abrégé est l'abbé Lequeux, éditeur de
plusieurs opuscules de Bossuet. L'abbé devint convul-
sionnaire de Saint-Médard[39].

« Vivez cachée », dit Bossuet à madame de La
Vallière, dans son discours sur sa profession, « prenez
un si noble essor que vous ne trouviez le repos que
dans l'essence éternelle. » « Enfin je quitte le monde »,

écrit madame de La Vallière elle-même : « c'est sans regret, mais non sans peine. Je crois, j'espère et j'aime[40]. » N'est-ce pas *Émilie*[41] ? Ce devait être une belle société que celle à qui ce beau langage était naturel. Dans sa lettre du 7 novembre 1675 au maréchal de Bellefonds, madame de La Vallière dit : « Je ne puis m'empêcher de vous faire part de la joie que j'aie eue de voir monsieur l'abbé de la Trappe : je suis toujours dans la confiance de la paix, et notre saint abbé m'a fort exhortée à y demeurer. Que vous êtes heureux, monsieur le maréchal, d'être dans l'état où il veut que vous soyez ! » Bellefonds, aidé de Rancé et de la lassitude de Louis, appuyait la résolution de la fugitive. Le monde voyait une de ses victimes sous le froc, Rancé, encourager au cilice une autre de ses victimes[42]. Les Carmélites étaient remplies d'une population de femmes. On y vivait dans un air qu'avait aspiré et expiré le sein de belles et jeunes compagnes. Madame de La Vallière ne voulait pas qu'on lui parlât, même de son fils[43], elle s'imaginait qu'aucun autre homme que le roi ne pouvait être présent à sa pensée ; elle demeurait seule à seul sous le voile avec Dieu et Louis.

Telle était l'aventure placée sur le chemin de la Maison-Dieu. Tous les souvenirs venaient du dedans et du dehors s'enfoncer dans ces solitudes ; chaque pénitent menait avec lui ses fautes. Les repentis se promenaient dans des routes écartées, se rencontraient pour ne se retrouver jamais. Les âmes qui portaient des souvenirs disparaissaient comme ces vapeurs que j'ai vues dans mon enfance sur les côtes de la

Bretagne ; brouillards, assurait-on, produits par les volcans lointains de la Sicile. On rencontrait sur toutes les routes de la Trappe des fuyards du monde ; Rancé à ses risques et périls les allait recueillir ; il rapportait dans un pan de sa robe des cendres brûlantes, qu'il semait sur des friches[44], pour engraisser les déserts avec des débris de passions. Aujourd'hui, on ne voit plus glisser dans les ombres ces chasses blanches, dont Charles-Quint et Catherine de Médicis croyaient entendre les cors parmi les ruines du château de Lusignan, tandis qu'une fée envolée[45] faisait son cri.

En descendant des hauteurs boisées où je cherchais les lares de Rancé, s'offraient des clochers de paille tordus par la fumée ; de petits nuages abaissés[46] filaient comme une vapeur blanche au plus bas des vallons. En approchant, ces nuées se métamorphosaient en personnes vêtues de laine écrue ; je distinguais des faucheurs : madame de La Vallière ne se trouvait point parmi les herbes coupées.

Rancé s'était résolu à ne composer aucun ouvrage qui rappelât son existence. A soixante ans, accablé d'infirmités, il n'était pas tenté de retourner aux illusions de sa jeunesse, malgré les encouragements qu'il trouvait dans les cheveux blancs de son ami Bossuet. Comme il faisait souvent des conférences à ses frères, il lui restait une quantité de discours. Il se laissa entraîner à la prière d'un religieux malade qui le conjurait de rassembler ces discours. Ainsi se trouva formé peu à peu le traité qu'il intitula : *De la sainteté et des devoirs de la vie monastique*. On fit dans le couvent plusieurs copies de ce traité ; une de ces copies tomba

entre les mains de Bossuet : Bossuet, émerveillé, se
hâta d'écrire à Rancé qu'il exigeait que son ouvrage fût
rendu public et qu'il se chargeait de le faire imprimer.
Dom Rigobert et l'abbé de Châtillon mêlèrent leurs
sollicitations à celles du grand évêque. Rancé avait jeté
l'ouvrage au feu, et on en avait retiré des cahiers à
demi brûlés. Par une de ces lâchetés communes aux
auteurs, Rancé avait repris les débris de l'incendie, et
les avait retouchés ; une des copies postflammes était
parvenue à Bossuet. « Comment, monseigneur, lui
écrivait l'abbé de la Trappe, vous voulez que je me
mette tous les ordres religieux à dos ! — Vous avez
beau, répondit Bossuet, vous fâcher, vous ne serez
point le maître de votre manuscrit et vous y penserez
devant Dieu [47]. » Rancé insista ; Bossuet lui répondit :
« Je répondrai pour vous, je prendrai votre défense ;
demeurez en repos. »

En effet, on voit à la tête des *éclaircissements* sur le
livre *Des devoirs de la vie monastique* cette approbation de
Bossuet : « Après avoir lu et examiné les *éclaircissements*,
nous les avons approuvés d'autant plus volontiers que
nous espérons que tous ceux qui les liront demeureront
convaincus de la sainte et salutaire doctrine du livre *De
la sainteté et des devoirs de la vie monastique*. A Meaux, le
dixième jour de mai 1685. »

Quel est cet ouvrage que l'aigle de Meaux avait
couvert de ses ailes ? En vain Rancé ne voulait pas
convenir que sa jeunesse lui était demeurée : il se disait
et se croyait vieux, et la vie débordait en lui. Cependant ce qu'il avait prévu arriva. Une longue querelle
survint après deux ou trois années de la publication du

livre. La gravité de ces controverses n'a rien de semblable aux contestations littéraires d'aujourd'hui ; cette partie de ces temps passés [48] est curieuse à connaître. Bossuet ne s'était trompé ni sur le fond ni sur le style de l'ouvrage. Voici l'analyse *De la sainteté et des devoirs de la vie monastique,* je laisse parler Rancé :

« Les règles des observances religieuses ne doivent pas être considérées comme des inventions humaines. Saint Luc [49] a dit : Vendez ce que vous avez et le donnez aux pauvres ; après cela venez et me suivez. Si quelqu'un vient à moi et ne hait point son père et sa mère et sa femme et ses enfants et ses frères et ses sœurs et même sa propre vie, il ne peut être mon disciple.

» Jean-Baptiste a mené dans le désert une vie de détachement, de pauvreté, de pénitence et de perfection dont la sainteté a été transmise aux solitaires, ses successeurs et ses disciples.

» Saint Paul l'anachorète et saint Antoine cherchèrent les premiers J.-C. dans les déserts de la basse Thébaïde ; saint Pacôme parut dans la haute Thébaïde, reçut de Dieu la règle par laquelle il devait conduire ses nombreux disciples. Saint Macaire se retira dans le désert de Sethé, saint Antoine dans celui de Nitry, saint Sérapion dans les solitudes d'Arsinoé et de Memphis, saint Hilarion dans la Palestine ; sources abondantes d'une multitude innombrable d'anachorètes et de cénobites qui remplirent l'Afrique, l'Asie et toutes les parties de l'Occident.

» L'Église, comme une mère trop féconde, commença de s'affaiblir par le grand nombre de ses enfants. Les persécutions étant cessées, la ferveur et la foi diminuèrent dans le repos. Cependant Dieu, qui voulait maintenir son Église, conserva quelques personnes qui se séparèrent de leurs biens et de leurs familles par une mort volontaire, qui n'était ni moins réelle, ni moins sainte, ni moins miraculeuse que celle des premiers martyrs. De là les différents ordres monastiques sous la direction de saint Bernard et de saint Benoît. Les religieux étaient des anges qui protégeaient les États et les empires par leurs prières, des voûtes qui soutenaient la voûte de l'Église, des pénitents qui apaisaient par des torrents de larmes la colère de Dieu, des étoiles brillantes qui remplissaient le monde de lumière. Les cavernes et les rochers sont leur demeure ; ils se renferment dans les montagnes comme entre des murs inaccessibles ; ils se font des églises de tous les lieux où ils se rencontrent ; ils se reposent sur les collines comme des colombes ; ils se tiennent comme des aigles sur la cime des rochers ; leur mort n'est ni moins heureuse ni moins admirable que leur vie, raconte saint Éphrem. Ils n'ont aucun soin de se construire des tombeaux ; ils sont crucifiés au monde ; plusieurs, étant attachés comme à la pointe des rochers escarpés, ont remis volontairement leurs âmes entre les mains de Dieu. Il y en a qui, se promenant avec leur simplicité ordinaire, sont morts dans les montagnes qui leur servaient de sépulcre. Quelques-uns, sachant que le moment de leur délivrance était arrivé, se mettaient de leurs propres mains dans le tombeau. Il s'en est trouvé qui en chantant les louanges de Dieu ont expiré dans l'effort de leur voix, la mort seule ayant terminé leur prière et fermé leur bouche. Ils attendent que la voix de l'archange les réveille de leur sommeil ; alors ils refleuriront comme des lis d'une blancheur, d'un éclat et d'une beauté infinie. »

Après cette description admirable pour leur faire aimer la mort, Rancé ajoute : « Je ne doute pas, mes frères, que vos pensées ne vous portent du côté du désert ; mais il faut modérer votre zèle. Les temps sont passés ; les portes des solitudes sont fermées, la Thébaïde n'est plus ouverte. »

C'était vrai, mais les ordres religieux avaient rebâti dans leur couvent la Thébaïde ; ils avaient représenté dans leurs cloîtres les palmiers des sables. Les monastères étaient des pépinières[50] de fécondité où l'on élevait les plantes divines, où elles prenaient leur accroissement avant d'être transplantées. Ainsi lorsqu'on descendait de la montagne et que l'on était près d'entrer dans Clairvaux, on reconnaissait Dieu de toute part. On trouvait au milieu du jour un silence pareil à celui du milieu de la nuit : le seul bruit qu'on y entendait était le son des différents ouvrages des mains ou celui de la voix des frères lorsqu'ils chantaient les louanges du Seigneur. La renommée seule de cette grande aphonie imprimait une telle révérence que les séculiers craignaient de dire une parole. Une forêt resserrait le monastère. Les viandes dont on se nourrissait n'avaient d'autre goût que celui que la faim leur donnait.

Rancé passe à l'explication des trois vœux de la vie monastique : chasteté, pauvreté et obéissance. Il dit

que dans la pensée de saint Augustin une vierge chaste
consacrée à Dieu a tout ce qui peut lui servir d'ornement, sans quoi la virginité lui aurait été honteuse, car
que lui servirait d'avoir l'intégrité du corps, si elle
n'avait pas celle de l'âme ? Le réformateur insiste sans
s'embarrasser dans ses souvenirs. Quel avantage tire-
rait un religieux d'avoir abandonné les biens de la
fortune s'il conservait d'autres affections et d'autres
attaches ? Notre cœur se trouve où est notre trésor, et
nous sommes liés par les objets que nous aimons ; et
pourtant, mes frères, dit Rancé, si le religieux ne se
prive des faux plaisirs, il se réserve les véritables
ennuis qui les accompagnent ; toute sa course ne sera
qu'une continuité de chutes et de rechutes. Dans un
voyage pour aller plus légèrement vers le ciel, il faut se
décharger de tout ce qui peut empêcher de s'avancer
dans le chemin. La pauvreté religieuse sépare le cœur,
aussi bien que la chasteté, de tout ce qu'il y a de visible
et d'invisible, s'il n'est point éternel.

Rancé recommande la charité comme la première
des vertus. Un chrétien, dit saint Paul, n'est fait que
pour aimer. Ce qui fait que l'amour de Dieu est si rare
dans les hommes, c'est qu'ils sont emportés par
d'autres amours. « Pour vous, dit le réformateur dans
un langage admirable, pour vous, mes frères, Dieu
vous a levé tous ces obstacles, et vous a préservés de
ces sortes de tentations, en vous retirant dans la
solitude. Vous êtes, à l'égard du monde, comme s'il
n'était plus ; il est effacé dans votre mémoire comme
vous l'êtes dans la sienne ; vous ignorez tout ce qui s'y
passe ; ses événements et ses révolutions les plus

importantes ne viennent point jusqu'à vous ; vous n'y
pensez jamais que lorsque vous gémissez devant Dieu
de ses misères ; et les noms mêmes de ceux qui le
gouvernent vous seraient inconnus, si vous ne les
appreniez par les prières que vous adressez à Dieu
pour la conservation de leurs personnes. Enfin vous
avez renoncé, en le quittant, à ses plaisirs, à ses
affaires, à ses fortunes, à ses vanités, et vous avez mis
tout d'un coup dessous vos pieds ce que ceux qui
l'aiment et qui le servent ont placé dans le fond de leur
cœur. »

Tel est ce traité *De la sainteté et des devoirs de la vie
monastique,* on y entend les accents pleins et majestueux
de l'orgue. On se promène à travers une basilique dont
les rosaces éclatent des rayons du soleil. Quel trésor
d'imagination dans un traité qui paraissait si peu s'y
prêter ! Ici on ne se traîne pas sur ces adorations de
femme reproduites aujourd'hui à tout propos sans les
plus aimer. La lumière et l'ombre avaient bâti les
édifices religieux plus que la main des hommes. Le
travail de Rancé apprendra à ceux qui ne le connaissaient pas qu'il y a dans notre langue un bel ouvrage
de plus [51].

Il se fit d'abord un profond silence, autant d'admiration que d'étonnement. Il ne fallut pas moins de
deux années pour que les amours-propres et les
passions se remissent du choc. Mais enfin on recouvra
ses esprits et le conflit s'engagea : il commença d'abord
en Hollande, où la littérature française avait son écho ;
écho protestant, qui répétait mal le son, et ne le
répétait qu'aigre et sec.

Le véritable Motif de la conversion de l'abbé de la Trappe,
par Larroque, que j'ai déjà cité, est une réponse aux
Devoirs de la vie monastique ; il est en forme de dialogue,
selon le goût du temps : Timocrate et Philandre
s'entretiennent du livre de Rancé. Timocrate est un
bonhomme, qui, par-ci par-là, a grande envie d'admirer le livre des Devoirs ; mais Philandre le morigène ; il
prétend, lui, que l'ouvrage du solitaire de la Trappe ne
vaut pas le diable. Sur chaque observation de Timocrate, Philandre s'écrie : « Ah ! je ne savais pas cela. Je
serais fort aise que vous examiniez un peu ce qu'il dit
là-dessus et vous m'obligerez de me montrer
l'endroit. » Les deux interlocuteurs vont dîner, se
donnent rendez-vous pour le lendemain au jardin des
Tuileries, et la conversation continue. Timocrate
accuse Rancé de dédaigner l'Écriture, de vouloir se
montrer savant à propos de tout, de citer de l'Aristo-
phane grec. « Je voudrais savoir, reprend Timocrate,
quand il l'a lu, si c'était dans sa jeunesse et avant
d'avoir quitté le monde ou après. J'ai peine à croire
qu'il se ressouvienne si exactement d'une lecture faite
il y a plus de trente ans : ainsi il y a plus d'apparence
que c'est dans la retraite qu'il s'est diverti avec ce
comique[52]. » Petite chicane de mauvaise foi, néanmoins piquante. Le Père Mège[53] combattit sérieusement le premier l'ouvrage de Rancé dans son *Commentaire sur la règle de saint Benoît.* Le livre *De la sainteté et des
devoirs de la vie monastique* était déjà à sa troisième
édition, lorsque enfin, dans l'ombre des cloîtres, on
entendit un bruit de papier et de poussière : c'était
Mabillon[54] qui s'élevait. Il n'avait pas blanchi sous ses

in-folio, il ne regardait pas autour de lui les parche-
mins moisis des premiers jours de la monarchie,
pour s'entendre dire qu'il avait perdu son âme et
son temps à l'étude des choses passées. Le compila-
teur des *Vetera analecta* [55] se crut obligé de soutenir la
cause des érudits, dont il était la gloire. Les deux
savants champions, descendus dans la lice, étaient
cuirassés de grec et de latin. « Quand nous préten-
dons lutter contre ces savants, nous montrons ce
qui nous manque dans cette monarchie DOCTE ET
CONQUÉRANTE », dit Bossuet. Le Père Mabillon
procède méthodiquement ; il ne laisse rien derrière
lui ; rechercheur expérimenté, il fouille partout : il
ne fait pas un pas qu'il ne force un siècle à se
lever. Intime confident des chroniques, il dit comme
l'abbé Lacordaire : « Le temps tiendra la plume
après moi. »

Il s'adresse aux jeunes religieux bénédictins de la
congrégation de Saint-Maur.

« C'est à vous, mes très-chers frères, leur dit-il,
que je me sens obligé d'offrir cet ouvrage, puisque
c'est particulièrement pour vous qu'il a été entrepris
et composé. Je vous prie de bien considérer que je
ne prétends pas faire ici de nos monastères de pures
académies de science : si le grand apôtre faisait
gloire de n'en avoir point d'autre que celle de J.-C.
crucifié [56], nous ne devons point aussi avoir d'autre
but dans nos études : il est vrai, et saint Paul l'a
dit, que la science sans la charité enfle, mais il est
certain aussi qu'avec le secours de la grâce rien
n'est plus propre à nous conduire à l'humilité,

parce que rien ne nous fait mieux connaître notre néant, notre corruption et nos misères. »

L'illustre savant s'était mis à l'abri des reproches de Rancé par cette ingénieuse interprétation de l'étude. Jusque dans la manière dont il imprime son traité, il semble avoir contracté dans des lettres majuscules quelque chose du caractère monumental des inscriptions. Il écarte pour les théologiens scolastiques les questions de la puissance *obédiencielle* et de la manière[57] dont le feu matériel agit sur les damnés, puis il entre en matière : « Ce qui m'avait fait balancer d'abord, dit-il dans son avant-propos, sur la composition de mon ouvrage, c'est que le grand serviteur de Dieu qui fait aujourd'hui tant d'honneur à l'état monastique s'est expliqué d'une manière si noble et si relevée sur ce sujet, qu'il est malaisé de réussir après lui. L'on pourra cependant demeurer d'accord avec lui que si tous les solitaires étaient comme les siens, et si l'on était assuré d'avoir toujours des supérieurs aussi éclairés que lui, il ne serait pas beaucoup nécessaire que les solitaires s'appliquassent aux études, puisqu'en ce cas leur supérieur leur tiendrait lieu de livres. Mais il est difficile, pour ne pas dire impossible, que toutes les communautés aient cet avantage. »

Après cette sainte courtoisie, Mabillon continue : la raison et le savoir l'appelaient à triompher. Il affirme que les moines sont obligés de vaquer à l'étude, que les grands hommes qui ont fleuri parmi les moines sont une preuve que l'on cultivait les lettres chez eux, que les bibliothèques des monastères sont une autre preuve des études qui s'y faisaient. Il parle de l'institution de l'abbaye du Bec et des Chartreux. Il montre que les monastères de l'Orient s'occupaient aussi de lettres : témoins saint Basile, saint Chrysostome, saint Jérôme, Ruffin [58], Cassien et son compagnon Germain, Marc le solitaire, et saint Nil [59]. Il rappelle le monastère de Lérins dans l'occident, l'abbaye du mont Cassin, le monastère de Saint-Colomban, les écoles attachées aux cathédrales et aux monastères, les savants qui sortirent de ces écoles, le fameux Gerbert [60], Loup de Ferrières [61], Lanfranc [62], Anselme [63] ; il fait voir que les moines, occupés à transcrire les ouvrages des anciens, nous les ont conservés, que les religieuses mêmes s'occupaient de les transcrire ; que les conciles et les papes, loin de défendre les études aux moines, les ont, au contraire, obligés à ces études ; il ne faut, pour la conviction de la France, que l'autorité de Charlemagne et de saint Louis.

L'érudition toujours sûre déborde dans le *Traité des études monastiques*. L'auteur descend aux plus petits préceptes ; il apprend à reposer sa voix à propos dans les lectures ; il insiste surtout sur la brièveté, quoique lui-même soit un peu long : un court *Hic jacet Sugerius abbas* [64] vaut mieux, dit-il, qu'une verbeuse inscription. Prononcez en français *incontinent après*, au lieu d'*incontinen après* ; *saintes âmes*, au lieu de *saint âmes*.

« Ceux qui confèrent les manuscrits avec un imprimé, ajoute l'érudit, doivent pour la facilité de ceux qui s'en serviront, marquer la page et le nombre de la ligne de l'imprimé où tombe la correction ou la diverse leçon ; et afin qu'ils ne soient pas obligés de compter à chaque fois les lignes, ils pourront faire une

échelle de carton ou de papier sur laquelle ils marque-
ront le nombre des lignes dans la même distance
qu'elles sont dans l'imprimé. »

Merveilleux siècle où Mabillon, oubliant son sujet,
se change en un pauvre pédagogue, où Bossuet,
devenant un prêtre habitué de paroisse, fait le catéchisme aux petits enfants de son diocèse !

Il n'y a aucune éloquence dans le *Traité des études
monastiques* opposé aux sentiments de Rancé, mais une
raison supérieure, une mansuétude touchante, je ne
sais quoi qui gagne le cœur : « Écrivons donc, dit-il en
finissant, et composons tant que nous voudrons, et
travaillons pour les autres. Si nous ne sommes pénétrés
de ces sentiments, nous travaillons en vain, et nous ne
rapporterons de notre travail qu'une funeste condamnation. Tout passe, excepté la charité : *Quotidie mori-
mur, quotidie commutamur, et tamen aeternos nos esse credi-
mus*[65]. »

Rancé prit feu en se sentant attaqué par Mabillon :
sa réponse est aussi érudite que celle du bénédictin,
mais elle est sophistique. Si le supérieur de la Trappe
n'a pas raison, il se soutient par une éloquence qu'il
tire de sa passion pour les souffrances. Il adresse sa
réponse à ses frères trappistes, comme Mabillon avait
dédié son ouvrage à ses jeunes confrères.

« Comme Dieu m'a chargé, mes frères, leur dit-il, de
veiller incessamment à la garde de vos âmes, je me
sens obligé de vous dire que depuis peu il paraît un
livre qui attaque une vérité que nous vous avons
enseignée comme une des plus importantes et des plus
nécessaires pour maintenir la régularité dans les

cloîtres. Le dessein de l'auteur est de prouver que l'étude des sciences est nécessaire à l'état monastique ; je vous avoue que ce qui me fait le plus de peine dans l'obligation où je suis de vous expliquer mes pensées sur ce sujet, afin de vous préserver d'une opinion qui m'a paru si dangereuse, c'est que j'estime et que je considère celui qui a composé cet ouvrage, et qu'il s'attire une recommandation particulière par sa vertu comme par sa doctrine. »

Quelle différence de ce public compétent et choisi à celui auquel nous nous adressons maintenant !

Rancé reprend une à une les propositions de Mabillon, et les réfute à son tour par des exemples. Comme il y a nécessairement des parties faibles dans un grand ouvrage, l'abbé les saisit avec habileté : « On loue, mes frères, dit-il, on loue Marc, disciple, à ce que l'on dit, de saint Benoît, de ce qu'il faisait bien des vers ! Quelle louange pour un moine ! Je suis assuré que saint Benoît ne lui avait pas légué cette science par son testament, ni qu'il ne la lui avait pas enseignée par son exemple. Quelle qualité pour un solitaire d'être poète[66] !

» Loup, abbé de Ferrières, a tort de prier le pape Benoît III de lui envoyer le livre de l'Orateur de Cicéron[67], les douze livres de Quintilien, le Commentaire de Donat sur Térence : n'aurait-il pas mieux fait de gémir dans le fond de son cloître de ses propres péchés comme de ceux du monde, et de soutenir ses frères qui dans ce siècle de fer avaient besoin d'être secourus et d'être consolés ! »

Rancé se jette parmi les moines savants pour en

rompre l'ordonnance ; il ne s'aperçoit pas qu'il les fait aimer : il rit de Hubald, auteur de cent trente vers à la louange des *chauves*. Rancé avait raison ; mais qu'est-ce que cela prouve, sinon chez Rancé un reste de la raillerie du monde ?

Mabillon ne se tint pas pour vaincu ; il répliqua dans ses *Réflexions*. Il amoncela de nouvelles preuves en faveur des études monastiques. Ces ouvrages de Mabillon ne sont point écrits avec emportement ; une attention sage, pleine de modération et de retenue, une piété tendre, une science humble et modeste, une sainte politesse règnent partout. Il finit par ces paroles touchantes :

« J'ai tâché de garder toutes les règles de la modération ; mais je n'oserais me flatter qu'il ne me soit rien échappé de contraire et que j'aie trahi en cela mes intentions les plus pures et les plus droites. Que ne pouvez-vous voir mon cœur, mon révérend Père (l'abbé de la Trappe) ! car permettez-moi de vous adresser ces paroles à la fin de cet ouvrage, pour y connaître les dispositions où je suis et pour votre personne et pour votre maison. Je suis bien éloigné de désapprouver la conduite que vous y gardez envers vos religieux touchant les études ; mais si vous les croyez assez forts pour s'en passer, n'ôtez pas aux autres un soutien dont ils ont besoin.

» Que si vous jugiez à propos de répliquer à ces réflexions, je vous prie de prendre bien ma pensée comme je me suis efforcé de prendre la vôtre ; mais, au nom de Dieu, demeurons-en là dans les termes de notre contestation. J'espère que Dieu me fera la grâce de n'entrer jamais dans ces sortes de détails. Quelques choses qu'on puisse me dire et que je puisse apprendre, je n'en ferai jamais aucun autre usage que de les sacrifier à la paix et à la charité chrétienne. Écrivez donc, si vous voulez, contre l'abus que l'on peut faire de l'étude et de la science, mais épargnez en même temps l'une et l'autre, parce qu'elles sont bonnes en elles-mêmes et que l'on en peut faire un très-bon usage dans les communautés religieuses. C'est la charité qui, unissant les travaux des uns avec l'étude des autres par l'union de leurs cœurs, fait que ceux qui étudient participent au mérite du travail de leurs frères, et que ceux qui travaillent profitent des lumières de ceux qui étudient. Je souhaite de tout mon cœur que ce soit là notre partage aux uns et aux autres ; heureux si ce pouvait être là le fruit de nos disputes, et si, nos sentiments étant partagés au sujet de la science, ils demeuraient réunis au moins dans l'esprit de charité. Pardonnez-moi, mon révérend Père, car il faut finir par les paroles du saint docteur ; pardonnez-moi si j'ai parlé avec quelque sorte de liberté, et soyez persuadé que je ne l'ai fait par aucun dessein de vous blesser : *non ad contumelian tuam, sed ad defensionem meam*[68]. Néanmoins, si je me suis trompé en cela même, je vous prie encore de me le pardonner. »

Ce ne sont pas là de ces modesties ostentatrices qui se glorifient. Mabillon parle à pleine ouverture de cœur ; aucun arrière amour-propre ne corrompt la sincérité de ses aveux : tels sont les fruits de la religion. Il y a loin de cette douceur à cette amertume du savoir, telle qu'on la sent dans les contentions de Milton et de Saumaise[69] et dans les jugements de Scaliger[70].

Les actions confirmèrent les paroles ; et l'on trouve Mabillon à la Trappe, suivi et accompagné avec respect par Rancé. Le 4 juin 1693, Rancé écrit à l'abbé Nicaise : « Le Père Mabillon est venu ici depuis sept à huit jours seulement. L'entrevue s'est passée comme elle le devait ; il est malaisé de trouver tout ensemble plus d'humilité et plus d'érudition que dans ce bon Père. »

Bossuet, avec son bon sens, avait éclairé le point de la difficulté, en distinguant l'état du solitaire de l'état de cénobite[71].

La dispute ne s'éteignit pas là : les moines savants avaient pris les armes. D. Claude de Vert, sous le nom de frère Colombart, se jeta dans la mêlée. L'infatigable Rancé répondit toujours. Quatre lettres du Père Sainte-Marthe parurent et auxquelles Rancé[72] répliqua par une courte lettre adressée à Santeuil[73], juge placé avec ses belles poésies latines sur la frontière des deux Parnasses.

Au surplus, l'éloignement pour les lettres qu'éprouvait Rancé s'est retrouvé chez plusieurs hommes et même des hommes de son temps ; ils avaient appris à mépriser ce qu'ils avaient d'abord recherché. Boileau écrivait à Brienne : « C'est très-philosophiquement et non chrétiennement que les vers me paraissent une folie. C'est vainement que votre berger en soutane, je veux dire M. de Maucroix[74], déplore la perte du *Lutrin*. Si quelque raison me le fait jamais déchirer, ce ne sera pas la dévotion, mais le peu d'estime que j'en fais, aussi bien que de tous mes autres ouvrages. Vous me direz peut-être que je suis aujourd'hui dans un grand accès d'humilité; point du tout : jamais je ne fus plus orgueilleux; car, si je fais peu de cas de mes ouvrages, j'en fais encore bien moins de ceux de nos poètes d'aujourd'hui, dont je ne puis plus lire ni entendre pas un, fût-il à ma louange[75]. »

Que dirait donc le critique, maintenant qu'il n'y a pas un de nous, long ou écourté qu'il soit, qui ne se pense assuré d'aller aux astres. Pour moi, tout épris que je puisse être de ma chétive personne, je sais bien que je ne dépasserai pas ma vie. On déterre dans des îles de Norwége quelques urnes gravées de caractères indéchiffrables. A qui appartiennent ces cendres? Les vents n'en savent rien.

Mabillon, né le 23 novembre 1632, à Saint-Pierre-Mont, village du diocèse de Reims, mourut sept ans après Rancé, le 27 décembre 1707. En apprenant cette mort, Clément XI dit « que Mabillon devait être inhumé dans le lieu le plus distingué, parce qu'on ne manquerait pas de demander où il avait été déposé : « *Ubi posuistis eum*[76]? »

Les restes du savant, après avoir été conservés au Musée des *monuments français*[77], ont été reportés, au mois de février 1819, à l'abbaye de Saint-Germain-des-Prés. Notre maître à tous, M. Augustin Thierry, a écrit ces paroles sur le premier monument de notre monarchie : découvrons-nous avec respect pour entrer dans le caveau funèbre : « Cette église fut le tombeau des princes mérovingiens : son pavé subsiste; et, dans

l'enceinte de l'édifice, rebâti plusieurs fois, il garde
encore la poussière des fils du conquérant de la Gaule.
Si ces récits valent quelque chose, ils augmenteront le
respect de notre âge pour l'antique abbaye royale,
maintenant simple paroisse de Paris ; et peut-être
joindront-ils une émotion de plus aux pensées qu'inspire ce lieu de prières, consacré il y a treize cents ans. »

L'édit de Nantes fut révoqué en 1685 au mois
d'août ; les cent cinquante-huit articles avaient été
successivement cancellés [78] par des lois. A ce propos,
l'abbé de Rancé écrivait : « C'est un prodige que ce
que le roi a fait [79] pour l'extirpation de l'hérésie. Il
fallait pour cela une puissance et un zèle qui ne fût pas
moins grand que le sien. Le temple de Charenton
détruit, et nul exercice de religion dans le royaume,
c'est une espèce de miracle que nous n'eussions pas cru
voir de nos jours [80]. »

Les temps transforment les hommes. La philosophie
a blâmé la révocation de l'édit de Nantes que le
XVIe siècle a loué. Cet édit [81] établissait l'unité dans
l'État. Rancé ne rencontrerait peut-être pas aujour-
d'hui la même contradiction à ses doctrines, lorsqu'il
dit : « Nous avons eu les réjouissances nouvelles de la
défaite des ennemis du roi (les Anglais). Je ne sais à
quoi il tient que toute la chrétienté ne s'unisse pour
achever l'œuvre qui serait la destruction entière de cet
état de Satan [82]. »

Rancé écrivait avec non moins de vivacité à l'abbé
Nicaise : « Ce que vous m'avez appris de la peine
d'écrire à Londres est du bien perdu : il y a un article
sur lequel les hérétiques sont irrévertibles, c'est celui

de la pénitence. Ils ne veulent que celle que l'on trouve
dans le mariage. En cela ils n'auraient pas tant de tort,
si c'était l'esprit de pénitence qui les faisait épouser
une femme, ses mauvaises humeurs et les inconvé-
nients qui sont attachés à cet état. Je n'imagine point
de Trappe comparable à celle-là ; et celle où nous
sommes me paraît un lit de roses par rapport à ce que
nous savons qui arrive aux gens mal mariés[83]. »

Les oiseaux sont revenus, les étangs sont desséchés,
les nouveaux cénobites qui se trouvent à la Trappe,
parfaitement conformes à ceux qui habitaient ce désert
au XIe siècle. Ils ont l'air d'une colonie du Moyen Age
oubliée : on croirait qu'ils jouent une scène d'autrefois,
si en approchant d'eux on ne s'apercevait que ces
acteurs sont des acteurs réels qu'un ordre de Dieu a
transmis du XIe siècle jusqu'à notre scène ; ils n'ont de
rapport avec les temps modernes que par le travail[84].

On ne sait si Rancé avait entretenu un commerce de
lettres avec l'abbesse des Clairets[85], comme il en avait
entretenu un avec Louise Roger de La Mardelière,
mère du comte de Charny[86] par Gaston. Peut-être
qu'en cherchant bien on pourrait retrouver quelques-
unes des lettres que Rancé écrivait dans sa jeunesse à
madame de Montbazon, mais je n'ai plus le temps de
m'occuper de ces erreurs. Pour m'enquérir des printemps il faudrait en avoir. Viendront des jeunes gens[87]
qui auront le loisir de chercher ce que j'indique. Le
temps a pris mes mains dans les siennes[88] ; il n'y a plus
rien à cueillir dans des jours défleuris.

On trouve dans le *Menagiana* ce que Ménage pensait
de Rancé : « Je ne lis, dit-il, jamais les ouvrages de

M. de la Trappe qu'avec admiration : c'est l'homme
du royaume qui écrit le mieux ; son style est noble,
sublime, inimitable ; son érudition profonde en matière
de régularité, ses recherches curieuses, son esprit
supérieur, sa vie irréprochable, sa réforme un ouvrage
de la main du Très-Haut. »

Une lettre de madame de Maintenon, 29 juin 1698,
nous apprend un voyage de son frère[89] à la Trappe ;
elle ajoute : « J'envie le bonheur de mon frère d'avoir
vu ce qu'il y a de plus édifiant dans l'Église et d'avoir
entendu celui dont Dieu s'est servi pour établir ce
nombre de saints qui ne paraissent plus tenir à la
terre. »

Ainsi tout s'occupait de Rancé, depuis le génie
jusqu'à la grandeur, depuis Leibnitz[90] jusqu'à
madame de Maintenon.

Le style de Rancé n'est jamais jeune, il a laissé la
jeunesse à madame de Montbazon. Dans les œuvres de
Rancé, le souffle du printemps manque aux fleurs ;
mais en revanche quelles soirées d'automne ! qu'ils
sont beaux ces bruits des derniers jours de l'année !

Rancé a beaucoup écrit ; ce qui domine chez lui est
une haine passionnée de la vie ; ce qu'il y a d'inexplica-
ble, ce qui serait horrible si ce n'était admirable, c'est
la barrière infranchissable qu'il a placée entre lui et ses
lecteurs. Jamais un aveu ; jamais il ne parle de ce qu'il
a fait, de ses erreurs, de son repentir. Il arrive devant le
public sans daigner lui apprendre ce qu'il est ; la
créature ne vaut pas la peine qu'on s'explique devant
elle : il renferme en lui-même son histoire, qui lui
retombe sur le cœur. Il enseigne aux hommes une

brutalité de conduite à garder envers les hommes ; nulle pitié de leurs maux. Ne vous plaignez pas, vous êtes faits pour les croix, vous y êtes attachés, vous n'en descendrez pas ; allez à la mort, tâchez seulement que votre patience vous fasse trouver quelque grâce aux yeux de l'Éternel. Rien de plus désespérant que cette doctrine, mélange de stoïcisme et de fatalité, qui n'est attendrie que par quelques accents de miséricorde qui s'échappent de la religion chrétienne. On sent comment Rancé vit mourir tant de ses frères sans être ému, comment il regardait le moindre soulagement offert aux souffrances comme une insigne faiblesse et presque comme un crime. Un évêque[91] avait écrit à Rancé sur une abbesse qui avait besoin d'aller aux eaux, l'abbé lui répond :

« Le mieux que nous puissions faire, quand nous voyons mourir les autres est de nous persuader qu'ils ont fait un pas qu'il nous faut faire dans peu, qu'ils ont ouvert une porte qu'ils n'ont point refermée. Les hommes partent de la main de Dieu, il les confie au monde pour peu de moments ; lorsque ces moments sont expirés, le monde n'a plus droit de les retenir, il faut qu'il les rende. La mort s'avance, et l'on touche à l'éternité dans tous les instants de la vie. On vit pour mourir ; le dessein de Dieu, lorsqu'il nous donne la jouissance de la lumière est de nous en priver. On ne meurt qu'une fois, on ne répare point par une seconde vie les égarements de la première : ce que l'on est à l'instant de la mort, on l'est pour toujours[92]. »

Cette langue du XVIIᵉ siècle mettait à la disposition de l'écrivain, sans effort et sans recherche, la force, la

précision et la clarté, en laissant à l'écrivain la liberté
du tour et le caractère de son génie. On trouve cette
description du silence imprimée dans la vingt-neu-
vième instruction de Rancé :

« La solitude est peu utile sans le silence, car on ne
se sépare des hommes que pour parler à Dieu, en
interrompant tout entretien avec les créatures.

» Le silence est l'entretien de la Divinité, le langage
des anges, l'éloquence du ciel, l'art de persuader Dieu,
l'ornement des solitudes sacrées, le sommeil des sages
qui veillent, la plus solide nourriture de la providence,
le lit des vertus ; en un mot, la paix et la grâce se
trouvent dans le séjour d'un silence bien réglé. »

Rancé serait un homme à chasser de l'espèce
humaine s'il n'avait partagé et surpassé les rigueurs
qu'il imposait aux autres : mais que dire à un homme
qui répond par quarante ans de désert, qui vous
montre ses membres ulcérés, qui, loin de se plaindre,
augmente de résignation à mesure qu'il augmente de
douleur ? C'était ainsi qu'il fermait la bouche à ses
adversaires, que Port-Royal et tous ses saints recu-
laient devant lui, qu'il faisait fuir ses ennemis en leur
montrant la tête sanglante de la pénitence[93]. Il voulait
que tous les pécheurs mourussent avec lui ; comme les
fameux capitaines, il ne comptait pas les morts,
pourvu qu'il gagnât la victoire[94]. Je vous ai parlé de
son fameux traité *De la sainteté monastique :* dans toutes
ses pensées, extraites de ses différentes œuvres et
recueillies par Marsollier, on ne retrouve que des
redites de la même idée ; c'est toujours dur, mais
admirablement exprimé. A la tête d'un manuscrit de

deux cent six pages à vingt-six lignes la page, venu d'Alençon, où ce manuscrit avait été transporté après la destruction de la Trappe, est écrite, par un moine, la note suivante : « Ce livre est écrit de la propre main de notre révérend et très-saint père Dom Armand-Jean, notre réformateur de la Trappe, qui, pour notre malheur, mourut le mois passé, 31 octobre 1700, comme il avait vécu. » Moreri cite le 26 octobre, la *Gallia christiana* le 27, une lettre de Bossuet mentionne le 29, et la note ci-dessus le 31 octobre. Cette note me semblerait devoir faire autorité, et c'est ce que pense aussi le bibliothécaire d'Alençon sous la date du 3 août 1819 ; le Père Le Nain dit formellement que Rancé expira le 27 du mois d'octobre, à deux heures après midi, à l'âge de soixante-quinze ans, après en avoir passé trente-sept dans la solitude. Le manuscrit cité me semble être de la jeunesse de Rancé, et renferme ses études sur la Trinité, c'est-à-dire des recherches sur ce qu'en avaient dit Platon, Justin, Clément d'Alexandrie, sans oublier les hymnes d'Orphée ; grandes recherches que ne faisait point Rancé à la Trappe et qui sont visiblement de sa jeunesse. L'écriture de l'ouvrage inédit que je cote est d'un jeune homme ; le grec est facile à lire, presque toutes les lettres compliquées sont remplacées par des lettres simples. Rancé remarque que le Symbole de Nicée a ajouté au *Credo* le mot *fils* [95].

Rancé avait voulu l'obscurité, et c'est un moine, son compagnon, qui ne signe point, qui se trompe même d'année, ayant mis 1600 pour 1700, qui nous apprend sa mort ; mort qui n'importe [96] aujourd'hui à personne.

Rancé a écrit prodigieusement de lettres. Si on les imprimait jamais avec ses œuvres, on verrait qu'une seule idée a dominé sa vie; malheureusement on n'aurait pas les lettres qu'il écrivait avant sa conversion et qu'au moment de sa vêture il ordonna de brûler. Ce serait seulement une étude remarquable par la différence des correspondants auxquels il s'adressa, mais toujours avec une idée fixe. Les réponses à ces lettres, les lettres qu'on lui écrivit à lui-même seraient plus variées et toucheraient [97] à tous les points de la vie. Il s'est formé une solitude dans les lettres de Rancé comme celle dans laquelle il enferma son cœur [98].

Les recueils épistolaires, quand ils sont longs, offrent les vicissitudes des âges : il n'y a peut-être rien de plus attachant que les longues correspondances de Voltaire, qui voit passer autour de lui un siècle presque entier. Lisez [99] la première lettre, adressée en 1715 à la marquise de Mimeure [100], et le dernier billet écrit le 26 mai 1778, quatre jours avant la mort de l'auteur, au comte de Lally-Tolendal ; réfléchissez sur tout ce qui a passé dans cette période de soixante-trois années. Voyez défiler la procession des morts : Chaulieu, Cideville, Thiriot [101], Algarotti [102], Genonville, Helvétius ; parmi les femmes, la princesse de Bareith [103], la maréchale de Villars, la marquise de Pompadour, la comtesse de Fontaine, la marquise du Châtelet, madame Denis, et ces créatures de plaisir qui traversent en riant la vie, les Lecouvreur, les Lubert, les Gaussin, les Sallé [104], les Camargo, Terpsichores *aux pas mesurés par les Grâces*, dit le poète, et dont les cendres légères sont aujourd'hui effleurées par les danses aériennes de Taglioni.

Quand vous suivez cette correspondance, vous tournez la page et le nom écrit d'un côté ne l'est plus de l'autre ; un nouveau Genonville, une nouvelle du Châtelet paraissent et vont, à vingt lettres de là, s'abîmer sans retour : les amitiés succèdent aux amitiés, les amours aux amours.

L'illustre vieillard, s'enfonçant dans ses années, cesse d'être en rapport, excepté par la gloire, avec les générations qui s'élèvent ; il leur parle encore du désert de Ferney, mais il n'a plus que sa voix au milieu d'elles. Qu'il y a loin des vers au fils unique de Louis XIV :

> *Noble sang du plus grand des rois*
> *Son amour et notre espérance, etc.*

aux stances à madame Du Deffant [105] :

> *Eh quoi ! vous êtes étonnée*
> *Qu'au bout de quatre-vingts hivers*
> *Ma muse, faible et surannée,*
> *Puisse encor fredonner des vers !*
> . . . .
> *Quelquefois un peu de verdure*
> *Rit sous les glaçons de nos champs ;*
> *Elle console la nature,*
> *Mais elle sèche en peu de temps.*

Le roi de Prusse, l'impératrice de Russie, toutes les grandeurs, toutes les célébrités de la terre reçoivent à genoux, comme un brevet d'immortalité, quelques mots de l'écrivain qui vit mourir Louis XIV, tomber

Louis XV et régner Louis XVI et qui, placé entre le grand roi et le roi martyr, est à lui seul toute l'histoire de France de son temps [106].

Mais peut-être qu'une correspondance particulière entre deux personnes qui se sont aimées offre encore quelque chose de plus triste ; car ce ne sont plus les *hommes*, c'est l'*homme* que l'on voit.

D'abord les lettres sont longues, vives, multipliées ; le jour n'y suffit pas : on écrit au coucher du soleil ; on trace quelques mots au clair de la lune, chargeant sa lumière chaste, silencieuse, discrète, de couvrir de sa pudeur mille désirs. On s'est quitté à l'aube ; à l'aube on épie la première clarté pour écrire ce que l'on croit avoir oublié de dire [107] dans des heures de délices. Mille serments couvrent le papier, où se reflètent les roses de l'aurore ; mille baisers sont déposés sur les mots qui semblent naître du premier regard du soleil : pas une idée, une image, une rêverie, un accident, une inquiétude qui n'ait sa lettre.

Voici qu'un matin quelque chose de presque insensible se glisse sur la beauté de cette passion, comme une première ride sur le front d'une femme adorée. Le souffle et le parfum de l'amour expirent dans ces pages de la jeunesse, comme une brise le soir s'alanguit [108] sur des fleurs : on s'en aperçoit, et l'on ne veut pas se l'avouer. Les lettres s'abrègent, diminuent en nombre, se remplissent de nouvelles, de descriptions, de choses étrangères ; quelques-unes ont retardé, mais on est [109] moins inquiet ; sûr d'aimer et d'être aimé, on est devenu raisonnable ; on ne gronde plus, on se soumet à l'absence. Les serments vont toujours leur train ; ce sont toujours les mêmes mots, mais ils sont morts ; l'âme y manque : *je vous aime* n'est plus là qu'une expression d'habitude, un protocole obligé, le *j'ai l'honneur d'être* de toute lettre d'amour. Peu à peu le style se glace, ou s'irrite ; le jour de poste n'est plus impatiemment attendu ; il est redouté ; écrire devient une fatigue. On rougit en pensée des folies que l'on a confiées au papier ; on voudrait pouvoir retirer ses lettres et les jeter au feu. Qu'est-il survenu ? Est-ce un nouvel attachement qui commence ou un vieil attachement qui finit ? n'importe : c'est l'amour qui meurt avant l'objet aimé [110]. On est obligé de reconnaître que les sentiments de l'homme sont exposés à l'effet d'un travail caché ; fièvre du temps qui produit la lassitude, dissipe l'illusion, mine nos passions, fane nos amours [111] et change nos cœurs, comme elle change nos cheveux et nos années. Cependant il est une exception à cette infirmité des choses humaines ; il arrive quelquefois que dans une âme forte un amour dure assez pour se transformer en amitié passionnée, pour devenir un devoir, pour prendre les qualités de la vertu ; alors il perd sa défaillance de nature, et vit de ses principes immortels.

Il ne faut pas séparer des ouvrages de Rancé les instructions de saint Dorothée traduites du grec pour les instructions des pères de la Trappe. Saint Dorothée se convertit à la vue d'un tableau, comme Énée retrouva les souvenirs de Troie dans les palais de Carthage. Ce tableau représentait les divers tourments des pécheurs aux enfers : une dame d'une majesté et d'une beauté extraordinaires se montra tout à coup

auprès de Dorothée, lui expliqua le tableau et disparut [112]. On voit comme les souvenirs de Virgile
s'étaient empreints jusque dans les imaginations de
l'Orient, si toutefois l'Orient n'était pas à la source de
ces souvenirs. Les instructions de saint Dorothée sur
les jugements, sur les accusations de soi-même, sur le
souvenir des injures, sur les habitudes, sont écrites
dans la traduction de Rancé avec onction et intérêt.
Un jour, selon une de ces histoires, un des frères vint
trouver son abbé dans le désert et lui dit : « Ayez pitié
de moi, mon père, parce que je dérobe et que je mange
ensuite ce que j'ai dérobé. — Et pourquoi? dit saint
Dorothée, est-ce que vous avez faim? — Oui, mon
père, répondit-il; ce que l'on donne à la table commune ne me suffit pas. » On doubla la pitance du
solitaire, et il dérobait toujours. Ce pauvre frère savait
que le larcin est un péché, il en pleurait, et toutefois il
se laissait entraîner [113].

D'Andilly n'avait laissé à Rancé que l'histoire de
Dorothée à traduire : c'était un mauvais grec [114] du
IIIe siècle, difficile à entendre, et dont il n'existait
qu'une paraphrase infidèle. J'ai vu entre Jaffa et Gaza
le désert qu'avait habité Dorothée : il n'y avait point
les soixante-dix palmiers et les douze fontaines.

Une suite de souffrances renouvelées obligèrent
enfin Rancé de se démettre de son abbaye. On était si
abattu sous la majesté de Louis XIV, que des solitaires
mêmes ne pouvaient s'empêcher [115] de faire entendre
ce langage [116] de la flatterie usité à Versailles. Ce
n'était pas chose si aisée qu'on se l'imagine que de
faire agréer la démission d'un trappiste; derrière cette

démission se reproduisait la question de l'*abbé commen-*
dataire ou de l'*abbé régulier*. La sainteté inspirait à Rancé
une adresse particulière sitôt que se renouvelaient des
contestations : le chef de l'ordre de Cîteaux en appe-
lait-il au pape, Rancé en appelait au roi. Louis XIV
évoquait l'affaire à son conseil et, sans donner gain
de cause à l'une des parties, rétablissait l'équilibre.
La cour se partageait ; elle prenait un vif intérêt à ces
démêlés du cloître ; un grand saint avait autant de
crédit qu'un grand seigneur ; une gravité commune
faisait que l'austérité de la religion communiquait de
l'importance aux affaires du monde, et que les affaires
du monde donnaient une vivacité utile aux intérêts de
la religion.

Rancé avait consenti à se charger de la conduite
spirituelle de l'abbaye des Clairets, monastère de
femmes dépendant de la Trappe. Il était gouverné par
Eugénie-Françoise d'Étampes de Valence [117], d'une
plus illustre famille que celle de cette duchesse
d'Étampes [118], appelée la plus savante des plus belles et
la plus belle des savantes. On voit dans des lettres du
temps qu'on y allait par Nogent-le-Rotrou [119].

La visite de Rancé aux Clairets est du 16 février
1690 ; on possède encore, avec la carte de sa visite, les
discours d'ouverture et de clôture. L'abbesse avait fait
sonner la grosse cloche de l'abbaye aussitôt que Rancé
parut dans le voisinage ; cloche dont le son se perdit
comme mille autres dans des bois qui n'existent plus ;
on trouve on ne sait quel charme dans ces accents qui
annonçaient à des échos, muets depuis long-temps, le
passage d'un homme sur la terre. L'abbesse s'était

jetée à genoux devant le Père à l'entrée de l'église.
La carte de visite laissée dans le monastère faisait
du bruit. Rancé avait dit que la lecture de l'ancien
Testament ne convenait pas à des religieuses :
« Que voulez-vous, disait-il, que des filles obligées à
une chasteté consommée lisent le *Cantique des canti-*
ques, l'histoire de Suzanne, celle de Juda, de Thamar, de Judith, d'Ammon[120], de la violence faite à
la femme du lévite dans Gabaon, le Lévitique[121],
Ruth[122] ? »

La parole de Rancé, aussi persuasive que son
caractère était inflexible, fut écoutée presque sans
fruit aux Clairets ; il détruisait par sa voix l'effet
qu'il produisait par sa parole : c'est pourquoi l'on
trouve une lettre rude qu'il écrivit à une religieuse
de ce monastère : « Je vous avoue que j'ai été tout
à la fois surpris de vous voir dans les dispositions et
les pensées auxquelles je ne me serais point du tout
attendu ; car enfin qu'est-ce que Dieu pourrait faire
davantage pour vous assurer contre la crainte de la
mort, que de vous appeler dans un état qui doit
vous donner de l'éloignement et du mépris pour la
vie ? »

Fait pour le monde, l'abbé s'en séparait par la
pénitence ; mais au milieu de toutes ces douleurs de
femmes, il ne s'apercevait pas qu'en voulant faire
retourner l'humanité aux rigueurs de l'Orient, il se
trompait de siècle et de climat. Il n'avait pas de
corbeaux pour nourrir ses anachorètes, de palmiers
pour couronner leur tête, de lions pour creuser la
fosse des Thaïs. Sa morale tombait dans ces mé-

prises de notre poésie qui ne parle que de la cruauté des tigres, dans des forêts où nous n'apercevons que des chevreuils.

Rancé retourna à la Trappe par un orage ; les tonnerres accompagnaient majestueusement les faibles pas d'un vieillard. Les beaux temps du christianisme étaient finis : on croit entendre se refermer les portes d'un temple abandonné.

L'abbesse d'une célèbre abbaye [123] de Paris ayant lu l'ouvrage *De la Sainteté et des devoirs de la vie monastique*, ne voulut plus consentir qu'on introduisît la musique dans son couvent : elle en écrivit à Rancé ; l'abbé répondit : « La musique ne convient point à une règle aussi sainte et aussi pure que la vôtre ; est-il possible que vos sœurs soient si aveugles et aient les yeux tellement fermés qu'elles ne s'aperçoivent pas qu'elles introduiraient un abus dont elles doivent avoir un entier éloignement [124] ! »

Rancé était de l'avis des magistrats de Sparte : ils mirent à l'amende Terpandre [125] pour avoir ajouté deux cordes à sa lyre. Les nonnes persistèrent ; le monde rit de ces discordes qui pensèrent renverser une grande communauté. Le ciel mit fin aux divisions, comme Virgile nous apprend que l'on apaise le combat des abeilles : un peu de poussière jetée en l'air fit cesser la mêlée. Il survint aux religieuses qui voulaient chanter, des rhumes : elles reconnurent que la main de Dieu s'appesantissait sur elles. Rancé du reste avait raison : la musique tient le milieu entre la nature matérielle et la nature intellectuelle ; elle peut dépouiller l'amour de son enveloppe terrestre ou donner un corps à l'ange : selon les dispositions de celui qui les écoute, ses mélodies sont des pensées ou des caresses [126].

Des médailles et des portraits de l'abbé de Rancé s'étant répandus donnèrent naissance à de nouvelles calomnies ; on le traita de superbe qui voulait éterniser sa mémoire. On fit courir des médailles portant d'un côté ces mots : *Restaurator monachorum* [127] ; et de l'autre un moine mal fait avec cette devise : *Labor improbus* [128].

Le Père Lami [129], un des commensaux de la Trappe, était demi-philosophe ; il différait de Rancé sur beaucoup de sujets ; il passait pour être l'homme de son ordre qui écrivait le mieux en français : il avait développé avec clarté les idées de Descartes. Au sujet des *Études monastiques,* il eut une discussion avec Rancé devant madame de Guise, et Mabillon raconte que Lami l'emporta sur Rancé. Un ordre de Louis XIV imposa silence aux partis.

S'il y a des libelles imprimés contre Rancé, il y en a d'autres qui sont restés manuscrits, en particulier une dissertation sur les *humiliations,* par l'abbé Leroy [130] ; elle se trouve à la bibliothèque de Sainte-Geneviève. L'abbé de Rancé répondait : « Vous savez combien de fois on m'a fait mort ; on a vu que je ne laissais pas de vivre ; on s'avise de dire que la vie de l'esprit est éteinte en moi, que véritablement j'ai une âme, mais que je ne raisonne plus. » On le pressait de mitiger la discipline de la Trappe, il répondait par ces quatre mots des Machabées : « *Moriamur in simplicitate nostra* [131]. » On l'invitait à écrire les devoirs du chrétien, comme il avait écrit les devoirs de la vie monastique ; il en traça des pages, puis il s'arrêta, disant : « Il ne me reste que quelques instants à vivre ; le meilleur usage que j'en puisse faire, c'est de les passer dans le silence. »

Rancé habita trente-quatre ans le désert, ne fut rien, ne voulut rien être, ne se relâcha pas un moment du châtiment qu'il s'infligeait. Après cela put-il se débarrasser entièrement de sa nature ? ne se retrouvait-il pas à chaque instant comme Dieu l'avait fait ? Son parti pris contre ses faiblesses a fait sa grandeur ; il avait composé de toutes ses faiblesses punies un faisceau de vertus. Selon l'historien de saint Luc [132], saint Bernard bâtit son édifice sur le fondement d'une grande innocence ; Rancé, sur les ruines de son innocence perdue, mais réparée.

Le rhumatisme qui d'abord lui avait saisi la main gauche se jeta sur la droite, dans laquelle le chirurgien de madame de Guise travailla. Cette main devint inutile et contrefaite. Le malade avait une répugnance extrême de toute nourriture. Affligé d'une toux insupportable, d'une insomnie continuelle, de maux de dents cruels, d'enflures aux pieds, il se vit réduit pendant près de six années à passer ses jours à l'infirmerie dans une chaise, sans presque jamais changer de posture. Un frère convers le pressant de prendre un peu de nourriture, Rancé dit avec un sourire : « Voilà mon persécuteur. » Il n'employait ses frères qui regardaient comme un bonheur de le servir, qu'avec une extrême discrétion. Il souffrait la soif n'osant leur demander à boire de peur de les fatiguer. Lorsqu'on lui avait donné quelque chose, il en témoignait aussitôt sa reconnaissance par une inclination de

tête en se découvrant. Il souffrait des douleurs aiguës
que l'on n'aurait pas remarquées si l'on n'eût aperçu
quelques changements sur son visage. Il avait fait
mettre vis-à-vis de sa chaise dans l'infirmerie ces
paroles du prophète : « Seigneur, oubliez mes igno-
rances et les péchés de ma jeunesse [133]. » Ce fut
pendant cette perpétuelle agonie qu'il composa son
livre intitulé : *Réflexions sur les quatre évangélistes.*

Rancé ne rencontra pas toujours des Mabillon, il eut
des adversaires plus ignorants, par conséquent plus
sûrs d'eux-mêmes. On lui apporta un matin une satire
contre sa personne ; il la lut, loua ce qu'il y trouva de
bien et dit : « Voilà une excellente préparation pour la
messe. » Il allait à l'autel.

Dans le remuement des choses, il conservait sa
paix [134]. Pendant ses voyages, il se détournait le plus
qu'il pouvait des grands chemins. Il suivait des
sentiers au milieu des blés, tenant les yeux attachés sur
le soleil prêt à se coucher parmi les moissons. Si par
hasard il rencontrait quelque banne, il demandait la
permission d'y monter. « Ce serait plutôt à moi, disait-
il, de conduire cette charrette qu'à ce paysan, parce
que, quoiqu'il soit pauvre, c'est un homme de bien.
Moi, je suis toujours le plus malheureux de tous les
pécheurs. » Il avertit ses frères des maux dont la
maison était menacée. A l'anniversaire de sa profession d'abbé, des moines assemblés en chapitre firent à
genoux cette protestation : « Nous protestons de garder notre sainte règle dans toute son étendue. » Rancé
commença, il renonça de nouveau au monde pour ne
s'occuper que des années éternelles.

Les solitaires écrivirent en même temps au pape[135] :
« Il y a plusieurs années, très-saint père, que nous
jouissons d'un grand et précieux trésor dans la personne de notre père abbé ; mais il va nous être enlevé si
votre sainteté ne se hâte de nous secourir. Il va à la
mort avec joie ; il ne veut rien prendre de ce qui
pourrait réparer ses forces ; il chante avec l'apôtre : Si
la maison de terre que nous habitons vient à se
dissoudre, Dieu nous donnera dans le ciel une demeure
qui durera éternellement. Qu'il nous survive, qu'il
nous ferme les yeux ! » Le cardinal Cibo répondit au
nom du pape que sa sainteté ordonnait que l'abbé de
la Trappe eût à suspendre des austérités qui compro-
mettaient sa vie.

Le 2 de novembre de l'année 1694, Rancé mandait à
l'abbé Nicaise : « Voilà M. Arnauld mort après avoir
poussé sa carrière aussi loin qu'il l'a pu. Il a fallu
qu'elle se soit terminée ; voilà bien des questions finies.
L'érudition de M. Arnauld et son autorité étaient d'un
grand poids pour le parti heureux qui n'en a point
d'autre que celui de Jésus-Christ ; qui, mettant à part
tout ce qui pourrait l'en séparer ou l'en distraire,
même pour un moment, s'y attache avec tant de fermeté que rien ne soit capable de l'en déprendre. » Ce
passage de la lettre de Rancé, si différent de ce qu'il
avait écrit à M. de Brancas sur Arnauld, étant connu,
ressuscita toutes les ardeurs. Rancé lui-même fut
surpris du fracas que causaient ces quatre lignes. Au
milieu de cette agitation, il écrivit de nouveau, le
27 janvier 1695, à l'abbé Nicaise : « J'ai reçu depuis
deux jours une lettre de plus de vingt pages de votre

bon ami le Père Quesnel [136] : elle est toute remplie
d'une dureté et d'une vivacité incompréhensibles ; il
prétend me prouver que j'ai flétri le nom de M. Arnauld, que je lui ai donné un coup de poignard
après sa mort, que j'ai fait, autant qu'il était en mon
pouvoir, une plaie mortelle à sa mémoire, et une
infinité d'autres choses plus violentes les unes que les
autres. Je n'ai jamais entendu parler d'une imagination aussi extraordinaire. Quand j'aurais écrit un
volume contre la vie, la conduite et les sentiments de
M. Arnauld, que je me fusse servi pour cela des
expressions les plus injurieuses, il ne me traiterait pas
d'une autre manière ; il me demande des rétractations
et des déclarations publiques, comme si j'avais de mon
plein pouvoir rejeté hors de l'Église M. Arnauld après
sa mort ; il ajoute que toute la France attend une
réparation de ma part, et si j'avais mis le feu à Port-
Royal ou que je l'eusse renversé de fond en comble, il
ne m'en dirait pas davantage. »

Rancé avait raison, il n'avait pas mis le feu à Port-
Royal. Quant à la convenance de ses prévisions, c'était
une convenance que se donnent facilement les hommes
accoutumés à se servir de la plume. Pour ce qui est du
grand Arnauld dont on ne lit plus les ouvrages, les
dernières années de sa vie avaient affaibli le sérieux qui
lui servait de bouclier. Caché à l'hôtel de Longueville,
déguisé sous un habit gris, l'épée au côté, affublé d'une
grande perruque, le vieux janséniste était nourri dans
une chambre haute par l'aventurière de la Fronde. Il
commettait mille imprudences. Madame de Longueville disait qu'elle aurait mieux aimé confier ses secrets

à un libertin. Il ne voulait point de paix ; il avait,
disait-il, pour se reposer l'éternité tout entière. Lorsqu'on jouit d'une imposante renommée, il faut éviter
les travestissements peu dignes.

Au surplus, les vertus de Rancé ôtaient la force à
tous ses ennemis. Le Père Quesnel même, désavouant
la lettre haute qu'il avait écrite à l'abbé de la Trappe,
disait : « Ce n'est pas seulement parce qu'il y a plus de
trente ans que je fais profession de l'honorer, mais plus
encore parce qu'on doit du respect à l'esprit de Dieu
qui règne dans ses serviteurs, de ne les pas contrister,
de ne pas nuire à ses œuvres en diminuant la
réputation des ouvriers qu'il a daigné employer ; je
puis bien ne pas convenir de leur sentiment ni
approuver toutes leurs démarches, mais je ne me dois
jamais dispenser de les traiter avec respect. »

Les tracasseries continuaient contre Rancé auprès et
au loin, et il disait : *Ego sum vermis et non homo*[137]. On
voit des couplets contre lui dans le recueil de chansons[138].

Un témoin, ami de Rancé, le Père Le Nain, nous
décrit ainsi ses travaux et les inquiétudes de son
monastère :

« Qui l'aurait pu croire, dit-il, si on ne l'avait vu de
ses yeux ! cet homme, qui semblait ne vivre que de
souffrances et de peines, comme s'il eût eu un corps de
diamant et tout à fait insensible, ou plutôt s'il eût été
un pur esprit, était toujours dans l'action du matin
jusqu'au soir ; il écrit, il dicte des lettres, il compose ses
ouvrages, il étudie, il écoute ses religieux, répond à
toutes leurs difficultés ; il conduit quatre-vingts per-

sonnes qui composent sa communauté, tant novices
que profès ; il ordonne tout ce qui les regarde, soit pour
leur intérieur, soit pour leurs besoins extérieurs. Tantôt il va à l'infirmerie, de l'infirmerie aux hôtes, des
hôtes au cloître, et du cloître vers ses frères ; tantôt il
visite les cellules pour voir si chacun s'occupe, tantôt il
descend au chœur pour examiner avec quelle piété on
y célèbre les divins offices, et tantôt il retourne à sa
chambre où quelque frère l'attend ; mais souvent il y
retourne tellement fatigué qu'il ne peut plus se soutenir sur ses pieds, et à peine y est-il un moment qu'une
visite d'hôte l'oblige d'en sortir : il ne discontinue pas
même ses occupations dans le temps destiné au repos.
On le voit, entre les Matines et Prime, faire un tour
dans le monastère, ou aller à la cour des frères convers,
ou parcourir le dortoir pour voir si chacun est couché ;
car il disait que ce n'était pas une moindre faute contre
la règle de ne se pas retirer pour se reposer sitôt que la
retraite est sonnée, que de ne se pas lever aussitôt
qu'on entend la cloche du réveil. »

A ces fatigues du corps Rancé joignait celles de
l'esprit, ressentant dans son âme toutes les peines et
toutes les tentations de ses enfants, leurs faiblesses et
leurs misères ; et comme un autre saint Paul, se faisant
tout à tous, il les portait dans ses entrailles ; il était
triste avec ceux qui l'étaient, malade avec les malades,
se chargeant par le pur effet de sa charité de tous leurs
maux corporels et spirituels.

Ses amis lui représentaient qu'il prenait trop de
peine pour un monastère qui ne subsisterait pas ; il
répondait : « La Trappe aura la durée qu'elle doit

avoir selon les déterminations éternelles. Si l'on s'était
conduit dans les âges supérieurs par cette considération qu'il n'y a rien qui ne change, on se serait tenu
dans l'inaction, le champ de Jésus-Christ serait un
désert stérile privé de tous ces grands ouvrages qui en
font l'ornement et la beauté. Dieu se moque de la
diligence des hommes qui prennent tant de peine pour
conserver leur vie à la veille de leur mort. »

Le serviteur de Dieu fut exposé aux épreuves dont
les histoires de ces temps nous parlent ; histoires qu'on
retrouve dans tous les monastères et que Rancé avait
souvent rappelées dans les Vies particulières de quelques-uns de ses religieux. Un jeune possédé avait
déclaré que des légions de démons assiégeaient la
Trappe. On croyait qu'il n'y avait point de solitude
vide ; on habitait au milieu d'un monde d'esprits ; mais
ces esprits avaient leur domicile dans les cloîtres : le
merveilleux achevait d'agrandir la poésie. Rancé oyait
des bruits aigres et perçants ; ses moines lui racon-
taient qu'ils éprouvaient, la nuit, les secousses d'une
force étrangère. On entendait dans les dortoirs des
tintamarres affreux, comme des personnes qui se
battaient ; on frappait aux portes des cellules, ou bien
il semblait qu'un homme marchât seul à grands pas ;
une main de fer passait et repassait sur le chevet des
lits [139]. Étaient-ce ces souvenirs changés seulement de
formes que l'on rencontre dans les élégies de Tibulle :

Quam juvat immites ventos audire cubantem [140].

Faut-il attribuer ces effets aux tempêtes de la nuit
dans les désolations de la Trappe, ou aux illusions de

l'astrologie que le Père Le Nain [141] reprochait à Rancé ?
Étaient-ce des gestes de cette femme que le père de la
Trappe avait vue à Véretz au milieu des flammes, ou
enfin était-ce le ressac des flots du temps contre le
rivage de l'éternité ? Rancé se préparait à exorciser la
maison ; mais vers la fin de l'année 1683 les bruits
cessèrent [142]. En ce temps-là les hommes qui avaient
aimé ne croyaient pas que des tombes fussent inhabi-
tées.

Les soucis intérieurs de la communauté n'empê-
chaient nullement Rancé de s'occuper de ce qui se
passait au dehors ; il prit une grande part à la mort de
la princesse palatine, arrivée au mois de juillet 1684.
Anne de Gonzague de Clèves [143] avait plusieurs fois
consulté Rancé sur des difficultés de conscience ; son
nom rappelait un charmant ouvrage de madame de La
Fayette, et c'est sur Anne de Gonzague que Bossuet a
composé une de ses plus belles Oraisons funèbres.
Après s'être plongée dans les idées du siècle, idées qui
s'éloignaient du temps où elle vivait, la princesse
palatine avait commencé par les idées cartésiennes ; de
là elle avait passé à ne plus rien croire, et ayant achevé
le tour du cadran, elle avait remonté elle-même vers la
religion comme plusieurs esprits-forts ou libertins de
cette époque. Dans son séjour en France elle avait vu
la Fronde, qui, selon Bossuet, était un travail de la
France prête à enfanter le règne miraculeux de Louis.

« Et qu'avaient-ils vu, s'écrie le grand orateur,
rappelant la philosophie de la princesse palatine,
qu'avaient-ils vu ces rares génies plus que les autres ?
Ils n'ont rien vu, ils n'entendent rien, ils n'ont pas

même de quoi établir le néant auquel ils aspirent après cette vie. »

Bossuet conte ce que la princesse palatine raconta elle-même au saint abbé. « Une nuit, dit-elle, que je croyais marcher seule dans une forêt, je rencontrai un aveugle dans une petite loge ; je lui demandai s'il était aveugle de naissance, ou s'il l'était devenu par accident. Il me répondit qu'il était né aveugle. Vous ne savez donc pas, lui dis-je, ce que c'est que la lumière qui est si belle et si agréable ? Non, me répondit-il, cependant je ne laisse pas de croire que c'est quelque chose de très-beau. Alors il me semblait que cet aveugle changea tout à coup de voix, et me parlant avec autorité, me dit : « Cela doit vous apprendre qu'il y a des choses excellentes quoiqu'on ne les puisse comprendre. »

Bossuet, dans son Oraison funèbre, parle de son ami Rancé : « Un saint abbé dont la doctrine et la vie sont un ornement de notre siècle, ravi d'une conversion aussi admirable et aussi parfaite que celle de notre princesse, lui ordonna de l'écrire pour l'édification de l'Église ; elle commence ce récit en confessant son erreur : « Vous, Seigneur, dont la bonté infinie n'a rien donné aux hommes de plus efficace pour effacer leurs péchés que la grâce de les reconnaître, recevez l'humble confession de votre servante. »

Anne de Gonzague était une de ces mortelles dont la beauté avait rôdé dans les bois de la Trappe [144] : elle avait inspiré à Henri de Guise [145], archevêque de Reims, une passion qu'elle partagea. Elle se mêla, dit madame de Motteville, à presque tout ce qui se fit

alors, elle soutint le cardinal de Mazarin qui n'en fut
pas fort reconnaissant. On a une lettre d'elle, insérée
parmi les lettres de Bussy-Rabutin. Malheureusement
on n'a pas les autres lettres qu'elle écrivit à la
maréchale de Guébriant [146], ni le traité sur *l'Art de juger
la vérité des sentiments*. Les dames philosophes de ce
temps, qui déclinèrent peu à peu vers le matérialisme,
commencèrent par être cartésiennes et s'en allaient à
Dieu, les pensées inclinées vers la raison, au lieu de les
lui remettre comme des fleurs. Anne de Gonzague
n'était pas insensible à l'argent; elle avait reçu des
sommes assez considérables pour faire réussir des
mariages qui n'eurent pas lieu. Elle ne rendit point ces
sommes [147], ou présenta des comptes qui les absor-
baient.

Après sa mort, la princesse palatine fut enterrée au
Val-de-Grâce, à côté de Bénédicte [148], sa sœur [149].
Quand on exhuma les morts, les déterreurs insultèrent
ces dépouilles, comme on jette au vent des feuilles de
roses séchées [150]. Retz dit que la princesse palatine
estimait autant la galanterie qu'elle en aimait le solide,
et qu'elle avait autant de capacité qu'Élisabeth [151] pour
conduire un État.

Rancé [152], au milieu de toutes ces tribulations,
n'avait d'autre refuge que la patience chrétienne. On
écrivit contre lui, on prêcha même contre lui; on
attaqua sa doctrine et sa conduite; on s'efforça de le
faire passer pour un hérétique ou pour un fanatique;
on publia qu'il tenait dans son monastère des assemblées contre la religion et contre l'État. La Trappe fut
au moment d'être détruite comme Port-Royal : Rancé,

au milieu de toutes ses afflictions d'esprit, fut livré à des infirmités qui ne lui permettaient aucun repos ; il fut maltraité de ceux-là mêmes auxquels il avait fait le plus de bien [153]. Arrivé à ce comble de douleur qu'il avait tant désiré pour ressembler à Jésus-Christ son maître, on lui proposait de le guérir par le secours des médecins : « Je suis, répondit-il, entre les mains de Dieu ; c'est lui qui donne la vie, c'est lui qui l'ôte : il saura bien me guérir si sa volonté est que je vive. Mais pourquoi bon me guérir ? A quoi suis-je bon ? Que fais-je [154] en ce monde, qu'offenser Dieu ? » Quand il y avait quelque relâche à ses souffrances et qu'on le félicitait, il disait : « De quoi me félicitez-vous ? De ce que je suis retenu en prison, de ce que, mes liens étant près de se rompre, on m'a chargé de nouveaux fers ? »

Rancé brûla une quantité de lettres remplies de témoignages d'admiration ; il en conserva d'autres en marge desquelles étaient écrits de sa main ces deux mots : *Lettres à garder.* C'étaient des lettres diffamatoires contre lui. Était-ce humilité ou orgueil ? Le Père de Monty était venu le voir et le força d'appeler un médecin. « Il faut s'écrier comme Job, disait-il : « Que celui qui a commencé achève de me réduire en poussière. » On le conjurait de quitter pour quelque temps l'air de sa retraite. « J'ai dit en entrant ici, répondait-il : « *Haec requies mea* [155]. »

A ceux qui lui objectaient le peu de certitude de la durée de la Trappe, il répondait : « Elle durera ce qu'elle doit durer. Si, dans les âges supérieurs, on s'était conduit par cette considération qu'il n'y a rien

qui ne soit sujet à la décadence, où en serait aujour-
d'hui le champ de Jésus-Christ ? »

Au mois d'octobre 1695, Rancé envoya sa démission
au roi ; on remarqua ces mots touchants dans sa lettre :
« Sire, comme je me sens pressé d'exécuter le dessein
que Dieu m'inspire depuis long-temps de passer ma
vie dans une retraite austère, et de me préparer à la
mort ; que ma santé, qui diminue tous les jours, me
met dans l'impuissance de donner toute l'application
que je dois à la conduite de mes frères, m'avertit que
mes derniers moments ne peuvent être éloignés, j'ai
cru que le premier pas que je devais faire était de
quitter la charge de cette abbaye que je tiens de votre
bonté royale, en vous envoyant, comme je fais, la
démission pure et simple. »

Louis XIV reçut cette démission des mains de M. de
Paris ; il dit à l'archevêque [156] : « Renvoyez à la Trappe
le frère porteur de la lettre ; que M. l'abbé examine la
chose devant Dieu, et qu'il me dise sincèrement ce
qu'il croit être le mieux. » L'archevêque de Paris
manda à Rancé : « Je vous félicite de tout mon cœur de
tous les engagements qui ont accompagné la grâce que
le roi vous a faite dans cette dernière rencontre ; j'y ai
pris toute la part imaginable comme le plus passionné
et le plus fidèle de vos serviteurs. » Le roi nomma pour
remplacer Rancé Dom Zozime [157], prieur de ladite
abbaye et ami de Rancé. Les bulles étant arrivées de
Rome, le 19 septembre de l'année 1695 [158], le nouvel
abbé fut installé le 28 du même mois. L'ancien abbé,
pouvant à peine se soutenir, se prosterna aux pieds du
nouvel abbé et lui dit : « Mon Père, je viens vous

promettre l'obéissance que je vous dois en qualité de
mon supérieur, et vous prier de me traiter comme le
dernier de vos religieux. » L'abbé Zozime tomba à
genoux, et lui répondit : « Et moi, mon Père, je vous
renouvelle l'obéissance que je vous ai vouée dès mon
entrée dans cette sainte maison. » Majestueuse abnégation, et qui donnait une proportion inconnue à la
nature humaine.

Ce n'était point deux hommes à genoux l'un devant
l'autre, c'étaient deux saints appartenant à ces visions
que l'on entrevoit dans les enfoncements du ciel.

Rancé, devenu simple religieux, continua d'édifier
par ses exemples le monastère qu'il avait rendu saint
par ses ordres. A Rancé abattu et par conséquent plus
puissant, Bossuet continua de s'adresser pour le soulagement spirituel de ses amis : « Je vous recommande,
lui écrivait-il, trois de mes principaux amis, et qui
m'étaient le plus étroitement unis depuis plusieurs
années, que Dieu m'a ôtés dans quinze jours par des
accidents divers. Le plus surprenant est celui qui a
emporté l'abbé de Saint-Luc, qu'un cheval a jeté par
terre si rudement qu'il en est mort une heure après à
trente-quatre ans. »

Dom Zozime disparut vite [159]. « Un carme
déchaussé s'était jeté à la Trappe depuis plusieurs
années ; il s'appelait Dom Gervaise [160] : ses talents, sa
piété séduisirent M. de la Trappe, et le témoignage de
M. de Meaux acheva de le déterminer. Le nouvel
abbé, continue Saint-Simon, ne tarda pas à se faire
mieux connaître après qu'il eut eu ses bulles ; il se crut
un personnage, chercha à se faire un nom, à paraître et

à n'être pas inférieur au grand homme auquel il devait
sa place et à qui il succédait. Au lieu de le consulter, il en
devint jaloux, chercha à lui ôter la confiance des
religieux, et, n'en pouvant venir à bout, à l'en tenir
séparé. Il arriva que Dom Gervaise tomba dans une
faute [161] : l'abbé de la Trappe, épouvanté, le fit chercher
partout, et craignit qu'il ne fût allé se jeter dans les
étangs. On le trouva caché sous les voûtes de l'église et
baigné de larmes : il offrit sa démission. M. de la
Trappe, qui jusqu'alors ne l'avait point voulu accepter,
l'accepta. Bientôt Dom Gervaise voulut retirer sa
démission ; il alla parler à Fontainebleau au Père
Lachaise, se prévalant d'un certificat que lui avait
donné l'ancien abbé et disant que l'esprit de M. de la
Trappe était tout à fait affaibli, qu'il avait auprès de lui
un secrétaire extrêmement janséniste. Le Père Lachaise
eut peur, il changea d'opinion sur l'ancien solitaire. »

Saint-Simon vit M. de Chartres ; M. de Chartres en
écrivit à madame de Maintenon. Frère Chauvier [162],
envoyé à la Trappe, assura qu'il avait trouvé tout entier
l'esprit de l'ancien abbé. La démission de Dom
Gervaise fut maintenue ; pendant ce temps-là Dom
Gervaise écrivait en chiffres à une religieuse qu'il avait
aimée. « C'était un tissu de tout ce qui peut s'imaginer
d'ordures et les plus grossières [163] par leur nom, avec de
basses mignardises de moine raffolé et débordé à faire
trembler les plus abandonnés. Leurs plaisirs, leurs
regrets, leurs désirs, leurs espérances, tout y était dit au
naturel et au plus effréné. Je ne crois pas qu'il se dise
tant d'abominations en plusieurs jours dans les plus
mauvais lieux. »

Voilà de ces passages qui détruisent l'autorité de la vérité dans les *Mémoires* de Saint-Simon. Imaginer qu'un religieux de la Trappe ose écrire de pareilles choses à une religieuse, même en chiffres, est une telle absurdité qu'on ne saurait le croire. S'il y avait[164] quelque chose de vrai dans toutes ces ribauderies, il serait plus simple d'imaginer que le déchiffreur a voulu s'amuser et amuser ses maîtres. Tous les autres écrivains[165] du temps parlent de Dom Gervaise comme d'un homme d'imagination, qui mérita peut-être la sévérité de Louis XIV, mais aucun ne raconte de lui ce qu'en dit Saint-Simon. L'amitié a ses excès, et dans ce temps la parole ne ménageait ni ses pensées ni ses expressions.

Le roi, avançant à travers ces démêlés, nomma à l'abbaye de la Trappe Dom Jacques de Lacour[166], après avoir envoyé le Père de Lachaise prendre des informations auprès de Rancé. Louis XIV descendait à ces détails de la société d'alors, comme Bonaparte entra dans les menues choses de la société d'aujourd'hui; mais il y avait cela de grand dans la société passée, qu'elle s'appuyait à l'autel.

Le quiétisme était né dans l'année 1694, et il continua dans sa force jusqu'à l'année 1697. « Ce monde, dit Bossuet, semblait vouloir enfanter quelque étrange nouveauté : il faut aimer, disait ce monde, comme si l'on[167] était sans rédemption et sans Christ. »

Le nom de madame Guyon se trouvait mêlé à la controverse. Née à Montargis, elle avait pu voir en naissant le tombeau de Jean l'aveugle[168], tué à la

bataille de Crécy. Restée veuve à l'âge de vingt-deux
ans, elle parut à Paris en 1680. Ce fut pendant ses
voyages en province qu'elle se tourna vers les idées
mystiques, et qu'elle composa *le Moyen court*. Arrivée à
Paris, l'archevêque l'enferma par piété dans le couvent [169] de la Visitation au faubourg Saint-Antoine.
C'était pendant ce temps-là que le saint archevêque
enfermait avec lui bien d'autres femmes à Conflans [170].
Madame de Maintenon [171], qui se mêlait alors de
questions religieuses, avait vu madame Guyon, et la fit
rendre à la liberté ; celle-ci rencontra à Saint-Cyr
Fénelon, et il dériva au quiétisme, renouvellement de
l'hérésie des Gnostiques. Madame Guyon a laissé des
cantiques spirituels et un écrit intitulé *des Torrents :* ils
l'emportèrent. Bientôt s'ouvrirent à Issy sur le quiétisme des conférences entre Bossuet et Fénelon, où
l'abbé de Rancé fut nommé juge [172] ; mais il n'y vint
point. Placée à Vaugirard dans une maison sous la
direction de M. de Lachétardie [173], curé de Saint-
Sulpice, madame Guyon donna une déclaration signée
par Fénelon et par M. Tronson [174], à la fin de janvier
1697. Les *Maximes des Saints* parurent la même année.

Bossuet, à propos des *Maximes,* disait : « Qui lui
conteste (à Fénelon) de l'esprit ? Il en a jusqu'à faire
peur. » Les *Maximes des Saints* furent condamnées à
Rome, et Fénelon, avec plus d'habileté que d'humilité,
désavoua en chaire son ouvrage. Leibnitz, parlant du
livre de M. de Cambrai, attribue à l'abbé de la Trappe
une lettre très-solide dans laquelle il attaquait les faux
mystiques. « Ils s'imaginent, disait Leibnitz, qu'une
fois uni à Dieu par un acte de foi pure et de pur amour,

on y demeure uni tant qu'on ne révoque pas formellement cette union. » J'ai remarqué[175] dans ces lettres de
Rancé, écrites à l'abbé Nicaise à propos de ces derniers
débats religieux, ce beau trait[176] sur Cromwell :
« Nous voyons un homme vivant jouer le personnage
de la mort et d'une faux invisible renverser un trône. »

Le quiétisme fit plus de ravages en Italie qu'en
France. On disait que Rancé pouvait seul répondre au
livre des *Maximes des Saints*. L'abbé de la Trappe en
écrivit à Bossuet, qui fit courir sa lettre, pour s'appuyer d'une si grande autorité : « Le livre de M. de
Cambrai, mandait Rancé en 1697, m'est tombé entre
les mains ; je n'ai pu comprendre qu'un homme de sa
sorte fût capable de se laisser aller à des imaginations
si contraires à ce que l'Évangile nous enseigne. » « Il
n'y a rien, écrivait-il en même temps à l'abbé Nicaise,
qui me fasse plus d'horreur que les extravagances et les
dogmes impies que l'on attribue aux quiétistes. Dieu
veuille que l'on en arrête le cours, que le mal qu'ils ont
commencé de faire dans les lieux où ils se sont
introduits ne passe pas plus loin ! »

Le 3 octobre 1688[177], Rancé disait : « Les hommes
ne se lasseront-ils jamais de parler de moi ? Ce serait
une chose bien douce d'être tellement dans l'oubli que
l'on ne vécût plus que dans la mémoire de ses amis »,
cris de tendresse qui rarement échappent à l'âme
fermée de Rancé.

« On sait ce que vous avez écrit contre le mons-
trueux système du quiétisme, dit Rancé dans une lettre
à Bossuet[178] ; car tout ce que vous écrivez, monseigneur, sont des décisions. Si les chimères de ces

fanatiques avaient lieu, il faudrait fermer les livres des
divines Écritures, comme si elles ne nous étaient
d'aucune utilité. » Ces lettres de Rancé furent mal
reçues ; Fénelon avait de nombreux partisans. « Ce
prélat, dit Saint-Simon, était un grand homme,
maigre, bien fait, pâle, avec un grand nez, des yeux
dont le feu et l'esprit sortaient comme un torrent,
et une physionomie telle que je n'en ai point
vu qui y ressemblât, et qui ne se pouvait oublier
quand on ne l'aurait vue qu'une fois. Elle rassemblait tout, et les contrastes ne s'y combattaient
point. Elle avait de la gravité et de la galanterie,
du sérieux et de la gaieté ; elle sentait également le
docteur, l'évêque et le grand seigneur ; ce qui y sur-
nageait, ainsi que dans toute sa personne, c'était
la finesse, l'esprit, les grâces, la décence, et surtout la noblesse. Il fallait effort pour cesser de le
regarder. »

Un homme qui exerçait un empire aussi puissant
sur la société, devait avoir des fanatiques. Il a fallu que
la Révolution vînt nous éclairer, pour que nous
comprissions [179] enfin cette expression de chimérique,
que Louis XIV appliquait à Fénelon.

Le duc de Nevers [180], Mancini, petit Italien devenu
grand seigneur français par la vertu des richesses du
duc de Mazarin, accusa Rancé, à propos de la querelle
du quiétisme, de vouloir faire du bruit par vanité [181]. Il
avait appris à faire des vers ; il disait :

> *Cet abbé qu'on croyait pétri de sainteté,*
> *Vieilli dans la retraite et dans l'humilité,*
> *Orgueilleux de ses croix, bouffi de sa souffrance,*

> *Rompt ces sacrés statuts en rompant le silence ;*
> *Et, contre un saint prélat s'animant aujourd'hui,*
> *Du fond de ses déserts déclame contre lui.*

Au reste, il y avait quelque excuse dans ces emportements du duc de Nevers. Comment aurait-il pu
s'empêcher de croire aux regrets de Rancé ? Mancini
avait vu [182] Mazarin dans sa robe de chambre de
camelot fourrée de petit-gris, un bonnet de nuit sur la
tête, traîner ses pantoufles dans sa galerie, regarder en
passant ses tableaux et dire : « Il faut quitter tout
cela. »

Le quiétisme semblait dériver du molinisme [183].
Rancé s'en était aperçu ; il connaissait, disait-il, une
ville tout entière où s'étaient passées des choses
effroyables introduites par un saint du caractère de
Molinos.

La condamnation du Saint-Siège contre les *Maximes
des Saints* fut publiée par des huissiers en 1699 en latin
et en français ; elle prohibe ces *Maximes* : « Dans l'état
de la sainte indifférence, l'âme n'a plus de désirs
volontaires et délibérés dans son intérêt ; dans l'état de
la sainte indifférence, on ne veut rien pour soi, on veut
tout pour Dieu. La partie inférieure de Jésus-Christ
sur la croix ne communiquait pas à la supérieure son
trouble involontaire. Les saints mystiques ont exclu de
l'état des âmes transformées les pratiques de la
vertu. » Ainsi passent les siècles dans cette condamnation d'un évêque. Elle est signée du cardinal Albano et
publiée à la tête du Champ de Flore.

La société que Rancé avait quittée lui en voulait de
sa pénitence. Une princesse malicieuse [184] appliquait à

l'abbé ces paroles de l'Évangile : *Vae nutrientibus!*
Malheur à ceux qui ont des enfants à nourrir! par
allusion aux moines de la Trappe.

Saint-Simon, qui n'aimait pas Fénelon et qui se
disait chaud partisan de Rancé, eut une querelle avec
Charost [185]. Charost disait que M. de la Trappe était le
patriarche de Saint-Simon, devant qui tout autre
n'était rien. Saint-Simon répondait [186] que M. de
Cambrai avait été repris de justice, et qu'il y avait
long-temps qu'il avait été condamné à Rome. « A ce
mot, dit Saint-Simon, voilà Charost qui chancelle, qui
veut répondre et qui balbutie ; la gorge s'enfle, les yeux
lui sortent de la tête et la langue de la bouche ;
madame de Nogaret s'écrie ; madame de Chastenet
saute à sa cravate qu'elle lui défait et le col de sa
chemise ; madame de Saint-Simon court à un pot
d'eau, lui en jette, tâche de l'asseoir et de lui en faire
avaler. J'y gagnai que Charost ne se commit plus à
quoi que ce soit sur M. de la Trappe. »

Le monde accourait à la Trappe ; la cour pour voir
le vieil homme converti, pour en rire ou pour l'admirer ; les savants pour causer avec le savant ; les prêtres
pour s'instruire aux leçons de la pénitence. Jean-
Baptiste Thiers fut du nombre des pèlerins ; il se
moquait de tout, même lorsqu'il était sérieux. L'abstinence des Trappistes et leur vie muette ne lui conve-
naient guère ; mais il y trouvait du nouveau, et la
nouveauté l'alléchait : il écrivit l'*Apologie de l'abbé de la
Trappe.* Rancé s'y opposait assez, quoiqu'il fût bien aise
d'avoir un défenseur de l'esprit et du savoir de Thiers.
Cette apologie fut supprimée par l'autorité [187]. Rancé

écrivait à l'abbé Nicaise, en 1694 : « Il est arrivé une aventure au pauvre M. Thiers ; je lui avais écrit avec beaucoup d'instance pour le prier de supprimer ma défense. Le pauvre homme, qui est plein d'amitié et de zèle pour tout ce qui me regarde, ne put se laisser persuader à ce que je lui demandais. On a découvert que son livre s'imprimait à Lyon ; et on a enlevé tous les exemplaires par ordre de M. le chancelier. Vous jugez bien de la peine qu'en a eue l'auteur. Il ne se peut pas que je ne la ressente vivement, y étant obligé par justice et à titre de reconnaissance. »

Le *pauvre homme* riait.

Dans l'*Apologie de l'abbé de la Trappe,* Thiers tombe sur le Père Sainte-Marthe [188], il se gaudissait de lui comme ayant dit que madame de Maintenon lui faisait l'honneur de le regarder comme son parent. L'apologie est écrite avec vivacité. L'apologiste cite des vers ridicules contre Rancé, écrits, dit-il, par le premier des poètes bénédictins [189]. Thiers, se justifiant lui-même, assure qu'on serait moins acharné contre lui s'il ne s'était élevé contre les archidiacres, dans son livre de l'*Étole,* dans son traité de la *Dépouille des curés* et dans son *Factum* contre le chapitre de Chartres. Il finit son apologie, trop longue puisqu'elle est composée de cinq cents pages, pour la défense de Rancé [190], par ces mots : « En voilà assez, mon révérend père Sainte-Marthe, pour vous faire rentrer en vous-même, et vous retirer de la bonne opinion que vous avez de votre petite personne. »

Thiers [191] était curé de Champron. Dans une foule de pamphlets français et latins contre le chapitre de

Chartres, Thiers avait attaqué le grand-archidiacre
de ce chapitre [192]. Robert prétendait qu'un curé ne
pouvait porter l'étole devant lui; Thiers écrivit la
Sauce Robert et la *Sauce Robert justifiée*. Le chapitre de
Chartres obtint un décret d'arrestation contre le curé.
Thiers donna à boire aux archers; et ayant secrètement fait ferrer son cheval à glace, il leur échappa en
passant sur un étang glacé [193] : il se réfugia dans le
diocèse du Mans. L'évêque, de Tressan, nomma
Thiers curé de Vibraye; et c'est là que le curé fugitif
et renouvelé écrivit l'*Histoire des perruques*. Thiers se
montra aussi savant, aussi joyeux que le curé de
Meudon, *abstracteur de la vie inimitable du grand Gargan-
tua*. Son choix eût été bientôt fait, si on eût proposé à
Thiers d'être Rabelais ou roi de France. C'étaient là
les petites pièces qui se jouaient à la suite du grand
drame de la Trappe.

Une demoiselle Rose était venue à la Trappe.
Thiers avait été chargé d'examiner cette demoiselle;
il lui demanda « si elle était mariée », elle répondit
« qu'elle ne s'en souvenait pas ».

« C'était une vieille Gasconne, dit Saint-Simon, ou
plutôt du Languedoc, qui avait le parler à l'excès,
carrée, entre deux tailles, fort maigre, le visage jaune,
extrêmement laid, des yeux très-vifs, une physionomie
ardente, mais qu'elle savait adoucir; vive, éloquente,
savante, avec un air prophétique qui imposait. Elle
dormait peu et sur la dure, ne mangeait presque rien,
assez mal vêtue, pauvre et qui ne se laissait voir
qu'avec mystère. Cette créature a toujours été une
énigme; car il est vrai qu'elle était désintéressée,

qu'elle a fait de grandes et surprenantes conversions, qui ont tenu. »

Six semaines durant, M. de la Trappe se défendit de voir mademoiselle Rose. Elle partit comme elle était venue.

La Bruyère fait ainsi le portrait d'un autre homme qui fréquentait la Trappe :

« Concevez, dit La Bruyère, un homme facile et doux, complaisant, traitable, et tout d'un coup violent, colère, fougueux, capricieux : imaginez-vous un homme simple, ingénu, crédule, badin, volage, un enfant en cheveux gris ; mais permettez-lui de se recueillir, ou plutôt de se livrer à un génie qui agit en lui, j'ose dire sans qu'il y prenne part et comme à son insu, quelle verve ! quelle élévation ! quelles images ! quelle latinité ! Parlez-vous d'une même personne ? me direz-vous. Oui, du même, de Théodas, et de lui seul. Il crie, il s'agite, il se roule à terre, il se relève, il tonne, il éclate ; et du milieu de cette tempête il sort une lumière qui brille et qui réjouit ; disons-le sans figure, il parle comme un fou et pense comme un homme sage, il dit ridiculement des choses vraies, et follement des choses sensées et raisonnables ; on est surpris de voir naître et éclore le bon sens du sein de la bouffonnerie, parmi les grimaces et les contorsions. Qu'ajouterai-je davantage ? Il dit et il fait mieux qu'il ne sait : ce sont en lui comme deux âmes qui ne se connaissent point, qui ne dépendent point l'une de l'autre, qui ont chacune leur tour ou leurs fonctions toutes séparées. Il manquerait un trait à cette peinture si surprenante, si j'oubliais de dire qu'il est tout à la fois avide et insatiable de louanges, près de se jeter aux yeux de ses critiques, et dans le fond assez docile. »

Santeuil, dont La Bruyère trace ainsi le portrait, allait à la Trappe et s'asseyait au chœur parmi les moines comme un petit sapajou. « J'ai vu, dit Rancé à l'abbé Nicaise, les hymnes de M. de Santeuil pour le jour de Saint-Bernard ; elles valent beaucoup mieux que les anciennes. Il y en a pourtant de ces anciennes qui, pour n'être pas si polies, ne laissent pas d'imprimer du respect et de la révérence. »

Santeuil, allant à Dijon avec le prince de Condé, fut attaqué du mal dont il mourut. « Je loue Dieu de la patience qu'il a donnée à M. de Santeuil [194] dans un mal aussi douloureux que celui dont il a été attaqué. Tout ce qui part de sa plume a un caractère qui frappe et qui plaît tout ensemble ; je ne doute point qu'il ne se fasse remarquer dans ses derniers vers, qui peuvent être considérés comme une production de sa douleur. » Ce moine de Saint-Victor mourut à Dijon le 5 d'août 1697, à deux heures après minuit [195]. Au même moment [196] Ménage, qui ne le croyait pas si malade, s'amusait à faire des vers sur sa mort pour les montrer [197] à Santeuil et le faire rire. Ayant fait un voyage à Cîteaux, Santeuil y cherchait la Mollesse du *Lutrin* : « Elle y logeait autrefois, lui dit un moine, aujourd'hui c'est la folie. »

Après le roi d'Angleterre, Monsieur, frère du roi, vint visiter la Trappe. Dans l'enthousiasme de ce qu'il avait vu, il dit à Louis XIV « que la vie qu'on menait dans cette solitude n'édifiait pas seulement la France, mais toute l'Europe, et qu'il était avantageux à l'État de la maintenir ». Monsieur était tout le contraire de la sublimité[198] de cette vie. Il fut père du duc d'Orléans[199]. Il avait d'effroyables mœurs dont aurait pu témoigner le chevalier de Lorraine[200], de la fière maison des Guise. Plongé dans le repos, il s'abandonna à des femmes dont madame de Fresnes lui disait : « Vous ne déshonorez pas les femmes qui vous hantent, ce sont elles qui vous déshonorent. » Il se donnait la détestable privauté d'étendre la main sur un siège où venait s'asseoir une femme. Il était fou du bruit des cloches ; il empoisonna peut-être sa première femme, Henriette d'Angleterre. Sa seconde femme fut Charlotte-Élisabeth, fille de Charles-Louis, électeur de Bavière. Celle-ci, aussi laide que Henriette avait été agréable, était grossière : elle avait beaucoup d'esprit en allemand ; elle est connue par le cynisme avec lequel elle parle d'elle-même et du grand roi son beau-frère. Elle écrivait : « Dans tout l'univers entier on ne peut, je crois, trouver de plus laides mains que les miennes ; mes yeux sont petits, j'ai le nez court et gros, les lèvres longues et plates, de grandes joues pendantes, une figure longue ; je suis très petite de stature ; ma taille et ma jambe sont grosses. » S'étant arrangée de cette façon, on peut juger qu'elle était à l'aise pour parler de son prochain ; une imagination romanesque était renfermée dans ce qu'elle appelle ce vilain petit laideron[201].

Le cardinal de Bouillon suivit Monsieur. « Sa naissance, dit Pellisson, ses mœurs, son esprit le rendaient digne d'être cardinal, et le roi cherchait à récompenser et à honorer par cette faveur les services

du vicomte de Turenne[202] dans la personne de son
neveu. » Ce n'est pas l'opinion de Saint-Simon qui
maltraite fort le cardinal de Bouillon[203], assurant qu'il
avait des mœurs infâmes : « Ses regards louches
venaient se rejoindre et s'arrêter au bout de son nez.
Dépouillé du cordon bleu par le roi, il le portait sous
ses habits. Exilé à Clauk[204], il passa chez les ennemis ;
de là il retourna à Rome ; il y mourut délaissé, après
avoir obtenu que les cardinaux conserveraient leur
calotte sur la tête en parlant au pape. » Quand il passa
à la Trappe, Rancé écrivait à l'abbé Nicaise : « M. le
cardinal de Bouillon est depuis trois jours ici, il a vu de
près tout ce qui s'y passe, il n'a rien vu qu'il n'ait
approuvé et qui ne l'ait touché. Il s'en retourne
demain. »

Le cardinal de Bouillon s'écriait en répondant à
M. de Saint-Louis, à la Trappe, qui lui tenait de bons
propos[205]. « Point de mort ! point de mort, M. de
Saint-Louis, je ne veux point mourir. » Le cardinal de
Bouillon avait un frère[206], lequel disait de Louis XIV :
« Ce n'est qu'un vieux gentilhomme de campagne
dans son château : il n'a plus qu'une dent, et il la garde
contre moi. » Ce chevalier fit établir, sous la régence,
un bal à l'Opéra. Le régent s'y montrait ivre et le
chevalier reçut pour ce service six mille livres de
pension. On élargissait dans la bourse du peuple la
déchirure par où devait passer la France[207].

Il ne manquait plus qu'un roi à la Trappe : il y vint ;
il avait porté trois couronnes[208]. Jacques II, chassé de
son trône, avait débarqué sur les côtes de France,
menant son fils naturel[209] : personne ne fut frappé de

cette confusion de mœurs ; Louis XIV donnait l'exemple. Les enfants illégitimes étaient alors fort considérés, excepté du prince d'Orange ; on lui voulait faire
épouser mademoiselle de Conti (mademoiselle de
Blois), fille de madame de La Vallière ; il répondit :
« Les princes d'Orange ne sont pas accoutumés à
épouser des bâtardes. »

En voyant Jacques II, on ne songea qu'à la générosité du roi sur le trône, et au malheur du roi détrôné.
De retour de son expédition d'Irlande, Jacques se vint
consoler à la Trappe. Le canon qui l'avait chassé à la
Boyne[210] le repoussa parmi les morts : il y arriva le
21 novembre 1690. Les lieux communs sur le néant des
grandeurs ne manquèrent pas aux banalités de l'éloquence : il y eut pourtant cela de vrai à l'adresse de
Jacques, que sa piété était sincère. Rancé le conduisit à
l'église. Le prince assista à ces complies si religieusement et si tristement chantées. Il partagea le repas
commun et demanda à l'abbé ce qui se passait dans la
solitude. Le lendemain il communia, puis parcourut[211]
entre deux étangs une chaussée où se promenait
Bossuet avec Rancé. Jacques était un de ces oiseaux de
mer que la tempête avait jeté[212] dans l'intérieur des
terres. Il alla avec plusieurs gentilshommes de son
ancienne cour visiter un solitaire jadis soldat de
Louis XIV et qui s'était retiré dans les bois de la
Trappe. « A quelle heure entendez-vous la messe ? dit
le roi. — A trois heures et demie du matin, répondit
l'ermite. — Comment pouvez-vous faire, dit lord
Dumbarton, dans les temps de pluie et de neige où l'on
ne peut distinguer les sentiers ? — Je rougirais, répon-

dit le soldat, de compter pour quelque chose des peines
légères qui se rencontrent dans le service que je tâche
de rendre à mon Dieu, après que j'ai méprisé celles qui
se pouvaient rencontrer dans le service que je rendais à
mon roi. — Vous avez bien raison, dit Jacques, on ne
peut assez s'étonner qu'on fasse tant pour un roi de la
terre et presque rien pour le roi du ciel. — Mais,
répondit lord Dumbarton, ne vous ennuie-t-il point
dans cette solitude? — Je pense à l'éternité. — Votre
état, ajouta le roi, prenant la parole, est plus heureux
que celui des grands : vous mourrez de la mort des
justes. » Puis il regarda le solitaire, comme s'il eût
envié son bonheur. Ensuite le saluant, il lui dit :
« Adieu, monsieur; priez pour moi, pour la reine et
pour mon fils. » Le gentilhomme lui fit une profonde
révérence et le roi regagna l'abbaye en passant par des
prés bas et humides. Ce sont là de belles histoires :
Dieu, un roi détrôné, un soldat devenu ermite[213].

La reine de la Grande-Bretagne.[214] vint à son tour
visiter la solitude. L'aumônier de S. M. écrivit le 2 juin
1692, à Rancé : « Vous avez entièrement gagné le
cœur de la reine par les saintes impressions que Dieu a
faites par votre ministère sur le cœur du roi son époux;
car elle m'a fait l'honneur de me dire plus d'une fois
qu'elle ne pouvait assez louer Dieu des grâces qu'il
avait reçues à la Trappe. Il n'en fallait pas moins pour
le soutenir dans les grandes et presque continuelles
disgrâces qu'il a essuyées depuis si long-temps, et qui
semblaient augmenter à un point de mettre toute sa
vertu à l'épreuve. »

Le roi d'Angleterre revint une seconde fois à la

Trappe[215] avec le maréchal de Bellefonds, introduc-
teur aux ruines ; il avait vu du rivage le combat de
La Hogue. La Trappe méprisait le monde et contem-
plait des chutes d'empire qui justifiaient son mépris.
On venait chercher dans cet abri des raisons d'aimer le
désert.

« Le roi d'Angleterre, dit Rancé, soutint la perte de
trois royaumes avec une constance comparable à tout
ce que nous lisons de plus grand dans les histoires. Il
parle de ses ennemis sans chaleur ; il garde une
douceur dans toute sa conduite, qui ferait croire qu'il
est dans le monde sans peine et sans affliction. La reine
n'a point de sentiments qui ne soient conformes à ceux
du roi son époux. Elle ne voit ce qu'on appelle les biens
de ce monde que comme des lueurs qui ne font que
passer et qui trompent ceux qui s'y arrêtent. »

Jacques II était un pauvre souverain ; mais Rancé
prenait son point de vue du ciel : qu'un homme soit
rédimé au prix des plus grands malheurs, son rachat
vaut mieux que tous ces malheurs ; qu'une révolution
renverse un État ou en change la face, vous croyez
qu'il s'agit des destinées du monde ? Pas du tout : c'est
un particulier, et peut-être le particulier le plus obscur,
que Dieu a voulu sauver : tel est le prix d'une âme
chrétienne. Si des États sont bouleversés, c'est, dit
l'apôtre, afin que les élus éprouvés parviennent à la
gloire. Tout est pour les prédestinés, tout est subor-
donné à leur consommation ; et quand leur nombre
sera rempli, on verra de nouveaux cieux et une
nouvelle terre.

Telle est la fatalité chrétienne : la fatalité antique

vient de l'objet extérieur, la fatalité chrétienne vient de
l'homme ; je veux dire que le chrétien fait disparaître la
nécessité par sa vertu ; il ne détruit pas le mal, mais il
en est le maître[216].

On conservait à la Trappe les portraits de Sa
Majesté britannique ; il était là conservé[217] dans son
écrin d'oubli. Dans sa jeunesse, Charles X vint
apprendre à la Trappe la pénitence de Jacques II. La
Trappe elle-même s'ensevelit sous ses ruines, puis elle
a été déblayée ; mais que sert, après un demi-siècle, de
relever un vaisseau naufragé, quand ceux qui l'avaient
chargé de leur fortune et de leurs espérances ne sont
plus ? Pendant ces jours de submersion que d'autres
grandeurs ont disparu ! On ne s'arrête plus pour
écouter les échos des vieux malheurs.

Dans une lettre qui ne parvint à la Trappe qu'après
la mort de Rancé, lord Perth[218] mandait à l'abbé que
Jacques avait dit avant d'expirer : « Je n'ai rien quitté ;
j'étais un grand pécheur : la prospérité m'aurait gâté
le cœur, j'aurais vécu dans le désordre. » Jacques,
plus heureux que Marie Stuart, nous a laissé sa
dépouille[219] : Marie, voyant s'éloigner les côtes de
Normandie, s'écriait : « Adieu, France, adieu ; je ne te
reverrai plus ! » Le bourreau, en tranchant la tête à la
reine d'Écosse, lui enfonça d'un coup de hache sa
coiffure dans la tête, comme un effroyable reproche à
sa frivolité[220].

Au reste Rancé, tout vieux et tout malade qu'il était,
ne déclinait jamais le combat, mais aussitôt qu'il avait
repoussé un coup, il plongeait dans la pénitence : on
n'entendait plus qu'une voix au fond des flots, comme

ces sons de l'harmonica, produits de l'eau et du cristal, qui font mal.

Tel fut Rancé. Cette vie ne satisfait pas, il y manque le printemps : l'aubépine a été brisée lorsque ses bouquets commençaient à paraître. Rancé s'était proposé de courir le monde pour chercher des aventures. Qu'eût-il trouvé ? Les félicités qu'il se forgeait à Véretz étaient dans son âme[221]. Supposez que prenant l'existence pour une ironie du ciel, que[222] devançant les idées de son époque, il eût rejeté cette existence, son sang eût à peine humecté quelques brins de bruyère. Si, s'embarrassant peu de l'avenir, il eût préféré[223] à l'éternité des nuits heureuses : autre mécompte ; demain il n'aurait plus aimé.

Les hommes qui ont vieilli dans le désordre pensent que quand l'heure sera venue, ils pourront facilement renvoyer de jeunes grâces à leur destinée, comme on renvoie des esclaves. C'est une erreur ; on ne se dégage pas à volonté des songes ; on se débat douloureusement contre un chaos où le ciel et l'enfer, la haine et l'amour, l'indifférence et la passion se mêlent[224] dans une confusion effroyable. Vieux voyageur alors, assis sur la borne du chemin, Rancé eût compté les étoiles en ne se fiant à aucune, attendant l'aurore qui ne lui eût apporté que l'ennui du cœur et la disgrâce des années[225]. Aujourd'hui il n'y a plus rien de possible, car les chimères d'une existence active sont aussi démontrées que les chimères d'une existence désoccupée. Si le ciel eût mis au bras de Rancé les fantômes de sa jeunesse, il se fût tôt fatigué de marcher avec des Larves. Pour un homme comme lui il n'y avait que le

froc ; le froc reçoit les confidences et les garde ; l'orgueil
des années défend ensuite de trahir le secret, et la
tombe le continue. Pour peu qu'on ait vécu, on a vu
passer bien des morts emportant dans leurs bras leurs
illusions [226]. Heureux celui dont la vie est *tombée en
fleurs* : [227] élégances de l'expression d'un poète [228] qui
est femme [229].

Depuis long-temps malade à l'infirmerie, les derniers moments de Rancé s'approchaient ; il n'y avait
personne pour porter la main sur le cœur de ce Christ.
Lorsque Jésus [230] pria son Père d'éloigner de lui le
calice, qui tenait son doigt sur le pouls du Fils de
l'homme pour savoir si des larmes sanglantes venaient
de la faiblesse humaine ou de l'épanouissement d'un
cœur qui se fendait de charité ?

Les religieux se pressaient à sa porte ; il dicta une
lettre dont le Père abbé Jacques de La Cour leur fit
lecture : « Dieu, disait-il, connaît seul mes forces et la
joie que j'aurais de vous voir ; cependant quoique ce
sentiment soit dans mon cœur [231] plus que jamais, je
suis contraint de vous dire que, dans l'état où je me
trouve, il m'est impossible de satisfaire à cette joie
autant que je le voudrais. Priez pour moi, mes frères ;
demandez à Dieu que si je vous suis encore bon à
quelque chose, il me rende à la santé, sinon qu'il me
retire de ce monde. »

On envoya chercher l'évêque de Séez [232], l'ami et le
confesseur de Rancé. Rancé témoigna beaucoup de
joie en l'apercevant ; il saisit la main du prélat, la porta
à son front pour commencer le signe de la croix ; il fit
ensuite une confession générale. Il supplia l'évêque de

Séez d'obtenir la protection royale en faveur de la discipline monastique de l'abbaye, ajoutant que dans toutes les autres choses, il souhaitait que la Trappe fût complètement oubliée.

Cette famille de la religion autour de Rancé avait la tendresse de la famille naturelle et quelque chose de plus ; l'enfant qu'elle allait perdre était l'enfant qu'elle allait retrouver : elle ignorait ce désespoir qui finit par s'éteindre devant l'irréparabilité de la perte. La foi empêche l'amitié de mourir ; chacun en pleurant aspire au bonheur du chrétien appelé ; on voit éclater autour du juste une pieuse jalousie, laquelle a l'ardeur de l'envie, sans en avoir le tourment.

Rancé, apercevant un religieux qui pleurait, lui tendit la main et lui dit : « Je ne vous quitte pas, je vous précède. » Le Tasse avait adressé les mêmes mots aux frères qui l'environnaient à Saint-Onuphre. Rancé demanda d'être enterré dans la terre la plus abandonnée et la plus déserte : sur un champ de bataille où l'on n'entend plus de bruit, on voit sortir du sol les pieds de quelques soldats.

Job mourut dans le petit réduit qu'il s'était fait, comme le palmier dont les branches sont chargées de rosée [233]. Rancé entretint le prélat de l'empressement que ses frères avaient mis à le soulager : « Voilà, dit-il, comme Dieu a pris plaisir à me favoriser dans tous les temps de ma vie, et je n'ai été qu'un ingrat. » Le Père abbé Jacques de La Cour entrait dans ce moment ; Rancé lui dit : « Ne m'oubliez pas dans vos prières, je ne vous oublierai pas devant Dieu. » Il chargea Jacques de La Cour de faire ses excuses au roi

d'Angleterre : il avait commencé une lettre pour ce
monarque exilé qu'il n'avait pas pu achever. La nuit
suivante fut mauvaise ; Rancé la passa assis sur une
chaise de paille [234] : il avait mis les sandales d'un
religieux mort avant lui : il allait achever le voyage
qu'un autre n'avait pu finir.

L'évêque de Séez lui ayant demandé s'il avait
toujours eu pour ses religieux la même charité : « Oui,
monseigneur, répondit le saint homme. Depuis quelques années, par la grâce de Dieu, je ne suis plus qu'un
simple religieux comme les autres ; ils sont tous mes
frères et ne sont plus mes enfants. S'il m'était permis
de regretter la perte de ma voix, ma douleur serait de
ne pouvoir leur faire entendre combien je les aime ; je
les conserve au fond de mon cœur et j'espère les y
porter devant Dieu. » Sur les huit heures du soir Rancé
se découvrit, il pria un frère de le mettre à genoux pour
recevoir la bénédiction de son évêque, il fit une
confession générale. L'évêque de Séez [235] dit qu'il avait
connu dans cette occasion plus qu'en aucune autre que
ce grand homme avait reçu de Dieu un esprit élevé, vif
pénétrant, une âme simple et d'une candeur admirable.

Plus Rancé s'était avancé vers le terme, plus il était
devenu serein ; son âme répandait sa clarté sur son
visage : l'aube s'échappait de la nuit. On présenta le
crucifix au mourant ; il s'écria : « Ô éternité ! quel
bonheur ! » et il embrassa le signe du salut avec la plus
vive tendresse ; il baisa la tête de mort qui était au pied
de la croix. En remettant cette croix à un moine, il
remarqua que celui-ci ne l'imitait pas, il dit : « Pour-

quoi ne baisez-vous pas la tête de mort ? c'est par elle que finit notre exil et notre misère. » Rancé se souvenait-il de la relique que la tradition disait être placée auprès de lui ? Dans les âges les plus fervents, les chrétiens pratiquaient encore quelques rites du culte des faux dieux.

Le lit de cendres était préparé ; Rancé le regarda tranquille avec une sorte d'amour, puis il s'aida lui-même à se coucher sur le lit d'honneur ; l'évêque de Séez dit : « Monsieur, ne demandez-vous pas pardon à Dieu ? — Monsieur, répondit l'abbé, je supplie Dieu très-humblement du fond de mon cœur de me remettre mes péchés et de me recevoir au nombre de ceux qu'il a destinés à chanter éternellement ses louanges. » Les forces venant à lui manquer, il s'arrêta. L'évêque dit : « Monsieur, me reconnaissez-vous ? — Monsieur, répliqua l'abbé, je vous connais parfaitement ; je ne vous oublierai pas. »

L'évêque de Séez s'étant enquis si l'on avait donné quelque chose au mourant pour le soutenir, l'abbé de Rancé fit lui-même la réponse : « Rien n'a manqué à l'attention de leur charité. »

Il s'établit par les paroles de l'Écriture un dernier dialogue entre l'agonisant et l'évêque.

L'Évêque. — Le Seigneur est ma lumière et mon salut.

L'Abbé. — Je mettrai en lui toute ma confiance.

L'Évêque. — Seigneur, c'est vous qui êtes mon protecteur et mon libérateur.

L'Abbé. — Ne tardez pas, mon Dieu, hâtez-vous de venir.

Ce furent les dernières paroles de Rancé. Il regarda l'évêque, leva les yeux au ciel, et rendit l'esprit. Il fut enterré dans le cimetière commun des religieux.

Ainsi se consomma le sacrifice. Le repentir vous isole de la société et n'est pas estimé à son prix. Toutefois l'homme qui se repent est immense ; mais qui voudrait aujourd'hui être immense sans être vu ? Rancé passa [236] de sa hutte d'argile à la maison de Dieu, maison magnifique.

Rancé fut porté à l'église et placé sous la lampe. Son visage, qui avait paru décharné, parut vermeil et beau. Il demeura dans l'église depuis le 27 octobre jusqu'au 29. Les moines se tenaient debout ou fondaient en larmes : c'était à qui ferait toucher au corps des linges et des chapelets. Trente religieux chantaient les psaumes : des messes se célébraient successivement dans l'église. Lorsqu'on le mit dans la fosse, le chœur récitait ce verset du psaume CXXXI : « C'est là que j'habiterai, parce que je l'ai choisi [237]. » On l'inhuma dans le cimetière. Le pasteur avait voulu, même après sa mort, se trouver au milieu de ses brebis [238]. Des témoignages authentiques furent rendus à Rancé, qui pourraient servir aujourd'hui à sa canonisation. Il apparut après sa mort à diverses personnes dans une grande gloire. Les rois témoignèrent de leur douleur, soit qu'ils fussent tombés, soit qu'ils occupassent encore le trône. Jacques écrivait : « J'irai dans votre sainte solitude pour l'amour de moi-même, pour m'encourager dans l'état où je suis et où Dieu me tient. »

« C'était une voix de tonnerre, dit le Père Le Nain,

qui retentissait de tous côtés pour inspirer aux
hommes le mépris du monde, le néant de ses grandeurs, la solidité des biens de la vie future. » Des
conversions éclatantes s'opérèrent. Un religieux avait
entendu dans son sommeil une sainte hostie qui criait :
« Tremblez, tremblez, tremblez ! » et il fut saisi de
terreur, qu'on fut long-temps à le faire revenir. Des
épileptiques furent guéris en s'appliquant des linges
qui avaient servi à la main du réformateur [239]. Les
certificats ont été conservés, et Rome n'aura [240] pas
besoin d'une longue procédure pour le placer au rang
des saints. Son cœur était dans le repos, et l'Esprit
divin avait rempli son âme de splendeur.

Saint-Simon dit en s'interrompant : « Ces mémoires
sont trop profanes pour rapporter rien ici d'une vie
aussi sublimement sainte. Je m'arrête tout court : tout
ce que je pourrais ajouter serait ici trop déplacé. »

Né le 9 janvier 1626, seize ans après la mort
d'Henri IV, mort en 1700, quinze ans avant la mort de
Louis XIV, Rancé avait été soixante-quatorze ans sur
la terre, dont il avait vécu trente-sept ans [241] dans la
solitude, pour expier les trente-sept qu'il avait passés
dans le monde.

Lorsqu'il disparut, une foule d'hommes fameux
avaient déjà pris les devants, Pascal, Corneille,
Molière, Racine, La Fontaine, Turenne et Condé : le
vainqueur de Rocroi avait reçu de Bossuet sa dernière
couronne. Bossuet, dont je vous ai déjà dit la mort,
penchait vers sa ruine qu'il avait annoncée avec une
simplicité si magnifique. Ce siècle est devenu immobile
comme tous les grands siècles ; il s'est fait le contempo-

rain des âges qui l'ont suivi. On ne voit pas tomber quelques pierres de l'édifice sans un sentiment de douleur. Quand Louis XIV descend le dernier au cercueil, on est atteint d'un inconsolable regret. Parmi les débris du passé se remuaient les premiers nés de l'avenir : quelques renommées commençaient à poindre sous la protection d'un roi décrépit encore debout. Voltaire naissait ; cette désastreuse mémoire [242] avait pris naissance dans un temps qui ne devait point passer : la clarté sinistre s'était allumée au rayon d'un jour immortel.

L'ouvrage de Rancé subsiste. Rancé s'est éloigné de sa solitude comme Lycurgue de la vallée de Lacédémone, en faisant promettre à ses disciples qu'ils garderaient ses lois jusqu'à son retour. Rancé est parti pour le ciel ; il n'est point revenu sur la terre ; ses lois sont religieusement observées par son petit peuple. Les Trappistes ont vu tomber [243] autour d'eux les autres ordres ; ils ont vu passer la Révolution et ses crimes, Bonaparte et sa gloire, et ils ont survécu ; tant il y avait de force dans cette législation surhumaine [244] ! La cryptie [245] de Sparte était la mort des esclaves ; la cryptie de la Trappe était la mort des passions. Ce phénomène est au milieu de nous, et nous ne le remarquons pas. Les institutions de Rancé ne nous paraissent qu'un objet de curiosité, que nous allons voir en passant.

DOSSIER

VIE DE CHATEAUBRIAND

1768-1848

1768   *4 septembre*. Naissance de François-René de Chateaubriand à Saint-Malo. Il est envoyé en nourrice à Plancoët pendant trois ans.

1775   *8 septembre*. A sept ans, il revient de Saint-Malo à Plancoët pour y être relevé d'un vœu de sa nourrice.

1777   Le père de Chateaubriand s'installe au château de Combourg.

1777-1781   Études chez les eudistes au collège de Dol où il fait sa première communion. Il passe ses vacances à Combourg.

1781-1782   Études chez les jésuites au collège de Rennes.

1783   Chateaubriand prépare à Brest l'examen de garde de marine auquel il tente en vain de se présenter. Il va ensuite au collège de Dinan avec l'intention d'entrer dans les ordres.

1783-1785   Il séjourne deux ans et demi à Combourg dans l'intimité de Lucile, sa quatrième sœur.

1785   Chateaubriand renonce à l'état ecclésiastique. Divers projets de voyage n'aboutissent pas : Canada, Indes, Ile de France.

1786   Nommé sous-lieutenant au régiment de Navarre, il part pour Paris où il séjourne chez Julie, sa troisième sœur, puis rejoint son régiment à Cambrai.
  Septembre. La mort de son père à Combourg le rappelle en Bretagne.

1787   *19 février*. Grâce à l'entremise de son frère Jean-Baptiste, Chateaubriand est présenté à Louis XVI. Il partage son temps entre Paris et Fougères où habitent ses sœurs Marie-Anne et Julie. Il prend un congé de six mois.

1788   Il est mis en demi-solde, puis réintégré comme cadet gentilhomme au régiment de Navarre. Il est tonsuré à Saint-Malo pour pouvoir obtenir un bénéfice comme chevalier de Malte. Il assiste aux

Assemblées de la noblesse lors des troubles parlementaires et à la séance orageuse des États de Bretagne.

1789 Il s'installe à Paris avec ses sœurs Julie et Lucile. Il assiste à la plupart des événements révolutionnaires.

1790 Chateaubriand forme le projet de partir pour l'Amérique. Il passe l'été à Fougères et revient l'hiver à Paris où il fréquente les milieux littéraires. Il publie une idylle dans l'*Almanach des Muses : L'Amour de la campagne.*

1791 *Janvier.* Sous l'influence du ministre Malesherbes, il décide de partir pour l'Amérique.

 Février-mars. Visite à Combourg (c'est la visite dont il est question dans *René*). Il est à nouveau mis en demi-solde, à la suite de la réorganisation de l'armée.

 8 avril. Départ pour l'Amérique où il séjourne cinq mois : il s'embarque à Saint-Malo sur le *Saint-Pierre ;* arrive à Baltimore le 10 juillet ; va à Philadelphie, New York, remonte l'Hudson en bateau ; va aux chutes du Niagara et dans la région des Grands Lacs.

 10 décembre. Il s'embarque pour la France.

1792 *2 janvier.* Il arrive au Havre.

 21 février. Il épouse en hâte Céleste Buisson de la Vigne, amie de Lucile, qu'il connaît à peine. Séjours à Fougères et à Paris.

 15 juillet. Il fuit la Révolution et rejoint à Trèves l'armée des Princes.

 6 septembre. Il participe au siège de Thionville où il est blessé par un obus. Sa compagnie étant licenciée, il part pour Jersey.

1793 *Janvier-mai.* Chateaubriand séjourne à Jersey. Puis il va à Londres où il vit dans la misère. Il entreprend l'*Essai sur les révolutions.* Sa femme et ses sœurs sont emprisonnées en Bretagne.

1794 Chateaubriand s'installe à Beccles dans le Suffolk où il enseigne le français. Son frère Jean-Baptiste est guillotiné.

1795 Chateaubriand donne des leçons à Bungay, ville voisine de Beccles, où il loge chez le pasteur Ives. Il a une idylle avec la fille de celui-ci, Charlotte. Il travaille à l'*Essai sur les révolutions.*

1796 Chateaubriand revient à Londres à la fin de l'année scolaire. A la suite d'une chute de cheval qui l'a immobilisé à Bungay, il obtient un certificat médical qui le déclare inapte au service.

1797 L'*Essai historique, politique et moral sur les révolutions anciennes et modernes, considérées dans leurs rapports avec la révolution française* paraît en deux volumes chez Deboffe à Londres. Chateaubriand fait la connaissance de Mme de Belloy et fréquente les monarchiens émigrés ; il se lie avec Fontanes.

1798   Mort de la mère de Chateaubriand à Saint-Servan. Chateau-
       briand écrit plusieurs livres des *Natchez* qu'il lit à Fontanes.

1799   Chateaubriand termine en avril une première rédaction du *Génie
       du christianisme*. Il donne une lecture de certains fragments. On
       commence à imprimer l'ouvrage à Londres en août. Mort de Julie à
       Rennes.

1800   *Mai*. Après près de huit ans d'émigration, Chateaubriand revient
       en France. Il débarque incognito à Calais et obtient à Paris un
       permis de séjour.
       Octobre. Il fait la connaissance de Pauline de Beaumont dont il
       fréquente le salon.
       Décembre. Il publie dans le *Mercure de France* une première lettre à
       Fontanes, sur l'ouvrage de Mme de Staël *De la littérature*.

1801   *2 avril*. Il publie, chez Migneret, *Atala ou les amours de deux Sauvages
       dans le désert*, épisode détaché du *Génie du christianisme*. L'ouvrage
       obtient un grand succès, il y a cinq rééditions dans l'année.
       Mai. Chateaubriand rencontre Mme Récamier. Il passe l'été avec
       Pauline de Beaumont à Savigny où il travaille au *Génie du
       christianisme*. Un arrêté porte sa radiation de la liste des émigrés.
       Décembre. Il revient à Paris et se lie avec la duchesse de Duras.

1802   *14 avril*. Le *Génie du christianisme ou Beautés de la religion chrétienne*
       paraît en cinq volumes chez Migneret. Il contient *Atala* et
       l'originale de *René*. Fontanes en fait un compte rendu élogieux dans
       le *Mercure de France*. L'ouvrage est présenté à Bonaparte par sa sœur
       Élisa dont Chateaubriand a fait la connaissance à son retour
       d'Angleterre. Durant l'été, Chateaubriand court les châteaux où
       l'on fête l'auteur du *Génie du christianisme*. Début de la liaison avec
       Delphine de Custine qui durera jusqu'en 1805.
       Octobre-novembre. Voyage dans le Midi ; retour par la Bretagne où il
       renoue avec sa femme. Il revient en décembre à Paris.

1803   *Avril*. Seconde édition du *Génie du christianisme* en deux volumes,
       précédée d'une dédicace au Premier Consul.
       4 mai. Chateaubriand est nommé secrétaire de légation à Rome
       auprès du cardinal Fesch. Il gagne son poste, mais les relations avec
       le cardinal sont tout de suite mauvaises. Il forme le projet d'un
       voyage en Grèce. En octobre, il accueille Pauline de Beaumont à
       Florence et l'accompagne à Rome où elle arrive presque mourante.
       Elle y meurt le 4 novembre. Chateaubriand est nommé chargé
       d'affaires à Sion, dans le Valais.

1804   Revenu à Paris en janvier, il reprend la vie conjugale. Troisième
       et quatrième édition du *Génie du christianisme*. Deuxième lettre à
       Fontanes, sur la campagne romaine. Après l'exécution du duc

d'Enghien, il donne sa démission, prétextant la santé de sa femme. En avril, il rencontre Alexandre de Laborde et sa sœur Natalie, comtesse de Noailles, chez qui il passe un mois à Méréville, dans la Beauce. Il fait également des séjours à Fervacques chez Mme de Custine et à Villeneuve-sur-Yonne chez les Joubert. Sa sœur Lucile meurt à Paris en novembre.

1805   Fin de la liaison avec Delphine de Custine. Chateaubriand rejoint sa femme à Vichy et fait avec elle un voyage en Auvergne, à Clermont-Ferrand ; il rend visite à Mme de Staël à Coppet. Début de la liaison avec Natalie de Noailles. Douzième édition d'*Atala*, version définitive ; *René* figure dans le même volume.

1806   Séjours à Méréville chez Natalie de Noailles. Publication du *Voyage au Mont Blanc*. En mai, il trouve l'argent nécessaire pour le voyage qu'il projette de faire en Méditerranée afin de « chercher des images » pour un roman sur les origines du christianisme, mais aussi en vue de retrouver Natalie de Noailles en Espagne.

13 juillet. Départ pour l'Orient par Venise et Trieste, avec une lettre de recommandation de Talleyrand. Le voyage durera onze mois : Athènes (22-26 août), Constantinople (14-18 septembre), Terre sainte (4-12 octobre), Égypte où il est immobilisé (23 octobre-23 novembre).

1807   *13 janvier.* Après un voyage effroyable, il arrive en Tunisie où il fait un séjour forcé.

6 avril. Chateaubriand arrive à Cadix. Il retrouve peut-être Natalie de Noailles à l'Alhambra de Grenade et ils visitent ensemble Madrid, l'Escorial.

5 juin. Retour à Paris, par Bayonne et Bordeaux. Il rachète le *Mercure de France* dont Fontanes était jusque-là directeur. Le 4 juillet, il y publie un article hostile à la « tyrannie » sur *Le Voyage pittoresque et historique de l'Espagne* d'Alexandre de Laborde qui lui a peut-être valu la disgrâce de Napoléon. Après un nouvel article, il reçoit l'ordre de quitter la direction du journal. Il se retire alors dans la maison de la Vallée-aux-Loups qu'il achète à Châtenay-Malabry. Il y achève *Les Martyrs*, travaille aux *Mémoires d'outre-tombe* et à l'*Itinéraire de Paris à Jérusalem*.

1809   *27 mars. Les Martyrs ou le triomphe de la religion chrétienne.*
31 mars. Exécution d'Armand de Chateaubriand, cousin germain de Chateaubriand.

1811   *Itinéraire de Paris à Jérusalem*, trois volumes.
20 février. Élection à l'Académie française.

1813   Rupture avec Natalie de Noailles.

1814   *5 avril. De Buonaparte et des Bourbons.*

8 juillet. Nomination de ministre en Suède. Il ne rejoint pas son poste.

27 novembre. Réflexions politiques sur les brochures du jour.

1815   *20 mars.* A la suite du roi, Chateaubriand s'enfuit à Gand où il est nommé ministre d'État chargé du département de l'Intérieur.

9 juin. Rapport sur l'état de la France, fait au Roi dans son conseil.

17 août. Chateaubriand pair de France.

1816   *17 septembre. De la Monarchie selon la Charte.*

1817   Installation à Paris, rue du Bac.

1818   Fondation du recueil semi-périodique *Le Conservateur.*

21 juillet. Vente de la Vallée-aux-Loups. *Du système politique suivi par le ministère. Opinion sur le projet de loi relatif à la presse. Remarques sur les affaires du moment. Génie du christianisme,* édition abrégée, en deux volumes.

1819   Mme de Chateaubriand fonde l'infirmerie Marie-Thérèse.

1820   Fin de la publication du *Conservateur. Mémoires, lettres et pièces authentiques touchant la vie et la mort de S.A.R. Charles-Ferdinand d'Artois, fils de France, duc de Berry.*

1821   *11 janvier-19 avril.* Séjour à Berlin comme ministre plénipotentiaire (démission le 27 juillet).

1822   Chateaubriand ambassadeur à Londres.

8 septembre. Départ de Londres pour le congrès de Vérone.

28 décembre. Nomination de Chateaubriand ministre des Affaires étrangères.

1824   Guerre d'Espagne.

24 mai. Le duc d'Angoulême entre à Madrid.

6 juin. Chateaubriand exclu du ministère. Articles d'opposition dans *Le Journal des Débats* (jusqu'au 18 décembre 1826). *De la censure.* Deux *Lettres à un pair de France.*

1825   *29 mai.* Présence à Reims au sacre de Charles X.

Le Roi est mort, vive le Roi. Note sur la Grèce.

1826   *Discours servant d'introduction à l'histoire de France* lu dans la séance tenue par l'Académie française le 9 février.

31 mars. Contrat avec Ladvocat pour la publication des *Œuvres complètes.* Ordre de parution :

Tome XVI : *Atala, René, Les Aventures du dernier Abencerage,* avec un avertissement de l'auteur sur l'édition des *Œuvres complètes.*

Tomes I et II : *Essai sur les révolutions.*

Tome XI : *Génie du christianisme.*

Tomes XVII et XVIII : *Les Martyrs.*

Tomes VIII, IX et X : *Itinéraire de Paris à Jérusalem.*

Tomes XIX et XX : *Les Natchez.*
Tome XXI : *Mélanges littéraires.*
Tome XXIII : *Discours et opinions.*
Tome XXIV : *Mélanges politiques.*

1827   Tomes XII, XIII, XIV et XV : *Génie du christianisme.*
Tome XVIII *bis : Les Martyrs* avec un appendice : « Jugements portés sur *Les Martyrs.* »
Tomes VI et VII : *Voyages en Amérique et en Italie.*
Tome III : *Mélanges historiques.*
Tome XXV : *Mélanges politiques.*
Tome XXVI : *Polémique.*

1828   Nomination d'ambassadeur à Rome. *Moïse. Les quatre Stuarts.*
Édition Ladvocat : tome XXII : *Mélanges et Poésie.*
Tome XXVII : *De la liberté de la presse.*

1829   *Mai.* Retour à Paris. Nouvelle édition des *Œuvres complètes* chez Lefèvre (vingt volumes, 1829-1831).
28 juillet-19 août. Séjour à Cauterets.
30 août. Démission de l'ambassade de Rome.

1830   *7 août.* Dernier discours à la Chambre des pairs.

1831   *24 mars. De la Restauration et de la monarchie élective.*
Séjour à Genève.
12 octobre. Retour à Paris. Brochure sur le *Bannissement de Charles X et de sa famille.*
Édition Ladvocat : tomes IV, V, V *bis* et V *ter : Études ou Discours historiques.* Tome XXVIII : *Table analytique et raisonnée des matières avec une notice sur la vie et les ouvrages de l'auteur* par M. de L*** de Saint-E***.

1832   *16-30 juin.* Arrestation de Chateaubriand à la suite de l'équipée de la duchesse de Berry. Il est libéré par ordonnance de non-lieu. Installation rue d'Enfer à l'Infirmerie Marie-Thérèse. *Mémoires sur la captivité de Madame la duchesse de Berry.*

1833   *27 février.* Procès en Cour d'assises pour le *Mémoire* et acquittement.
Mai. Premier voyage en Bohême pour une mission confiée par la duchesse de Berry auprès de Charles X.
Septembre. Deuxième voyage à Prague par Venise et Ferrare.

1834   *2 octobre.* Première représentation de *Moïse* au théâtre de Versailles.

1836   Traité avec Delloye et la Société formée pour l'acquisition et la publication des *Mémoires d'outre-tombe. Essai sur la littérature anglaise.*

Nouvelle édition des *Œuvres complètes* chez Pourrat (trente-six volumes, 1836-1839).

1838   Installation rue du Bac.

1843   *Novembre*. Voyage à Londres auprès du comte de Chambord.

1844   *Mai-juillet*. Première et seconde édition de la *Vie de Rancé*.

1845   *7-17 juin*. Séjour à Venise où Chateaubriand se rend auprès du comte de Chambord.

1847   *8 février*. Mort de Mme de Chateaubriand.

1848   *4 juillet*. Mort de Chateaubriand.

BIBLIOGRAPHIE SOMMAIRE

(André FÉLIBIEN DES AVAUX) : *Description de l'abbaye de la Trappe*, Paris, Frédéric Léonard, 1671.

DU SUEL (François) : *Entretien de l'abbé Jean et du prêtre Eusèbe*, Paris, Frédéric Léonard, 1674.

(RANCÉ) : *Relation de la mort de quelques religieux de l'abbaye de La Trappe*, Paris, Étienne Michallet, 1678.

[THIERS (abbé Jean-Baptiste)] : *Apologie de M. de la Trappe* par le sieur de Saint-Sauveur, s.l., 1694.

MAUPEOU (abbé Pierre de) : *Éloge funèbre du T.R. Père Dom Armand-Jean Bouthillier de Rancé*, Paris, F. Muguet, 1701.

MARSOLLIER (abbé Jacques de) : *La Vie de Dom Armand-Jean Le Bouthillier de Rancé*, Paris, J. de Nully, 1703.

LE NAIN (Dom Pierre) : *La Vie du R.P. Dom Armand-Jean Le Bouthillier de Rancé, abbé et réformateur de la maison Dieu Notre-Dame de la Trappe*, s.l., 1715.

THUILLIER (Dom Vincent) : *Ouvrages posthumes de Jean Mabillon et de D. Thierri Ruinart*, Paris, Rabuty, 1724.

GERVAISE (Dom François-Armand) : *Défense de la nouvelle Histoire de l'abbé Suger, avec l'apologie pour feu M. l'abbé de la Trappe, D. Armand-Jean Bouthillier de Rancé, contre les calomnies et invectives de Dom Vincent Thuillier*, Paris, J.B.C. Bauche, 1725.

GERVAISE : *Jugement critique, mais équitable, des vies de feu M. l'abbé de Rancé... écrites par les sieurs Marsollier et Maupeou*, Londres aux dépens de la compagnie, 1742.

Relation de la vie et de la mort de quelques religieux de l'abbaye de la Trappe, Paris, Guillaume Desprez, 1755. (Il y a cinq volumes. Le début du troisième est consacré à un « Abrégé de la vie et dernières circonstances de la mort de Dom Armand-Jean Le Bouthillier de Rancé ».)

On trouve à la fin du quatrième la « Vie de Dom Pierre le Nain ». Le cinquième contient la liste des religieux morts à la Trappe, où Rancé est mentionné p. 290, la « Description de la Trappe » attribuée à Andre Félibien des Avaux et la « Relation d'un voyage fait à la Trappe » attribuée à Toussaint Desmares, curé de Liancourt.)

L. D. B. (Louis Du Bois) : *Histoire civile, religieuse et littéraire de l'abbaye de la Trappe*, Paris, Raynal, 1824.

SAINTE-BEUVE : *Port-Royal*, Paris, Renduel, puis Hachette, 1840-1859 (5 volumes).

DUBOIS (abbé Louis) : *Histoire de l'abbé de Rancé et de sa réforme...*, Paris, Bray, 1866.

BREMOND (Henri) : « *L'abbé Tempête* », *Armand de Rancé, réformateur de la Trappe*, Paris, Hachette, 1929.

CHEREL (Albert) : *Rancé,* préface de René Bazin, Paris, Flammarion, 1930.

LEKAI (Louis J.) : *Les Moines blancs,* Paris, Seuil, 1957.

KRAILSHEIMER (A. J.) : *Armand-Jean de Rancé, Abbot of La Trappe,* Oxford, Clarendon Press, 1974.

QUELQUES ÉDITIONS MODERNES
DE LA « VIE DE RANCÉ » DE CHATEAUBRIAND

1920 : Paris, Bossard (avec préface de Julien Benda).

1948 : Paris, Valmont (avec préface de Marcel Jouhandeau).

1955 : Paris, Marcel Didier — repris par Nizet — (avec préface et notes de Fernand Letessier).

1965 : Paris, 10/18 (avec préface de Roland Barthes).

1969 : Paris, Club français du Livre (avec préface d'Henri Guillemin).

1969 : Paris, Bibliothèque de la Pléiade (avec préface et notes de Maurice Regard), *in* Chateaubriand, *Œuvres romanesques et voyages,* t. I.

1977 : Paris, Imprimerie Nationale (Trésor des Lettres françaises), avec préface et notes de Pierre Clarac.

SUR CHATEAUBRIAND

MAUROIS (André) : *Chateaubriand,* Paris, Grasset, 1938.

GUILLEMIN (Henri) : *L'Homme des « Mémoires d'outre-tombe »,* Paris, Gallimard, 1964.

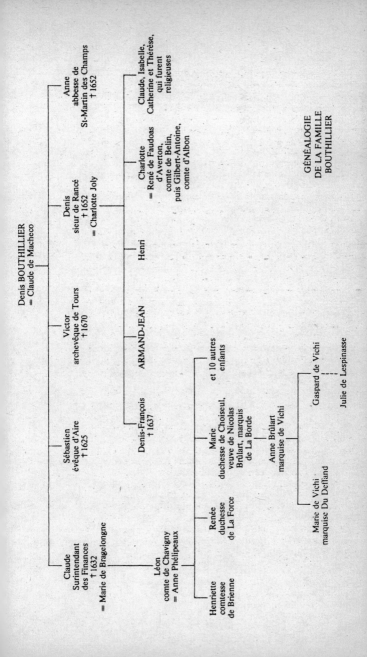

GÉNÉALOGIE
DE LA FAMILLE
BOUTHILLIER

Denis BOUTHILLIER
= Claude de Macheco

Claude
Surintendant
des Finances
† 1632
= Marie de Bragelongne

Sébastien
évêque d'Aire
† 1625

Victor
archevêque de Tours
† 1670

Denis
sieur de Rancé
† 1652
= Charlotte Joly

Anne
abbesse de
St-Martin des Champs
† 1652

Léon
comte de Chavigny
= Anne Phélipeaux

Denis-François
† 1637

ARMAND-JEAN

Henri

Charlotte
= René de Faudoas
d'Averton,
comte de Belin,
puis Gilbert-Antoine,
comte d'Albon

Claude, Isabelle,
Catherine et Thérèse,
qui furent
religieuses

Henriette
comtesse
de Brienne

Renée
duchesse
de La Force

Marie
duchesse de Choiseul,
veuve de Nicolas
Brûlart, marquis
de La Borde

et 10 autres
enfants

Anne Brûlart
marquise de Vichi

Gaspard de Vichi

Marie de Vichi
marquise Du Deffand

Julie de Lespinasse

NOTES

NOTES SUR LA PRÉFACE

Page 7.

1. Vermeer de Delft, mort en 1675, est resté inconnu jusque vers 1865, et l'admiration que lui manifesta alors Thoré-Bürger ne s'est propagée ensuite qu'assez lentement. Georges de La Tour, mort en 1652, n'a été ressuscité qu'au début du XXe siècle, grâce surtout à Hermann Voss. Il convient, je crois, de reconnaître un mérite analogue à Julien Benda en ce qui concerne la *Vie de Rancé*. Après l'admirable dithyrambe par lequel Sainte-Beuve avait salué la parution du livre dans la *Revue des Deux Mondes*, dithyrambe repris dans les *Portraits contemporains*, personne n'avait songé à y voir un chef-d'œuvre. (Sainte-Beuve lui-même, après le dithyrambe, avait discrètement et même anonymement exprimé ses réserves dans la *Revue suisse*. Dénonçant un « véritable bric-à-brac » dans la *Vie de Rancé*, il disait : « L'auteur vide toutes ses armoires, jette tout, brouille tout. »)

2. Julien Gracq : Préface aux *Mémoires d'outre-tombe* (Le Livre de poche, 1964, p. 14). Remarquons qu'en un texte daté de 1912, d'une époque donc où la *Vie de Rancé* était totalement négligée, Claudel, voulant éclairer le phrasé de Rimbaud par le principe de la rime intérieure et de l'accord dominant, et le cheminement de sa pensée par un développement mélodique (comme de notes juxtaposées), invoquait quelques précédents et notamment Chateaubriand (*Œuvres* d'Arthur Rimbaud, préface de Paul Claudel, Mercure de France, 1916, p. 16). Mais c'est relativement au reste de l'œuvre, et plus particulièrement aux *Mémoires d'outre-tombe*, que Gracq proclame la modernité plus aiguë de la *Vie de Rancé*. « La langue de la *Vie de Rancé*, dit-il, enfonce vers l'avenir une pointe plus mystérieuse : ses messages en morse, saccadés, déphasés, qui coupent la narration tout à trac comme s'ils étaient captés d'une autre

planète, bégayent déjà des nouvelles de la contrée où va s'installer Rimbaud. »

3. *Dans l'Orient désert quel devint mon ennui !* (Voir, dans *Variété*, « Au sujet d'Adonis ».)

Page 8.

4. *Essai sur la littérature anglaise* (Chateaubriand : *Œuvres complètes*, Paris, Firmin Didot, 1849, tome V, p. 52). Voir aussi : *Mémoires d'outre-tombe* (Paris, Pénaud, 1849, tome III, p. 250) : parlant de Fontanes et de ce qu'il lui doit, Chateaubriand écrit : « Il m'empêcha de tomber dans l'extravagance d'invention et le rocailleux d'exécution de mes disciples. » Notons que, dans la *Revue des Deux Mondes* de mai 1844, à deux pas de l'article où Sainte-Beuve loue la *Vie de Rancé*, on en trouve un autre, de Paulin Limayrac, intitulé : *De l'esprit de désordre en littérature.*

5. C'est là un point essentiel qu'avait bien marqué Benda, lorsqu'il ressuscita en 1920 le chef-d'œuvre méconnu. « Qui se choquera, écrivait-il, de ces digressions folles, de ces méandres éperdus, en un temps qui couronne les produits d'un Péguy, d'un Romain Rolland, d'un Marcel Proust ? Ce qui nuirait plutôt à notre auteur, c'est l'espèce de honte qu'il a de son décousu, le soin qu'il prend de renouer son récit... » (Collection des Chefs-d'œuvre méconnus, Chateaubriand : *La Vie de Rancé*, Introduction et notes de Julien Benda, Paris, Bossard, 1920, pp. 14-15.) Quant à ce décousu, Roland Barthes en a bien analysé le principal mécanisme : « Chateaubriand ne double pas Rancé. Il l'interrompt » (*La Voyageuse de nuit*, in Chateaubriand : *La Vie de Rancé*, 10/18, 1965, p. 14). Au vrai les interruptions de Chateaubriand ne sont pas toujours tellement personnelles, poétiques ou bien venues. Peu d'œuvres justifient mieux le mot de Cocteau : « Les chefs-d'œuvre de la littérature sont des dictionnaires en désordre » (cité par Mugnier : *Journal*, p. 285). Survient trop souvent l'érudition incongrue d'un salonnard, voulant éblouir des dames, et qui, multipliant les hors-d'œuvre, néglige le plat principal. Il est remarquable qu'en un livre sur Rancé, où il trouve moyen de caser Adrienne Lecouvreur, il ne nous parle pas une fois de Le Camus. Sur les rapports de celui-ci avec Rancé, A. J. Krailsheimer, dans son livre, le mieux documenté qui ait jamais été publié sur Rancé (*Armand-Jean de Rancé, Abbot of la Trappe*, Oxford, Clarendon Press, 1974), donne de nombreux détails, notamment pp. 228-231.

6. *Œuvres complètes,* Didot, 1849, tome V, p. 56.

7. Le bon plaisir bien marqué, mais prudemment dosé, est un ingrédient presque indispensable en haute littérature, et qui en marque assez souvent le niveau.

8. Quand, rendant compte d'un ouvrage de Boissy-d'Anglas sur Malesherbes, Chateaubriand écrit que « l'esprit philosophique a substitué une raison absolue à cette raison relative qui sort de la nature des

choses » (*Œuvres,* tome V, p. 473), c'est l'immense supériorité de cette
dernière qu'il entend souligner, et il convient de saluer chapeau bas une
remarque si pertinente. Mais, en ses expériences littéraires, Chateaubriand laisse voir parfois un mépris assez désobligeant pour le lecteur
éventuel. Pour justifier la surabondance des citations, qui émaillent son
Itinéraire de Paris à Jérusalem, Chateaubriand écrivait le 14 juillet 1811 à
Joubert : « Il y a tels lecteurs qui veulent des faits et de l'instruction. »
C'est entendu. Mais un préfacier, peu content de la *Vie de Rancé,* a pu être
tenté de mettre en épigraphe ces lignes de Rozanov : « Le rédacteur a fait
des pieds et des mains pour rassembler des nouvelles du monde entier... à
en crever ! A quoi cela lui sert-il ? — C'est pour votre plaisir que je
travaille. — Merci bien. Mon âme m'est plus précieuse » (*Esseulement,*
Plon, 1930, p. 74).

9. Analysant l'art de l'historien, il se refusait à en énoncer les règles.
« C'est selon moi une question oiseuse, disait-il, que de demander
comment l'histoire doit être écrite ; chaque historien l'écrit d'après son
propre génie ; l'un raconte bien, l'autre peint mieux ; celui-ci est
sentencieux, celui-là indifférent ou pathétique ; toute manière est bonne ;
chacun écrira comme il voit, comme il sent » (Préface des *Études
historiques, Œuvres complètes,* Didot, 1849, tome I, p. 14).

10. Parlant de son premier livre, Chateaubriand disait déjà : « C'est
un chaos » (*Œuvres complètes,* Didot, 1849, tome I, p. 240). Notons que,
narrateur, il est généralement assez sage. L'auteur du *Dernier Abencérage*
ne quitte guère le droit fil de son récit. Face à lui, l'auteur de *La Princesse
de Clèves* paraît plus encline à d'audacieuses fantaisies. C'est dans ses
œuvres d'essayiste que Chateaubriand annonce les libertés du roman
moderne.

11. *Œuvres complètes,* Didot, 1849, tome V, pp. 147-148.

12. Ici même pp. 218-221.

13. *Revue des Deux Mondes,* 15 mai 1844, pp. 706-707.

Page 9.

14. Préface des *Études historiques* (*Œuvres complètes,* Didot, 1849, tome I,
p. II).

15. *Essai sur la littérature anglaise* (*ibid.,* tome V, p. 150).

16. Benda, qui ressuscita la *Vie de Rancé,* n'avait pas méconnu ce côté
des choses. « La haute saveur de l'ouvrage, disait-il (p. 23), est dans les
visions de cet œil extraordinaire, dans son incroyable puissance d'invention et d'exactitude... Elle est dans la prodigieuse aptitude de l'auteur à
convertir l'intelligible en du sensible. » Et à côté de l'œil il signalait
implicitement l'oreille, non moins extraordinaire, en attirant l'attention
sur l'étonnante phrase à propos de Mabillon : « Dans l'ombre des cloîtres
on entendit un bruit de papier et de poussière... »

17. Ici même p. 201.

18. Œuvre de pénitence au départ, elle ne le fut certes plus dès que l'auteur, passant du travail de documentation à celui de rédaction, fut repris par le plaisir d'écrire et de bien écrire. Rédigeant la *Vie de Rancé* entre l'achèvement (1841) et l'ultime révision (1846) des *Mémoires d'outre-tombe*, l'écrivant en quelque sorte en marge des *Mémoires*, il y mit autant d'entrain. Mais cet entrain final ne doit pas nous faire oublier la phase précédente. L'œuvre de Rancé, qu'il a largement lue, n'a pas dû l'amuser tous les jours. Il a soigneusement consulté les biographies antérieures (Maupeou, Marsollier, Le Nain, Gervaise, etc.). Dans une excellente édition inspirée par Marie-Jeanne Durry (Paris, Marcel Didier, 1955, édition reprise par la librairie Nizet), Fernand Letessier a épluché pas à pas le travail de Chateaubriand. Il est bien curieux de voir l'illustre vieillard procéder à peu près comme ferait aujourd'hui un jeune étudiant préparant une thèse ou un mémoire de troisième cycle, se référant soigneusement aux travaux antérieurs, et pillant abondamment, pour nourrir son texte, la « Biographie Michaud ». On pourrait penser qu'en ce travail préliminaire, Chateaubriand, exécutant la pénitence que lui avait imposée son confesseur, a eu du moins le mérite d'une enquête ardue. Il est certain qu'à l'époque les fichiers bibliographiques n'étaient pas ce qu'ils sont aujourd'hui. En réalité sa tâche d'enquêteur fut comme mâchée à l'avance grâce à un livre paru en 1824 et qui selon toute vraisemblance a été au moins au départ son guide principal : l'*Histoire civile, religieuse et littéraire de l'abbaye de la Trappe* par M. L. D. B. (Louis Du Bois). Les chapitres V et VI notamment, qui vont de la p. 74 à la p. 123, lui fournissaient une extraordinaire moisson de références précises.

19. Il faut reconnaître que, s'agissant de parfaire ses ouvrages, Chateaubriand savait à l'occasion laisser de côté toute vanité d'auteur. Les *Observations critiques sur le roman d'Atala* par l'abbé Morellet auraient pu l'agacer. Or, il tint compte, dans les éditions ultérieures, de certaines suggestions du vieil encyclopédiste. Quant à la *Vie de Rancé*, il est curieux que les premiers censeurs ne lui aient pas signalé d'assez grosses bourdes, comme Clauk pour Cluny (ici même p. 252) ou la répétition à quatre pages de distance d'un même propos de Rancé (ici même pp. 232-233 et 237-238). Roland Barthes a, à juste titre, souligné l'intérêt de la première préface. Rien de plus étrange que telle édition moderne, où les préfaces sont supprimées, et où est par contre adjoint à la *Vie de Rancé* le fameux pamphlet de Chateaubriand sur Bonaparte et les Bourbons (Chateaubriand : *Vie de Rancé,* suivie de *De Buonaparte et des Bourbons,* préface de Jacques Chastenet, Prestige de l'Académie française, collection dirigée par Maurice Genevoix, Paris, Vialetay, 1971).

20. « La *Vie de Rancé* par Chateaubriand, avait dit dom Étienne (Salasc), est un misérable roman » (Mugnier, p. 42). Hors le mot « misérable », le propos n'était pas sans analogie avec l'observation révérencieuse de Benda : « Le Rancé que Chateaubriand expose aux

regards du monde a autant de rapport avec lui que l'Achille de Racine avec le rude soudard qui dort aux champs troyens » (Benda, p. 14).

21. *Journal de l'abbé Mugnier*, Mercure de France, 1985, p. 218.

22. Benda, sur ce point encore, considère le chef-d'œuvre méconnu comme marqué de modernité. Il rappelle la phrase de Valéry à propos de Léonard : « Je ne trouvais pas mieux que d'attribuer à l'infortuné Léonard mes propres agitations... » Et il souligne la mauvaise conscience de Chateaubriand devant un tel procédé : « Il y a là une organisation du subjectif à quoi Chateaubriand n'eût certainement point souscrit. Chateaubriand se peint lui-même en la place de Rancé, mais il n'eût jamais convenu que c'est ainsi qu'il devait faire... Son étalage de documents, le souci qu'il montre par endroits de bien distinguer entre lui et son héros, prouvent que, s'il pratiquait la méthode subjective, c'est l'objective qu'il respectait » (Benda, pp. 17-18). Accueillant Braudel à l'Académie, Maurice Druon a pu à bon droit lui présenter Chateaubriand comme un précurseur de l'École des Annales. Peut-être convient-il tout de même de considérer comme complémentaires l'effort d'objectivité et celui de compréhension subjective. L'un et l'autre se manifestent tant dans l'*Introduction à la méthode de Léonard* que dans la *Vie de Rancé*. Les tenants de l'objectivité semblent parfois oublier que l'objectivité bien comprise induit à considérer avant toute chose l'inévitable singularité de tout point de vue, de tout regard sur tout objet. De toute façon, ce qu'on gagne d'un côté, on le perd de l'autre.

23. A propos de Freud, comment ne pas voir l'étonnante parenté entre son optique et le regard de notre auteur sur son abbé ? « L'adversité, écrira Freud, élève dans le surmoi la puissance de la conscience morale : tant que le sort sourit à l'homme, elle demeure indulgente et passe au Moi bien des choses ; mais qu'un malheur l'assaille, il rentre alors dans lui-même, reconnaît ses péchés, raffermit les exigences de sa conscience, s'impose des privations, et se punit en s'infligeant des pénitences » (*Malaise de la civilisation*, trad. Odier, P.U.F., 1971, p. 83). Et comment ne pas sentir un avant-goût de Freud dans cette phrase de la *Vie de Rancé* : « Un nom qui tourmente la mémoire s'y glisse sous mille déguisements » (ici même, p. 96).

Page 10.

24. Ici même, p. 257.

25. Ici même p. 258. La déploration sur le malheur de la vieillesse est fréquente chez Chateaubriand. Même sa gloire de chef moral du plus puissant parti de l'Europe d'alors ne contrebalançait pas son désespoir, ou ne lui paraissait qu'une insipide consolation. Parlant des *Sonnets* de Shakespeare, il avait écrit : « La gloire est pour un vieil homme ce que sont les diamants pour une vieille femme ; ils la parent et ne peuvent l'embellir » (*Mémoires d'outre-tombe*, Penaud, 1849, tome III, p. 290).

26. « Nous avons, écrit Cicéron, de grandes actions de grâce à rendre à la vieillesse, qui nous retire le goût de funestes plaisirs » (Voir : *Œuvres de Cicéron*, Paris, Fournier, 1818, tome XXVI, p. 252).

27. Mot de Louis XVI à Malesherbes, cité par Chateaubriand (*Œuvres*, Didot, 1849, tome V, p. 476).

Page 11.

28. Ce silence est incontestable. « Il y a en moi, avoue Rancé, des iniquités qui ne sont *connues de personne* » (ici même, p. 192).

29. Ici même p. 90.

30. *Correspondance Gide-Valéry*, Paris, Gallimard, 1955, p. 510.

31. In : *La Nouvelle Revue Française*, juillet-août 1985, p. 105.

32. *Correspondance générale*, tome I, Gallimard, 1977, p. 296.

Page 12.

33. Voir ici même pp. 89 et 326.

34. Victor Hugo : *Choses vues* 1830-1846, Paris, Gallimard, Folio, 1972, p. 159. On peut se demander si cette merveille de Victor Hugo est la simple relation d'un événement réel ou si l'idée n'en est pas venue à l'auteur, à partir d'une vraisemblance, en lisant ces lignes des *Mémoires d'outre-tombe* : « (Le) cœur de Marat eut pour ciboire une pyxide précieuse du garde-meuble... Puis le vent tourna : l'immondice, versé de l'urne d'agate dans un autre vase, fut vidée à l'égout » (Penaud, 1849, tome III, p. 15).

35. « Raimond Lulle, après avoir longtemps poursuivi une belle, en obtint un jour un rendez-vous ; comme il touchait au comble de ses vœux, elle ouvrit son corsage et découvrit un horrible cancer qui lui rongeait le sein. *Aussitôt* il se convertit, quitta la cour du roi de Majorque, et se retira dans la solitude pour y faire pénitence » (Schopenhauer).

36. Schopenhauer : *Le Monde comme volonté et comme représentation*, livre quatrième, paragraphe 68 (trad. Burdeau, Paris, Alcan, 1912, tome I, p. 413 ; voir aussi : tome III, pp. 441-442).

37. Ici même p. 95. Chateaubriand avait dû trouver comme une confirmation du récit de Larroque dans le livre déjà cité (note 18) de Louis Du Bois qui écrivait : « La tête de la duchesse était conservée à la Trappe comme un monument, dit-on, de la grâce, qui avait enfin rappelé Rancé dans les voies de la pénitence. » Le fait était déjà contesté à la Trappe, et Chateaubriand le note honnêtement. Aujourd'hui on s'accorde généralement à y voir une pure légende. Letessier rappelle une phrase de Maupeou (I, 366), où il est précisé que Rancé avait dans sa cellule « une tête de mort qu'on lui avait envoyée de Toulouse ». Mais la légende plaisait à Chateaubriand. Littérateur, il se voulait verveux, et ne sut pas résister à la séduisante tentation de transformer en plaisanterie sinistre une bien innocente phrase de Bossuet.

38. *La Voyageuse de nuit*, p. 18 (*in* Chateaubriand : *La Vie de Rancé*, Union générale d'éditions, 10/18, 1965).

39. Plusieurs auteurs écrivent : Véret, ce qui montre comment il faut prononcer.

Page 13.

40. *Revue des Deux Mondes*, 15 mai 1844, p. 696.

41. Ici même pp. 99-100.

42. Ici même p. 113.

43. Bremond : *L'Abbé Tempête*, Hachette, 1929, p. 6.

44. Matth. V, 26 : *Non exies inde donec reddas novissimum quadratum* (Tu ne t'en tireras pas tant que tu n'auras pas tout réglé jusqu'au dernier centime).

45. Son nom complet était Vialart de Hersé. C'est, bien entendu, de Châlons-sur-Marne qu'il était évêque. Voir à son sujet : Krailsheimer, *op. cit.*, pp. 13-14.

46. Chateaubriand écrit Aleth, orthographe qui se faisait déjà désuète au XVIIe siècle. Il aimait les orthographes archaïques. Il ne lui eût pas déplu d'écrire Wascogne pour Gascogne ou d'appeler Louis XIV Hlovigh comme Louis le Débonnaire. Pavillon était évêque d'Alet dans l'Aude, près de Limoux. Mais il existe un Aleth en Bretagne, qui fut anciennement le siège d'un évêché transféré à Saint-Malo en 1157 !

Page 14.

47. Sainte-Beuve : *Œuvres* (Portraits littéraires), Bibliothèque de la Pléiade, tome II, p. 885.

48. « Chateaubriand, écrit-il, a eu une influence considérable sur la religion. Il a fourni aux apologistes des arguments nouveaux, tirés de la nature, de l'esthétique, de l'imagination, du cœur. Les apologistes se sont emparés de ces armes nouvelles ; ils en ont usé et abusé... Peu à peu pour beaucoup de modernes la religion est devenue une forme de la sensibilité » (Calvet : *Manuel d'histoire de la littérature française*, Paris, de Gigord, 1927, pp. 585-586).

49. « On veut être riche... On voudrait bien y parvenir par des voies honnêtes ; mais au défaut de ces voies honnêtes, on est bien disposé à en prendre d'autres... On ne laisse pas de sentir une répugnance secrète à se servir de moyens honteux ; mais avec cette répugnance, que l'honneur inspire, et dont on ne peut se défaire, on a encore plus d'âpreté et d'avidité. Supposons un homme dans cette disposition, à quelle tentation ne sera-t-il pas livré ? S'il est faible et timide, il sera fourbe et trompeur ; s'il est puissant et hardi, il sera dur et impitoyable. Le patrimoine des pauvres deviendra le sien, et s'il lui reste quelque conscience, il trouvera des docteurs pour le rassurer. Parcourez les maisons et les familles distinguées par les richesses et par l'abondance des biens ; je dis celles qui

se piquent le plus d'être honorablement établies, celles où il paraît d'ailleurs de la probité, et même de la religion ; à peine en trouverez-vous où l'on ne découvre dans l'origine des choses qui font trembler. Je sais quels troubles je répandrais dans les consciences de tout ce qu'il y a de riches qui m'écoutent, si je les obligeais à creuser le fond de cet abîme ; ou plutôt je sais de quelles erreurs la plupart des riches se laissent préoccuper, faussement convaincus que, de quelque manière qu'aient été autrefois acquis les biens qu'ils possèdent aujourd'hui, ce n'est point à eux à faire le procès à la mémoire de leurs pères ; que d'exiger des enfants une telle discussion, c'est renverser l'ordre de la société » (Bourdaloue : *Choix de sermons*, Paris, Firmin-Didot, 1889, pp. 104-107).

50. « Il est dit dans l'Évangile : *Donnez l'aumône de votre superflu.* Cependant plusieurs casuistes ont trouvé moyen de décharger les personnes les plus riches de l'obligation de donner l'aumône... en interprétant le mot de *superflu* en sorte qu'il n'arrive presque jamais que personne en ait ; et c'est ce qu'a fait le docte Vasquez dans son *Traité de l'aumône* (chap. IV, n. 14) : *Ce que les personnes du monde gardent pour relever leur condition et celle de leurs parents n'est pas appelé superflu ; et c'est pourquoi à peine trouvera-t-on qu'il y ait jamais de superflu dans les gens du monde, et non pas même dans les rois...* Il serait donc aussi sûr, selon Vasquez, de ne point donner l'aumône, pourvu qu'on ait assez d'ambition pour n'avoir point de superflu, qu'il est sûr, selon l'Évangile, de n'avoir point d'ambition, afin d'avoir du superflu pour en pouvoir donner l'aumône » (Pascal : *Œuvres complètes*, Hachette, 1858, tome I, pp. 59-60 ; ou Bibliothèque de la Pléiade, p. 716).

51. Rapin : *Mémoires*, Paris, Gaume, 1865, tome II, pp. 367 et suivantes.

52. « La liberté de la chaire, alors la seule inviolable, avait donné un asile à la liberté politique, et même, sous un certain rapport à l'indépendance religieuse. Massillon dit tout sur la souveraineté du peuple ; dans le *Télémaque* les leçons ne manquent pas ; Bossuet s'était occupé sérieusement de la réunion de l'Église protestante à l'Église catholique : il n'était pas éloigné de consentir au mariage des prêtres... » (Chateaubriand : *Œuvres*, Didot, 1849, tome I, p. 611).

Page 15.

53. *Ibid*, p. 614.

54. *Mémoires d'outre-tombe*, Penaud, 1850, tome XI, pp. 488-489, ou Bibliothèque de la Pléiade, tome II, p. 932.

55. « A mesure que l'instruction descend dans les classes inférieures, celles-ci découvrent la plaie secrète qui ronge l'ordre social depuis le commencement du monde... La trop grande inégalité des conditions et des fortunes a pu se supporter tant qu'elle a été cachée d'un côté par l'ignorance, de l'autre par l'organisation factice de la cité ; mais aussitôt

que cette inégalité est généralement aperçue, le coup mortel est porté...
Essayez de persuader au pauvre, quand il saura lire, au pauvre à qui la
parole est portée chaque jour par la presse, de ville en ville, de village en
village ; essayez de persuader à ce pauvre, possédant les mêmes lumières
et la même intelligence que vous, qu'il doit se soumettre à toutes les
privations, tandis que tel homme, son voisin, a, sans travail, mille fois le
superflu de la vie ; vos efforts seront inutiles » (Chateaubriand : *Œuvres*,
Didot, 1849, tome V, p. 162).

56. Paris, Hachette, 1977.

57. *Essai sur les révolutions,* seconde partie, chapitre LV (*Œuvres*, Didot,
1849, tome I, p. 415).

58. « Le monde mahométan *barbare* a été au moment de subjuguer le
monde chrétien *barbare ;* sans la vaillance de Charles Martel nous
porterions aujourd'hui le turban ; le monde mahométan *discipliné* pourrait
mettre dans le même péril le monde chrétien *discipliné*. Il ne faut pas pour
cela autant de temps que l'on se l'imagine : dix ans suffisent pour former
une bonne armée ; et, puisque les Cosaques, sujets du Czar, sont bien
venus des murailles de la Chine se baigner dans la Seine, les nègres de
l'Abyssinie, esclaves du Grand Turc, pourraient très bien venir aussi se
réjouir dans la cour du Louvre » (*Œuvres*, Didot, 1849, tome I, p. 416,
note a).

59. *Omnis enim lex in uno sermone impletur : Diliges proximum tuum sicut
teipsum* (Gal. V, 14).

60. Bossuet lui-même, parlant à un auditoire de privilégiés, ne
mâchait pas ses mots : « Si tous les droits, si tous les privilèges de l'Église
de Jésus-Christ sont aux pauvres, ô riches, que vous reste-t-il ? Ô riches
du siècle, prenez tant qu'il vous plaira des titres superbes ; vous pouvez
les porter dans le monde ; dans l'Église de Jésus-Christ vous êtes
seulement serviteurs des pauvres » (*Sermons*, Cité des livres, 1929, tome I,
pp. 66 et 60). Que se passait-il dans les têtes et dans le cœur de ceux qui
entendaient de telles paroles ? Des générations se sont succédé, et on a
entendu celles, acerbement ironiques, de Léon Bloy : « Tout le monde
connaît le désintéressement sublime des catholiques actuels, leur mépris
incassable pour les spéculations ou les manigances financières, et le
détachement céleste qu'ils arborent » (*Le Salut par les Juifs*, 10/18, 1983,
p. 22).

61. Marsollier, tome I, p. 117.

Page 16.

62. Tout précisément le 17 avril 1663, après avoir célébré la messe, et
cependant qu'était chanté le psaume : *Qui confidunt in Domino.*

63. C'est ce qu'a bien marqué Lucien Aubry dans son étude sur *La
Conversion de Monsieur de Rancé* (*Collectanea ordinis Cisterciensum reformatorum*,
tome XXV, 1963, pp. 196-197) : « Il conserva dans le péché la nostalgie

de la vertu... La mort de Mme de Montbazon... Si le coup a si bien porté, c'est qu'il a été préparé. Depuis longtemps son âme loyale et droite est inquiète et troublée. »

64. Voir : Henri Bremond : *L'Abbé Tempête*, p. 12.

65. Ici même p. 71.

66. « Il y avait toujours près d'elle, dit aigrement Saint-Évremond, un certain abbé de Rancé, un petit janséniste, qui lui parlait de la grâce devant le monde, et l'entretenait de tout autre chose en particulier. Cela me fit quitter le parti janséniste. »

Page 17.

67. Va d'abord te réconcilier avec ton frère (Matth. V, 24).

68. Ici même p. 91.

69. Ici même p. 94.

70. Dans ses *Tribulations du Révérend Barton*, George Eliot a très joliment montré par quel biais la crainte de l'enfer était inculquée aux petits enfants : « — Aimes-tu être battu ? — Non. — Alors tu es un nigaud de te mal conduire. Si tu n'étais pas méchant, tu ne serais pas battu. Si tu es indocile, Dieu sera fâché ainsi que M. Spratt, et Dieu peut te brûler pour toujours. Ce serait bien pire que d'être battu. »

71. Peut-être n'est-il pas incongru d'observer ici qu'on est de moins en moins sûr que cette croyance soit d'origine sémitique. Le cardinal Franz Koenig lui-même a admis que le problème se posait ; et Mgr Rupp, évêque de Monaco, puis nonce à Bagdad, écrivait résolument : « Il n'est pas interdit de penser que la notion d'immortalité de l'âme, peu familière au génie concret des Sémites, a pu s'y implanter sous l'influence conjuguée des Aryens d'Asie et de ceux de Grèce. L'assomption par la Bible de valeurs non sémitiques en accroît le soubassement humain » (Jean Rupp : *Explorations œcuméniques*, Monte-Carlo, Pastorelly, 1967, p. 26. Voir aussi Franz Kœnig : *Zarathustra's Jenseitsvorstellungen und das alte Testament*, Wien, Herder, 1964, p. 285).

72. « L'enfer n'a pas assez inspiré les bons. Il n'a pas assez contenu les méchants. L'humanité a beau être terrorisée, enfant, par la description de ces supplices, elle n'a pas ou peu changé pour cela sa ligne de vie » (*Journal de l'abbé Mugnier*, Mercure de France, 1985, p. 81).

73. Bloy (*Le Désespéré*, 10/18, 1983, p. 63) parle de « la *paralysante* affreuseté de l'Irrévocable ». Il est criant, d'autre part, que, devant être éternel, l'Ergastule de promission est bien pis que tout Goulag, et qu'en bonne logique la fameuse bonté de Dieu devrait être située beaucoup plus bas que celle du Kremlin.

74. Rom. III, 22-23 : *Non enim est distinctio, omnes peccaverunt.* Il n'y a pas de différence, tous ont péché.

75. Ici même pp. 97-98.

76. Chateaubriand donne cette citation comme tirée d'une *Vie de Rancé*

par Jean-Baptiste de La Tour. Letessier indique que c'est seulement dans
Maupeou ou dans Gervaise qu'il a pu la trouver, et que ceux-ci disent
qu'ils l'ont tirée d'un ouvrage de François Du Suel paru en 1674 :
Entretiens de l'abbé Jean et du prêtre Eusèbe.

Page 18.

77. Ici même p. 70.
78. Ici même p. 97.
79. Ici même pp. 220-221. Tout incongru que cela soit, c'est assez
évidemment le point exquis de l'œuvre. Benda, à qui revient l'honneur de
l'avoir ressuscitée, écrivait à juste titre : « Le grand prix de l'ouvrage,
c'est la prodigieuse intensité qui s'y montre dans le sentiment de la vanité
des choses, de la volatilité de tous les bonheurs. Combien l'accent est ici
plus poignant que dans *René* ! C'est que dans *René* ce désabusé possède les
choses. Dans le *Rancé*, tout s'est évanoui, tout est perdu à jamais. »

Page 19.

80. *In praesenti tempore vestra abundantia illorum inopiam suppleat ut fiat
aequalitas. Sicut scriptum est : qui multum non abundavit, qui modicum non
minoravit* (II Cor. VIII, 14-15).
81. Certains auteurs, et notamment Léon Bloy, parlent à ce propos du
« mystère de la Réversibilité ». Il faut reconnaître que, quand il a abordé
ce point, Bloy a atteint une étonnante hauteur de vues : « Notre liberté,
écrit-il dans *Le Désespéré* (10/18, 1983, pp. 142-143), est solidaire de
l'équilibre du monde, et c'est là ce qu'il faut comprendre pour ne pas
s'étonner du profond mystère de la Réversibilité, qui est le nom
philosophique du grand dogme de la Communion des saints. Tout
homme qui produit un acte libre projette sa personnalité dans l'infini. S'il
produit un acte impur, il obscurcit peut-être des milliers de cœurs qu'il
ne connaît pas, qui correspondent mystérieusement à lui, et qui ont
besoin que cet homme soit pur... Toute la philosophie chrétienne est dans
la notion d'une enveloppante et indestructible solidarité. » Cet arrière-
plan n'est pas totalement absent dans la *Vie de Rancé*, mais il n'émerge çà
et là qu'assez piètrement. Faute de lui avoir accordé l'ampleur qu'il
méritait, Chateaubriand a privé son chef-d'œuvre d'une certaine profondeur, que l'on peut regretter.
82. D'où l'imploration qu'on pouvait entendre parmi les litanies :
Omnes Sancti Monachi et Eremiti, orate pro nobis !
83. Dominique Aury : *Lectures pour tous,* Gallimard, 1958, pp. 113-114.
Cf. Léon Bloy : « Nos courtes notions d'équité répugnent à cette
distribution de la Miséricorde par la Justice. *Chacun pour soi,* dit notre
bassesse de cœur » (*Le Désespéré,* 10/18, 1983, p. 118).
84. Parlant de son neveu Christian, un jésuite aux mœurs ascétiques,
Chateaubriand écrit : « Je le regarde comme un saint : je l'invoquerais

volontiers. Je suis persuadé que ses bonnes œuvres, unies à celles de ma mère et de ma sœur Julie, m'obtiendraient grâce auprès du souverain Juge » (*Mémoires d'outre-tombe*, Penaud, 1850, tome IX, pp. 116-118; ou Bibl. de la Pléiade, tome II, p. 369). Christian de Chateaubriand a été biographié dans les *Memorie di religione, di morale e di letteratura,* Modena, 1851, pp. 160-217.

85. Même sur le plan tangible des biens temporels, en dépit de la louable activité des œuvres de bienfaisance, cette mesquinerie peut paraître stupéfiante, et Léon Bloy l'a fustigée avec une éloquence singulière. On dirait que les Églises ont trompé les fidèles sur le sens du *Beati pauperes spiritu* (Heureux les pauvres en esprit, Matth. V, 3), évitant de préciser que la félicité en question est ici promise à ceux que ne fascinent pas les richesses de ce monde, et laissant croire qu'elle est le lot des faibles d'esprit. Bloy parle à juste titre d' « un clergé qui prend pour de l'humilité l'enfantillage du crétinisme le plus abject » (*Le Désespéré*, 10/18, 1983, p. 244). Il écrit d'autre part : « Les catholiques entendent et pratiquent la charité, l'amour de leurs frères indigents, à la manière protestante, c'est-à-dire avec ce faste usuraire qui exige l'entier abandon préalable de la dignité du Pauvre en échange des plus dérisoires secours » (*ibid.*, p. 249). Sur le plan spirituel peut-on dire que les chrétiens aient dans leur ensemble dépassé le stade du *Nolite manducare cum peccatoribus* (Ne mangez pas avec les pécheurs, *Tobie* IV, 17) ? Ils se gargarisent régulièrement et sans problème avec tous les articles du *Credo,* mais ne semblent avoir jamais remarqué les mots du Christ expliquant pourquoi il mange avec les publicains. Ce sont pourtant des mots remarquables : Ce ne sont pas les bien portants mais les malades, qui ont besoin de médecin. Je ne suis pas venu appeler les justes, mais les pécheurs (*Non est opus valentibus medicus, sed male habentibus ; non enim veni vocare justos sed peccatores,* Matth. IX, 12-13).

Page 20.

86. Matth. V, 44 et 46 : *Ego dico vobis : Diligite inimicos vestros. Si enim diligite eos qui vos diligunt, quam mercedem habebitis ? Nonne et publicani hoc faciunt ?* Le Christ oppose ce commandement nouveau au commandement antérieur : Tu auras en haine ton ennemi (*Odio habebis inimicum tuum*). Citant l'Évangile de Jean (XIII, 34 : *Mandatum novum do vobis :* Je vous donne un commandement nouveau), Voltaire, dans sa Quatrième Homélie sur le Nouveau Testament (*Mélanges,* Pléiade, p. 1156), s'esclaffe : « Jamais un Juif n'aurait fait prononcer ces paroles à Jésus... Ce commandement n'était point nouveau. Il est énoncé expressément et en termes plus énergiques dans les lois du *Lévitique*... » Le *Lévitique* (XIX, 18) dit en effet : Tu aimeras ton prochain comme toi-même. Mais qui est le prochain du *Lévitique* ? On peut lire dans les *Proverbes* (XXV, 21) : Si ton ennemi a faim, nourris-le ! Mais il est dit aussi dans l'Ancien

Testament qu'Ammonites, Moabites et en général tous les étrangers doivent être exclus à perpétuité de l'assemblée du Seigneur (*Deutéronome*, XXIII, 4) ; pis, que le prêt à intérêt, interdit s'agissant des Juifs, est permis à leur égard (*Deutéronome*, XXIII, 21) et qu'on peut les prendre comme esclaves (*Lévitique* XXV, 45-46).

87. Tertullien et saint Augustin : *Œuvres choisies*, Dubochet, 1845, p. 738 : *Alioque nulla causa est cur non etiam nunc pro diabolo et angelis suis oret Ecclesia, quam Magister Deus per inimicis suis jussit orare.*

88. « Il semble qu'aux âmes bien nées, écrivait La Bruyère dans *Les Caractères*, au chapitre *De l'homme*, les fêtes, les spectacles, la symphonie rapprochent et font mieux sentir l'infortune de nos proches ou de nos amis... Il y a une espèce de honte d'être heureux à la vue de certaines misères » (éd. Folio, 1975, p. 248). On pense aux mots du pasteur Tryan à M. Jérôme, au chapitre XIII de *La Conversion de Jeanne* de George Eliot : « Ne nous réjouissons pas du châtiment, même quand c'est la main de Dieu qui l'inflige. Les meilleurs d'entre nous ne sont que des coupables à peine sauvés du naufrage ; pouvons-nous ressentir autre chose que de la pitié quand nous voyons un de nos compagnons engloutis par les vagues ? »

89. Livre VII, chapitre VIII : *Tu vero, Domine, in aeternum manes, et non in aeternum irasceris nobis.* Mots qui font penser à la prière pré-chrétienne de Sara dans *Le Livre de Tobie* : *Benedictum est nomen tuum, Deus patrum nostrorum, qui cum iratus fueris, misericordiam facies, et in tempora tribulationis peccata dimittis his qui invocant te* (III, 13).

90. Matth. V, 44 : *Diligite inimicos vestros.*

91. Luc VI, 27-28 : *Benefacite his qui oderunt vos, benedicite maledicentibus vobis, et orate pro calumniantes vos.*

92. Matth. VI, 12, et Luc XI, 4. Ce point même paraissait trop logique, trop rationnel à Rozanov. Voir : *Esseulement, Apocalypse de notre temps*, Paris, Plon, 1930, pp. 263-265.

93. Truman Capote : *De sang-froid*, traduit par Raymond Girard, Gallimard, 1966, p. 415.

Page 21.

94. *Le Monde*, 7-8 octobre 1984, p. 11. Touchant le problème ici soulevé, on peut rappeler cette phrase bien remarquable de Léon Bloy : « Ce que Dieu ne *peut* pas faire dans la rigoureuse plénitude de sa justice, de faibles hommes le peuvent accomplir pour leurs frères » (*Le Désespéré*, 10/18, 1983, p. 143). Bloy rejoint ici un admirable verset de la première épître de saint Jean (IV, 12) : Personne n'a jamais vu Dieu, mais si nous nous aimons les uns les autres, il demeure en nous, et sa bonté se trouve accomplie par nous : *Deum nemo vidit unquam ; si diligamus invicem, Deus in nobis manet, et caritas ejus in nobis perfecta est.*

95. Marthe Bibesco : *Le Confesseur et les poètes*, Grasset, 1970, p. 90.

96. Abbé Boulenger : *La Doctrine catholique,* première partie, Paris, Vitte, 1926, p. 157.

97. I. Tim, II, I-4 : *Obsecro igitur primum omnium fieri orationes pro omnibus hominibus... Hoc enim bonum est et acceptum coram Salvatore nostro, qui omnes homines vult salvos fieri.* Observons au passage que, si les chrétiens n'imaginent de rédemption que par le Christ, les Juifs voyaient en Iaweh lui-même un Dieu rédempteur. C'est à Iaweh qu'il est dit : Le pardon demeure en toi (*Psaumes* CXXIX ou CXXX, 4 : c'est le *Apud te propitiatio est* du fameux *De profundis*). Et Isaïe (LXIII, 16) précise bien : *Pater noster, redemptor noster,* Toi notre père, toi notre rédempteur.

98. Éloignez-vous de moi, allez au feu éternel *(Discedite a me in ignem aeternum),* Matth. XXV, 41.

99. Bourdaloue : *Retraite spirituelle* (Quatrième jour, 3ᵉ Méditation : De l'enfer), in : *Œuvres complètes,* Delhomme et Briquet, s.d. (1891), tome IV, p. 456.

100. Pascal : *Œuvres complètes,* Hachette, 1858, tome I, pp. 211-212. Ou *Œuvres complètes,* Bibliothèque de la Pléiade, 1954, pp. 898-900. Ne pas s'obstiner à dire, écrit Pascal, que la lune est plus grande que les étoiles parce que l'Écriture semble le dire. « Comme l'Écriture se peut interpréter en différentes manières, au lieu que le rapport des sens est unique, on doit, en ces matières, prendre pour la véritable interprétation de l'Écriture celle qui convient au rapport fidèle des sens. » Faut-il s'obstiner à dire que le pain et le vin ne sont plus qu'apparences trompeuses après la consécration ? En dépit des subtilités de saint Thomas d'Aquin, la condamnation qu'encourut Bérenger de Tours, pour avoir soutenu que seule importait la présence mystique et spirituelle du Christ, est manifestement contraire à la règle qu'il avait lui-même formulée, et qu'à juste titre Pascal invoquait ici. Que l'élévation, ce moment que tant de chrétiens tiennent pour le plus sacré de la messe, ait été instituée pour commémorer la condamnation de Bérenger, comme l'abbé Boulenger n'avait pas honte de le préciser (*Histoire abrégée de l'Église,* Vitte, 1930, p. 155), voilà qui serre le cœur et peut faire horreur même à un enfant. « On ne tient tant aux dogmes chez les catholiques, notait tristement l'abbé Mugnier (*Journal,* Mercure de France, 1985, pp. 231-232), que pour avoir une solide raison de se cogner les uns sur les autres. Le Christ enseignait le désarmement individuel. On n'en veut pas au nom de ce même Christ. Et alors on est allé chercher la Vérité pour l'opposer à la Bonté. Tout le conflit est là. » Il est simplement curieux que ce conflit ne soit pas plus aigu. Qu'il ne touche pas l'indifférent, voilà qui va de soi. Mais le croyant ou celui qui aimerait à l'être, comment n'en est-il pas excédé ? Comment croire sur injonction ? Tolstoï mourant écrivait au Saint-Synode : « Il se peut que mes croyances gênent ou déplaisent. Il n'est pas en mon pouvoir de les changer, comme il n'est pas

en mon pouvoir de changer mon corps. Je ne puis croire que ce que je crois » (Romain Rolland : *Vie de Tolstoï*, Hachette, 1922, p. 196).

Page 22.

101. Matth. XXV, 34-40.

102. Gal. V, 14 : *Omnis enim lex in uno sermone impletur : Diliges proximum tuum sicut teipsum.*

103. Voir ici même p. 212.

104. Voir : Sainte-Beuve : *Port-Royal*, Livre V, Bibliothèque de la Pléiade, 1954, pp. 939-940.

Page 23.

105. Voir : Jean Orcibal : *Louis XIV et les Protestants*, Vrin, 1951, p. 164.

106. *Essai sur la littérature anglaise*, La Réformation, in : *Œuvres complètes*, Didot, 1849, tome V, p. 45. « Aujourd'hui les protestants, pas plus que les catholiques, ne sont ce qu'ils étaient... Tout tend à recomposer l'unité catholique ; avec quelques concessions de part et d'autre l'accord sera bientôt fait... » C'était là une grande audace. La *Déclaration des droits de l'homme* n'avait-elle pas été condamnée par Pie VI à cause de l'article 10, lequel proclamait que nul ne doit être inquiété pour ses opinions politiques ou religieuses ? Ce droit, qui aujourd'hui semble élémentaire et qu'a reconnu Vatican II, devait être encore contesté par Pie IX en 1864 dans l'encyclique *Quanta cura*.

107. *Analyse raisonnée de l'histoire de France* (*ibid.*, tome I, p. 563). « La réformation, écrit encore Chateaubriand, réveilla les idées de l'ancienne égalité, porta l'homme à s'enquérir, à chercher, à apprendre. Ce fut, à proprement parler, la vérité philosophique, qui, revêtue d'une forme chrétienne, attaqua la vérité religieuse. La réformation servit puissamment à transformer une société toute militaire en une société civile et industrielle. »

108. *Ibid.*, tome V, p. 474. L'*Apologie de Louis XIV et de son conseil sur la Révocation de l'Édit de Nantes*, de l'abbé Jean Novi de Caveirac, avait été publiée en 1758, sans indication de lieu et sans nom d'auteur.

109. Matth. XXIII, 8-10 : *Nolite vocari Rabbi. Omnes autem vos fratres estis. Et patrem nolite vocare vobis super terram. Nec vocemini magistri.* Édifiante est aussi sur ce point l'histoire de l'apôtre Jean voulant empêcher quelqu'un de chasser les démons au nom de Jésus, sous prétexte qu'il n'est pas des leurs, et de la protestation du Christ contre une telle interdiction : Ne l'en empêchez pas ! (*Nolite prohibere eum*, Marc IX, 38-39). Au chapitre suivant, même insistance : Vous savez que ceux que l'on regarde comme chefs des nations y commandent en maîtres ; mais il n'en va pas ainsi parmi vous (*Non ita est autem in vobis*, Marc X, 42-43).

110. Abbé Dubois : *Histoire de l'abbé de Rancé et de sa réforme...*, Paris, Ambroise Bray, 1866, tome II, pp. 199-200.

111. Ici même, pp. 183-191.

112. Ne jugez pas ! (Matth. VII, I).

113. *De latentibus inter impios Ecclesiae filiis, et de falsis inter Ecclesiam christianis.*

Page 24.

114. Jean IV, 23 : *Venit hora, et nunc est, ubi veri adoratores adorabunt Patrem in spiritu et veritate.*

115. Luc X, 29-37.

116. Le laps de temps entre la Résurrection et l'Ascension est de quarante-huit heures dans saint Luc et de quarante jours dans les *Actes des apôtres* (*Luc* XXIV, 1-53 ; *Actes,* I, 3.)

117. S'ils boivent quelque poison, il ne leur fera aucun mal (Marc XVI, 18).

118. Voir ici même p. 243. Ce qu'écrivit Fénelon à Rancé, quand il lui adressa en octobre 1697 sa dernière *Lettre pastorale,* est à la fois d'une fermeté et d'une humilité admirables : « Cette explication me parut nécessaire dès que je vis, par vos lettres répandues dans le monde, qu'un homme aussi éclairé et expérimenté que vous, m'avait entendu dans un sens très contraire au mien. Je n'ai point été surpris que vous ayez cru ce qu'on vous a dit contre moi, et je n'ai rien en moi qui rende difficile à croire le mal qu'on en peut dire. Vous avez déféré aux sentiments d'un prélat dont les lumières sont très grandes... Je suis persuadé que vous ne serez point contraire à la doctrine de l'amour désintéressé, quand les équivoques dont on l'obscurcit seront bien levées... Ce pur amour, qui ne laisse rien à la nature, en laissant tout à la grâce, ne favorise point l'illusion qui vient toujours de l'amour naturel et excessif de nous-même... Je ne puis finir cette lettre sans vous demander le secours de vos prières et celles de votre communauté. J'en ai besoin ; vous aimez l'Église ; Dieu m'est témoin que je ne veux avoir de vie que pour elle ; et que j'aurais horreur de moi si je croyais pouvoir me compter pour quelque chose en cette occasion. » Il semble que l'abbé de la Trappe n'ait jamais répondu, et l'on ne voit pas bien ce qu'il aurait pu répondre.

119. Il ne faut pas oublier l'époque, le mot d'Omer Talon à Louis XIV : « Sire, le siège de Votre Majesté nous représente le trône du Dieu vivant. » Depuis 1297 tous les rois de France avaient pu se dire fils de saint Louis, roi qui de son vivant avait été menacé d'excommunication et résolument gallican. Il est bien remarquable qu'en la *Vie de Rancé* l'auteur du *Génie du christianisme* cite plus de quarante fois Louis XIV et à peine quinze fois Jésus-Christ. Encore faut-il attendre le dernier livre (troisième dans la première édition, celle que nous donnons, quatrième dans la seconde) pour voir le Christ enfin survenir. Le nom de Jésus n'apparaît qu'une fois auparavant. L'un des scoliastes de l'ouvrage (Chateaubriand : *Vie de Rancé,* édition préfacée et annotée par Pierre

Clarac, Paris, Imprimerie Nationale, 1971, p. 409) a cru pouvoir affirmer, à propos du Jésus, qu'on trouve ici p. 258, que c'est la seule fois dans toute son œuvre que Chateaubriand désigne ainsi Jésus-Christ. C'est là assertion abusive. L'auteur de l'*Analyse raisonnée de l'histoire de France* cite sans l'altérer le dernier cri de Jeanne d'Arc, qui est précisément : Jésus! et le même Jésus! crié par Bayard quand il fut blessé. Et, ici même, dans la *Vie de Rancé*, p. 111, c'est sous cette forme que le nom de Jésus apparaît pour la première fois à propos d'une chevrière, qui, conduisant ses biques, tomba en s'écriant : Jésus! cependant que lui apparaissait « une dame vêtue de blanc », curieux prélude à Alan, dans le diocèse de Comminges, des célèbres événements de 1858 à Lourdes. Et évidemment, çà et là, Chateaubriand parle comme tout le monde de la Compagnie de Jésus. En ces diverses occasions il ne fait sans doute que se conformer à l'usage commun. Mais l'imprudente assertion de M. Clarac est aussi contredite dans l'*Essai sur les révolutions,* en ces passages remarquables des chapitres XLV et XLVI de la seconde partie (*Œuvres,* Didot, 1849, tome I, pp. 405-406), qui probablement firent pleurer la mère de l'auteur : « Une chose n'est pas prédite parce qu'elle arrivera, mais elle arrive parce qu'elle est prédite. De cela les Évangiles mêmes font preuve; ils ont la naïveté de nous dire à chaque ligne : Et Jésus fit cette chose, *afin que la parole du prophète fût accomplie...* Il n'est pas du tout démontré qu'il exista jamais un homme appelé Jésus qui se fit crucifier à Jérusalem... Admettons la réalité de sa vie et l'authenticité des Évangiles... Les Évangiles ne furent jamais prêchés par Jésus, ni écrits par ses disciples. Ils furent, en toute probabilité, composés à Alexandrie dans les premiers siècles de l'Église... Ils sont un mélange de diverses doctrines recueillies dans un corps et revêtues du langage figuré de l'Orient... Le mystère de la Trinité est emprunté de l'école de Platon. Du Whisnou des brahmanes vient le mystère de l'Incarnation. » Ce n'est évidemment pas seulement pour infirmer l'assertion de M. Clarac que ces lignes sont ici citées. Peu importerait que Chateaubriand dise toujours le Christ, Jésus-Christ, le Messie, Notre-Seigneur au lieu de Jésus. Mais il importe d'insister sur l'arrière-plan naturel d'une *Vie de Rancé* rédigée par l'auteur du *Génie du christianisme*, je veux dire : les croyances chrétiennes, ce fond de paysage essentiel, qu'ont si curieusement négligé et Chateaubriand lui-même et la plupart de ses exégètes. La présente édition tend à reconsidérer l'œuvre dans sa perspective ingénue.

120. Voir Bremond : *L'Abbé Tempête*, Hachette, 1929, p. 40. Il est remarquable que, parlant de tant de choses et de tant de gens dans la *Vie de Rancé*, Chateaubriand y soit presque muet sur Pascal. N'eût-il pas été naturel qu'il y redise son sentiment sur les fameuses *Provinciales* ? Il était loin d'y voir comme Paul Desjardins un modèle d'honnête discussion. « Pascal, avait-il écrit dans son *Analyse raisonnée de l'histoire de France* (*Œuvres,* Didot, 1849, tome I, p. 612), est un calomniateur de génie : il

nous a laissé un mensonge immortel. » Il partageait donc le sentiment qu'avait exprimé Bourdaloue dans son *Sermon sur la médisance :* « On confond le général avec le particulier ; ce qu'un a mal dit, on le fait dire à tous, et ce que plusieurs ont bien dit, on ne le fait dire à personne ; et tout cela pour la plus grande gloire de Dieu. »

Page 25.

121. Sainte-Beuve : *Port-Royal*, livre IV, Bibliothèque de la Pléiade, 1954, p. 588.

122. Rom. VII, 19 : *Non enim bonum quod volo ago, sed quod nolo malum ago.*

123. Luc IX, 52-56 : *Nescitis cujus spiriti estis. Filius hominis non venit animas perdere, sed salvare.*

124. Pascal : *Pensées,* éd. Le Guern, Gallimard, Folio, 1977, tome I, nº 346, p. 225. Cette différence entre la dévotion et la bonté, on peut l'observer chez Rancé lui-même, quand dans son fameux *Traité de la sainteté*, il ose écrire sans sourciller, à la louange de saint Benoît : « Il forma les Supérieurs sur le modèle de Moïse, qui ne perdit point la charité ni la douceur, quoiqu'il fît passer par le tranchant de l'épée tant de milliers de personnes. » Citant cette extraordinaire phrase dans *Collectanea* (tome XXV, 1963, p. 190), C. D. (probablement Charles Dumont, de l'abbaye cistercienne de Chimay en Belgique, directeur de la publication) dit qu'en l'occurrence il faut faire une part au style du Grand Siècle. « Il y a, dit-il, du Corneille et du Molière chez Rancé. » On se demande lequel des deux l'inspire ici.

125. *Œuvres*, Didot, 1849, tome I, p. 563.

Page 26.

126. Ici même pp. 169-171. Même effet en mineur chez Bloy : « C'est à Varennes que Louis XIV a l'air de signer la révocation de l'édit de Nantes » (*La Résurrection de Villiers De l'Isle-Adam, op. cit.,* t. IV, p. 319).

127. Ici même p. 145.

128. Ici même p. 111.

129. A. J. Krailsheimer : *Armand-Jean de Rancé, Abbot of la Trappe,* Oxford, Clarendon Press, 1974, p. 75.

130. Marc III, 31-35 ; Luc XI, 27-28.

131. Relativement à la définition de Dieu que donnent tous les catéchismes (« un pur esprit éternel »), cette expression a évidemment quelque chose d'absurde. D'abord figure de rhétorique, hyperbole d'un grand effet, l'expression, à force d'être répétée, est devenue populaire et a reçu valeur dogmatique et sacrée. Le temps est loin où l'évangéliste narrait qu'un jour Jésus, boudant sa mère et ses frères, lesquels, le croyant fou, voulaient le faire enfermer, déclarait que quiconque fait la volonté de Dieu est à la fois son frère, sa sœur et sa mère (Marc III, 21-35). Évoquant l'incident, saint Bernard crut pouvoir préciser que, si

quiconque croit au Christ est frère du Christ, quiconque le prêche est mère du Christ. Bossuet, dans son *Panégyrique de saint Bernard* (*Œuvres*, Bibl. de la Pléiade, 1961, p. 259), a fait allusion à ce dire du saint. Le problème du culte de la Vierge et des saints avait bien embarrassé l'évêque de Meaux lors de ses discussions avec Leibniz. Un témoin, son valet de chambre Lassalle, racontera qu'à son lit de mort il ne voulut jamais qu'on lui récitât d'autre prière que l'oraison dominicale. Cf. abbé Davin : *Bossuet*, in : *Revue du monde catholique*, 1904, tome CXVIII, p. 176.

132. *Les Caractères, De quelques usages* (éd. Folio, 1975, p. 335).

133. Camara (Dom Helder) : *Les Conversions d'un évêque* (Entretiens avec José de Brouker), Seuil, 1977, p. 114. La rencontre est étrange. Déjà saint Jérôme indiquait que Marie veut dire Étoile de la mer. (D'où le fameux *Ave maris stella*.) Bocquillot, dans ses *Homélies sur l'Oraison dominicale et la Salutation angélique* (Paris, Horthemel, 1690), le rappelle et précise (p. 443) qu'en syriaque Marie signifie Dame ou maîtresse de la mer.

Page 27.

134. Voir : *Essai sur les révolutions*, deuxième partie, chap. XLV (*Œuvres*, Didot, 1849, tome I, p. 405).

135. *Ibid.* chap. XLIII (*Œuvres*, tome I, p. 404).

136. Lamartine : *Cours familier de littérature*, tome XXVIII, p. 178.

137. Il est vrai que Chateaubriand a commencé dès 1800 la rédaction du *Génie du christianisme*. Restaient quand même trois grandes années entre l'achèvement du premier ouvrage et la mise en train du second. Voir : *Correspondance générale de Chateaubriand*, Gallimard, 1979, tome II, p. 180.

138. « Vous renversez la religion de votre propre pays, déclare Chateaubriand aux incrédules, et vous ne proposez aucun autre palladium de la morale. Cessez cette cruelle philosophie ; ne ravissez point à l'infortuné sa dernière espérance ; qu'importe qu'elle soit une illusion, si cette illusion le soulage... » (*Essai sur les révolutions*, deuxième partie, chap. XLVII, in : *Œuvres*, Didot, 1849, tome I, p. 178.)

139. *Ibid.* p. 410, deuxième partie, chap. L.

140. Cité par Jean de Beucken : *Un portrait de Cézanne*, Gallimard, 1955, p. 239.

141. Ici même p. 145.

Page 28.

142. Ici même p. 145. Hors de son contexte cette phrase n'a guère de sens. Et le contexte, si l'on veut pointiller, interdisait le terme de « coadjuteur ». A l'époque qu'évoque Bossuet, Retz ne l'était plus. Il était bel et bien alors archevêque de Paris. Bel et bien, c'est trop dire, puisqu'il était détenu à Nantes par la volonté du roi. Mais c'était un

archevêque, que le clergé et les fidèles de la ville alors royale réclamaient, et que le pape Innocent X voulait voir libéré et intronisé. Le roi et Mazarin avaient gagné la partie, la Fronde l'avait perdue. « Après que tous les partis furent abattus, dit Bossuet à propos de Retz, il sembla encore se soutenir seul, et seul encore menacer le favori victorieux de ses tristes et intrépides regards. La religion s'intéresse dans ses infortunes, la ville royale s'émeut, et Rome même menace » (Bossuet : *Oraison funèbre de Michel Le Tellier*, Bibliothèque de la Pléiade, 1961, p. 175).

143. Tout en regrettant son influence, qu'il jugeait déplorable, Chateaubriand n'était pas sans considération pour Voltaire. S'installant au « Val-du-Loup » (la Vallée-aux-loups), il se rengorgeait à l'idée que Voltaire était né tout près, à Châtenay-Malabry, le 20 février 1694. On a établi depuis que l'auteur de *Candide* n'était né que le 21 novembre 1694 et à Paris.

144. Jeune diplomate, parlant de lui-même, il écrivait déjà à Fontanes : « Je ris de pitié lorsque je vois des sots s'écrier qu'un tel homme ne sait faire que des livres. Faire un livre que le public lise, ce n'est rien ! Il faut plus d'ordre, plus d'esprit d'affaires pour mettre ensemble quatre bonnes idées que pour signer tous les passeports de l'univers et donner un dîner » (*Correspondance générale de Chateaubriand*, publiée par Béatrix d'Andlau, Pierre Christophorov et Pierre Riberette, Gallimard, 1977, tome I, p. 294). Dès 1814 il ne songea plus qu'à une carrière politique. A peine le pied à l'étrier, il écrit à Mme de Montcalm : « Je ne sors plus des antichambres, *je veux faire mon chemin*, et je regarde la littérature comme au-dessous du beau rôle que je joue » (*Correspondance* II, p. 208). Hélas ! son plus haut fait, sa guerre d'Espagne, devait aboutir à sa disgrâce.

145. Bossuet : *Oraison funèbre de Michel Le Tellier* (Bibliothèque de la Pléiade, 1961, p. 175).

Page 29.

146. Valéry (Paul) : *Lettres à quelques-uns*, Gallimard, 1952, pp. 201-202.

147. C'est seulement vers l'extrême fin du livre (voir ici même p. 263) que Chateaubriand nous résume la vie de Rancé. « Il avait, dit-il, vécu trente-sept ans dans la solitude, pour expier les trente-sept ans qu'il avait passés dans le monde. » Ce schéma admis, observons, à l'encontre de Chateaubriand, que ce n'est pas par les premières années de sa vie que Rancé fut intéressant et remarquable. S'il fût mort à trente-sept ans, son nom serait resté à jamais obscur. S'il n'en avait pas passé trente-sept autres à prier Dieu d'oublier les iniquités de sa jeunesse, si ces années de prière et d'expiation n'avaient pas été d'une espèce extraordinaire, spectaculaires au fond d'un désert, et si surtout il n'avait pas réussi la réforme de la Trappe, ni Maupeou, ni Marsollier, ni Le Nain, ni

Gervaise n'auraient rédigé sa biographie, et l'abbé Séguin n'eût point songé à prier Chateaubriand d'en composer une autre.

148. « Les institutions de Rancé, dit-il précisément, et ce sera étrangement son dernier mot (voir ici même p. 264), ne nous paraissent qu'un objet de curiosité que nous allons voir en passant. » Pierre Clarac (*Introduction* à la *Vie de Rancé*, Imprimerie Nationale, 1977, pp. 10-11) nous précise qu'en effet Chateaubriand n'a fait que passer à la Grande Trappe. Arrivé le 7 août 1843, il en est reparti le 8.

149. Ici même p. 378 (note 244 du livre III).

150. De 1528 à 1534. (Métonymie peut-être, mais métonymie accablante.)

151. On peut se reporter à ce qu'en dit Montalembert : « L'étude des faits et des institutions apprendra à tout observateur sincère qu'il y a moins de différence entre l'ordre des choses détruit en 1789 et la société moderne qu'entre la chrétienté du Moyen Âge et l'Ancien Régime. Cet Ancien Régime avait corrompu, asservi et souvent dépouillé tout ce qu'il n'avait pas tué, et les Ordres religieux avaient subi ce sort autant et plus qu'aucune autre institution... C'était le temps où la royauté reniait l'humanité chrétienne des rois du Moyen Âge ; où la noblesse, infidèle aux traditions de ses aïeux les plus reculés et les plus illustres, ne cherchait plus que dans la faveur royale sa gloire et sa vie ; où le clergé lui-même rougissait de ces siècles, que ses propres écrivains qualifiaient de *barbares*, et où cependant l'Église avait été si forte, si florissante, si libre et si respectée, si obéie et si aimée » (*Les Moines d'Occident*, Paris, Lecoffre, 1860, tome I, p. CCXXVI).

Page 30.

152. François, cardinal de La Rochefoucauld (1558-1645), fut grand aumônier de France, évêque de Clermont, puis de Senlis, abbé de Tournus ou du Petit-Cîteaux. Il avait été nommé cardinal du titre de Saint-Callixte en 1607, et il mourut vice-doyen du Sacré Collège. Son père, Charles de La Rochefoucauld, comte de Randan, était l'arrière-grand-oncle de François VI, deuxième duc de La Rochefoucauld (1613-1681), l'auteur des *Maximes*. Ce dernier était aussi apparenté au cardinal par les Pic de la Mirandole, sa bisaïeule étant née Silvie Pic, et la mère du cardinal, Fulvie Pic.

153. Abbaye cistercienne du diocèse de Vannes.

154. Pour toute cette histoire on se reportera utilement au livre de Louis J. Lekai : *Les Moines blancs* (Seuil, 1951), et sur le dernier point à la p. 137.

155. « De tous les ordres religieux qui ont été la parure de l'Église, deux seulement, la Chartreuse et la Trappe, ont réussi à se faire pardonner de n'être pas des tripots ou des lupanars. Marchenoir confessait l'impossibilité presque absolue de dénicher un véritable moine

qui ne fût ni un trappiste, ni un chartreux » (Léon Bloy : *Le Désespéré*, 10/
18, 1983, p. 146).

156. Déjà, sous le pontificat de Grégoire XVI, le 1ᵉʳ octobre 1834,
Rome avait décrété que tous les monastères des trappistes de France
formeraient une seule congrégation, avec un vicaire général pour la
gouverner, cette charge étant attachée à perpétuité au titre d'abbé de
l'ancien monastère de la Trappe, d'où sont sortis tous les trappistes.
Ceux-ci, étant cisterciens, restaient cependant sous la dépendance de
l'abbé de Cîteaux (Voir : Casimir Gaillardin : *Les Trappistes*, Paris,
Maison, 1853, tome II, pp. 492-493).

157. Voir : Aubry (Lucien) : *Huit cents ans d'histoire* (1098-1898), in :
Secrètes clartés sur le chemin de Dieu, Cif, La Tradition vivante, 1981.

Page 31.

158. *Ibid.* : Dubois (Marie-Gérard) : *Données statistiques et géographiques.*
159. Tel avait déjà été selon Gaillardin (*Les Trappistes*, 1853, tome I,
pp. LVII-LVIII) leur rôle en Algérie, au début de la colonisation. « Le
gouvernement, dit-il, a de lui-même appelé les Trappistes, qui ne
sollicitaient rien... et déjà il se réjouit de leur dévouement. Il suit avec un
intérêt toujours croissant la rapidité de leurs travaux, leurs défriche-
ments, leurs plantations ; il leur a demandé un journal exact de leurs
tentatives, de leurs succès, des difficultés vaincues, pour en faire le guide
des autres cultivateurs, et il ne doute pas que l'exemple des religieux, et le
résultat incontestable de leurs œuvres, ne donne enfin aux colons la
confiance et la persévérance, qui ont trop longtemps manqué aux
habitants incertains de l'Afrique française. »

160. Dans le premier volume du traité *De la sainteté* (Muguet, 1683), le
passage consacré à cette question des humiliations va de la p. 315 à la
p. 407.

161. Ici même p. 226.
162. Voir : Sainte-Beuve : *Port-Royal*, livre IV, Bibl. de la Pléiade,
1954, pp. 556-570.

163. « Aimons la vérité qui nous reprend, et défions-nous de celle qui
nous flatte. Le souvenir des bonnes œuvres nous corrompt, et rien n'est
plus propre à nous sanctifier que le souvenir de nos péchés ; comme si
Dieu avait voulu donner au pécheur cette consolation de pouvoir faire du
souvenir de son péché le remède de son péché, et donner au juste un
contrepoids en lui faisant trouver dans ses bonnes œuvres le sujet de la
plus dangereuse tentation » (Bourdaloue : *Œuvres complètes*, Delhomme et
Briquet, s.d. (1891), tome III, p. 228).

164. I Cor. IV, 7 : *Quis enim te discernit ? Quid habes quod non accepisti ? Si
autem accepisti, quid gloriaris quasi non acceperis ?* Qu'est-ce qui te distingue ?
Qu'as-tu que tu n'aies reçu ? Si tu l'as reçu, pourquoi t'en glorifies-tu ?
Saint Augustin verra bien, lui aussi, que l'orgueil s'insinue facilement au

cœur des bonnes œuvres : *Superbia etiam bonis operibus insidiatur ut pereant.*
Même point de vue dans l'*Imitation :* Garde-toi, y est-il dit, d'une vaine
complaisance : beaucoup sont conduits par là à l'erreur et à un
aveuglement presque inguérissable (*Multum praecave a vana complacentia et
superbia : propter hoc multi in errore ducuntur et in caetitatem pene incurabilem,* Im,
III, 6). Déjà, tout près du fameux : Ne fais pas aux autres ce que tu ne
voudrais pas qu'on te fît, on avait pu lire dans le *Livre de Tobie* (IV, 14) :
Ne souffre jamais que l'orgueil l'emporte dans tes paroles ou dans tes
pensées, car c'est dans l'orgueil que toute perdition a sa source :
*Superbiam numquam in tuo sensu aut in tuo verbo dominari permittas ; in ipsa enim
initium sumpsit omnis perditio.*

165. Ici même p. 240. S'il est surprenant d'aller à Londres (voir ici
même pp. 104-107), voire en « Norwége » (ici même p. 211) dans une *Vie
de Rancé*, il est, en revanche, tout naturel d'y rencontrer le duc de Saint-
Simon. La Trappe n'est pas bien loin de La Ferté-Vidame : le duc y
venait en voisin.

Page 32.

166. Rom. I, 27.

167. Saint-Simon : *Mémoires,* Paris, Sautelet, 1829, tome II, chap. XV,
p. 223.

168. Ici même pp. 48-49.

169. Livre premier, chapitre XIII : *Non est aliquis Ordo tam sanctus, nec
locus tam secretus, ubi non sint tentationes.*

170. Ici même p. 222.

171. Chateaubriand avait parlé en homme mal informé dans le *Génie
du christianisme* de « ces moines vêtus d'un sac, qui bêchent leur tombe ».
Mais il évoquait avec respect le cérémonial de l'agonie des trappistes, la
saluant finalement de cette belle phrase : « Le christianisme a tiré du
fond du sépulcre toutes les moralités qu'il renferme. C'est par la mort que
la morale est rentrée dans la vie. »

Page 33.

172. Calan (Pierre de) : *Côme ou le Désir de Dieu,* La Table ronde, 1977,
p. 18. Au vrai, le chartreux, lui aussi, est enterré sans bière ni linceul. « Il
est ainsi, observait Léon Bloy (*Le Désespéré,* 10/18, 1983, p. 157), restitué
à la poussière. »

173. Le sentiment de dépaysement d'un individu devant sa propre vie
se rencontre aussi chez les modernes. Voir tel poème de Georges
Bataille :

> ce n'est rien
> ce moi que je suis
> j'aime la pluie,
> la foudre,
> la boue,

> une vaste étendue d'eau,
> le fond de la terre,
> mais pas moi.
> Dans le fond de la terre,
> ô ma tombe,
> délivre-moi de moi.

On pense à Angelus Silesius : *Ich bin nicht was ich weiss, Ich weiss nicht was ich bin* (Je ne suis pas ce que je sais, Je ne sais pas ce que je suis, *Le Pèlerin chérubinique*, I, 5) ; et on a envie de le transposer : *Ich bin nicht was ich lieb', Ich lieb' nicht was ich bin* (Je ne suis pas ce que j'aime, Je n'aime pas ce que je suis).

174. Touchant l'ascèse et le communisme fraternel des moines, Chateaubriand nous fait observer en passant (ici même p.168) qu'ils avaient été pratiqués cinq siècles avant le Christ chez les Pythagoriciens. Et n'oublions pas que c'est un livre païen, l'*Hortensius* de Cicéron, qui illumina saint Augustin.

175. *Tusculanes*, livre I, XLIX (*Œuvres complètes*, Fournier, 1818, tome XXII, p. 566).

176. *Ibid.*, pp. 514-516.

177. *Ibid.*, pp. 390-391, dans le *De finibus bonorum et malorum ad Brutum* (Traité sur les vrais biens et les vrais maux adressé à Brutus) : *In omni autem honesto, nihil est tam illustre quam conjunctio inter homines hominum, et quasi quaedam societas et communicatio utilitatum*, et ipsa caritas generis humani : *quae nata a primo satu, quo a procreatoribus nati diliguntur, et tota domus conjugio et stirpe conjungitur, serpit sensim foras, cognationibus primum, tum affinitatibus, deinde amicitiis, post vicinitatibus ; tum civibus, et iis qui publice socii atque amici sunt ; deinde totius complexu gentis humanae* (De tout ce qui est honnête, rien n'a plus d'éclat que l'union de tous les hommes, laquelle, embrassant tout le genre humain, fait comme une société et une communauté d'utilités entre eux. Elle a commencé par l'amour des pères pour leurs enfants ; puis, joignant les familles par les liens du mariage et de l'affinité, elle s'est étendue au-dehors, premièrement par les branches des parentés plus éloignées, ensuite par des alliances et des amitiés contractées, par les relations que suscite le voisinage des maisons, par l'usage commun des mêmes coutumes et des mêmes lois, par les associations et les confédérations d'un peuple avec un autre, et enfin par le lien général de tous les hommes ensemble). Ce n'est point là assertion accidentelle. On en trouve beaucoup de semblables dans l'œuvre de Cicéron. On peut lire, par exemple, dans le *De Officiis* (*ibid.*, tome XXVI, pp. 114-115), que la nature prescrit à l'homme de faire du bien à son semblable, quel qu'il soit (et donc fût-il esclave), pour cette seule raison que lui aussi est homme : *Hoc natura praescribit, ut homo homini*, quicunque sit, *ob ipsam causam quod is homo sit, consultum velit*. Il est assez remarquable que le traducteur du *De Finibus*, Regnier Desmarais, ait évité la translation littérale de l'*et ipsa caritas generis humani*.

178. Voir : *Correspondance entre Alexis de Tocqueville et Arthur de Gobineau,*
Plon-Nourrit, 1909, p. 5.

179. Voir : *Mémoires d'outre-tombe,* Penaud, 1849, tome X, pp. 44-45 ;
ou Bibl. de la Pléiade, tome II, p. 505.

Page 34.

180. Chateaubriand : *La Vie de Rancé,* précédé de *La Voyageuse de nuit*
par Roland Barthes, 10/18, 1965, pp. 9-10.

181. Valéry (Paul) : *Cahiers,* C.N.R.S., 1958, tome VI, p. 108.

182. Cité par Montalembert (*Les Moines d'Occident,* Lecoffre, 1860,
tome I, p. CV). J. Leclercq, o.s.b., a intitulé une étude : *La Joie dans Rancé*
(*Collectanea,* tome XXV, 1963). On peut y lire (p. 207) à propos du traité
De la sainteté : « Quand on parcourt ce livre, avec le préjugé qu'on y
trouvera la description de la *sombre Trappe,* on ne peut se s'étonner d'y
voir parler de la joie. On s'aperçoit bientôt qu'il ne s'agit nullement
d'allusions rapides et rares, mais de mentions fréquentes et parfois
développées, de celles qui révèlent l'une des constantes d'une psychologie. » Et, p. 211 : « Les solitaires dont Rancé parle sont des cénobites, et
chacun d'eux est responsable de la joie de tous. » Une étude voisine, due
celle-là à un trappiste, s'achève par cette note : « La pénitence rancéenne
est incomparablement plus proche de la vraie joie que les vains
amusements du monde coupable. » Le génie de Rancé fut sans doute
d'avoir su re-concevoir la règle convenable à des hommes de telle espèce :
the right place and rules for such men.

183. *Journal de Psychologie,* 1906, pp. 559-560.

184. *Archives de Psychologie,* 1906 (Zbinden : *Conception du nervosisme*).

Page 35.

185. *Congrès français de médecine,* 10ᵉ session, tome X, p. 149.

186. Valéry (Paul) : *Mélange,* p. 41 ; ou *Œuvres,* Bibl. de la Pléiade,
1957, tome I, p. 306.

187. I Cor. VII, 32-34 : *Qui sine uxore est sollicitus est quae Domini sunt,*
quomodo placeat Deo ; qui cum uxore est sollicitus est quae sunt mundi, quomodo
placeat uxori, et divisus est (Celui qui est sans femme a le souci des affaires
du Seigneur, il cherche seulement à plaire à Dieu ; celui qui est marié a le
souci des affaires de cette vie, il lui faut plaire à sa femme, et il est divisé).
Le point de vue de saint Paul ne saurait s'accorder à l'ordre primitif
réitéré à Noé et à ses fils (*Genèse,* IX, I) : *Crescite et multiplicamini* (Croissez
et multipliez-vous). Le conseil de Paul n'a, du reste, jamais été suivi que
par quelques-uns. Il lui fallut bientôt recommander aux évêques de se
contenter d'une seule femme : *Oportet episcopum irreprehensibilem esse, unius*
uxoris virum (I Tim. III, 2).

188. L'abbé Bremond, dans son *Abbé Tempête* (Hachette, 1929,
pp. 198-199), a pris plus au sérieux que Chateaubriand les dires de

Larroque. Mais c'est surtout sur un homme plus crédible qu'il s'appuie pour critiquer Rancé. Il rappelle en quels termes dom Innocent Le Masson avait montré le ver dans le fruit : « Il ne connaît l'obéissance qu'en spéculation, ayant toujours été son propre supérieur. » A ces mots Bremond applaudit : « On ne saurait, écrit-il, mettre le doigt plus exactement sur la plaie ou, si j'ose dire, sur le péché originel de ce moine unique en son genre. Cet Abbé inamovible n'est pas entré par la bonne porte. Aux héroïques sacrifices qu'il a consentis d'abord, l'idée ne lui est pas venue une minute qu'il en devait ajouter un autre, le plus héroïque et le plus indispensable de tous, à savoir la renonciation pure et simple à la prélature qu'il tenait du Roi et non de l'Église. C'est de sa propre grâce qu'abbé commendataire il s'est mué en abbé de règle ; il accepte la condition humiliée de " frocard " et cela est beau, mais il garde comme un privilège inaliénable et attaché à sa personne le droit de commander aux autres frocards et de n'obéir qu'à lui-même, n'imaginant même pas, je le répète, que dans la nouvelle vie où il s'engage, il puisse faire figure d'inférieur... Il ne paraît pas douteux que la vie de Rancé ait été plus ou moins bloquée par ce faux départ. Qu'est-ce en effet qu'un moine qui a toujours fait ce qui lui plaisait de faire ? Sa réforme y aura gagné sans doute, puisque n'ayant à rendre de compte qu'à Dieu, il a pris de splendides initiatives que nul autre n'aurait osées, mais le réformateur lui-même y aura perdu. » De telles remarques sont sans doute à prendre en considération. Mais il faut les reprendre à la lumière de ce passage de l'*Imitation* où il est dit que tous ne peuvent pas avoir un même travail, celui-ci convenant mieux à l'un, et tel autre à un autre : *Non possunt omnes habere unum exercitium, sed aliud isti, aliud illi magis deservit* (livre premier, chapitre XIX). Point de doute que Rancé ait eu une vocation particulière de réformateur. Qu'une telle vocation ne s'accorde pas facilement avec celle de saint, il se peut. Mais certains traits de la vie de Rancé contredisent de façon très palpable le portrait qu'a fait de lui l'abbé Brémond. Qu'on se rappelle sa réaction quand, le bruit ayant couru que le pape Innocent XI voulait le faire cardinal, l'archevêque de Paris, Champvallon, lui fit écrire par sa sœur, Marie-Françoise de Harlay, religieuse à la Visitation de Melun. « Je crois, répondit Rancé à Mme de Harlay, qu'il n'y a personne sur la terre qui puisse m'élever et me faire plus que je ne suis dans ma profession, car étant convaincu, comme je le suis, que Dieu veut que je vive et que je meure dans l'état où sa Providence m'a établi, et sa volonté m'étant sur cela évidemment connue, je ne puis, sans blesser ma conscience, me soumettre à celle des hommes quand elle lui sera contraire. *Le seul changement dont je suis capable et pour lequel je soupire, c'est d'être encore moins que je ne suis ; et si j'avais trouvé trois hommes de piété et de conscience qui fussent entrés sur cela dans ma pensée, dans quatre heures je me démettrais de l'abbaye de la Trappe, pour finir ma vie dans la paix et dans la liberté où il est bien difficile que soit une personne chargée de la conduite des autres.* Vous pouvez en parler à Mgr l'Archevêque de Paris dans ces termes » (Cf. : Dom Gervaise : *Examen critique mais équitable des Vies de feu M. l'abbé de Rancé par les sieurs Marsollier et Maupeou*, Londres, 1742, p. 944 ; et R. P. Marie-Léon Serrant : *L'Abbé de Rancé et Bossuet*, Téqui, 1903, pp. 278-279). Ce n'étaient point là paroles en l'air. L'âge et la maladie ayant rendu difficile l'accomplissement de ses devoirs d'abbé, Rancé sollicitera un successeur. Celui-ci, dom Zozime Foisil, ayant été installé le 28 décembre 1696, Rancé s'agenouillera à ses pieds en lui disant : « Mon père, je viens vous promettre l'obéissance que je vous dois en qualité de mon supérieur, et vous prie de me traiter comme le dernier de vos religieux » (Voir ici même pp. 238-239). Si l'on en croit Saint-Simon, Rancé persécuté par dom Armand Gervaise, successeur de dom Zozime, acceptait l'épreuve avec joie : « Il me persuadait tant qu'il pouvait, dit Saint-Simon, que cet abbé faisait très bien en tout, et qu'il en était parfaitement content. Il ne mentait pas assurément, il se plaisait trop dans cette nouvelle épreuve » (Saint-Simon : *Mémoires*, 1698, chap. XL, Bibliothèque de la Pléiade, 1947, pp. 563-564 ; 1983, p. 551). Voilà Larroque, dom Innocent et Bremond assez bien réfutés. Peut-être convient-il ici de relire *Les Caractères* de La Bruyère au chapitre du *Mérite personnel :* « Qui ne sait être un Érasme doit penser à être Évêque. Quelques-uns, pour étendre leur renommée, entassent sur leur personne des Pairies, des Colliers d'Ordres, des Primaties, la Pourpre, et ils auraient besoin d'une tiare ; mais quel besoin a Trophime d'être Cardinal ?... Le sage guérit de l'ambition par l'ambition même... Le seul bien capable de le tenter est cette sorte de gloire qui devrait naître de la vertu toute pure et toute simple ; mais les hommes ne l'accordent guère, et il s'en passe » (*Les Caractères,* éd. Folio, 1975, pp. 51 et 58. Il a été dit que Trophime était Rancé).

189. 1er février 1924.

190. p. 156.

191. p. 209.

Page 36.

192. Ici même p. 177.

193. Rapporté par Cicéron : *De consolatione* (in : *Œuvres complètes*, Fournier, 1818, tome XXVII, p. 38).

194. Ici même p. 172.

195. Paul Valéry : *La Jeune Parque.*

196. Tu dois doucement dormir dans mes bras (Matthias Claudius : *Das Mädchen und der Tod*). Dernier vers du poème si célèbre par le *lied* de Schubert : *La Jeune Fille et la mort.*

197. Baudelaire : *Les Fleurs du mal :* « A une Malabraise ».

NOTES SUR LA DÉDICACE
ET L'AVERTISSEMENT

Page 39.

1. Dans la seconde édition, la formule « Son très humble et très obéissant serviteur » sera supprimée, et la page titrée DÉDICACE. Nous donnons ici le texte de la première édition, parue en mai 1844 — Paris, Delloye, s.d. —, plusieurs passages assez savoureux ayant été supprimés dans la seconde. Les modifications apportées dans la seconde édition, parue la même année en juillet — Paris, Delloye, s.d. —, « revue, corrigée et augmentée », seront indiquées en notes. Certaines, d'un point de vue ou d'un autre, sont des plus curieuses. D'autres peuvent paraître insignifiantes. Mais c'est leur ensemble qui instruit sur la diversité des préoccupations de Chateaubriand, tantôt dévot, tantôt grammairien, artiste ou érudit, quand il amenda, enrichit et appauvrit la première version.

Page 41.

2. Dans la seconde édition cet avertissement sera titré : *Avertissement de la première édition,* la page précédente comportant un autre avertissement titré : *Avertissement de cette seconde édition,* lequel se borne à ces quelques lignes : « J'ai suivi dans cette édition tous les changements qui m'ont été indiqués. On ne peut me faire plus de plaisir que de m'avertir quand je me suis trompé : on a toujours plus de lumière et plus de savoir que moi. »

3. La seconde édition du *Génie du christianisme,* parue en avril 1803, comportait en effet une dédicace, non pas à Napoléon, mais à Bonaparte « citoyen premier consul ». C'est sur les instances de sa sœur, Élisa Baciocchi, que celui-ci l'avait acceptée. On sait que la première édition avait paru le 14 avril 1802, six jours après la ratification du Concordat, et que, de par un important article de Fontanes publié dès le 18 avril dans *Le Moniteur,* le livre avait été d'emblée comme officiellement patronné. Voir à ce sujet l'ouvrage d'Henri Guillemin : *L'Homme des « Mémoires d'outre-tombe ».*

4. La rue du Petit-Bourbon est devenue la rue Saint-Sulpice.

5. Françoise-Pauline de Lamoignon de Malesherbes, baronne de Montboissier, était la sœur d'Aline-Thérèse, épouse du président Le Pelletier de Rosanbo, elle-même belle-mère du frère aîné de Chateaubriand.

Page 42.

6. Ce chat jaune de l'abbé Séguin est devenu par les soins de Roland

Barthes presque aussi célèbre que la chèvre de M. Seguin. Barthes le disait typique de ce qui sépare l' « écrivain » de l' « écrivant ». Chateaubriand, évoquant le séjour en Suisse, qu'il fit à Neuchâtel en juillet 1824, parle d'un chat noir : « Un maigre chat noir, qui pêchait de petits poissons en plongeant sa patte dans un grand seau rempli de l'eau du lac, était toute ma distraction. » Ce chat noir est resté obscur.

7. La rue Saint-Dominique-d'Enfer est devenue la rue Royer-Collard.

8. 2ᵉ éd. : en 1830.

9. L'abbé Séguin se prénommait Jean-Marie.

Page 43.

10. 2ᵉ éd. : madame Choque passait pour

11. 2ᵉ éd. : ce qu'il avait à faire : il demande avec fracas que les appartements lui soient ouverts. Il aperçoit un tableau

12. 2ᵉ éd. : , leur donne.

Page 44.

13. Dona Blanca, fille du duc de Santa-Fé, est l'héroïne des *Aventures du dernier Abencérage.*

14. 2ᵉ éd. : Le texte de l'avertissement s'arrête ici. La dernière phrase est supprimée.

NOTES SUR LE LIVRE PREMIER

Page 45.

1. Dom, venu du latin *dominus,* et devenu banal en Espagne, y fut d'abord réservé aux princes et aux grands seigneurs. Il fut adopté par certains religieux, notamment par les bénédictins et les chartreux. Chez les bénédictins, seul l'abbé était « dominus », les autres seulement *domnus* ou plus simplement *dom.*

2. Sébastien Le Nain de Tillemont (1637-1698) avait été l'élève de Nicole à Port-Royal. Il est l'auteur de *Mémoires pour servir à l'histoire ecclésiastique des six premiers siècles* en 16 volumes.

3. Ce nom, comme tant d'autres, ne fut pas d'une orthographe invariable. Le « Le » et le « h » manquent souvent. Le livre de dom Pierre Le Nain est intitulé : La Vie du Révérend Père / Dom Armand / JEAN LE BOUTILLIER / DE RANCÉ. Chateaubriand ayant adopté l'orthographe « Le Bouthillier », nous la conserverons et pour Rancé lui-même et pour ses parents proches, mais préférerons « Bouthillier », plus courant, pour les autres, notamment pour ceux de la branche Chavigny. La première lettre de Rancé publiée par Gonod est signée : Ab. Bouthillier de Rancé. La table de marbre noir de l'Hôtel-Dieu, à qui

Rancé donna, lors de sa conversion, deux immeubles valant à peu près 70 000 livres chacun, porte le nom de M. Bouthillier de Rancé, abbé de la Trappe.

Page 46.

4. Tous ces personnages étaient les oncles de Rancé, issus comme son père du mariage de Denis Bouthillier, conseiller au présidial d'Angoulême (où il était né) et de Claude de Macheco. L'aîné des frères, Claude Bouthillier (1584-1655), fut, et de beaucoup, l'homme le plus important de la famille. Surintendant des Finances, il eut toute la confiance de Richelieu. C'est à sa femme, née Marie de Bragelongne, « Madame la Surintendante », que fut confiée l'éducation de Claire-Clémence de Maillé-Brézé, nièce du cardinal, qui avait été à quatre ans fiancée à un garçonnet de douze ans, alors duc d'Enghien, et qui fut plus tard le Grand Condé. La fillette fut dès sa plus tendre enfance installée aux Caves, près de Nogent-sur-Seine, où Mme Bouthillier lui servit de mère. La vénération que Rancé portait à cette tante semble avoir joué un rôle important lors de sa conversion. Chateaubriand n'en souffle mot, mais se serait elle, suppose Krailsheimer, qui aurait mis Rancé en rapport avec la mère Louise Rogier, dont les conseils furent à une certaine heure quasi déterminants. Voici ce qu'il dit exactement : « The ties between Rancé's aunt, whom he greatly respected, and Mère Louise are particularly significant in view of what happened next, for it looks as if their advice may have been much the same. » Le fils aîné du surintendant fut lui aussi un personnage assez considérable. Secrétaire et ministre d'État, puis Grand Trésorier des ordres du Roi, il était comte de Chavigny, et c'est sous ce nom qu'il est généralement désigné. On trouve de nombreux détails sur cette famille dans l'Encyclopédie Berthelot à l'article « Bouthillier ».

5. De fait, Jean Bouthillier, trisaïeul de Rancé, avait été chambellan de la reine Anne. Comme l'a observé Dominique Aury, « de toutes les parentés que Chateaubriand s'est efforcé de découvrir entre le réformateur de la Trappe et lui-même, cette parenté (par la Bretagne) est la seule sur laquelle il n'insiste pas ».

6. 2ᵉ éd. : ennoblie

7. L'une d'elles, Charlotte Le Bouthillier, se maria par contre deux fois. En premières noces avec René de Faudoas d'Averton, comte de Belin. En secondes noces avec Gilbert-Antoine, comte d'Albon. Ces d'Albon du Lyonnais, bien qu'ils s'en soient parfois vantés, ne sont point issus des d'Albon qui furent dauphins du Viennois avant les La Tour du Pin. Ils descendent d'André d'Albon, bourgeois de Lyon, qui accéda à la noblesse à la fin du XIIIᵉ siècle par l'acquisition du petit fief de Curis. Mais ils doivent nous arrêter en raison de leur appartenance à l'histoire des lettres, à travers Julie d'Albon, princesse d'Yvetot, mère putative de

Mlle de Lespinasse. Il est assez curieux que Guillaume IV d'Albon, seigneur de Saint-Forgeux, ait été à la fois le trisaïeul du beau-frère de Rancé et celui du grand-père putatif de Mlle de Lespinasse (Camille d'Albon, marquis de Saint-Forgeux, époux de Françoise-Julie de Cravant, princesse d'Yvetot). La mère putative, Julie-Claude-Hilaire d'Albon (héritière par sa mère de la principauté d'Yvetot), était mariée à son cousin, Claude d'Albon de Saint-Marcel. Ils eurent deux enfants légitimes : un fils, Camille d'Albon, prince d'Yvetot, qui fut lui-même père de François-Camille, dernier prince d'Yvetot (1753-1789) ; et une fille, Marie-Camille-Diane, qui devait épouser Gaspard III, marquis de Vichi. Or le marquis de Ségur a pu montrer que c'est par son gendre Vichi que Madame d'Albon avait été engrossée, et que donc Julie-Jeanne-Éléonore (Mlle de Lespinasse) était le fruit d'un double adultère aggravé d'inceste. Cela explique l'intérêt de Mme du Deffand pour la jeune fille. Étant sœur du marquis de Vichi, elle était sa tante naturelle. Il y a plus curieux encore. Bernard Minoret, très documenté sur Mlle de Lespinasse, me fait remarquer que le marquis de Vichi, comme sa sœur Mme du Deffand, avait pour mère Anne Brûlart, et que cette Anne Brûlart avait pour mère une Bouthillier. Marie Bouthillier, épouse de Nicolas II Brûlart, marquis de La Borde, était la fille de Chavigny, le cousin germain de Rancé. Cette Marie Bouthillier devait en 1699 épouser en secondes noces César-Auguste, duc de Choiseul, lui-même veuf de Louise-Gabrielle de La Baume-le-Blanc de La Vallière. Le monde est petit.

8. Henri Le Bouthillier, chevalier de Malte, lieutenant général des Galères du Roi, était né en 1629 et mourut à quatre-vingt-dix-sept ans le 14 mars 1726. Il passa le plus clair de sa vie à l'étranger et mourut sans alliance et sans postérité. Une *Description de la Trappe* de 1670 mentionne sa venue vers 1667-1668.

9. Antoine Coëffier dit Ruzé, marquis d'Effiat et maréchal de France (1581-1632), avait négocié le mariage d'Henriette de France avec le prince de Galles (plus tard Charles Iᵉʳ). Il était le père de Cinq-Mars. Martin Ruzé, oncle maternel d'Antoine Coëffier, l'avait fait son héritier sous condition qu'il adoptât le nom de Ruzé.

Page 47.

10. La Chesnaye-Desbois dit qu'Armand-Jean, fils cadet de Denis, « embrassa en 1636 l'état ecclésiastique après la mort de son frère aîné ». C'est évidemment une erreur. Denis-François ne mourut qu'en septembre 1637. C'est préventivement, vu la mauvaise santé de son frère, qu'Armand-Jean fut tonsuré.

11. On connaît le nom d'au moins deux de ces précepteurs. L'un est M. Tinerel de Bellérophon. Il est nommé dans cette correspondance de Rancé avec l'abbé Favier, qui constitue la majeure partie des *Lettres* de

Rancé publiées par Gonod. L'autre est précisément l'abbé Jean Favier, avec qui Rancé resta fidèlement lié, et à qui il avait cédé son abbaye de Saint-Symphorien à l'époque où il se défit de ses biens.

12. Nicolas Caussin (1583-1651) devait être exilé pour avoir pris le parti de la reine mère.

13. La jaquette était une robe que portaient les petits garçons avant qu'on les mît en culotte.

14. Cette anecdote est empruntée à *La Vie de Dom Armand-Jean Le Bouthillier de Rancé* par l'abbé Marsollier (Paris, Jean de Nully, 1703).

Page 48.

15. L'abbé Claude Nicaise (1623-1701) était chanoine de la Sainte-Chapelle à Dijon. Sa correspondance avec Leibniz touchant l'amour de Dieu a été publiée par Victor Cousin dans ses *Fragments philosophiques*. L'abbé Nicaise avait été lié avec Nicolas Poussin.

16. ΑΝΑΚΡΕΟΝΤΟΣ ΤΗΙΟΥ ΤΑ ΜΕΛΗ, μετά σχολίων Αρμανδου 'Ιωάννου Βυθιλλιηρίου αρχιμανδρίτου (Poésies lyriques d'Anacréon, avec les scolies d'Armand-Jean Bouthillier, abbé), Parisiis ex typographia Jacobi Dugast, Via S. Johannis Bellovacensis, ad olivam R. Stephani, 1639. In-8° de 145 pages et de 6 feuillets liminaires (B.N. : Rés. Yb 677 et 678).

17. ... J'ai cru que mon premier devoir était de cultiver sans relâche l'intelligence que je tiens de la divinité...

Page 49.

18. Allusion à la deuxième *Églogue* de Virgile.

19. Chateaubriand, après avoir employé l'adjectif « subséquent », l'avait longtemps évité sous l'influence de Fontanes.

Page 50.

20. La liste de ces bénéfices est tirée de Marsollier ainsi que de Maupeou, tout premier biographe de Rancé (*La Vie du très R.P. Dom Armand-Jean Le Bouthillier de Rancé...*, Paris, Laurent d'Houry, 1702). Maupeou disait « archidiacre d'Outre-Vienne dans l'église d'Angers » ; Chateaubriand a rectifié. La plupart des commendes que posséda Rancé avaient été détenues antérieurement par son frère aîné Denis-François mort en 1637, auquel leur oncle Victor, évêque de Boulogne, avant d'être archevêque de Tours, les avait cédées. Mais dès 1635 il avait possédé de son propre chef l'abbaye de Saint-Clémentin en Poitou.

21. On sait que cette princesse avait dû quitter la France dès 1631. Elle devait finir ses jours à Cologne en 1642. Mère du roi de France, belle-mère des rois d'Espagne et d'Angleterre, elle passa ses dernières années dans le plus cruel dénuement. Les biens qu'elle possédait en

France avaient été saisis. Après sa mort, un service solennel fut célébré à Tarascon, et elle fut inhumée à Saint-Denis.

Page 51.

22. Anecdote tirée du *Jugement critique, mais équitable des vies de feu M. l'abbé de Rancé par les sieurs Marsollier et Maupeou,* que l'abbé Gervaise publia en 1742.

23. Non ! Bossuet n'obtint que la troisième. Le deuxième fut Gaston Chamillard, lequel devait publier en 1667 une *Déclaration sur la conduite de M. l'archevêque de Paris contre le monastère de Port-Royal.* Il avait été l'un des censeurs des *Provinciales.* Au séminaire de Saint-Nicolas-du-Chardonnet on le tenait pour un oracle. Il y mourut le 4 novembre 1679. Un pamphlétaire avait cru le déshonorer en prétendant qu'il ne se nommait pas Chamillard mais Chemillard.

Page 52.

24. 2ᵉ éd. : s'ouvrit la Fronde, tranchée dans laquelle
25. Gaston d'Orléans, frère de Louis XIII.
26. Quoique cardinal, Mazarin ne fut jamais ordonné prêtre.
27. 2ᵉ éd. : le sac de Paris. On égorgeait
28. Le mot n'est pas de Retz, mais de Bussy-Rabutin qui, frondeur, plaisantait en écrivant à sa royaliste cousine.
29. Ce vers concerne Condé, et il est de Madeleine de Scudéry.
30. Henri II d'Orléans, duc de Longueville et d'Estouteville, prince souverain de Neufchâtel, comte de Dunois, descendait du fameux Dunois, compagnon de Jeanne d'Arc, et par lui de Louis d'Orléans (fils cadet de Charles V et père du poète Charles d'Orléans) dont Dunois était le fils naturel. Les Longueville avaient été reconnus princes du sang en 1571. Né en 1595, le duc de Longueville avait épousé en 1642 Anne-Geneviève de Bourbon, sœur du Grand Condé. Celle-ci accoucha en 1649 de Charles-Paris d'Orléans, plus tard duc de Longueville, tué au passage du Rhin en 1672, qu'on disait fils de La Rochefoucauld.
31. Henriette de France, reine d'Angleterre, dont Bossuet fera l'oraison funèbre.
32. Ce fils putatif d'Henri de Rohan allait se pourvoir contre un jugement qui lui ôtait son nom, quand il fut tué en 1649 au bois de Vincennes.

Page 53.

33. Cette assertion, faite pour justifier l'immense digression sur l'hôtel de Rambouillet et sur la Fronde, est osée. M. de Montbazon et le père de Rancé étaient liés bien avant, et leurs propriétés de campagne toutes voisines. Armand-Jean n'avait que onze ans quand son père acquit Véretz tout proche de Couzières, le château des Montbazon. Chateau-

briand écrit lui-même quelques pages plus loin (p. 76) que, « caressé dans la maison du duc », Rancé « fut élevé sous les yeux de la jeune duchesse ».

34. Hercule de Rohan, duc de Montbazon, avait épousé en secondes noces Marie d'Avaugour de Bretagne, fille du comte de Vertus, descendant d'un frère naturel de la duchesse Anne, que leur père, le dernier duc de Bretagne, avait doté des seigneuries d'Avaugour et de Vertus. Elle signait « Marie de Bretaigne ». Du côté maternel elle était affligée d'un grand-père cuisinier, Fouquet de la Varennes, qui avait été « officier de bouche » de la sœur de Henri IV, Catherine de Bourbon, duchesse d'Albret mariée au duc de Bar, dont il avait cuit les poulets avant de porter plus fructueusement ceux du roi son frère, au service duquel il était passé comme « maître-d'hôtel ». Plus jeune que la duchesse de Chevreuse, sa belle-fille, Marie de Bretagne donna trois enfants à son vieux mari : — François, plus tard prince de Soubise ; — Marie-Éléonore, qui fut religieuse ; — Anne, qui devint duchesse de Luynes (voir note 137, p. 321). Elle fit aussi jaser. Tallemant, Retz, Mme de Motteville parlent d'elle. On citait parmi ses amants les ducs de Beaufort et de Guise, le maréchal d'Hocquincourt, et l'on citait Rancé. Le dictionnaire de Bouillet ne l'évoquera que par un renvoi à l'article : Rancé.

35. Catherine de Vivonne, fille et héritière de Jean de Vivonne, marquis de Pisani, et de Julia Savelli (veuve en premières noces de Louis des Ursins), avait épousé en janvier 1600 Charles d'Angennes, qui fut plus tard marquis de Rambouillet.

Page 54.

36. La seconde galerie du Louvre est celle qui longe la rue de Rivoli.
37. 2e éd. : exagérations

Page 55.

38. 2e éd. : persuader à celui
39. La farce fut faite à Guiche et narrée par Tallemant.
40. 2e éd. : n'était pas fait
41. Charles de Sainte-Maure, marquis de Salles, puis marquis de Montausier, qui devait devenir duc et pair en 1665, était né en 1610. Il était veuf depuis 1648 de Catherine de Sainte-Maure, sa tante. Quoique maussade et bourru, il fréquenta assidûment l'hôtel de Rambouillet, où il afficha son amour pour Julie d'Angennes, faisant composer pour elle le fameux album connu sous le nom de « Guirlande de Julie ». Après quatorze ans de cour assidue, il se convertit pour l'épouser. Dès les premières représentations du *Misanthrope* on le tint pour le modèle d'Alceste. Gouverneur du Grand Dauphin, sa sévérité contribua, dit-on, à abêtir ce prince. Celui-ci n'était qu'apparemment borné : quand l'édit

de Fontainebleau (révocation de l'édit de Nantes) fut discuté au Grand Conseil, il émit quelques réserves des plus judicieuses. (« Il signala, dit Jean Orcibal, le risque de révoltes et la probabilité d'une émigration qui ruinerait le commerce. » De vrai l'erreur criminelle de la France fit la fortune de la Prusse. Berlin en 1697 comptera 4 292 Français sur quelque vingt mille habitants ; en 1701, l'Électeur de Brandebourg pourra se faire reconnaître roi de Prusse ; et, cent soixante-dix ans plus tard, jour pour jour, l'arrière-petit-fils de son petit-fils sera proclamé empereur d'Allemagne à Versailles.) C'est sous la direction de Montausier qu'avait été publiée la fameuse collection d'auteurs latins expurgés, dite *ad usum Delphini*. Son intransigeance ne l'empêcha pas de tolérer les complaisances de sa femme, quand Mme de Montespan se sépara de son mari. Le duc et la duchesse de Montausier n'eurent qu'une fille, laquelle devait épouser Emmanuel de Crussol, duc d'Uzès.

42. Au temps où Chateaubriand écrivait la *Vie de Rancé*, on qualifiait de lionnes les femmes les plus brillantes, fussent-elles brunes, dans la société à la mode.

Page 56.

43. L'évêque de Grasse et de Vence était Godeau, cet Antoine Godeau qui a eu l'honneur insigne de fournir à Corneille deux vers mémorables :

> *Et comme elle a l'éclat du verre*
> *Elle en a la fragilité.*

44. Diane Le Long, dame de Chateaumorand, qui passait pour la plus riche héritière du Forez, avait épousé Anne, comte d'Urfé, frère aîné d'Honoré. A la demande des deux époux le mariage fut annulé pour cause d'impuissance par l'officialité de Lyon le 7 janvier 1598. Anne d'Urfé (1555-1621), qui comme son frère était poète, prit les ordres en 1599. Il fut par la suite chanoine de Lyon et prieur à Montbrison. Il semble que ce soit plutôt par intérêt familial que par amour qu'Honoré d'Urfé (1567-1625) ait épousé l'ex-femme de son frère.

45. 2ᵉ éd. : épousa Diane. (La fin du paragraphe est supprimée.)

46. 2ᵉ éd. : se vint perdre

47. Clarac (p. 309) dit que si.

48. C'est improbable : La Fontaine ne séjourna que plus tard à Paris et du côté de chez Fouquet (Clarac).

Page 57.

49. « La célèbre Mme de Sablé, mère de M. de Laval, père de la maréchale de Rochefort », dit Saint-Simon. Elle était la sœur de Courtenvaux, dont la fille, héritière de Souvré, devait épouser Louvois. Elle-même, Madeleine de Souvré (1599-1678), fille du maréchal, avait été mariée en 1614 à Philippe-Emmanuel de Montmorency-Laval, marquis de Sablé. Elle fut aimée du fameux duc de Montmorency, qui,

marié à Marie-Félicie des Ursins, nièce à la mode de Bretagne de Marie de Médicis, fut décapité à Toulouse. Veuve en 1640, elle s'installa place Royale, et y tint salon avec son amie la comtesse de Maure. C'est la que naquit, dit-on, le nouveau genre littéraire des maximes, qu'elle avait cultivé elle-même avant La Rochefoucauld. Tant dans l'affaire de la Fronde que dans celle du jansénisme, elle se montra modérée et tendant à la conciliation. C'est ainsi qu'elle contribua au mariage du prince de Conti avec Anne-Marie Martinozzi, nièce de Mazarin. Retirée à Port-Royal, elle continua à y tenir salon avec la comtesse de Maure, qu'elle y avait attirée. C'est là, rue Saint-Jacques, qu'elle mourut.

50. Sœur de ce noble duc de Montmorency, qui fut décapité à Toulouse, le 30 mars 1632, léguant à Richelieu, en signe de pardon, les *Esclaves* de Michel-Ange, Charlotte de Montmorency avait été primitivement destinée à Bassompierre. Mais celui-ci, ayant eu vent de l'amour qu'Henri IV portait à sa promise, avait renoncé à sa main. Elle devait finalement épouser, par la volonté du roi, « Monsieur le Prince » (Henri II de Bourbon, 3e prince de Condé), dont Tallemant a conté l'impudente bougrerie. Elle fut la mère du Grand Condé, de Conti et de la duchesse de Longueville. Née en 1593, mariée en 1609, morte en 1650, elle était un peu plus jeune que Catherine de Vivonne. Mais quand celle-ci, mariée depuis 1600 à M. d'Angennes, devint en 1611, par la mort de son beau-père, marquise de Rambouillet, Charlotte de Montmorency était depuis deux ans « Madame la Princesse ».

51. Née Marie-Françoise Martin Vast, Mme de Scudéri fut une remarquable épistolière, connue surtout pour ses lettres à Bussy-Rabutin. Elle était la belle-sœur de Mlle de Scudéri.

52. 2e éd. : madame de Sévigné. (« dans sa primeur » est répudié.)

53. 2e éd. : sur les femmes qui

54. Ce sont ces mots qui ont inspiré à Roland Barthes le titre romanesque qu'il a donné à son étude sur la *Vie de Rancé* : « La Voyageuse de nuit ».

55. 2e éd. : avait d'abord empêché d'épouser Julie d'Angennes rompit par son mariage

56. 2e éd. : (La fin du paragraphe est supprimée.)

Page 58.

57. Elle était née en 1588. Chateaubriand la vieillit un peu.

58. 2e éd. : qui ennuient. Elle avait fait

59. Suzanne de Neuillant, duchesse de Navailles, fut fille d'honneur d'Anne d'Autriche, puis dame d'honneur de Marie-Thérèse. Son mari, injustement soupçonné d'une lettre anonyme à la reine, fut contraint de vendre ses charges à la cour, et de se retirer dans ses terres. C'est alors que la duchesse démissionna.

60. Fléchier.

Page 59.

61. 2ᵉ éd. : languit et disparut : on entendit
62. 2ᵉ éd. : Blanchefort, « *arraché comme*
(Frère cadet du fameux duc de Créqui, prince de Poix, qui fut insulté à Rome par la garde corse du pape Alexandre VII, le marquis de Blanchefort, « beau, bien fait, galant, avancé et fort appliqué à la guerre » (Saint-Simon), fut tué à Tournay en 1696.)
63. 2ᵉ éd. : l'Épistolaire ;
64. Voculaire : certains éditeurs, croyant à une coquille, ont substitué « vocabulaire », il est plus vraisemblable que c'est un néologisme tiré par Chateaubriand du latin *vocula* (voix faible) et qui signifierait : recueil de paroles chuchotées.
65. 2ᵉ éd. : de cette région énigmatique
66. Anne-Marie de La Trémoille, en premières noces princesse de Talleyrand-Chalais, en secondes noces princesse des Ursins (1642-1722), joua un rôle important en Espagne auprès de Philippe V. Elle en fut finalement chassée sous l'influence de la reine Élisabeth Farnèse. Également mal vue par Louis XIV, elle dut se réfugier à Rome, où elle tint la maison du prétendant Jacques Stuart.

Page 60.

67. Ami de Mme Récamier, Paul, duc de Noailles (1802-1885), descendant de la nièce et seule héritière de Mme de Maintenon, avait publié en 1843 une *Histoire de la maison royale de Saint Louis établie à Saint-Cyr.* Il avait en 1836 reçu Chateaubriand au château de Maintenon. Il devait être son successeur à l'Académie, ayant obtenu 29 voix contre 4 à Balzac.
68. Tenir ruelle veut simplement dire : avoir un salon.
69. Beaucoup de ces détails semblent empruntés à Roederer (P.L., comte) : *Mémoire pour servir à l'histoire de la société polie en France,* Paris, 1835.

Page 61.

70. Marie Legendre, veuve du sieur Aragonais, trésorier des Gardes françaises, appartenait au salon de Mlle de Scudéri, et Somaise l'appelait *Artémise.* Il écrivit en 1661 qu'elle avait cinquante ans. On la disait parente de Mme Cornuel.
71. Marie Aragonais, fille de la précédente, avait épousé Michel d'Aligre, fils du chancelier.
72. 2ᵉ éd. : Loin de là se trouvait une autre société, qui prenait le nom du Marais et dont
73. Voir la note 30.
74. 2ᵉ éd. : Ninon, puisque l'histoire, qui malheureusement ne sait point rougir, force à prononcer son nom, paraîtrait

75. « Gourville ayant confié une partie de son bien à Mlle de Lenclos et une autre à un homme qui passait pour très dévot, le dévot garda le dépôt... et celle qui passait pour peu scrupuleuse le rendit fidèlement » (Voltaire). Voir la *Biographie Michaud* à l'article : Gourville.

76. Henriette de Châtillon de Coligny, comtesse de Hadington, puis comtesse de La Suze (1618-1673), se fit catholique pour être séparée du comte de La Suze, son second mari, falot et jaloux. Poétesse, elle était un des piliers de l'hôtel de Rambouillet. La vie qu'elle menait était des plus libres, et il n'est nullement surprenant qu'elle ait été liée avec Ninon.

77. Marie de Girard, « qui n'était rien » dit Saint-Simon, avait épousé M. de Castelnau. Elle passait pour légère.

78. Gilonne d'Harcourt, comtesse de Fiesque, n'était pas rien, mais Chateaubriand surestime aussi sa vertu. Bussy-Rabutin dit que la conquête de cette comtesse était « de toutes les affaires la plus facile à terminer ».

79. Edward Mountagu, premier comte de Sandwich, avait épousé le 7 novembre 1642 Jemina Crew. Samuel Pepys parle d'elle avec force éloges dans son fameux *Journal* : « So good and discreet a woman I know not in the world. » Les fils de la comtesse Sandwich furent élevés en France par un oncle à la mode de Bretagne, Walter Mountagu, abbé de Pontoise, frère du comte de Manchester. Lady Sandwich était née en 1625 dans une famille presbytérienne du Northamptonshire. Elle mourut en 1674, peu de temps après la mort tragique de son mari. Il existe un portrait de la comtesse Sandwich par Sir Peter Lely.

Page 62.

80. 2ᵉ éd. : Port-Royal prétendit la convertir. Elle avait exclu Chapelle (Chateaubriand exclut ici toute une série de paragraphes. Il faut courir assez loin pour raccorder Chapelle à Port-Royal.)

81. Elle ajoutait : « Les jansénistes et les molinistes se la disputent. » Un mourant de ses amis, refusant de voir son curé, elle le lui amena et dit à l'ecclésiastique : « Monsieur, faites votre devoir. Mon ami raisonne encore, mais il n'en sait pas plus que vous et que moi. »

82. Anecdote prise dans Tallemant.

83. Même source. Un javart est une tumeur phlegmoneuse analogue à un furoncle, et qui se forme au pied des chevaux.

84. Louis de Mornay, marquis de Villarceaux et son frère René, abbé de Saint-Quentin-lez-Beauvais, étaient fils de Pierre de Mornay, seigneur de Villarceaux, gentilhomme du Vexin, et d'Anne Olivier de Vieuville. Le marquis et l'abbé vivaient ensemble. Comme leur cousin Montchevreuil, ils étaient fort liés avec Mme Scarron, que Villarceaux entretint quelque temps. « La Scarron devenue reine, comme dit Saint-Simon, resta fidèle à ses vieux amis. » Montchevreuil fut un des trois témoins de son mariage avec le roi, les deux autres étant Louvois et Champvallon.

Mais les Villarceaux étaient trop libertins pour se contraindre, comme il l'eût fallu à la cour.

Page 63.

85. 2ᵉ éd. : Elle avait exclu Chapelle (Ici reprend le texte interrompu quelques paragraphes plus haut à : Port-Royal voulut la convertir.)

86. 2ᵉ éd. : pour l'exilé qui

87. Philibert, chevalier de Gramont (et non Grammont), demi-frère du premier duc de Gramont. Fort galant, il disputa au roi le cœur de Mlle de La Mothe-Houdancourt. Il devait épouser la sœur d'Antoine Hamilton qui a fort gaiement décrit son beau-frère dans les *Mémoires du comte de Gramont.*

88. Il s'agit surtout d'Hortense Mancini, dont Saint-Évremond fut l'intime à Londres. Hortense Mancini (1646-1699) était la fille de Michel-Laurent Mancini et de Hiéronyme Mazarini, sœur du fameux cardinal. Elle avait épousé en 1661 un parent de Richelieu, Armand-Charles de la Porte de la Meilleraye. Elle et son mari furent les héritiers des biens et des titres de l'oncle Mazarin. Ayant eu de terribles démêlés avec son mari, la duchesse de Mazarin quitta la France. Avant de se rendre en Angleterre, elle séjourna à Rome, puis à Chambéry, où elle eut une liaison avec Charles-Emmanuel de Savoie. En Angleterre, elle devait susciter plusieurs passions, notamment celle du roi Charles II et celle du prince de Monaco, qu'elle lui préféra. La liaison qu'elle eut avec un Suédois, le baron de Banier, rendit fou de colère son neveu Philippe de Savoie-Carignan (fils d'Olympe Mancini, et frère du fameux prince Eugène), qui tua Banier en duel. Elle avait eu un fils, Paul-Jules, duc de La Meilleraye, de Rethel-Mazarin et de Mayenne (1666-1731). Ces duchés ont été transmis à plusieurs reprises par les filles, passant des la Meilleraye aux Durfort-Duras, puis aux d'Aumont, puis à la maison de Goyon-Matignon-Grimaldi où ils sont restés jusqu'à nos jours, leur actuel détenteur étant le prince Rainier de Monaco.

89. 2ᵉ éd. : sans compter les Italiennes Mazarini. Les lettres

90. 2ᵉ éd. : et de goût.

« Je crois comme vous, dit-elle à Saint-Évremond, que les rides sont les marques de la sagesse. Je suis ravie que vos vertus extérieures ne vous attristent point. »

Mme de Sévigné aurait-elle parlé plus agréablement de ses *vertus extérieures ?*

Le siècle de Louis XIV achève

Page 64.

91. Lettre de Ninon à Saint-Évremond.

92. Zéa, dans la mer Égée, fut Céos. « La gaze de soie en usage chez

les anciens fut inventée à Céos... Zéa fournit encore de la soie »
(Chateaubriand : *Itinéraire de Paris à Jérusalem*).

Page 65.

93. Ce *Dialogue*, que Mérimée porte aux nues dans les *Lettres à une
inconnue*, avait été aussi attribué à Charlevoix (1682-1761), jésuite, qui
avait été le maître de Voltaire. Mais c'est à juste titre qu'il fut inséré dans
les *Œuvres* de Saint-Évremond. Jean de Canaye (1594-1670) appartenait
à la Compagnie de Jésus.

94. 2ᵉ éd. : d'Hocquincourt.

L'Anacréon du Temple, ainsi appelait-on Chaulieu, parlant

95. 2ᵉ éd. : Les temps de Louis XIV ne rendent pas innocent ce qui
sera éternellement coupable, mais ils agrandissent tout ; placez-la hors de
ces temps, que serait aujourd'hui Ninon ?

96. Sur Mme Scarron, comme souvent, c'est manifestement à la
Biographie Michaud qu'a recouru Chateaubriand.

Page 66.

97. Non point Agrippa (1552-1630), mais son fils Constant (1585-
1630). Constant était haï de son père. Il avait un frère naturel, légitimé,
Nathan d'Aubigné, qui au contraire fut bon pour lui.

98. 2ᵉ éd. : avait voulu dans les Florides

99. Une légende disait qu'Alexandre n'était point fils de Philippe,
mais de Jupiter Ammon, qui se serait glissé sous forme d'un serpent dans
la couche d'Olympia.

100. 2ᵉ éd. : les bâtards de Louis et de madame de Montespan

101. 2ᵉ éd. : de la plaine de Vaugirard. Ce qui lui fournit l'occasion de
voir Louis, dont elle parvint à devenir la femme. Scarron fut

102. 2ᵉ éd. : d'élégantes créatures du désert.

Au centre de la société

Page 67.

103. 2ᵉ éd. : qui épousa Monsieur.

Mademoiselle de Montpensier

104. 2ᵉ éd. : avec des houppes incarnates, blanches et noires : la reine
d'Angleterre

105. Anne-Geneviève de Bourbon-Condé, dite Mlle de Bourbon
(1619-1679), était la sœur du Grand Condé. Elle fut mariée en 1642 à
Henri d'Orléans, duc de Longueville. Elle se détacha assez vite de son
mari déjà âgé et qui marquait trop d'attachement à son ancienne
maîtresse, Mme de Montbazon, et elle se laissa consoler par Maurice de
Coligny, fils de Gaspard III de Coligny, maréchal-duc de Châtillon,
lequel était le petit-fils du célèbre amiral (son père, François de Coligny,
maréchal-comte de Châtillon, étant le fils cadet de ce dernier). Coligny,

ayant épousé le ressentiment de Mme de Longueville envers Mme de Montbazon, se battit en duel avec le duc de Guise (Henri, 5ᵉ duc de Guise, ancien archevêque de Reims) et mourut des suites de ses blessures. Mais celle qui avait été « Mlle de Bourbon » est surtout connue pour sa liaison avec le prince de Marsillac (plus tard duc de La Rochefoucauld) et le rôle qu'à sa suite elle a joué au temps de la Fronde. Sur le duc de Longueville, voir la note 30.

106. Élisabeth de Bourbon-Vendôme, dite Mlle de Vendôme, était la fille de César, duc de Vendôme. Celui-ci, dit « César-Monsieur », était lui-même le fils aîné d'Henri IV et de Gabrielle d'Estrées. Dès 1610, il avait eu rang immédiatement après les princes du sang. Sœur du duc de Mercœur et du duc de Beaufort, Mlle de Vendôme épousa Charles-Emmanuel de Savoie, duc de Nemours, lequel fut tué en duel par son beau-frère Beaufort le 30 juillet 1652.

107. 2ᵉ éd. : un couvent de carmélites : confusion scandaleuse de sujets et d'idées que l'on retrouve à chaque pas dans ces temps où rien n'était encore classé.

Le cardinal de Retz était partout : il fréquentait l'hôtel de Chevreuse. Enfin au Marais et dans l'île Saint-Louis.

Page 68.

108. Marié en 1622 avec Marie de Rohan (fille du duc de Montbazon, et veuve du connétable de Luynes), Claude de Lorraine, duc de Chevreuse, n'eut pas d'héritier mâle, mais trois filles. C'est la seconde, Charlotte-Marie, dite Mlle de Chevreuse, qui est en cause ici. Liée avec le cardinal de Retz, elle faillit plus tard épouser le prince de Conti, mais mourut sans alliance en 1652.

109. 2ᵉ éd. : dans deux paniers. Jadis Henri III aimait à surprendre (Chateaubriand a confondu ici d'Aguesseau et Christian de Lamoignon. Ce dernier et Claude de Bullion, son cousin germain, étaient alors de jeunes enfants, et non point encore de dignes magistrats.)

Page 69.

110. François de Harlay de Champvallon (1625-1695) fut abbé de Jumièges (1648), puis archevêque de Rouen (1651), puis archevêque de Paris (1674). Il contribua grandement à la révocation de l'édit de Nantes. C'est lui qui célébra le mariage secret de Louis XIV et de Mme de Maintenon. Son père avait été le plus célèbre galant de la reine Marguerite (Tallemant). Quels qu'aient pu être les désordres de sa vie privée, il semble que Champvallon ait toujours rempli avec exactitude et avec compétence ses devoirs épiscopaux.

111. Champvallon était un Harlay comme le fameux Nicolas Harlay de Sancy (1546-1629), surintendant des Finances, dont le nom est lié à l'un des plus célèbres diamants du monde. Ce Sancy était connu pour

changer de religion selon ses intérêts. Agrippa d'Aubigné l'a fustigé dans une satire : la *Confession catholique de Sancy*.

112. Béranger écrivait en 1845 à Louise Colet : « Vous m'apprenez le séjour de Chateaubriand à Maintenon. La pauvre Mme Récamier doit être sur les dents à chercher des amusements pour son Louis XIV. »

113. 2ᵉ éd. : en 1682. Il mourut à Conflans qu'il avait acheté et qui

114. Charles de l'Aubespine, marquis de Châteauneuf (1580-1653), fut garde des Sceaux et les perdit. Il avait présidé la commission qui condamna à mort Marillac et Montmorency.

115. Claude de Bourdeilles, marquis de Montrésor (1608-1663), fut le favori de Gaston d'Orléans.

116. Fils de César de Bourbon, duc de Vendôme, et de Françoise de Lorraine, duchesse héritière de Mercœur, le duc de Beaufort (1616-1669) était par son père le petit-fils d'Henri IV et de Gabrielle d'Estrées. Comme son père, il se jeta dans la cabale des *Importants*. Très populaire, il fut au temps de la Fronde surnommé le roi des Halles.

117. Ce court paragraphe est une démarcation de Saint-Simon.

118. Véretz, que certains écrivent Véret, joli château tout proche de Couzières, séjour favori des Montbazon, avait été acheté en 1637 par Denis Le Bouthillier, l'année même où mourut son fils aîné. Armand-Jean avait alors onze ans.

119. Piqué à Marsollier, qui emploie précisément ce terme de « châtellenie ».

Page 70.

120. Voir : Maupeou, tome I, pp. 31-32.

121. 2ᵉ éd. : dans ce moment ? Réveil surprenant de la conscience ! (Et par une note Chateaubriand renvoie au *Jugement critique* de Dom Gervaise. Or, dans Gervaise, la phrase de Rancé est sensiblement différente : « Hélas ! que devenais-je si Dieu n'eût eu pitié de moi ? »)

Page 71.

122. Ces dates sont tirées de l'*Histoire de la Trappe* de L. D. B. (Louis Du Bois) qui précise même que le bonnet de docteur fut obtenu le 10 février.

123. Les quatre ordres mineurs.

124. Gervaise dit que Rancé reçut en trois jours, des mains de son oncle, les premiers ordres jusqu'au diaconat, et « quelques mois après la prêtrise... à Saint-Jacques-du-Haut-Pas le 30 décembre 1651 ». L'oncle était en effet l'archevêque de Tours, Victor Le Bouthillier.

Page 72.

125. 2ᵉ éd. : qu'inspire l'infortune.

126. Mazarin « dégomma » les parents les plus prestigieux de Rancé,

le surintendant des Finances Claude Bouthillier, seigneur de Feuilleforte, ainsi que le fils de celui-ci, le comte de Chavigny (1608-1652), qu'on disait fils de Richelieu. Cette disgrâce n'interrompit que momentanément l'ascension des Bouthillier. Lors de la mort de Rancé, deux de ses nièces à la mode de Bretagne, filles de son cousin germain Chavigny, étaient duchesses : Renée Bouthillier, duchesse de La Force ; Marie Bouthillier, duchesse de Choiseul.

127. 2ᵉ éd. : [Est donnée en note la référence : *Jugement critique, mais équitable des Vies de feu M. l'abbé de Rancé* (GERVAISE)].

Page 73.

128. 2ᵉ éd. : d'une saulaie.
L'inclination militaire

Page 75.

129. Il était né en 1566 et mourut en 1654.
130. 2ᵉ éd. : corrompu par ces temps dépravés qui s'étendirent de François Iᵉʳ à Louis XIV, faisait confidence
131. 2ᵉ éd. : Devenu honteusement amoureux
132. 2ᵉ éd. : à cette école de remords et de honte qu'il endoctrinait
133. Voir la note 34.
134. Voir la note 34.
135. 2ᵉ éd. : avait fait tuer chez lui Saint-Germain-La-Troche, qu'il croyait corrupteur de sa femme. La duchesse de Montbazon était en religion lorsqu'elle épousa son mari. Tandis qu'avec Bassompierre, sorti de la Bastille, le duc de Montbazon s'entretenait du passé
(Pour l'assassinat de Saint-Germain-La-Troche, voir l'historiette consacrée par Tallemant à la comtesse de Vertus.)

Page 76.

136. Le fameux cardinal de Rohan de l'affaire du collier avait pour trisaïeul Louis VII de Rohan, duc de Montbazon, prince de Guéméné, fils aîné d'Hercule de Rohan et de sa première femme, Madelène de Lenoncourt.
137. Marie de Rohan (1600-1679), née du premier mariage d'Hercule de Rohan avec Madelène de Lenoncourt, avait épousé en 1617 Charles d'Albert, premier duc de Luynes, connétable de France, qui mourut en 1621. Elle se remaria en 1622 à Claude de Lorraine, duc de Chevreuse, grand fauconnier de France. Favorite d'Anne d'Autriche, elle ne fut pas étrangère aux relations de celle-ci avec Buckingham, car elle-même, « qui suivait âprement ses passions et aimait le duc d'Holland, ami du duc de Buckingham, ne cessait d'en parler à la Reine » (Mme de Motteville). Quant à Holland, précisons qu'Henry Rich, fils de Robert Rich, comte de Warwick, était seulement comte. Il avait été fait pair en

1623 comme baron Kensington et créé « earl of Holland » en 1624, l'année même où il avait été envoyé en France pour négocier le mariage du prince de Galles (futur Charles Ier) avec Henriette de France, sœur de Louis XIII. Il se trouva que lors des noces, ce fut précisément le duc de Chevreuse qui conduisit l'ambassade. Lui et le roi de la Grande-Bretagne, Jacques Ier, tout près de mourir, étaient « second cousins », étant tous deux arrière-petits-fils de Claude de Lorraine, premier duc de Guise, et d'Antoinette de Bourbon-Vendôme, et leurs parents (Marie Stuart, mère de Jacques Ier, et le Balafré, père de Chevreuse), cousins germains. C'est par la duchesse de Chevreuse que le duché de Chevreuse fut transmis au fils qu'elle avait eu en premières noces, et passa de la maison de Lorraine à la maison de Luynes. Ce fils, Louis-Charles d'Albert, deuxième duc de Luynes (1620-1690), devenu ainsi duc de Chevreuse, avait épousé en premières noces Marie Séguier, et devait se remarier avec Anne de Rohan, fille d'Hercule de Rohan, duc de Montbazon, et de Marie de Bretagne, qui donc était sa tante, puisque demi-sœur de sa mère. C'est ainsi que deux filles de Montbazon furent duchesses de Chevreuse.

138. 2e éd. : qu'on pût voir. Le duc de Montbazon et Le Bouthillier

139. 2e éd. : devint célèbre. Le duc de Beaufort était son serviteur. On ne se pouvait ouvrir à lui d'aucun secret

Page 77.

140. Cette affaire des billets a été narrée et par Mme de Motteville et par Mlle de Montpensier.

141. Voir la note 105.

142. Anne-Marie Bigot, dame Cornuel (1614-1694).

143. Charles-Amédée de Savoie, duc de Nemours, était le beau-frère de Beaufort, dont il avait épousé la sœur, Élisabeth de Bourbon. Lui et sa femme furent les grands-parents maternels de Charles-Emmanuel II, duc de Savoie, lui-même grand-père maternel de Louis XV.

Page 78.

144. Letessier précise ici la parenté des deux rivaux :

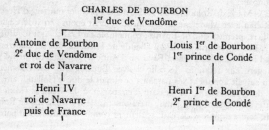

CHARLES DE BOURBON
1er duc de Vendôme

Antoine de Bourbon
2e duc de Vendôme
et roi de Navarre

Louis Ier de Bourbon
1er prince de Condé

Henri IV
roi de Navarre
puis de France

Henri Ier de Bourbon
2e prince de Condé

César, duc de Vendôme	Henri II de Bourbon
(bâtard légitimé)	3ᵉ prince de Condé
François	Louis II de Bourbon
duc de Beaufort	4ᵉ prince de Condé
(dit le roi des Halles)	(dit le Grand Condé)

Page 79.

145. 2ᵉ éd. : jardin de Renard

146. Henri II de Lorraine, 5ᵉ duc de Guise (1614-1664), était le petit-fils du Balafré. N'étant pas l'aîné, il avait été tout d'abord destiné à l'Église, et archevêque de Reims à quinze ans. Son frère aîné étant mort jeune, il se démit de son archevêché à vingt-cinq ans, en 1639. Il avait alors épousé mais aussitôt répudié Anne de Gonzague pour d'autres noces elles aussi bientôt annulées. On sait qu'Anne de Gonzague épousa ensuite Édouard de Wittelsbach, comte palatin du Rhin, devenant ainsi la princesse palatine, qu'a illustrée une oraison funèbre de Bossuet.

147. Voir la note 105.

148. 2ᵉ éd. : suite du démêlé.

La hardiesse de Mme de Montbazon

149. Charles de la Porte, duc de La Meilleraye (1602-1664), cousin germain de Richelieu, fut maréchal de France. Son fils, Armand-Charles, marquis de La Meilleraye, devait épouser Hortense Mancini et devenir duc de Mazarin. Voir la note 88.

150. Frédéric-Maurice de La Tour d'Auvergne, duc de Bouillon (1602-1664), frère aîné de Turenne. Le comté d'Évreux était la principale des seigneuries qui lui avaient été cédées par le roi en échange de la principauté de Sedan.

Page 80.

151. Courtisane grecque, qui avait servi de modèle à Praxitèle. Mais peut-être Chateaubriand pensait-il aussi à la *Phryné* de Pradier, qui avait fait grand bruit au Salon de 1845.

152. 2ᵉ éd. : Madame de Montbazon préférait l'argent à tout. D'Hocquincourt, ayant

153. Jacques de Rouville, chevalier d'honneur de Mlle de Montpensier, fut le beau-père de Bussy-Rabutin.

154. Claude de Bullion, surintendant des Finances, mort en 1640, est surtout connu pour avoir fait frapper les premiers louis d'or. Il en servait parfois comme dessert à ses invités. Tallemant parle de lui. Il était le fils de Jean de Bullion, maître des requêtes, et de Charlotte de Lamoignon. Devenu garde des Sceaux en 1633, il se démit de cette charge en 1636, et eut pour successeur son fils, Noël de Bullion, marquis de Gallardon. Avec

le père Joseph, il contribua cette même année à raffermir le courage de Richelieu.

155. Fils du grand prévôt (Georges de Monchy, marquis d'Hocquincourt), Charles de Monchy (1599-1652), vainqueur à la bataille de Rethel où Turenne fut défait, reçut en 1651 le bâton de maréchal. Il fut battu l'année suivante par Condé à Bléneau. Il est le maréchal Chamuy de l'*Histoire amoureuse des Gaules*. On y voit que c'est sous l'influence d'Angélie (la duchesse de Châtillon) qu'il abandonna le parti de la cour et voulut livrer Péronne. C'est son propre fils qui empêcha cette trahison.

156. 2ᵉ éd. : à la belle des belles. S'étant caché dans la chambre de la duchesse, il ne fut pas aussi malheureux que Chastelard.

Page 81.

157. Chastelard n'était pas le fils, mais le petit-fils de Bayard.

158. 2ᵉ éd. :

De mes piteux regrets.

Il y aurait de l'injustice à ne pas mettre en regard de ce tableau un pendant

159. C'est dans Tallemant qu'on trouve ces histoires.

160. « Elle disait à qui la voulait entendre qu'il était impuissant, ce qui était vrai, ou presque vrai ; qu'il ne lui avait jamais demandé le bout du doigt ; qu'il n'était amoureux que de son âme ; et en effet il me paraissait au désespoir quand elle mangeait les vendredis de la viande, ce qui lui arrivait très souvent » (Retz, *Mémoires*, Bibliothèque de la Pléiade, 1984, p. 458).

161. 2ᵉ éd. : à ne pas mettre en regard de ce tableau

162. Comme l'a bien noté Letessier, « Gervaise est le seul biographe de Rancé à s'étendre sur les relations de l'abbé avec Mme de Montbazon ».

Page 83.

163. 2ᵉ éd. : des privilégiées.

164. Antinotti était officier des galères à Marseille. Voir P. Anselme, *Histoire généalogique*, tome VI, p. 77.

165. Philippe de Altovitti (1550-1586) fut fait baron de Castellane par Henri III, après son mariage avec Renée de Rieux, qui avait été aussi la maîtresse de Charles IX.

Page 84.

166. Henri, bâtard d'Angoulême, fils naturel d'Henri II et d'une Écossaise, Lady Fleming, fille d'honneur de Marie Stuart. Il était grand prieur de Malte.

167. Charles, 4ᵉ duc de Guise (1571-1640).

168. Henri, 3ᵉ duc de Guise (1550-1588).

169. François, 2ᵉ duc de Guise (1519-1563).

170. Cette longue digression a paru une allusion à la passion qu'eut Chateaubriand pour Cordelia de Castellane. Louise-Cordillia-Eucharis Greffulhe, née à Londres en 1796, morte à Paris en 1847, avait épousé en 1813 Boniface de Castellane, qui fut plus tard maréchal de France. Leur fils, Henri-Boniface, épousa en 1839 Pauline de Talleyrand-Périgord, petite-nièce du fameux homme d'État, et probablement sa fille.

Page 86.

171. Ces digressions touchant Mme de Châteauneuf et Marcelle de Castellane sont tirées, d'une part de Tallemant, d'autre part de la *Biographie Michaud*.

Page 87.

172. Louis-François de Bausset (1748-1824) fut membre de l'Académie française. Il avait publié une *Histoire de Fénelon* en 1808 et venait de faire paraître une *Histoire de Bossuet*. C'est à ce dernier ouvrage que se réfère Chateaubriand.

173. 1655.

174. Eusèbe : écrivain religieux du IVᵉ siècle, auteur d'une *Histoire ecclésiastique*. On le dénomme généralement Eusèbe de Césarée, du nom de la ville où il était né vers 270 ; il penchait vers l'arianisme et passait pour le théologien le plus savant de son époque. En 325, il présida à la droite de Constantin le premier concile de Nicée. Il devait prononcer l'oraison funèbre de cet empereur. Il a abondamment écrit. Son *Histoire ecclésiastique* comporte dix livres. Il est mort en 340.

175. Socrate le Scolastique, né vers 380 à Constantinople, a continué le travail d'Eusèbe sur l'histoire de l'Église, l'étudiant de 306 à 439. Son ouvrage comprend 7 livres. Sozomène, né à Gaza vers la fin du IVᵉ siècle, est également l'auteur d'une *Histoire ecclésiastique* dédiée à Théodose II.

176. Les 1ᵉʳ et 2 septembre 1656, l'Assemblée du clergé de France avait rédigé un formulaire de soumission à la constitution du pape Innocent X, du 31 mai 1653. Alexandre VII ayant succédé à Innocent X, l'Assemblée précisa le formulaire le 17 mai 1657 « selon le véritable sens déterminé par la constitution de notre saint père Alexandre VII du 16 octobre 1656 ». Les signataires devaient condamner les « cinq propositions de Cornelius Jansenius contenues dans son livre intitulé *Augustinus*, que ces deux papes et les évêques ont condamnées ». Le formulaire fut autorisé par un arrêt du Conseil le 13 avril 1661, et le roi écrivit à tous les archevêques et évêques du royaume pour les inviter à le faire signer.

Page 88.

177. 2ᵉ éd. : à Véretz ; peu après arriva l'accident qui changea sa vie.

NOTES SUR LE LIVRE SECOND

Page 89.

1. 2ᵉ éd. : Livre deuxième (comme au titre courant dans la 1ʳᵉ éd.).

2. 2ᵉ éd. : à son retour. » « En montant tout droit à l'appartement de la duchesse où il lui était permis d'entrer à toute heure, au lieu des douceurs dont il croyait aller jouir, il y vit pour premier objet un cercueil qu'il jugea être celui de sa maîtresse en remarquant sa tête toute sanglante qui était par hasard tombée de dessous le drap dont on l'avait couverte avec beaucoup de négligence, et qu'on avait détachée du reste du corps, afin de gagner la longueur du col, et éviter ainsi de faire un nouveau cercueil qui fût plus long que celui dont on se servait[1]. » [*En note :* (1) Entretiens de Timocrate et de Philandre.]

« Il n'y a rien de vrai », dit Saint-Simon, rappelant cette version, « dans ce qu'on rapporte de madame de Montbazon, mais

Page 90.

3. 2ᵉ éd. : Au lieu de s'expliquer, Saint-Simon s'occupe du récit des

4. Letessier avoue n'avoir pu trouver la source de cette troublante assertion, que Chateaubriand avait soulignée lui-même (p. 59 dans l'édition originale) et qui restera soulignée dans la seconde édition. Clarac et Regard sont muets sur ce point assez curieux pourtant.

Page 91.

5. Nul récit n'en détruit un autre. Mais les deux récits de Maupeou et de Larroque sont tout à fait contradictoires. « Il l'exhorta à se confesser, dit Maupeou, et fit avertir pour cela Monsieur son Pasteur. Il l'obligea d'envoyer un gentilhomme faire des compliments de sa part à Monsieur le comte de Brienne avec qui elle était brouillée » (Maupeou, tome I, pp. 75-76).

6. Henri-Auguste de Loménie, comte de Brienne (1595-1666), secrétaire d'État aux Affaires étrangères, avait négocié en tant qu'ambassadeur le mariage d'Henriette de France avec le prince de Galles. Son fils, Louis-Henri, devait épouser en 1698 Henriette Bouthillier, fille de Chavigny, et donc nièce à la mode de Bretagne de Rancé. Le si tristement célèbre « principal ministre » de Louis XVI, Étienne-Charles de Loménie de Brienne (1727-1794), archevêque de Toulouse, puis de Sens, puis évêque constitutionnel de l'Yonne, était leur arrière-petit-fils.

7. Daniel de Larroque (1660-1731) était le fils de Matthieu de

Larroque (1619-1684), ministre protestant à Vitré (où naquit Daniel de Larroque), puis à Rouen, à qui l'on doit une très importante *Histoire de l'Eucharistie* parue à Amsterdam en 1669, et qui avait polémiqué avec Bossuet. Daniel de Larroque fut un polygraphe abondant. Il écrivit une *Vie de Mahomet*, une *Vie de Mézeray*, une *Histoire romaine*, etc. C'est à Cologne en 1685 que parut anonymement son livre sur les véritables motifs de la conversion de l'abbé de la Trappe. Chassé de France par la Révocation, il finit par y revenir et abjura (1690). Il mourut à Paris le 5 septembre 1731.

8. Dominique Bouhours (1628-1702), jésuite, grammairien et logicien. Il est surtout connu pour sa *Manière de bien penser dans les ouvrages de l'esprit*, ses *Doutes sur la langue française*, et ses *Entretiens d'Ariste et d'Eugène*. Colbert l'avait chargé de l'éducation de son fils, le marquis de Seignelay. Bouhours fut très lié avec Bussy-Rabutin, et aussi avec Racine, Boileau, La Bruyère. Il est l'auteur d'une jolie épitaphe pour Molière.

Page 92.

9. 2ᵉ éd. : Dom Le Nain

10. 2ᵉ éd. : sous-prieur de la Trappe. Ami et confident de Rancé

11. Ces *Homélies* étaient restées jusqu'à présent une énigme. Elle a été résolue le 27 janvier 1986 par le R.P. Robert Brunet, de la Bibliothèque S.J. des Fontaines à Chantilly, qui m'a aussitôt donné nouvelle de sa découverte. Les *Homélies ou Instructions familières sur les commandements de Dieu et de l'Église*, par le Sieur de Saint-Lazare, Prêtre Licencié ès Loix, ont paru à Paris chez Daniel Horthemel en 1688. L'auteur était André-Lazare Bocquillot, dont une biographie devait être publiée en 1745 par Henri-Hubert Le Tors. C'est dans le tome III paru en 1689, où les homélies sont consacrées non plus aux commandements de Dieu, mais au « Simbole des Apôtres », et où l'auteur n'use plus d'un pseudonyme, qu'on trouve, pp. 378-379, le passage cité par Le Nain et répété par Chateaubriand. Issu d'une famille de Basse-Bretagne, Bocquillot était né en 1649 à Avallon, où son père était aubergiste. Après avoir été curé de Chastellux dans le diocèse d'Auxerre, il séjourna quelque temps parmi les solitaires de Port-Royal. Il y était chargé de l'instruction des domestiques. Rappelé en 1686 par son évêque, il fut successivement chanoine de la collégiale de Montréal puis de celle d'Avallon. Il devait mourir en 1728. Il avait été toute sa vie un janséniste de choc.

12. 2ᵉ éd. : de malédictions. Colère à part

Page 93.

13. 2ᵉ éd. : Il faut le dire, néanmoins, le silence de Rancé est effrayant, et il jette un doute dans les meilleurs esprits.

14. 2ᵉ éd. : n'a pu se démentir

15. 2ᵉ éd. : le silence pourrait passer pour une vérité !

16. 2ᵉ éd. : son tombeau. (La fin du paragraphe est supprimée.)

17. 2ᵉ éd. : tout s'expliquera. Tous les poètes

18. Marguerite de Valois était la fille d'Henri II, la sœur de François II, Charles IX et Henri III ; et elle fut la première femme d'Henri IV.

19. Henriette de Clèves, duchesse de Nevers, épouse de Louis de Gonzague, qui par ce mariage devint lui-même duc de Nevers.

Page 94.

20. Certains auteurs écrivent : La Molle et Coconnato. Annibal de Coconnas et son ami Boniface de La Môle, étant entrés dans un complot contre Henri III, furent exécutés en 1574. Ils voulaient mettre sur le trône le duc d'Alençon, frère puîné d'Henri III. Ce duc d'Alençon devait mourir en 1584, bien avant Henri III.

21. Letessier indique que cette anecdote ne se trouve pas dans le *Journal* de Henri III, mais dans les *Mémoires* du duc de Nevers. Il a eu du mérite à l'y trouver car ces *Mémoires* publiés par Gomberville en 1665 sont un énorme recueil de lettres bien ennuyeux à compulser. Alexandre Dumas a repris l'anecdote dans *La Reine Margot* et Stendhal l'évoque aux dernières pages de *Le Rouge et le Noir*. Chateaubriand note, dans son *Analyse raisonnée de l'histoire de France,* qu'aucune des deux belles ne fut fidèle. « La jeune duchesse de Nevers ne conserva pas longtemps le souvenir de la fin tragique de Coconnas ; elle fut surprise dans d'autres rendez-vous... Marguerite pleurait les objets de son attachement lorsqu'elle les avait perdus, faisait des vers à leur mémoire, et déclarait qu'elle leur serait toujours fidèle :

> *Atys, de qui la perte attriste ma mémoire,*
> *Atys, digne des vœux de tant d'âmes bien nées,*
> *Que j'avais élevé pour montrer aux humains*
> *Une œuvre de mes mains.*
> ....
> *Si je cesse d'aimer, qu'on cesse de prétendre.*
> *Je ne veux désormais être prise ni prendre.*

Et dès le soir même Marguerite était prise, et mentait à son amour et à la muse. La Môle ayant été décapité, elle soupira ses regrets *au beau Hyacinthe.* » Les premiers amants notoires de Marguerite furent, après La Môle, Balsac d'Entragues puis Bussy d'Amboise. Mais il y avait eu entre-temps Saint-Luc, ce mignon de Henri III, qui ne craignait pas de faire des farces au roi. Il devait plus tard, des premiers, se rallier à Henri IV. Vaillant guerrier, celui qui avait été « le beau Saint-Luc » fut alors qualifié de « brave Saint-Luc ».

22. *Confessions,* livre VIII, chapitre XI.

23. François Michel me fait observer que ce devait être : *Me retinebant...* Saint Augustin, de fait, n'avait pas laissé son verbe transitif sans complément : *Retinebant... amicae meae et succutiebant vestem meam carneam*

(Frivolités des frivolités, vanités des vanités, mes vieilles amies retenaient et secouaient ma vêture charnelle). Rancé ni Chateaubriand ne craignaient sans doute les ellipses.

Page 95.

24. L. D. B. (Louis Du Bois), dans son *Histoire civile, religieuse et littéraire de la Trappe* (Paris, Raynal, 1824), évoque cette tradition (p. 84, note 172) sans parler de la statue de Diane de Poitiers, mais après avoir curieusement cité le passage des *Confessions* de saint Augustin : *Retinebant nugae...*

25. Baculard d'Arnaud a tiré du roman de Mme de Tencin un drame en trois actes et en vers : *Les Amants malheureux ou le comte de Comminges*, où Adélaïde est à la Trappe sous le nom de frère Euthime. Il l'a publié escorté de *Discours préliminaires*. On est étonné d'y voir formulée une esthétique bien différente de celle du XVIII⁰ siècle : « J'ai cherché, écrit d'Arnaud, à répandre dans ma pièce ce *sombre*, qui est peut-être la première magie du pittoresque, partie dramatique, que les anciens ont si bien connue, et que les modernes parmi nous ont ignorée... Fut-on jamais autant affecté d'une prairie émaillée de fleurs d'un jardin somptueux, d'un palais moderne, que d'une perspective sauvage, d'une forêt silencieuse, d'un bâtiment sur lequel les années semblent accumulées ? » Et Baculard d'Arnaud d'évoquer Rembrandt, de porter aux nues Eschyle, — et, pour donner un exemple, d'emprunter à Shakespeare, « ce fidèle imitateur d'Eschile », toute une scène de *Richard III*. C'est sans doute du roman de Mme de Tencin qu'est née la légende des trappistes creusant chaque jour leur tombe. On peut y lire en effet : « Il y a deux mois que pour obéir à la règle du saint fondateur, qui a voulu, par l'idée continuelle de la mort, sanctifier la vie de ses religieux, il leur fut ordonné à tous de se creuser chacun leur tombeau. »

Page 96.

26. Voici, gémissante, la colombe, teinte du sang de son époux.

Page 97.

27. Chateaubriand avait écrit à propos de Walter Scott : « L'illustre peintre de l'Écosse me semble avoir créé un genre faux ; il a selon moi perverti le roman et l'histoire : le romancier s'est mis à faire des romans historiques, et l'historien des histoires romanesques » (*Essai sur la littérature anglaise*, Œuvres, Didot, 1849, tome V, p. 149). Ayant eu à écrire ses mémoires puis une biographie, il lui fallait bien nuancer ses principes.

28. 2⁰ éd. : ne se séparât de son corps.

29. Ou Simaitha.

30. Allusion à la deuxième *Idylle* de Théocrite. C'est au vers 101 de cette idylle intitulée : *Les Magiciennes* (ΦΑΡΜΑΚΕΥΤΡΙΑΙ), qu'apparaît

le nom de celle qui parle : Simaitha (Σιμαίθα τυχαλεῖ). Elle est tombée amoureuse d'un athlète de Myndos, et a envoyé son esclave Thestylis lui dire : « Simaitha t'appelle auprès d'elle. » L'athlète est venu ; puis il l'a quittée. Elle sait qu'il est amoureux d'une autre, ou d'un autre (on n'a pu le lui préciser). Voici douze jours qu'elle ne l'a vu. Pour le revoir et le ravoir, elle recourt à la magie, invoquant tour à tour Iynx (le torcol) : « Iynx, attire vers ma demeure cet homme, mon amant », puis Séléné. « Maintenant donc, dit-elle, je veux l'enchaîner par des philtres. Mais s'il m'afflige encore, c'est à la porte d'Hadès qu'il frappera, par les Moires ! Telle est la puissance des poisons que m'a enseignés un étranger d'Assyrie... » Le poème est superbe.

31. Dom Gervaise : *Jugement critique...*, pp. 160 et suivantes.

Page 98.

32. Chateaubriand a pris cette anecdote dans Maupeou. Gervaise l'avait qualifiée de « conte ».

33. Jean-Baptiste de La Tour, né vers 1652 à Flangebouche dans le diocèse de Besançon, avait été d'abord frère prêcheur. Il fit profession à la Trappe le 25 mars 1695, et mourut à Cîteaux le 4 juillet 1708.

34. Cette citation, qu'on trouve et dans Maupeou et dans Gervaise, est donnée par eux comme tirée des *Entretiens de l'abbé Jean et du prêtre Eusèbe*, œuvre de François du Suel parue en 1674.

Page 99.

35. Ces détails viennent de Marsollier et de Gervaise.

Page 101.

36. Anecdote tirée de Gervaise.

37. Chambord.

38. L'ordre de Grandmont (ou Grammont) fut fondé au XIe siècle par le fils d'un vicomte de Thiers, saint Étienne de Muret (dit d'abord Stephanus de Tigerno), mort en 1124, canonisé en 1189. C'est sur la montagne de Muret, près de Limoges, que les premiers moines se rassemblèrent. Conformément aux principes transmis par l'Évangile de saint Matthieu (XXIII, 8-10), Étienne de Muret ne se fit jamais appeler Père, ni Abbé, ni Maître : c'est sous le nom de « Correcteur » qu'il dirigeait son monastère. Peu après sa mort, l'ordre dut quitter Muret pour Grandmont (commune de Saint-Sylvestre, canton de Laurière, en Haute-Vienne). En 1245, Innocent IV ordonna l'adoucissement de la règle de Grandmont qu'il jugeait trop sévère. Érigé en prieuré, l'ordre se répandit. Quantité de monastères grandmontins furent fondés sous le gouvernement d'Étienne de Ligiac, surtout en Aquitaine et dans les régions de France possédées par Sa Majesté Britannique. Les rois de France et d'Angleterre ayant exempté les grandmontins de tout impôt,

quantité de laïques s'y précipitèrent. Ce qui devait arriver arriva : l'ordre passa peu à peu de l'extrême ascétisme à l'extrême licence. C'est en vain que Charles de Frémont tenta de rétablir l'étroite observance dans les monastères d'Époisses et de Thiers vers le milieu du XVIIᵉ siècle. Les grandmontins reconnurent dans un chapitre général tenu en 1768 qu'ils ne pouvaient ni ne voulaient se soumettre à la conventualité. Des lettres patentes du 24 février 1769 les dispensèrent de l'ancienne observance et leur interdirent d'admettre des novices. En 1770, l'abbaye mère de Grandmont fut rattachée à l'évêché de Limoges. Ainsi disparut l'ordre illustre des grandmontins.

39. Laurent, chevalier d'Arvieux (1635-1702), avait séjourné au Levant. Ses *Mémoires* ont été publiés en 1735.

Page 102.

40. Fille de Jean-Galéas Visconti, duc de Milan, et d'Isabelle de France, et par là petite-fille de Charles V, Valentine Visconti devait épouser son cousin germain, Louis, duc d'Orléans, frère de Charles VI. Elle fut la mère du poète Charles d'Orléans et la grand-mère de Louis XII. Son fils cadet, Jean, comte d'Angoulême, eut de Marguerite de Rohan, sa femme, Charles, comte d'Angoulême, marié à Louise de Savoie et père de François Iᵉʳ.

Page 104.

41. C'est tout au contraire Anne de Pisseleu, duchesse d'Étampes, qui supplanta Françoise de Foix, comtesse de Chateaubriand (1475-1537).

42. « Si cette histoire touchait au nom de la famille Chateaubriand, elle ne touchait pas à son sang... Jean de Laval-Montmorency, seigneur de Chateaubriand (terre qu'il tenait de son trisaïeul, marié à l'héritière de Dinan-Chateaubriand), avait à femme Françoise, fille de Phébus de Foix, de la maison qui transmit la couronne de Navarre à la maison d'Albret. Françoise de Foix, comtesse de Chateaubriand, était sœur de Lautrec et du maréchal de Foix, braves comme les Grailli sans avoir les talents du captal de Buch... Elle fut aimée de François Iᵉʳ, céda à sa passion après une assez longue résistance, et fut ensuite abandonnée par l'inconstant monarque, qui se prit d'un nouvel amour pour mademoiselle d'Heily, duchesse d'Étampes » (*Mémoires d'outre-tombe*, Penaud, 1850, tome XII, pp. 247, 250-252 ; ou Bibliothèque de la Pléiade, 1951, tome II, pp. 950 et suivantes).

43. Laure de Noves, épouse d'Hugues de Sade, morte en 1348, mais immortalisée par Pétrarque.

44. Henri d'Artois, duc de Bordeaux, comte de Chambord (1820-1883), qui eût été Henri V.

45. Paul-Louis Courier (de Méré), l'illustre pamphlétaire (1772-

1825), mort dans sa propriété de Véretz, assassiné assez mystérieusement.

46. Sur cette phase de la vie de Chateaubriand on consultera
utilement : P. Christophorov : *Sur les pas de Chateaubriand en exil*, Éd. de
Minuit, 1960.

Page 105.

47. Robert Bank Jenkinson, comte de Liverpool (1770-1828), fut
Premier ministre de 1812 à 1827. Il persécuta Caroline de Brunswick,
épouse séparée du roi George IV, et s'opposa à l'émancipation des
catholiques.

48. George Canning (1770-1827), Premier ministre en 1827, favorisa
le libre-échange et l'émancipation des catholiques d'Irlande.

49. 2ᵉ éd. : depuis George IV qui

Page 106.

50. François de Guise fut assassiné devant Orléans, et son fils Henri
(le Balafré) à Blois.

51. Guy de Lévis, premier du nom, prit la croix contre les Albigeois et
fut proclamé maréchal des croisés, puis maréchal de la Foi, titre qu'il
transmit à ses descendants ainsi que celui de marquis de Mirepoix.

2ᵉ éd. : M. le duc de Lévis, qui remonte au compagnon de Simon de
Montfort. Mirepoix était

52. 2ᵉ éd. : duchesse de Lévis, du grand nom d'Aubusson ; elle aurait
(L'épouse de Gaston, duc de Ventadour et de Lévis (1794-1863), qui
fut le mentor puis l'ami du comte de Chambord, était née Marie-
Catherine-Amanda d'Aubusson de La Feuillade. Sa famille remontait à
Pierre d'Aubusson (1423-1503), qui fut grand maître de l'Ordre de Saint-
Jean de Jérusalem, ordre qui allait devenir en 1530 l'Ordre de Malte.
Pierre d'Aubusson avait été surnommé « le bouclier de l'Église ».)

53. Ni Letessier ni Clarac n'ont réussi à trouver de qui il s'agissait.
L'édition originale donne : Philippine-Hélène ; quelques éditions depuis
1920 : Philippe-Hélène, mais on attend toujours une explication.

54. Joseph-Annibal de Bédée, comte de La Bouëtardais (1758-1809),
cousin germain de Chateaubriand (fils d'un frère de sa mère).

55. 2ᵉ éd. : où je l'avais long-temps attendu

Page 107.

56. 2ᵉ éd. : que donne l'adversité.

57. Le maréchal de Schomberg, qui commandait les troupes de
Richelieu, y défit en 1632 les troupes de Gaston d'Orléans, que
commandait Montmorency. C'est là que ce dernier fut fait prisonnier.

58. Jugé et condamné à Toulouse, Montmorency y fut décapité à l'âge

de trente-huit ans. Gaston d'Orléans l'avait lâchement abandonné comme il avait abandonné Cinq-Mars et de Thou.

59. Louis-Jean-Nicolas Monmerqué (1780-1860), magistrat, érudit et polygraphe. Par une courtoisie tout arbitraire, mais qui dans un certain milieu était d'usage assez courant, Chateaubriand le dote d'une particule. Dans les *Mémoires d'outre-tombe*, on observe qu'il dit tour à tour sans qu'on sache trop pourquoi : cardinal Latil ou cardinal de Latil, comte Portalis ou comte de Portalis. Tout de même, passant de Cadet-Gassicourt à Cadet de Gassicourt, par un coup de patte, il montre l'importance qu'il attache à ces nuances : « C'est, écrit-il, avec le même dédain des préjugés aristocratiques qu'il me retranche le *de* et s'en empare. » Quant à Monmerqué, il se parait lui-même d'une particule avant 1844, mais il est singulier que Chateaubriand la lui donne p. 107 et la lui retire p. 180.

60. Gaston avait été longtemps « Monsieur », mais il ne l'était plus. Il était le duc d'Orléans. Dès la mort de Louis XIII le titre de « Monsieur » était allé à Philippe de France, frère du roi Louis XIV. Et Philippe ne devint duc d'Orléans qu'après la mort de son oncle Gaston.

Page 108.

61. Ma maison est une maison de désolation.

62. Seul me reste le sépulcre.

Page 109.

63. L'évêque d'Alet était alors Nicolas Pavillon (1597-1677), qui avait été le collaborateur de saint Vincent de Paul. L'une des dernières lettres de Rancé, en date du 23 février 1699, est adressée à son successeur, Charles Taffoureau de Fontaine, qui avait antérieurement sollicité son admission à la Trappe.

64. Gilbert de Choiseul.

65. En Haute Gascogne.

Page 110.

66. Alet est dans l'Aude.

67. Saint Paul l'Anachorète, mort à cent treize ans, disait-on, en 342, et qui passe pour l'initiateur de la vie monastique.

Page 111.

68. Inès de Castro.

69. Chimène de Gormaz.

Page 112.

70. 2e éd. : doctrines, puis il dévia un peu du droit chemin avec deux autres évêques. Madame de Saint-Loup en écrivit à Rancé. Quant au

théologal d'Aleth, l'abbé de Vaucelles, il fut totalement subjugué ; il céda
au docteur Arnauld, et se retira dans les Pays-Bas. Il fut envoyé
obscurément

(La marquise de Saint-Loup, née Diane Chasteignier de La Roche-
Posay, semble avoir importuné Rancé plusieurs fois. Le sachant malade,
elle lui envoya M. Hamon, et Rancé, en bon trappiste, peu soucieux
d'être soigné, refusa de le voir.)

71. Paul-Louis du Vaucel (1640-1715) devait finalement s'exiler en
Hollande, où il se lia avec Arnauld. Celui-ci le fit aller à Rome. Du
Vaucel y passa plusieurs années sous le nom de Valloni. Il a écrit divers
ouvrages de théologie et un *Traité de la Régale*.

72. 2e éd. : de la chrétienté.

En 1660, Pomponne fut disgracié[a]. Rancé lui écrivit des compliments
de condoléance. Les considérations qu'il lui fournit sont prises de haut.
Arnauld d'Andilly, frère de Pomponne[b], avait traduit une foule de vies
qui formèrent l'histoire des Pères du désert. Louis XIV visita depuis le
bonhomme dans sa retraite, où j'ai moi-même passé lorsque j'allai voir
madame la duchesse de Duras : elle avait l'intention de me laisser un
petit réduit qu'elle avait acheté sur les collines de la forêt de Montmorency[c]. Ces liaisons de la Trappe et de Port-Royal, qui s'altérèrent dans
la suite, causent de l'attendrissement. Louis XIV aimait son ancien
ministre ; mais il trouvait que M. de Pomponne n'avait pas assez de
grandeur pour lui.

A Véretz, où il revenait

a) Le marquis de Pomponne fut exilé de 1662 à 1665. Secrétaire d'État
en 1671, il joua un rôle majeur jusqu'en 1679, au temps le plus brillant du
règne. C'est sa disgrâce de 1679 qui a fait le plus jaser. Il est peut-être
intéressant de noter, pour la petite histoire de la société polie, qu'il était
marié à Catherine Ladvocat, « fille d'un juif de la ville de Paris, qui,
après avoir gagné deux millions de biens par ses usures, s'était laissé
mourir de froid de peur de donner de l'argent pour recevoir un fagot », et,
sœur d'un maître des requêtes, pour qui la duchesse de La Ferté, déçue
par le Grand Dauphin, avait eu des bontés, et à qui elle avait donné une
mauvaise maladie (*La France galante*, 394-401).
b) Arnaud d'Andilly n'était pas le frère, mais le père de Pomponne.
c) Chateaubriand en eût été de fait le légataire si la duchesse, quatre ans
avant sa mort, n'avait dû vendre cette propriété à Talleyrand.

Page 114.

73. L'abbé d'Effiat était le frère du malheureux Cinq-Mars. Il mourut
en 1698, cinquante-six ans après son frère. Dès 1642, au lendemain de la
mort de son frère, les biens de celui-ci, et notamment le domaine de Cinq-
Mars, lui avaient été attribués. C'est en 1662 qu'il acquit Véretz. Saint-
Simon a parlé de lui à propos de sa mort.

74. 2ᵉ éd. : à l'abbé d'Effiat. Les cent mille écus

75. L'ensemble de cet important paragraphe est tiré de Marsollier (I, p. 154) et de Gervaise (pp. 252-254).

Page 115.

76. Chateaubriand confond les générations. Le ministre de Louis XV, Emmanuel-Armand de Vignerot, duc d'Aiguillon (1720-1788), était le fils d'Armand-Louis de Vignerot du Plessis-Richelieu, duc d'Aiguillon (1683-1750), qui déjà possédait Véretz, et y avait, avec sa femme (Anne-Charlotte de Crussol de Florensac), composé et imprimé un *Recueil de pièces* obscènes, tiré à sept exemplaires avec la fausse indication : Ancône, B...t, 1735. Le duché d'Aiguillon avait été créé en 1638 pour Marie-Madeleine de Vignerot, nièce de Richelieu, veuve d'Antoine du Roure de Combalet, à laquelle Corneille avait dédié *Le Cid*. Celle-ci avait légué ce duché à sa nièce, Marie-Thérèse de Vignerot, avec substitution en faveur d'Armand-Louis. Fils d'Armand-Louis, le ministre de Louis XV était le père d'Armand, duc d'Aiguillon (1750-1800), dont Chateaubriand a exalté le rôle dans la nuit du 4 août.

Page 116.

77. 2ᵉ éd. : On a eu beau faire des tableaux, les victoires de l'Empire à Versailles n'ont pu effacer

Page 117.

78. Région désertique de Haute-Égypte, où la vie retirée d'anachorètes comme saint Paul, saint Antoine, saint Pacôme, saint Macaire suscita l'admiration, et finalement fit grand bruit à travers le monde des IIIᵉ et IVᵉ siècles.

79. 2ᵉ éd. : les murmures

Page 118.

80. Jean, cardinal Du Bellay (1492-1560), était le frère du vaillant Guillaume Du Bellay si dévoué à François Iᵉʳ, et le cousin de Joachim. Il fut évêque de Paris, puis archevêque de Bordeaux. C'est lui qui fit avoir la cure de Meudon à Rabelais, lequel l'avait accompagné à Rome.

81. Seul Dampierre fut captif, et dom Herbert put fonder l'abbaye des Clairets dès 1313 (Letessier).

Page 119.

82. Le pouillé est l'état des bénéfices ecclésiastiques dans une province.

83. 2ᵉ éd. : dans les débris de la forêt

Page 120.

84. Cistercien, mais en bons termes avec les jésuites, dom Dominique Georges, abbé du Val-Richer, ne voyait pas d'un trop bon œil les réformes de Rancé, qu'il soupçonnait de jansénisme.

Page 121.

85. Née du second mariage de Gaston d'Orléans (avec Marguerite de Lorraine-Vaudémont), Élisabeth d'Orléans, dite « Mlle d'Alençon », avait épousé en 1667 Louis-Joseph de Lorraine, 6ᵉ duc de Guise, neveu de celui qui avait été archevêque de Reims et qui s'était battu en duel avec Coligny. Un recueil de *Fables nouvelles et autres poésies de M. de La Fontaine,* paru chez Barbin en 1671, est dédié au sixième duc de Guise. Sa veuve, Mᵐᵉ de Guise, étant de son propre chef duchesse d'Alençon, séjournait assez régulièrement dans sa bonne ville, d'où elle pouvait facilement se rendre à la Trappe.

86. Letessier assure que, malgré plusieurs lectures, il n'a jamais pu trouver ce passage dans Le Nain.

87. Le solitaire s'assiéra et se taira.

Page 122.

88. Citation presque littérale de Félibien des Avaux. Chateaubriand semble confondre Pierre Félibien, trappiste, qui prit possession de l'abbaye de la Trappe au nom de Rancé pendant que celui-ci faisait son noviciat à Perseigne, et André Félibien des Avaux, architecte, auteur de plusieurs livres et notamment d'une *Description de l'abbaye de la Trappe* (Paris, Frédéric Léonard, M. DC. LXXI), parue anonymement et qui, étant dédiée à la duchesse de Liancourt, fut tout d'abord attribuée à Toussaint Desmares, curé de Liancourt (Oise).

89. Vers cités par L. D. B. (Louis Du Bois) : *Histoire... de la Trappe.*

90. Ascelin Adalbéron, évêque de Laon, mort en 1030. Il ne faut pas le confondre avec Adalbéron d'Ardenne, archevêque de Reims, chancelier de France sous Lothaire, Louis V et au début du règne de Hugues Capet, qui, lui, mourut en 988. Ascelin Adalbéron a une grande importance historique car c'est lui qui élimina définitivement les Carlovingiens en livrant Charles de France, duc de Lotharingie, frère de Lothaire et oncle de Louis V, à Hugues Capet. Ascelin Adalbéron composa un poème satirique sur l'état du royaume et le dédia à Robert le Pieux. Si Ascelin Adalbéron, évêque de Laon, livra Charles à Hugues, c'est Adalbéron d'Ardenne, archevêque de Reims, qui sacra Hugues à Noyon en 987, et la même année, pour bien assurer la succession capétienne, son fils Robert à Orléans.

91. Le très fameux Pierre Abailard (1079-1142), dont certains écrivent le nom autrement : Abélard ou Abaylard, ou Abeilard.

Page 123.

92. L. Le Honreux de Saint-Louis. Saint-Simon parle de lui et de l'estime que Turenne avait pour lui.

Page 124.

93. Ceux qui mettent leur confiance dans le Seigneur.
94. Importante abbaye du diocèse de Vannes. Cistercienne, bien sûr. L'abbé était alors dom Jean Jouaud, qui devait mourir en 1673. Son successeur fut dom Hervé Du Tertre.
95. 2ᵉ éd. : tant de désordre,

Page 126.

96. 2ᵉ éd. : confirmé par
97. Alexandre VII Chigi.

Page 127.

98. Dans le feu de sa première rédaction Chateaubriand a sans doute confondu avec Boulogne-sur-Mer.
99. 2ᵉ éd. : son prieuré de Boulogne-Chambor, qui lui plaisait parce qu'il était dans les bois ; mais
100. 2ᵉ éd. : les solitudes du passé. Il appela
101. 2ᵉ éd. : L'évêque d'Aleth, Nicolas Pavillon, n'était pas

Page 128.

102. Dans la Champagne mancelle, entre Le Mans et Sillé-le-Guillaume.
103. Emmanuel-Armand, marquis de Vassé, fils du vidame du Mans et de la seconde fille du maréchal d'Humières.

Page 130.

104. 2ᵉ éd. : ses dépôts
105. Issu du second mariage d'Hercule de Rohan, duc de Montbazon, avec Marie d'Avaugour de Bretagne, François de Rohan, seigneur de Fontenay et de Poughes, après de premières noces avec Catherine de Lionne (« qui n'était rien », dit Saint-Simon, mais qui le laissa bientôt veuf et fort riche, faisant passer ses rentes de quatre mille à quatre cent mille livres), était devenu prince de Soubise du fait de son second mariage (célébré le 17 avril 1663) avec Anne Chabot de Rohan, dame de Soubise, fille d'Henri Chabot, duc de Rohan, pair de France, et de Marguerite, duchesse de Rohan. C'est de ce second mariage qu'est sortie la tige des princes de Soubise, ducs de Rohan-Rohan.
106. 2ᵉ éd. : peu de réalités

Page 131.

107. 2ᵉ éd. : de Boulogne, puis il partit pour la Trappe, résolu de s'ensevelir

108. 2ᵉ éd. : l'abbé de Prières, avec deux autres

109. Chateaubriand résume ici Marsollier. Mais les choses furent un peu différentes. Le 26 juin 1664, outre Rancé, firent profession frère Modeste Georgel et frère Robert Prudhomme ; et un frère Antoine Noël fit profession le 15 juillet suivant (L. D. B. : *Histoire... de la Trappe*, p. 125). Krailsheimer (p. 172) confirme que c'est bien ce dernier qui avait été au service de Rancé. Quand plus tard Jean-Antoine de Somont, abbé de Tamié, d'abord opposé aux idées de Rancé, s'y rallia, quelques trappistes furent envoyés là-bas pour entraîner les religieux de ce monastère à la discipline de la Trappe, et frère Antoine Noël fut du nombre. Né vers 1658 à Gelannes, près de Nogent-sur-Seine, dans le diocèse de Troyes, il devait donc mourir loin de Rancé, à Tamié, en Savoie, dans le diocèse de Grenoble.

110. 2ᵉ éd. : qu'il était, il devint

111. 2ᵉ éd. : des règlements nouveaux, il fut appelé

Page 132.

112. 2ᵉ éd. : sept francs : ce présent de la Providence aide Rancé à faire son voyage.

Page 133.

113. Jusqu'ici Chateaubriand s'est essentiellement inspiré de Marsollier. Pour le voyage à Rome, il va suivre Le Nain, avec quelques truffes empruntées à Marsollier et à Maupeou.

114. Sur ce point Maupeou et Marsollier contredisent Le Nain. C'est à la version de Le Nain que Chateaubriand s'est rallié. On voit que, dans des narrations assez proches d'un événement, des assertions opposées peuvent faire naître un doute. Ici le point litigieux est sans grande conséquence. Le silence des trois synoptiques sur la présence de la mère du Christ au pied de la croix, présence dont parle seul le quatrième évangéliste, pose un problème plus troublant.

Page 134.

115. 2ᵉ éd. : sur des corniches

116. 2ᵉ éd. : vertes et blanches.

De Bologne à Florence, Rancé, sur une route triste dans les Apennins, fut renversé à terre de son cheval par le vent. A Florence,

117. Aînée des trois filles issues du second mariage de Gaston d'Orléans, Marguerite-Louise (Mlle d'Orléans) était la demi-sœur très cadette de Mlle de Montpensier et la sœur germaine de Mlle d'Alençon

(cette duchesse de Guise qui fut une fervente de la Trappe) et de Mlle de Valois (duchesse de Savoie). Elle-même avait épousé en 1661 le grand-duc de Toscane, Côme III de Médicis. Harold Acton donne quantité de détails touchant cette princesse dans *Les Derniers Médicis* (Librairie académique Perrin, 1984).

118. Les lémures sont des revenants apparaissant la nuit pour tourmenter les survivants.

119. 2ᵉ éd. : des lémures saluer

120. Néère : héroïne de Tibulle.

121. Hostia : la Cynthia (Diane) de Properce.

122. Claude Vaussin, et non point Pierre Bouchu, comme l'indiquera à tort l'abbé Dubois dans sa *Vie de Rancé*. Les abbés de Cîteaux se sont ainsi succédé à cette époque : Claude Vaussin († 1670), Louis Loppin († 1670), Jean Petit (1670-1692). Quant à Pierre Bouchu, il ne fut jamais abbé de Cîteaux, mais seulement abbé de Clairvaux, où il fut nommé en 1674. La Trappe étant dans la filiation de Clairvaux, Rancé eut naturellement des rapports avec lui, et il est exact que, comme l'indique Dubois (qu'il ne faut pas confondre avec Du Bois, historien de la Trappe, et non biographe de Rancé), la famille de Rancé et celle de Bouchu étaient liées par des alliances communes.

123. 2ᵉ éd. : à Monte Cavallo. Il lui dit : *Beatissime pater, ad Sanctitatis Vestrae pedes accedimus* (1). Alexandre VII l'accueillit (avec en note : (1) Maupeou, tom. I, p. 508).

Page 135.

124. 2ᵉ éd. : en contraste avec les vertus de Rancé. Malheureusement alors les rangs comptaient plus que les mœurs. Rancé fit entendre ces paroles soumises : « Très saint père,

125. 2ᵉ éd. : il écrivit : « Je fus

126. Giovanni Bona (1609-1674) faillit succéder à Clément IX. Il est l'auteur de nombreux ouvrages où il prône une religion ascétique. Il a été surnommé le Fénelon de l'Italie.

Page 136.

127. 2ᵉ éd. : pour étudier l'affaire. On instruisit Rancé qu'il n'obtiendrait pas ce qu'il désirait. Au commencement de l'année 1665,

128. 2ᵉ éd. : où l'on bénit la ville et le monde.

129. 2ᵉ éd. : était venu ne plaisait point. D'un autre côté les ordres monastiques de la Commune Observance traitaient les réformateurs d'hommes singuliers, voisins du schisme.

130. 2ᵉ éd. : or, la tombe, toute souveraine qu'elle est, a peu de crédit.

Page 137.

131. 2ᵉ éd. : le 24 février 1665 de retourner en Italie. Prières était une

abbaye de Bernardins fondée en 1250, à trois lieues de la Roche-Bernard, à l'embouchure de la Vilaine, dans ma pauvre patrie. Bien que Rancé fût persuadé de l'inutilité

132. Le comte Jean Potocki (1757-1816) s'est distingué par des études sur les antiquités slaves, écrites en français, notamment des *Fragments historiques et géographiques sur la Scythie, la Sarmatie et les Slaves* (Brunswick, 1795, 4 vol. in-4°). Comme il ne faisait tirer ses ouvrages qu'à 100 exemplaires, ils sont vite devenus introuvables.

133. Charles Magnin (1793-1862) avait préfacé une édition des *Lusiades*. Conservateur des Imprimés à la Bibliothèque royale, il était aussi critique théâtral au *Globe,* et Sainte-Beuve a loué son indépendance d'esprit.

Page 138.

134. Olimpia Maldachini (1594-1656), mariée au frère du futur Innocent X, eut assez vite une liaison publique avec son beau-frère, bien qu'il fût prêtre et son aîné de vingt ans. Elle vécut ouvertement avec lui après la mort de son mari. C'est par ses intrigues que Giambattista Pamfili fut successivement nommé patriarche d'Antioche, nonce en Espagne, cardinal, et finalement élu pape en 1644. Au Vatican elle fit la loi durant presque tout ce pontificat, bien qu'elle ait trouvé dans le cardinal Panciroli un adversaire vigoureux. Elle n'hésitait pas à faire exiler et même supplicier ses ennemis. A la mort d'Innocent X, c'est par son influence que Fabio Chigi (Alexandre VII) fut élu. Mais le nouveau pape ne lui marqua point de gratitude ; il l'exila à Orvieto, et confisqua son héritage au profit de sa propre famille.

135. 2ᵉ éd. : pas lui épargner cette joie. »

136. Voir la note 176 pour le livre premier.

Page 139.

137. Cette pyramide était un obélisque.

138. Poèmes juvéniles de Philomate. Alexandre VII avait été dans sa jeunesse membre de l'Académie des Philomates à Sienne. D'abord éditées par Guillaume de Furstenberg en 1645, ces poésies de jeunesse du pape devaient paraître aussi à Paris chez Cramoisy en 1656 (B.N. : Rés. g. Yc 574).

139. Fille de César, duc de Vendôme, sœur du duc de Beaufort, Élisabeth de Bourbon avait épousé un Savoie, le duc de Nemours. Cette petite-fille de Henri IV fut, comme il a déjà été indiqué, l'une des huit trisaïeules de Louis XV.

Page 140.

140. 2ᵉ éd. : quelque chose de froid et d'arrogant de M. de Talleyrand,

141. Le comte génois Giovanni-Luigi Fiesco (1523-1547), descendant

des comtes de Lavagne, avait conspiré contre les Doria avec l'appui de François I⁰ʳ. Il périt tout jeune, noyé. C'est à dix-huit ans que Retz rédigea le tragique récit, où il louait l'intelligence de Fiesque. L'ouvrage parut anonymement chez Cl. Barbin en 1665 sous le titre : *La Conjuration du comte Jean-Louis de Fiesque*. Le personnage de Giovanni-Luigi Fiesco devait aussi inspirer plus tard Jean-Jacques Rousseau et Schiller.

142. Pourpre est masculin ou féminin suivant le sens.

143. La seigneurie de Retz, située entre Poitou et Bretagne, avait été cédée par Charles le Chauve à Erispoé. Elle fut illustrée par Gilles de Rais, petit-neveu de Du Guesclin, compagnon de Jeanne d'Arc, et modèle de Barbe-Bleue. Elle devait être érigée en duché-pairie en 1581 pour Albert de Gondi (1522-1602), maréchal de France. Par son mariage avec son cousin Pierre de Gondi, Catherine de Gondi, ici évoquée sous le nom de Mlle de Retz, devait faire passer ce duché, dont elle était héritière, à la branche cadette des Gondi. Mais cette branche s'éteignit en 1676 avec ledit Pierre de Gondi, et la seigneurie de Gondi passa alors dans la maison de La Neuville-Villeroy.

144. Charles de Schonberg (ou Schomberg), duc d'Halluin (1601-1656), épousa Marie d'Hautefort, que Louis XIII avait aimée.

Page 141.

145. Marie Coëffier, dite Ruzé d'Effiat, avait épousé un cousin germain du cardinal de Richelieu, Charles de la Porte, marquis puis duc de La Meilleraye, dont le père était frère consanguin de la mère de Richelieu (Suzanne de la Porte, épouse de François du Plessis). Leur fils, Armand-Charles, ayant épousé en 1661 Hortense Mancini, fut duc de Mazarin, de Mayenne et de La Meilleraye.

146. Louis de Bourbon, comte de Soissons, petit-fils du côté paternel de Louis I⁰ʳ de Bourbon, prince de Condé (voir la note 144 pour le livre premier) était donc cousin issu de germain du roi Louis XIII. Prince du sang, il était communément nommé « Monsieur le Comte », de même que Condé était « Monsieur le Prince » et le duc d'Enghien « Monsieur le Duc ».

147. Jean-François de Gondi fut en 1623 le premier archevêque de Paris. Le diocèse de Paris n'était auparavant qu'un évêché dépendant de l'archevêché de Sens.

148. Louis de Cossé, duc de Brissac, était marié à Mlle de Scepeaux, cousine de Retz.

149. Rosa Vanozza fut la mère de César et de Lucrèce Borgia, reconnus par leur père, l'Espagnol Roderigo Borgia, alors cardinal et vice-chancelier de l'Église, et qui devait devenir le pape Alexandre VI.

150. 2ᵉ éd. : des filles pieuses à la grille d'un couvent : elles chantaient. Après trois jours

Page 142.

151. Claude Joly (1607-1700), chanoine de Notre-Dame. Après avoir été le secrétaire et le confident de Retz, il se rallia au parti de la cour. Il a laissé des *Mémoires,* qui sont comme un complément de ceux de Retz, et qui parurent en 1708 à Amsterdam.

152. 2ᵉ éd. : séjourna à Constance, puis à Ulm, et il alla voir en Angleterre Charles II

Page 143.

153. 2ᵉ éd. : le *héros du bréviaire.* Le cardinal était à Saint-Denis en 1649. Madame de Sévigné annonce

154. 2ᵉ éd. : avec dédain. On peut lire là-dessus une excellente leçon de M. Ampère. Mais à mesure

155. On suppose, non sans raisons, que c'est à Mme de Sévigné que sont adressés les *Mémoires* de Retz. C'est certainement à tort que Champollion-Figeac avait pensé à Mme de Caumartin. Dans son jeune temps la grande fortune de Mlle de Chantal avait fait rechercher sa main par bien des seigneurs, et c'est Retz qui avait fait pencher la balance en faveur du marquis de Sévigné, qu'elle épousa le 4 août 1644.

Page 144.

156. 2ᵉ éd. : en entrant dans la raison. Quant à ses actions politiques

Page 145.

157. Retz était le fils de Philippe-Emmanuel de Gondi, comte de Joigny, marquis de Belle-Isle, et de Françoise-Marguerite de Silly, « dame de Commercy ». Retz avait fait du château-haut de Commercy sa résidence de prédilection, et c'est là qu'il rédigea ses *Mémoires.* Plus tard il céda cette seigneurie à Charles IV, duc de Lorraine. Dans ses dernières années il séjournait alternativement en l'abbaye de Saint-Denis, que le roi lui avait abandonnée en échange de l'archevêché de Paris, et à l'abbaye de Saint-Mihiel, proche de Commercy.

158. Chateaubriand a puisé ce renseignement dans Le Nain. Mais il ne faut pas se méprendre. La tendresse de Rancé pour Retz était profonde et grave. Il était soucieux de l'« éternité » de son ami. « Je ne puis consentir, écrira-t-il, qu'un homme que j'ai honoré et aimé avec la dernière tendresse soit éternellement malheureux » ; et encore ceci : « Le pauvre M. le cardinal de Retz a fini sa course ; il est mort avec beaucoup de piété et de résignation à la volonté de Dieu... Il lui témoigna l'obligation qu'il lui avait de ce qu'il ne l'avait pas pris dans ses dérèglements, mais qu'il l'avait attendu à pénitence. » (Voir : Krailsheimer, pp. 214-215.)

159. Dans l'oraison funèbre de Michel Le Tellier. (La phrase est citée dans la *Biographie Michaud* !)

Page 146.

160. 2ᵉ éd. : qui ne souffrait rien,

161. 2ᵉ éd. : meilleur que moi ? » Retz continua ses passepieds

162. Loménie de Brienne prétend dans ses *Mémoires* que Richelieu, à l'instigation malicieuse de la duchesse de Chevreuse, avait, pour séduire la reine, dansé la sarabande avec des pantalons verts et des castagnettes aux doigts.

163. 2ᵉ éd. : Ce n'est donc pas

164. 2ᵉ éd. : aucune ressource.

Néanmoins à l'époque de Rancé

165. Philippe de Latour, marquis de Coulanges (1631-1716), qui a laissé des *Mémoires,* était l'oncle maternel de Mme de Sévigné, et le frère aîné de Christophe de Coulanges, abbé de Livry, qui fut le tuteur de celle-ci, et surnommé par elle « le bien bon ».

Page 147.

166. Dom Bonaventure d'Argonne (1634-1704), avocat, puis chartreux, a écrit sur les Pères de l'Église, mais aussi des *Mélanges d'histoire et de littérature* publiés sous le pseudonyme de Vigneul de Marville.

167. 2ᵉ éd. : affilié depuis à la Trappe

168. C'est encore à la *Biographie Michaud* que se réfère ici Chateaubriand.

169. Le Soracte est une montagne de quelque six cents mètres à une quarantaine de kilomètres au nord de Rome. Elle fut parfois dénommée Mont-Saint-Oreste ou Mont-Saint-Sylvestre.

Page 148.

170. Lacordaire : *Vie de saint Dominique,* chapitre VIII.

Page 149.

171. 2ᵉ éd. : des hommes.

« Il ne voulait voir, dit Maupeou,

172. 2ᵉ éd. : et saint Paul. » Rancé fréquentait les églises, passant les heures à prier

173. Le *pifferaro* est un joueur de flûte.

174. Ce n'est que la mise en pratique du mot du Christ à la Samaritaine : *Venit hora et nunc est quando veri adoratores adorabunt Patrem in spiritu et veritate* (Jean, IV, 23). Plus n'est besoin pour prier ni du mont Garizim, ni du temple de Jerusalem, ni d'aucune synagogue, d'aucun temple, d'aucune église...

175. 2ᵉ éd. : que Rancé inconnu priant à la lumière des étoiles,

Page 150.

176. Les *Olim* sont les anciens registres du Parlement.

177. Saint Bernard.

Page 151.

178. Le 21 février 1666.

179. 2ᵉ éd. : de congé du Saint-Père. Il partit au mois d'avril, accompagné du jugement du pontife qui condamnait l'étroite observance. De nos jours, l'auteur de l'*Indifférence en matière de Religion*, repoussé dans ses réformes, a continué de croire qu'elles s'accompliraient : une voix, est-il persuadé, partira on ne sait d'où ;

180. Le 25 mars 1666.

181. Allusion probable à un verset d'Isaïe : Voici que tu as pris comme soutien ce roseau brisé, qui pénètre et transperce la main de l'homme qui s'y appuie (*Ecce confidis superbaculum arundinem confractum istum : cui si innixus fuerit homo, inucui si innixus fuerit homo, intrabit in manum ejus, et perforabit eam,* Isaïe, XXXVI, 6).

182. Dans la seconde édition le LIVRE DEUXIÈME se termine ici. Et le LIVRE TROISIÈME s'ouvre avec le paragraphe suivant : Ici commence la nouvelle vie de Rancé :

183. 2ᵉ éd. : nouvelle vie de Rancé : nous entrons dans la région du profond silence. Rancé rompt avec sa jeunesse,

Page 152.

184. 2ᵉ éd. : reprocha

185. *Et dixit : Quis debit mihi pennas sicut columbae et volabo et requiescam* (Psaumes, LIV, 7).

186. 2ᵉ éd. : en note : Cymodocée.

187. Le 10 mai 1666 (Maupeou, Marsollier, Le Nain).

Page 153.

188. C'est dans la onzième ode du premier livre (Ad Leuconoen), et cela s'achève ainsi : *carpe diem, quam minimum credula postero.* (Fais ta cueillette aujourd'hui, il ne faut pas trop compter sur demain.)

189. Tandis que nous parlons, le temps détestable aura fui.

Page 157.

190. Que dites-vous ?

191. Mes fautes.

192. 2ᵉ éd. : que l'image de la mort ; il ne doit rien tant appréhender.

Page 158.

193. La *flexe* est une coupure dans la première partie d'un verset, quand cette première partie est longue.

194. Ce très beau cantique emprunté à l'Évangile selon Luc (I, 46-55) dérive de celui qu'on trouve dans l'Ancien Testament au premier livre de Samuel (II, 1-10).

195. Cette antienne remonte à Pierre de Compostelle (IXe siècle) ou à Hermann Contractus (XIe siècle). Le dernier verset aurait été ajouté par saint Bernard. Chantée avec un recueillement impressionnant, elle conclut la journée cistercienne.

196. 2e éd. : un moment de silence dans tout le chœur.

En 1672, on rétablit à la Trappe l'ancienne manière de jeûner le carême, de ne faire qu'un seul repas et de ne manger qu'à quatre heures du soir.

Par ces règlements Rancé

197. Ce paragraphe et les précédents sont surtout inspirés par Marsollier.

Page 159.

198. Toujours Marsollier.
199. Tiré de Le Nain.
200. 2e éd. : son frère,
201. Fille de Gaston d'Orléans.

Page 160.

202. Anecdote prise dans Le Nain.
203. Charles Clausel de Coussergues prit l'habit de frère convers en mars 1799, prononça ses vœux le 6 avril 1801, et mourut le 4 janvier 1802.
204. 2e éd. : soldat de l'armée de Condé,
205. Jean-Claude Clausel de Coussergues (1759-1846).

Page 161.

206. Christian de Chateaubriand, frère cadet de Louis.
207. C'est dans *La Trappe mieux connue* par M.P. et dans *La Vie de dom Augustin de Lestranges* attribuée à l'abbé Guerbes que Chateaubriand a dû puiser ces renseignements (Letessier).

Page 162.

208. Près de Fribourg en Suisse.
209. Charles X.
210. Marie-Anne-Renée de Chateaubriand, sœur Séraphine chez les bénédictines de Saint-Malo, était la cousine germaine de Chateaubriand et la sœur du malheureux Armand de Chateaubriand fusillé en 1809. Tous deux étaient les enfants de Pierre de Chateaubriand, seigneur du Plessis, son oncle.

Page 163.

211. Décapité en 1649, Charles Ier Stuart était le petit-fils de la fameuse Marie Stuart et de son troisième mari, Henry Stuart Darnley. Son père, Jacques Ier Stuart, d'abord roi d'Écosse, avait succédé en 1603 à Élisabeth Ire Tudor, et avait été le premier roi de la Grande-Bretagne. De son mariage avec Henriette de France, il avait eu Charles II, Jacques II et Henriette d'Angleterre, duchesse d'Orléans. La statue dont parle Chateaubriand n'était pas celle de Charles II, mais celle de Jacques II.

212. Une fuie n'est pas un colombier, mais une volière où l'on nourrit un nombre restreint de pigeons domestiques.

213. 2e éd. : le bruit de ce chemin renouvelé descend

Page 164.

214. Écrivain ascétique du Ve siècle, Cassien est l'auteur de douze livres d'*Institutions cénobitiques*. Semi-pélagien, il n'était pas d'accord avec saint Augustin.

215. Dom Rigobert Lévesque avait été prieur à l'abbaye cistercienne de Hautefontaine, dans le diocèse de Châlons.

216. 2e éd. : était étendu

217. Dom Arsène mourut le 10 février 1685.

Page 165.

218. Allusion sans doute au congrès de Châtillon-sur-Seine (février-mars 1814) où Napoléon ne parvint pas à amadouer les alliés. Mme Durry et Letessier ont pensé aux déboires sentimentaux de Chateaubriand auprès de la duchesse de Châtillon-Montmorency (née Pauline de Lannois, et qui fut plus tard comtesse Raymond de Bérenger), amie de Mme de Chateaubriand. Mais les ducs de Châtillon ont fief à Châtillon-sur-Marne et non à Châtillon-sur-Seine.

219. 2e éd. : de se renfermer à la Trappe

220. Histoire rapportée par Le Nain.

221. Toujours Le Nain.

Page 166.

222. Chiffres donnés par Du Bois *(Histoire... de la Trappe).*

223. par L.D.B. (Louis Du Bois).

224. On les trouve pp. 259-260 : « Il n'est pas vrai que les religieux s'abordassent en se disant : " Frère, il faut mourir ! " Une tombe était toujours ouverte dans le cimetière, pour le premier moine qui venait à décéder ; mais il est faux que chaque trappiste travaillât tous les jours à creuser son propre tombeau. Ces erreurs se trouvent dans l'*Idée de la Trappe*, qui est en tête du drame de Comminges par Baculard d'Arnaud

et dans une foule d'autres ouvrages. M. de Chateaubriant *(sic)*, qui a répété dans le Génie du christianisme les erreurs que nous venons d'indiquer, en commet encore une autre sur la position topographique de la Trappe, qu'il place dans la forêt de Mortain : elle est dans la forêt du Perche, près de Mortagne, à près de trente lieues de distance de la forêt qui est connue à Mortain sous le nom de Forêt de Lande Pourrie... » (Dans les premières éditions du *Génie du christianisme*, il y avait en effet « Mortain » au lieu de « Mortagne ».)

225. Victor Pallu (1604-1650), seigneur de Ruau-Percil, médecin de Port-Royal. « Le bon petit M. Pallu, dit Sainte-Beuve, faisait sa médecine gaiement et en pénitent plus guilleret que morose. » Chateaubriand ici utilise le *Port-Royal,* dont les premiers tomes parurent avant la *Vie de Rancé.*

Page 167.

226. L'histoire de Faure est tirée de Du Bois (pp. 98-102), qui est d'abord incertain sur son prénom : Pierre ou François, puis opte pour Pierre et précise qu'il fut à la Trappe dom Muce, qu'il y fit profession le 19 février 1689 et y mourut le 13 mai suivant.

227. La Pétitière (Voir : *Port-Royal).*

Page 168.

228. L'histoire de Forbin-Janson est empruntée à Du Bois (p. 105).

229. Joseph Bernier, de Mortagne, fut, indique Du Bois (p. 103), le seul des six religieux de l'ancienne Trappe qui embrassa l'Étroite Observance, et resta dans la Nouvelle.

230. Philosophe pythagoricien du Ve siècle avant Jésus-Christ, Timée a exposé une théorie des Idées très analogue à celle de Platon.

231. Voir le *Port-Royal* de Sainte-Beuve.

Page 169.

232. Nicolas Fontaine (1625-1709) a laissé des *Mémoires pour servir à l'histoire de Port-Royal* (Cologne, 1736), où se trouve la fameuse *Conversation de Pascal et de M. de Sacy.*

233. Indication de Marsollier.

Page 170.

234. Claude de Sainte-Marthe-Champoiseau (1620-1690), auteur d'une *Défense des religieuses de Port-Royal et de leurs directeurs.*

235. Plusieurs éditeurs ont cru à une coquille et ont corrigé « marsault ». Ainsi Letessier, qui suit la première édition, et Regard (Bibliothèque de la Pléiade), qui suit la seconde. On trouve au contraire « marsaule » dans la vieille édition du « Génie de la France » et dans l'édition 10/18 préfacée par Barthes. Le mot « marsault » est plus

courant; l'orthographe « marseau » est même permise (Littré). Mais
« marsaule » est à la fois plus joli et plus logique, l'arbre en question
étant une variété de saule. Enfin, suprême raison, c'est « marsaule »
qu'on trouve dans Grégoire (*Les Ruines de Port-Royal des Champs en 1801*,
p. 9), qu'on voit reproduit par Chateaubriand dans la première édition
de la *Vie de Rancé*, p. 160, et qui se retrouve aussi dans la contrefaçon
belge (Bruxelles, Société typographique belge, 1844, tome I, p. 145).

236. Ces lignes sont empruntées aux *Ruines de Port-Royal des Champs en
1801* de l'abbé Grégoire, livre qui fut violemment critiqué par Joseph de
Maistre, et qu'écrasera évidemment l'énorme travail de Sainte-Beuve sur
Port-Royal, mais qui en son temps dut avoir son prix, et qui a gardé un
certain charme.

Page 171.

237. 2ᵉ éd. : l'ancien évêque de Blois, approbateur de la mort et quasi
juge dans le procès de Louis XVI.

(Qui imaginerait après un tel témoignage que l'abbé Grégoire ne prit
pas part au vote, et qu'il avait auparavant demandé et redemandé, au
profit même de l'ex-roi, l'abolition de cette peine de mort, qu'il tenait
pour un « reste de barbarie »? La hargne de Chateaubriand envers l'un
des plus nobles chrétiens de cette époque, bien que partagée par tout son
milieu, avait peut-être une raison particulière. L'un des innombrables
écrits de l'abbé Grégoire est intitulé : *Des peines infamantes à infliger aux
négriers*. Or, c'est par la traite que le père de Chateaubriand avait fait
fortune et pu acquérir Combourg : en un temps, il est vrai, où l'horreur
d'un tel trafic n'était sans doute sensible qu'aux cœurs les plus délicats,
et où le roi anoblissait volontiers ceux qui se livraient à cette fructueuse
industrie. Grégoire, qui, humble curé lorrain, avait pris la défense des
juifs persécutés dans un essai couronné le 23 août 1788 par la Société des
Arts et des Sciences de Metz, devait, député aux États Généraux, plaider
dès 1789 pour l'abolition progressive de l'esclavage. Il en fut le principal
champion et c'est sous son inspiration que fut promulgué plus de dix ans
avant la naissance de Victor Schoelcher le mémorable décret du
15 pluviôse an II (4 février 1794), si honorable pour la France, mais que
Napoléon devait abroger au lendemain du Concordat. Bien révélatrice
fut la prise de position de Chateaubriand quand, au temps de la première
Restauration, il fut question d'abolir à nouveau l'esclavage sur les terres
françaises. Il écrivit alors au célèbre William Wilberforce : « Vous
n'ôteriez pas de la tête d'un négociant en France que l'Angleterre
n'insiste si fort sur l'abolition de l'esclavage que pour anéantir nos
colonies... Nous nous rappelons que les démagogues de nos assemblées
révolutionnaires prêchaient la liberté des nègres et s'attendrissaient sur
leur sort en versant le plus pur sang de la France. Les défenseurs de cette
cause ont fait tort à cette cause même. Malgré soi on la suppose mauvaise

lorsqu'on voit qu'elle a pour défenseur parmi nous un Régicide »
(*Correspondance de Chateaubriand*, tome II, Gallimard, 1979, p. 219).

238. 2ᵉ éd. : le passé et y attira le présent

239. Louis-Antoine de Noailles (1651-1729), archevêque de Paris en
1695.

240. 2ᵉ éd. : amis et ennemis

Page 172.

241. François Leguat (1637-1735). Protestant, il fit de grands voyages
par suite de la Révocation.

242. Dans la seconde édition la fin de ce paragraphe marque
l'achèvement du LIVRE TROISIÈME et le commencement du LIVRE
QUATRIÈME.

NOTES SUR LE LIVRE TROISIÈME

Page 173.

1. Voir Le Nain.

2. Blanche de Castille. (Il y a au moins une autre reine Blanche :
Blanche de Navarre, seconde épouse de Philippe VI de Valois. Certains
auteurs mentionnent encore Blanche d'Arles, femme de Louis V, le
dernier carolovingien, à qui d'autres auteurs donnent pour épouse Gisèle
de Gévaudan, et d'autres Adélaïde d'Anjou. Quoi qu'il en soit, c'est la
mère de saint Louis qui fonda en 1240 l'abbaye de Maubuisson.)

3. Le terme de « supérieure » est imprécis. Rancé fut en rapport tant
avec l'abbesse qu'avec la prieure et avec la sous-prieure de Maubuisson.
De 1664 à 1709 l'abbesse fut Louise-Hollandine de Bavière, princesse
palatine, sœur de cette Sophie de Bavière, électrice de Hanovre, qui fut
en 1701 proclamée héritière d'Angleterre, et dont le fils, George Iᵉʳ de
Hanovre, devait, de fait, monter sur le trône de Grande-Bretagne.
Louise-Hollandine était d'autre part la belle-sœur d'Anne de Gonzague,
et la tante d'Élisabeth-Charlotte, duchesse d'Orléans, toutes deux si
connues sous le nom de « Princesse Palatine ».

Page 174.

4. La bataille de Lépante (ou Naupacte) fut livrée le 7 octobre 1571
sous la direction de don Juan d'Autriche par une flotte chrétienne de
250 navires, armée par l'Espagne, par Venise et par le pape Pie V, contre
une flotte turque beaucoup plus nombreuse encore. Les chrétiens
perdirent 15 galères et 8 000 hommes, mais les musulmans bien
davantage : 40 galères et 30 000 hommes. Quoique 1 500 esclaves chrétiens aient été ainsi libérés, on tient que le résultat pratique n'eut rien de

décisif. Mais l'effet moral fut considérable, le prestige dont jouissait la flotte ottomane, jusqu'alors réputée invincible, ayant été enfin détruit.

5. Cette longue lettre de Rancé au roi est amplement citée par Le Nain (pp. 146-155).

Page 175.

6. Louis-François Lefebvre de Caumartin (1624-1687), petit-fils d'un garde des Sceaux d'Henri IV et de Louis XIII, et père du Caumartin lié avec Voltaire, avait été l'ami et l'agent du cardinal de Retz.

7. Gaspard de Fieubet (1626-1694). Ce magistrat devait se retirer en 1686 chez les Camaldules de Gros-Bois.

8. Phrase cueillie chez Maupeou.

Page 176.

9. François de Caulet fut évêque de Pamiers de 1644 à 1680.

10. Jean Deslyons (1615-1700), docteur en Sorbonne.

11. « habituelle » : on dirait aujourd'hui une maladie chronique.

Page 177.

12. 2e éd. : Mlle d'Alençon, bossue, épousa le dernier duc

13. Louis-Joseph de Lorraine, 6e duc de Guise (1650-1671), qui ne fut pas le dernier duc de Guise, puisque son fils, François-Joseph (1670-1675), quoique mort enfant, lui survécut et fut le septième. De cet enfant le duché fut hérité par sa tante, Mlle de Guise, sœur survivante de Louis-Joseph, laquelle devait mourir en 1688 sans alliance ni postérité. Le duché passa alors à Mlle de Montpensier qui devait le léguer avec tous ses biens à son cousin germain, Philippe d'Orléans.

Page 178.

14. Ce portrait est au musée de Carpentras.

Page 179.

15. Fils, et non point petit-fils, du comte de Toulouse, et donc petit-fils de Louis XIV et de Mme de Montespan, le duc de Penthièvre (1725-1795) n'était pas le père, mais le beau-père de la fameuse princesse de Lamballe (née Savoie-Carignan), comme il était celui de Philippe-Égalité, qui avait épousé sa fille.

16. Ce fut, bien entendu, assez longtemps après la mort de Rancé.

17. Paul Pellisson-Fontanier (1624-1693) passa cinq ans à la Bastille, mais mourut historiographe du roi et membre de l'Académie française. Touchant Pellisson, c'est de la *Biographie Michaud* que s'est, une fois de plus, inspiré Chateaubriand.

Page 180.

18. C'était encore Gilbert de Choiseul, frère du maréchal de Plessis-Praslin. Il devait l'année suivante devenir évêque de Tournai.

19. Monmerqué a donné une édition remarquable des *Lettres* de Mme de Sévigné. Il a été l'un des collaborateurs les plus assidus de la précieuse *Biographie Michaud*. Letessier assure cependant qu'il n'a jamais débrouillé le procès de Fouquet. Il pense que Chateaubriand a peut-être cru de Monmerqué lui-même une notice sur Mme de Sévigné due au premier mari de Mme Monmerqué, M. de Saint-Surin, notice où il est longuement question de Fouquet, et qui se trouve précisément dans la première édition que Monmerqué a donnée des *Lettres* de Mme de Sévigné.

20. 2ᵉ éd. : elle ne perdit point sa bonne réputation.
Bossuet, camarade de collège de Rancé,

Page 181.

21. Jean Sobieski (1624-1696) fut élu roi de Pologne après la mort de Michel Koribut (1674). Il devait en 1683 délivrer Vienne assiégée par Kara-Moustapha. Marié à une Française, Marie-Casimire d'Arquien, il chercha en vain à rendre héréditaire le trône de Pologne. Son successeur fut Auguste II, électeur de Saxe, grand-père maternel de Louis XVI et du roi Charles IV d'Espagne.

22. François Ledieu (1640-1713) fut le dernier secrétaire de Bossuet. Il a laissé des *Mémoires* et un *Journal,* qui ne furent publiés qu'en 1856-1857. Mais le cardinal de Bausset en avait déjà cité des fragments dans sa *Vie de Bossuet.*

Page 182.

23. 2ᵉ éd. : dont il ne devait plus descendre : il n'est resté de ce sublime génie qu'une pierre.

Page 183.

24. Charles de Villars, comte de Brancas (1618-1681), avait de l'aversion pour le jansénisme et les jansénistes. On dit qu'il fut le modèle du Ménalque de La Bruyère. Il était le fils de Georges, duc de Villars, et de Julienne-Hippolyte d'Estrées. Sa femme, Suzanne Garnier, avait eu une passade avec le roi. Lui-même était des intimes de Mme Scarron, et avait, avant l'heure de la dévotion, mené une vie fort dissolue. Leur fille aînée épousa Alphonse-Henri-Charles de Lorraine, prince d'Harcourt ; la cadette, son cousin germain, Louis de Brancas, duc de Villars.

25. Le 21 septembre 1676, Innocent XI Odescalchi succédait à Clément X Altieri, mais c'est évidemment de ce dernier qu'il est question ici.

26. 2ᵉ éd. : et font semblant

27. Henri Arnauld (1597-1692), frère d'Antoine (le grand Arnauld). Il est naturellement question de lui dans le *Port-Royal* de Sainte-Beuve, et notamment dans un appendice donnant une pièce inédite touchant les rapports de Rancé avec les jansénistes, pièce provenant d'un dossier constitué par dom Gervaise, qui avait appartenu à la *Bibliotheca Lamoniana*, et que la Trappe avait confidentiellement communiquée à Sainte-Beuve.

Page 188.

28. Assaillons le juste, puisqu'il nous est inutile, et qu'il est contre ce que nous faisons.

29. Opprimons le pauvre qui vit selon la justice ; sa seule présence nous est pesante, sa vie ne ressemblant pas à celle des autres.

Page 192.

30. 2e éd. : maintenant si morte

31. 2e éd. : accablant aujourd'hui, car l'esprit

32. Sur ce point, il ne semble pas que Chateaubriand s'inspire d'aucun des biographes qui l'ont précédé.

33. Il reste éternellement.

34. Bernardin Gigault, marquis de Bellefonds (1630-1694), était le cousin germain du maréchal de Villars, dont la mère était une Bellefonds. Sa fille fut marquise du Châtelet. « Le roi, écrit Saint-Simon, avait toujours aimé le maréchal de Bellefonds, et l'avait pourtant laissé à peu près mourir de faim. » On lit dans la *Galerie de l'ancienne cour* (1786, tome I) : « Le maréchal de Bellefonds, ayant fait demander au roi la permission de vendre sa charge de premier maître d'hôtel, Sa Majesté le fit appeler dans son cabinet et en demanda la raison. Le maréchal avoua que ses dettes l'y forçaient. " Eh bien, dit le roi, je vous donne cent mille francs de votre maison de Versailles et un brevet de retenue de quatre cent mille francs qui servira d'assurance si vous veniez à mourir. Vous payerez les arrérages avec les cent mille francs ; cela étant, vous resterez à mon service. " » La maréchale de Bellefonds, née Madeleine Foucquet, fut chargée en 1680 d'une mission bien particulière, celle de déniaiser le Grand Dauphin à la veille de son mariage avec Marie-Anne de Bavière (Philippe Erlanger, *Monsieur, frère de Louis XIV*, Hachette, 1963, p. 192).

Page 193.

35. Thérèse-Marie Gigault de Bellefonds, fille de Bernardin (le maréchal) et de Madeleine Foucquet, avait épousé en 1668 Antoine-Charles du Châtelet de Thons, et lui donna un fils, François-Bernardin, qui, marié à Gabrielle du Plessis de Richelieu, mourut sans postérité. Antoine-Charles du Châtelet de Thons avait un cousin germain, Florent du Châtelet de Lomont, dont le fils, Florent-Claude, épousa en 1725

Gabrielle-Émilie Le Tonnelier de Breteuil, la fameuse « marquise du Châtelet » de Voltaire. L'ancêtre commun d'Antoine-Charles et de Florent-Claude, grand-père de l'un et arrière-grand-père de l'autre, était Erard du Châtelet, marquis de Tricheteau, époux de Lucrèce Dorsans, mort le 13 décembre 1648.

36. 2ᵉ éd. : qui n'avait point encore paru sur la terre.

Rancé était mandé par le maréchal

(Le duc d'Enghien, auquel il est fait allusion ici, est évidemment celui qui, né en 1772, devait être fusillé à Vincennes le 21 mars 1804, sans laisser de postérité, bien qu'il laissât une veuve, Clémentine-Catherine-Henriette de Rohan-Rochefort, qui lui survécut quarante-six ans.)

37. Marie Gigault de Bellefonds, née en 1624 de Bernardin Gigault, seigneur de Bellefonds, et de Jeanne Aux-Épaules de Sainte-Marie, épousa le 24 janvier 1651 Pierre, marquis de Villars, et lui donna un fils qui fut le célèbre maréchal-duc de Villars. Chateaubriand a dû trouver l'anecdote dans Saint-Simon, qui la conte à propos de la mort de Villars, mais sans qualifier de « vieille » Mlle de Bellefonds, épithète que contredit la chronologie. Saint-Simon la dit au contraire « jeune et extrêmement jolie ». Touchant la différence des conditions, il spécifie, en revanche, qu'elle « n'avait rien ». Ailleurs, parlant avec grand dédain des Gigault de Bellefonds, il marque une certaine considération pour les Aux-Épaules. Henri-Robert Aux-Épaules, seigneur de Sainte-Marie-du-Mont, avait eu deux filles. L'une, Judith, fut comtesse de Maulevrier. L'autre, Jeanne, épousa Bernardin Gigault de Bellefonds, grand-père du maréchal de Bellefonds et du maréchal-duc de Villars.

38. Louis-Hector de Villars (1653-1734), marié à Mlle de Varangeville, fut maréchal de France en 1702, et pacifia les Cévennes. Nommé duc à brevet en 1705, puis duc et pair en 1709, il devait surtout s'illustrer par la victoire de Denain en 1712. Conformément aux mœurs du temps, il s'enrichit par des rapines. Il put acquérir Vaux et y donner des fêtes somptueuses. Ces Villars sont tout à fait distincts des Villars-Brancas, qui eux sont issus d'une famille féodale de Naples, les Brancaccio.

39. L'abbé Lequeux fut même enfermé à la Bastille.

Page 194.

40. 2ᵉ éd. : Je crois, j'espère et j'aime. » Ce devrait être

41. Letessier pense que Chateaubriand a confondu ici Émilie, l'héroïne de *Cinna*, et Pauline, l'héroïne de *Polyeucte*.

42. 2ᵉ éd. : une autre victime.

Telle était l'aventure placée sur le chemin

43. Louis de Bourbon, bâtard de France, comte de Vermandois (1667-1683).

Page 195.

44. 2ᵉ éd. : sur des friches. Aujourd'hui on ne voit plus glisser

45. Mélusine « était condamnée à être moitié serpent le samedi et fée les autres jours, à moins qu'un chevalier ne consentît à l'épouser en renonçant à la voir le samedi. Raimondin, comte de Forez, en fit sa femme... Mélusine bâtit le château de Lusignan... Raimondin, s'étant mis en tête de voir sa femme un samedi, lorsqu'elle était demi-serpent, elle s'envola par une fenêtre... Lorsque le manoir de Lusignan change de maître, ou qu'il doit mourir quelqu'un de la famille seigneuriale, Mélusine paraît trois jours sur les tours du château de Lusignan, et pousse de grands cris. Tels étaient la Psyché du moyen âge et ce château de Lusignan, que Charles Quint admira, et dont Brantôme déplora la ruine ». (Chateaubriand : *Analyse raisonnée de l'histoire de France*, in : *Œuvres*, Didot, 1849, tome I, p. 494.)

46. 2ᵉ éd. : des nuages abaissés filaient

Page 196.

47. 2ᵉ éd. : devant votre Dieu.

Page 197.

48. 2ᵉ éd. : cette partie des temps passés

49. Chateaubriand transpose. Bien sûr, ce n'est pas saint Luc qui a dit, mais le Christ selon saint Luc (XVIII, 22 et XIV, 26).

Page 199.

50. 2ᵉ éd. : des pépinières où l'on élevait

Page 201.

51. Ce ne sera pas du tout l'avis de Bremond. Cf. *L'Abbé Tempête*, pp. 154-155.

Page 202.

52. Letessier fait observer que ce résumé est non seulement très sommaire, mais de plus assez inexact.

53. Antoine-Joseph Mège (1625-1691), bénédictin, auteur d'un *Commentaire sur la règle de saint Benoît*, contribua activement à l'édition bénédictine des Pères de l'Église. Il appartenait à la congrégation de Saint-Maur et mourut à l'abbaye de Saint-Germain-des-Prés.

54. Jean Mabillon (1632-1707), bénédictin de Saint-Maur, dont les publications sont une des sources fondamentales de l'histoire de France et de l'histoire de l'Église.

Page 203.

55. Recueil d'anciens fragments, les *Vetera Analecta* parurent en

4 volumes de 1675 à 1685. Le *Traité des études monastiques* est de 1691, les *Réflexions sur la réponse de M. l'abbé de la Trappe au traité des études monastiques*, également de 1691.

56. 2ᵉ éd. : de Jésus-Christ crucifié

Page 204.

57. 2ᵉ éd. : et de la façon dont

Page 205.

58. Originaire de Julia Concordia près d'Aquilée, Toranius ou Tyrannius Rufin rencontra à Jérusalem vers 380 sainte Mélanie l'Ancienne et se voua avec elle à la vie monacale et aux exercices ascétiques. Ordonné prêtre en 394 par l'origéniste Jean de Jérusalem, il se lia avec saint Jérôme, mais finit par se disputer avec lui à propos d'Origène, dont il prit la défense. Il alla jusqu'à publier deux livres d'*Invectives* contre saint Jérôme. Devant l'invasion des Goths il dut s'enfuir en Sicile avec Mélanie. Il y mourut en 410. Il a beaucoup traduit. On lui doit les *Recognitions clémentines* et de nombreuses *Homélies* d'Origène.

59. Exarque de Constantinople, saint Nil renonça à sa charge en 420. Sa femme et sa fille s'étant retirées dans un couvent, il se rendit avec son fils Théodule dans le désert du Sinaï. Il est l'auteur d'*Opuscules ascétiques* inspirés à la fois d'Épictète et de saint Jean Chrysostome.

60. Né vers 930 à Aurillac dans une famille obscure, Gerbert devait devenir en 999 le pape Sylvestre II. Ce fut le premier pape français. C'est avec l'appui d'Othon III *(Mirabilia Mundi)* qu'il avait été élu. Il avait été auparavant archevêque de Reims, puis archevêque de Ravenne. Fort savant en mathématiques, en astronomie, en mécanique, il a passé pour sorcier. Il introduisit en Europe l'usage des chiffres arabes et l'horloge à balancier. Il fut le premier instigateur des croisades. Au concile de Reims il avait violemment combattu les prétentions des évêques de Rome. On tendait à penser à cette époque que si Rome avait été fondée par Romulus, Reims l'avait été par Remus. Une fois pape, Gerbert changea de principes. Il prit le titre de *summus et universalis papa,* rêvant de partager avec Othon la domination universelle, l'un détenant le pouvoir politique, et l'autre le pouvoir spirituel. Il mourut en 1003, le 12 mai.

61. Servatus Lupus, abbé de Ferrières en Gâtinais (805-882), qu'il ne faut pas confondre avec saint Loup, évêque de Troyes, qui sauva cette ville d'Attila en 451. Loup créa à Ferrières une très importante bibliothèque. Il est l'auteur d'un *Traité des trois questions* (du libre arbitre, de la grâce et de la prédestination), où il fustige les idées de Gotescale (Gottschalk) sur la *praedestinatio duplex.* On sait que celui-ci, condamné comme hérétique au concile de Mayence en 848, fut battu de verges, et devait mourir captif à l'abbaye de Hautvilliers, où l'avait fait enfermer

Hincmar, archevêque de Reims, qui lui fit refuser les derniers sacrements. C'est à tort qu'on a accusé Loup de Ferrières d'avoir pris part à la
rédaction des fausses décrétales. Il avait finalement essayé de défendre
Gotescale en s'appuyant sur saint Augustin, et écrivit en sa faveur.

62. Protégé de Guillaume le Bâtard, Lanfranc (1005-1089) fut archevêque de Cantorbéry. Disciple de l'abbé Herluin, il avait enseigné à
l'abbaye du Bec. Il fut un précurseur de la scolastique. Sur la question de
la transsubstantiation il a pris position contre Bérenger de Tours, et sa
doctrine est demeurée celle de l'Église.

63. Saint Anselme (1033-1109) fut le disciple de Lanfranc et son
successeur sur le siège de Cantorbéry. Il s'efforça d'appuyer la théologie
sur la philosophie. Son argument précartésien touchant l'existence de
Dieu est resté célèbre. C'est lui qui en 1102 imposa le célibat aux prêtres
anglais lors du synode de Westminster. Il a été canonisé en 1494 et mis
au rang des docteurs de l'Église en 1720.

64. Ci-gît l'abbé Suger.

Page 206.

65. Nous mourons chaque jour, nous changeons chaque jour, et
pourtant nous nous croyons éternels.

Page 207.

66. Les vers de Marc, disciple de Benoît, sont peu connus, et donc
difficiles à défendre. Mais Rancé eût-il blâmé David de la beauté de ses
Psaumes ?

67. On ne saurait oublier qu'un livre de Cicéron, l'*Hortensius,* aujour-
d'hui perdu, a contribué à la conversion de saint Augustin.

Page 209.

68. Non pour vous blesser, mais pour me défendre.

Page 210.

69. C'est à propos de son *Apologie de Charles Ier* que Saumaise (1588-
1658), érudit français vivant en Hollande, eut une violente polémique
avec Milton.

70. Scaliger (1484-1558) a écrit deux pamphlets très insolents contre
Érasme touchant la latinité de Cicéron.

71. 2e éd. : l'état de solitaire et l'état de cénobite.

72. 2e éd. : parurent, auxquelles Rancé répliqua

73. Jean de Santeul (1630-1697), le plus grand poète en langue latine
du règne de Louis XIV, fut comme le poète officiel de la Ville de Paris, à
qui il fournissait des inscriptions. La Bruyère l'a dépeint sous le nom de
Théodas. Boileau riait des contorsions qu'il faisait en récitant ses
poèmes. Ce latiniste était un poète chrétien, et ses hymnes ont longtemps

tenu une grande place dans le bréviaire du diocèse de Paris. Il avait fait profession en 1650 à l'abbaye cistercienne de Saint-Victor à Paris, mais était resté fort mondain. Il était particulièrement lié avec le grand Condé.

74. François de Maucroix (1619-1708) était, lui, surtout lié avec La Fontaine, et son art poétique est assez voisin de celui de son ami. Il fut avocat au parlement de Paris, puis se fit prêtre et fut chanoine de Reims. Il fut secrétaire de la fameuse Assemblée du clergé en 1682. Il a publié des traductions de saint Jean Chrysostome et de Lactance.

Page 211.

75. Clarac met en doute l'authenticité de cette lettre.

76. Où l'avez-vous mis ?

77. Alexandre Lenoir (1762-1839), qui a sauvé du vandalisme révolutionnaire et les tombeaux de Saint-Denis et une partie considérable de la sculpture française, et même les *Esclaves* de Michel-Ange, avait été autorisé à créer ce musée sur l'emplacement actuel de l'École des Beaux-Arts. Dans un jardin plein de charme, on trouvait un tombeau de Descartes (qui avait été celui de Caylus), ainsi que les monuments à Abailard et Héloïse, à Molière et à La Fontaine, qui sont à présent au cimetière du Père-Lachaise.

Page 212.

78. annulés.

79. 2ᵉ éd. : un prodige que le roi a fait

80. 2ᵉ éd. : que nous n'eussions pas cru voir de nos jours. »

La renommée de l'abbaye de la Trappe avait franchi les mers ; un missionnaire était arrivé de la Chine tout exprès pour voir le saint solitaire. Prêt à retourner aux Indes, Rancé lui écrivit ; et M. de Chaumont, ainsi se nommait-il, emporta cette lettre comme une relique protectrice : « Je ne saurais penser qu'avec étonnement, dit Rancé, qu'étant près de faire naufrage, la Trappe vous ait été présente, et que contre toute attente vous ayez espéré vous y voir. Le moyen, après cela, de ne pas vous suivre jusqu'aux extrémités de la terre ? Allez donc, monsieur, où Dieu vous a destiné ; ne doutez pas qu'en lui gagnant des âmes vous ne sauviez la vôtre, et que vous ne soyez du nombre de ceux qu'il a promis de couvrir de sa protection par l'entremise de ses anges. »

Le P. Chaumont lui répondit : « Je conserverai votre chère lettre comme le gage précieux de la part que vous voulez bien me donner à tous mes chers confrères dans vos travaux et dans vos prières ; elle me sera comme un pilote assuré et comme ma garde fidèle dans le cours de mon voyage, et un puissant asile dans toutes les adversités qui me pourront survenir. J'en laisserai une copie dans le monastère de Siam ; quant à l'original, je ne le quitterai jamais qu'à la mort. »

M. de Chaumont écrivit en 1691 à un religieux de la Trappe : « Passant de la côte de Coromandel à la Chine, et faisant route par le vieux détroit de Sineanpou, le 24 août notre navire se trouva à sec sur des rochers depuis la proue jusqu'au grand mât, quoiqu'il y eût plusieurs brasses d'eau sous la poupe ; il fut tellement renversé que le grand mât touchait presque à l'eau. Alors tous se crurent perdus, nonobstant leurs efforts. Pendant ce temps-là, les charitables et obligeantes promesses que notre saint abbé m'avait fait de faire des prières particulières pour moi me revinrent si vivement dans la pensée, qu'elles me causèrent une confiance extraordinaire ; et dans mes prières j'avais une idée si forte de ce saint homme qu'il me semblait le voir et sentir qu'il fortifiait l'espérance que j'avais d'aborder à la Chine. Ce qui me faisait dire à mon confrère qu'il eût bon courage, et qu'avec le secours de Notre-Seigneur et les prières du saint abbé de la Trappe nous arriverions. Tout à coup le navire retourna dans son assiette, à la faveur de la marée, sans avoir fait aucune perte. »

Le P. Chaumont appartenait à ces grandes missions des jésuites de la Chine qui pensèrent nous ouvrir la route de Nankin.

Ainsi les mers et les naufrages entrent à la Trappe, comme le siècle de Louis XIV y était entré par des bois où l'on entend à peine un son. La manière dont les hommes de ce temps voyaient le monde ne ressemblait pas à celle dont nous l'apercevons aujourd'hui. Il ne s'agissait jamais pour ces hommes d'eux-mêmes ; c'était toujours de Dieu dont ils parlaient. Ces souvenirs que Rancé envoyait aux océans par un missionnaire se rattachaient à son arrière-vie, lorsqu'il avait songé à cacher ses blessures parmi les pasteurs de l'Himalaya. Tous les rivages sont bons pour pleurer. Il aurait vu, s'il avait suivi ses premiers desseins, ces rizières abandonnées quand l'homme qui les sema est passé depuis longtemps ; il aurait suivi des yeux ces Aras blancs qui se reposent sur les manguiers du tombeau de Tadjmahal ; il aurait retrouvé tout ce qu'il eût aimé dans son jeune âge, la gloire des palmiers, leur feuillage et leurs fruits : il se serait associé à cet Indien qui appelle ses parents morts aux bouches du Gange, et dont on entend la nuit les chants tributaires qu'accompagnent les vagues de la mer Pacifique.

On ne sait si Rancé avait entretenu

81. L'édit de Nantes est de 1598, la Révocation de 1685 ; Letessier pense que Chateaubriand a écrit XVIe pour XVIIe, qu'il a voulu dire que le XVIIe siècle avait loué non l'édit, mais sa révocation ; Clarac précise qu'il faudrait lire « louée » en accordant « loué » à « révocation ». Ajoutons qu'il faudrait ensuite lire, non point « Cet édit », mais « Cette révocation ». Il était évidemment bien embarrassant pour Chateaubriand de commenter convenablement et l'événement et la réaction de Rancé en se tenant cependant dans l'orthodoxie, comme l'eussent voulu et son milieu et l'abbé Séguin.

82. On peut bien se demander si un tel propos est bien conforme à la charité chrétienne et au *Nolite judicare* (Matth. VII, 1).

Page 213.

83. Mme Durry a pensé que Chateaubriand n'avait introduit cette citation que par acrimonie envers Mme de Chateaubriand. Les lignes de Rancé ont pourtant leur intérêt propre.

Page 163.

84. Ce dernier paragraphe ne disparaît pas tout à fait dans la seconde édition; il est seulement transplanté; on le retrouve avec quelques changements à l'extrême fin du livre.

85. L'abbaye des Clairets était une abbaye de femmes, située dans la commune de Mâle (Orne), province du Perche, diocèse de Chartres. La règle y était la stricte observance de Cîteaux. Une sœur de Rancé, Thérèse, morte en 1684, y fut religieuse. Les abbesses y furent successivement Louise de Thou († 1671), Charlotte-Élisabeth de Fiennes († 1687), Françoise-Angélique d'Étampes de Valençay (petite-fille d'Henri de Montmorency et de Marie-Félicie des Ursins). C'est de cette dernière qu'il est question ici. Notons que l'abbesse qui lui succéda en 1709, Marguerite Bouthillier, était la petite-fille de Chavigny, et donc l'arrière-petite-fille de Claude Bouthillier, le fameux surintendant des Finances.

86. Louis, bâtard d'Orléans (1638-1692), fut protégé par la Grande Mademoiselle, grâce à la générosité de laquelle il devint comte de Charny. Général au service de Sa Majesté Catholique, il fut gouverneur d'Oran.

87. 2ᵉ éd. : Viendront les jeunes gens

88. 2ᵉ éd. : a pris ses mains dans les miennes;

Page 214.

89. Le comte d'Aubigné, comme le fit plus tard Chateaubriand, enrageait de n'être pas duc et pair, quoique beau-frère du roi. Au temps où sa sœur était au service de Mme de Montespan, il avait épousé une demoiselle Piètre, fille d'un médecin parisien devenu procureur du roi. Cette Mme d'Aubigné fut un grand embarras pour Mme de Maintenon, qui ne la voyait qu'en particulier. Cette femme, dit Saint-Simon, « restait dans la crasse de quelques commères de son quartier ». C'était en effet une situation assez curieuse si l'on songe aux cinq autres belles-sœurs de Louis XIV : Henriette d'Angleterre; — Élisabeth-Charlotte, princesse palatine; — Marguerite-Thérèse d'Espagne (sœur de Marie-Thérèse), impératrice d'Allemagne; — Marie-Louise d'Orléans, première femme de Charles II; — et Marie-Anne de Neubourg, comtesse palatine, seconde femme de Charles II. Saint-Simon parle du comte d'Aubigné comme d'un fort mauvais sujet. Rancé a dû être heureux d'accueillir de tels réprouvés.

90. Cette allusion inattendue à Leibniz est justifiée plus loin, p. 242. Rancé et Leibniz avaient sans doute plus d'un ami commun, mais ils en avaient au moins un en la personne de l'abbé Nicaise. Et nul n'ignore les relations de Leibniz et de Bossuet. Même après la révocation de l'édit de Nantes, Leibniz espéra que l'unité entre protestants et catholiques pourrait être rétablie par la puissance de Louis XIV, et il écrivait encore à Bossuet le 3 septembre 1700 : « Un jour on vous reprochera peut-être qu'il n'a tenu qu'à vous qu'un des plus grands biens ait été obtenu. Car vous pouvez beaucoup auprès du Roi dans ces matières, et l'on sait ce que le Roi peut dans le monde. Je ne sais si ce n'est encore l'intérêt de Rome même : toujours est-ce celui de la vérité... » L'abbesse de Maubuisson et sa sœur Sophie, électrice de Hanovre, étaient de tiers dans ces mémorables tractations.

Page 215.

91. Cet évêque était Gilbert de Choiseul, alors évêque de Tournai. L'anecdote est rapportée et par Marsollier et par Le Nain. Rancé spécifiait dans sa réponse qu'il avait répondu de même quelques années plus tôt au sujet de sa propre sœur, Thérèse Le Bouthillier, religieuse cistercienne aux Clairets, et malade.

92. Ainsi que l'a noté Letessier, cette réponse supposée est tirée d'une œuvre de Rancé : *Instruction sur les principaux sujets de la piété et de la morale chrétienne* (Paris, Muguet, 1693).

Page 216.

93. 2ᵉ éd. : en leur montrant la tête de la pénitence.

94. 2ᵉ éd. : il ne comptait pas les morts, mais la victoire.

Page 217.

95. Il eût été un peu fort que Rancé ignorât l'affaire du *filioque*.

96. 2ᵉ éd. : sa mort, laquelle n'importe aujourd'hui à personne.

Page 218.

97. 2ᵉ éd. : Les réponses à ces lettres seraient plus variées encore et toucheraient à tous les points de la vie.

98. 2ᵉ éd. : dans les épîtres de Rancé comme la solitude dans laquelle il enferma son cœur.

99. Ici commence un long emprunt de Chateaubriand à lui-même. Cette surprenante digression est tirée presque mot pour mot de son *Essai sur la littérature anglaise* paru en 1836. Le passage se trouve dans la 5ᵉ partie, en un chapitre intitulé : *Romans. Tristes vérités qui sortent des longues correspondances. Style épistolaire.* Voir : *Œuvres complètes*, Didot, 1849, tome V, p. 147.

100. Mimeure se prononce Mimure. Jacques-Louis Valon de

Mimeure (1659-1719) fut menin du Grand Dauphin. Ses pièces de vers à la louange du roi et des princes le menèrent à l'Académie française. Sa femme était née Madeleine d'Achy de Carvoisin.

101. Thiriot (1696-1772) fut l'intime de Voltaire, qu'il avait connu tout jeune chez le procureur Alain. Il savait par cœur quantité de vers de Voltaire, dont celui-ci n'avait pas gardé copie. Ce fut à son profit que les *Lettres philosophiques* furent publiées en anglais en 1733.

102. Algarotti

> *A qui le ciel a départi*
> *L'art d'aimer, d'écrire et de plaire*

était un Vénitien extraordinairement érudit et pérégrinant (1712-1764). Voltaire, qui l'avait connu à la cour de Frédéric le Grand, lui écrivait volontiers en italien. Le roi de Prusse l'avait fait comte, et, quand il mourut, commanda pour lui un superbe mausolée avec cette dédicace : *Algarotto, Ovidii aemulo, Newtoni discipulo, Fredericus Magnus,* mais négligea de payer l'architecte, Carlo Bianconi. Algarotti fut surtout un vulgarisateur. Une de ses premières œuvres est un exposé des idées de Newton à l'usage des dames : *Neutonianismo per le dame.* Érudit, il savait se moquer de l'érudition comme on peut le voir dans sa *Vie de Pallavicini.* Il avait réuni une importante collection. Il était passionné de peinture et d'anatomie. La sienne avait intéressé le grand Frédéric. Voltaire écrivait de Clèves à celui-ci le 15 décembre 1740 :

> *Grand Roi, je vous l'avais prédit*
> *Que Berlin deviendrait Athènes.*
> *Pour les plaisirs et pour l'esprit*
> *La prophétie était certaine.*
> *Mais quand, chez le gros Valori,*
> *Je vois le tendre Algarotti*
> *Presser d'une vive embrassade*
> *Le beau Lujac, son jeune ami,*
> *Je crois voir Socrate affermi*
> *Sur la croupe d'Alcibiade*

Louis-Gui-Henri de Valori (1692-1774), dont il est question dans cette pièce, avait été chargé par le cardinal Fleury de négocier avec la Prusse, et il avait réussi à la dégager de la Ligue du Nord. La suite de cet exploit diplomatique fut la victoire de Fontenoy. Lorsque Valori mourut, Louis XVI fit déposer sur son cercueil le bâton de maréchal.

103. Bareith, ou Bareuth, ou Baireuth, ou Bayreuth : ville de Bavière, dont la célébrité présente est surtout liée à celle de Richard Wagner. Le sort de la principauté de Baireuth a été lié à celui de la principauté d'Ansbach ou Anspach. Mais il ne faut pas confondre Lady Craven, née Berkeley, margrave d'Anspach, avec Frédérique-Sophie-Wilhelmine de Hohenzollern, princesse de Prusse, margrave de Baireuth, bien que toutes deux aient écrit d'intéressants *Mémoires.* Wilhelmine, princesse de Prusse, fille aînée du roi sergent, et donc sœur du grand Frédéric, était née le 3 juillet 1709. Elle épousa le 20 novembre 1731 Frédéric-

Guillaume, margrave de Brandebourg-Bareith, et mourut le 14 octobre
1758. A la demande de Frédéric le Grand, Voltaire composa une *Ode sur
la mort de la margrave de Bareuth*. Elle avait écrit en français des *Mémoires*,
qu'elle confia à son médecin Supperville, et ils furent publiés après la
mort de celui-ci (Paris, Buisson, 1811), puis republiés plus récemment
par Savine *(La Cour de Prusse)*. Revenant de Carlsbad, où il avait
rencontré la comtesse de Marne (c'est-à-dire la duchesse d'Angoulême),
qu'il avait charmée, en lui disant Votre Majesté, son mari ayant été
quelques instants Louis XIX entre l'abdication de Charles X et sa
propre renonciation, Chateaubriand était passé par Bayreuth. Il le note
dans les *Mémoires d'outre-tombe* le 2 juin 1833, évoquant la célébrité passée
de « la margrave de Baireuth » et la sérénité philosophique dont Voltaire
l'avait louée. « Du haut d'un palais, commente-t-il, il est aisé de
contempler avec des yeux sereins les pauvres diables qui passent dans la
rue... »

104. 2ᵉ éd. : les Gaussin, les Sallé.
Quand vous suivez cette correspondance

Page 219.

105. 2ᵉ éd. : aux stances à madame Lullin, et non pas à madame Du
Deffant :

Page 220.

106. Victor Hugo dira dans son *Discours pour Voltaire :* « Les quatre-
vingt-quatre ans que cet homme a vécu occupent l'intervalle qui sépare
la monarchie à son apogée de la révolution à son aurore. Quand il naquit
Louis XIV régnait encore, quand il mourut Louis XVI régnait déjà, de
sorte que son berceau put voir les derniers rayons du grand trône et son
cercueil les premières lueurs du grand abîme. »
107. 2ᵉ éd. : avoir oublié de dire. Mille serments
108. 2ᵉ éd. : comme une brise le soir s'endort sur des fleurs ;
109. 2ᵉ éd. : mais on en est moins inquiet ;

Page 221.

110. Ici s'achève l'emprunt à l'*Essai sur la littérature anglaise*. Avec
raison Sainte-Beuve a loué le « charme attristé » de cette admirable
digression, sommet poétique de l'œuvre.
111. 2ᵉ éd. : mine nos passions et change nos cœurs,

Page 222.

112. Les *Instructions* traduites par Rancé sont bien de saint Dorothée,
abbé d'un monastère proche de Gaza, mais la conversion relatée ici n'est
pas la sienne. C'est celle de son disciple Dosithée. Belle réplique au mot
de Pascal : Quelle vanité que la peinture !

113. Saint Dorothée, Rancé et Chateaubriand se trouvent ici au plus loin du pharisaïsme condamné par le Christ : ils comprennent que le péché est presque effacé dès que l'escortent humilité et contrition désolée.

114. 2ᵉ éd. : un mauvais grec d'Asie du IIIᵉ siècle, difficile à entendre,

115. 2ᵉ éd. : ne se pouvaient empêcher de faire entendre

116. 2ᵉ éd. : le langage de la flatterie

Page 223.

117. Françoise-Angélique d'Estampes de Valençay. Saint-Simon s'extasie sur la puissance des Valençay à propos de la marquise de Sillery (née Charlotte d'Estampes de Valençay), mère de Puysieulx, sœur de l'archevêque-duc de Reims, du cardinal de Valençay, de la seconde maréchale de La Châtre (elle-même tante maternelle de la maréchale d'Hocquincourt), etc. Françoise-Angélique, abbesse des Clairets, était la fille de Dominique d'Estampes de Valençay et de Marie-Louise de Montmorency-Boutteville. Elle était donc la petite-nièce de la marquise de Sillery, de l'archevêque-duc de Reims (Léonor d'Estampes de Valençay), d'Achille, cardinal d'Estampes de Valençay, général des galères de Sa Sainteté, de Jean d'Estampes de Valençay, président du Grand Conseil et ambassadeur de S.M.T.C., ses propres grands-parents étant Jacques d'Estampes de Valençay et Louise Blondel de Joigny. Notons que les Sillery étaient des Brûlart, de cette même famille qui reliait les Bouthillier à Mme du Deffand et à Julie de Lespinasse. Le mari de Charlotte d'Estampes de Valençay, Pierre Brûlart, marquis de Sillery et vicomte de Puysieulx, était le petit-fils de ce Pierre Brûlart à qui sa femme, Marie Cauchon, avait apporté les seigneuries champenoises de Sillery et de Puysieulx. Ces Cauchon se flattaient d'avoir produit un évêque de Beauvais, pair de France en 1420. La marquise de Sillery née d'Estampes de Valençay avait pour fils, nous l'avons dit, Louis-Roger Brûlart, marquis de Puysieulx. Ajoutons qu'elle avait pour bru Marie-Catherine de La Rochefoucauld, sœur de l'auteur des *Maximes*.

118. Anne de Pisseleu, dame d'honneur de Louise de Savoie, séduisit François Iᵉʳ à son retour d'Espagne (janvier 1526). Il la maria à Jean de Brosse, et fit celui-ci duc d'Estampes en 1536.

119. 2ᵉ éd. : par Nogent-le-Rotrou.

L'abbesse des Clairets était d'une morgue presque ridicule, même dans ces temps d'aristocratie. Elle disait de Dom Zozime qu'il ne méritait pas seulement d'être son laquais, parce que ce n'était que le fils d'un bourgeois de Bellème.

La visite de Rancé aux Clairets

Page 224.

120. Juda aurait voulu que son fils cadet, Onan, engrossât Thamar,

veuve de son fils aîné, Er. Onan, fâché que des enfants de lui puissent être considérés comme ceux de son frère défunt, se masturbait avant d'approcher Thamar. Celle-ci, un jour, se déguisa et se prostitua à son beau-père Juda sans qu'il la reconnaisse (*Genèse*, XXXVIII, I-30). Il ne faut pas confondre cette Thamar avec une autre, celle-là fille de David, qui fut violée par son frère Amnon, puis vengée par son frère Absalom, lequel tua Amnon (*Samuel*, livre II, chap. XIII).

121. Il est dit dans le *Lévitique* (chap. XX) que doivent être condamnés à mort les hommes qui immolent à Moloch (idole à corps d'homme et tête de taureau) un de leurs enfants, ceux qui forniquent avec des morts ou avec des esprits, comme ceux qui commettent adultère, inceste, sodomie ou bestialité.

122. 2e éd. : le Lévitique, Ruth ?

Lorsque Rancé s'énonçait, les religieux croyaient entendre très sensiblement les anges chanter leurs mélodies. Sa parole était aussi persuasive que son caractère était inflexible. Elle fut pourtant écoutée presque sans fruit aux Clairets ; car il détruisait par sa voix l'effet qu'il produisait par sa parole :

Page 225.

123. 2e éd. : L'abbesse d'une abbaye de Paris

124. Histoire rapportée par Le Nain.

125. Terpandre, poète du VIIe siècle avant J.-C., aurait fixé à sept le nombre des cordes de la lyre, mais on ne sait pas combien elle en avait auparavant. Pindare voyait en lui l'inventeur de chansons bachiques appelées scolies. On pensait lui devoir aussi la mélopée en usage pour les vers d'Homère.

Page 226.

126. 2e éd. : selon les dispositions de celui qui les écoute, ses accords sont des pensées ou des caresses. A peine les poètes chrétiens de l'antiquité ont-ils permis qu'on fît entendre cette mélodie après eux, lorsqu'ils avaient réuni leur vie aux faisceaux des lyres brisées.

Des médailles et des portraits

127. Restaurateur des moines. (Un autre religieux devait être qualifié de Restaurateur : Giuseppe-Maria Pignatelli, des comtes de Fuentes, comme le célèbre ami de Julie de Lespinasse, le marquis de Mora. Né à Saragosse en 1737, il est mort à Rome en 1811. Il a été canonisé en 1933. C'était un jésuite.)

128. *Labor omnia vincit improbus* (Un travail acharné vient à bout de tout.) Cette devise, empruntée aux *Géorgiques* de Virgile, fut vers la même époque celle des Lourdet, fondateurs et directeurs de la fameuse manufacture de tapis de la Savonnerie établie à Chaillot avant 1625 (date

des premières ventes). Bien d'autres « maisons » ont adopté cet adage, et notamment la maison Armand Colin.

129. Dom François Lamy (1636-1711), ancien capitaine de chevau-légers, entra à vingt-trois ans, à la suite d'un duel, dans la congrégation de Saint-Maur. Il défendit Malebranche contre Arnauld et Bossuet. Sa *Réfutation du système de Spinoza* devait être louée tout à la fois par Bossuet, par Bayle et par Voltaire. Letessier donne ce passage comme tiré de la *Biographie Michaud*, et conteste l'intervention de Louis XIV.

130. Guillaume Le Roy (1610-1684) était abbé commendataire de Hautefontaine et de Saint-Nicolas de Verdun. Il avait été comme Rancé chanoine de Notre-Dame de Paris. Lié avec Arnauld et Nicole, il l'était aussi avec Bossuet, et c'est à la demande de ce dernier qu'il s'abstint de rien publier touchant son différend avec Rancé. Le Roy était un théologien si talentueux que, lorsque parurent *Les Provinciales*, certains avaient pensé qu'il en était l'auteur. Or, lors d'un séjour qu'il fit à la Trappe en juin 1671, il avait été fort choqué par les humiliations que, conformément aux idées de saint Jean Climaque, on faisait subir aux moines à propos de très légères fautes, voire de fautes seulement supposées, qu'il crut pouvoir, dans son indignation, qualifier de « fictions ».

131. Mourons tous dans notre simplicité *(Moriamur omnes in simplicitate nostra*, I *Maccabées*, II, 37). Lemaistre de Sacy traduit : Mourons dans la simplicité de notre cœur. Mais une autre phrase des *Maccabées* en précise un peu autrement le sens : Nous sommes prêts à mourir plutôt que de voir transgressées les lois de Dieu, que nos pères nous ont transmises *(Parati sumus mori magis quam patrias Dei leges praevicari*, II *Maccabées*, VII, 2).

Page 227.

132. Letessier s'est moqué de cette phrase, où Chateaubriand rapproche deux passages assez voisins de Le Nain et les embrouille. Dans l'un, « l'historien saint Luc » (l'évangéliste, à qui l'on attribue aussi les *Actes des Apôtres*) parlait de saint Paul, et non point, bien entendu, de saint Bernard.

Page 228.

133. *Delicta juventutis meae et ignorantias meas ne memineris, Domine* (*Psaumes*, XXV, 7).

134. 2ᵉ éd. : Dans le remuement des choses diverses dont il avait été si longtemps le témoin, il avait toujours conservé sa paix. Pendant ses voyages

Page 229.

135. Innocent XII Pignatelli. Il avait succédé en 1691 à Alexan-

dre VIII Ottoboni. Il combattit le népotisme. Les difficiles rapports entre le Saint-Siège et l'Église de France s'apaisèrent sous son pontificat. Nos évêques lui adressèrent en 1693 une lettre collective, désavouant la Déclaration des Quatre Articles, auxquels Bossuet lui-même renonçait. C'est ce pape qui en 1699 a condamné Fénelon et ses *Maximes des saints*.

Page 230.

136. Oratorien, Pasquier Quesnel (1634-1719) n'est devenu très célèbre qu'après la mort de Rancé, quand en 1708 le pape Clément XI Albani condamna ses *Réflexions morales sur le Nouveau Testament*, qu'avaient chaleureusement recommandées, depuis sa première édition (1671) jusqu'à la quatrième (très corrigée et augmentée, 1691), des évêques comme Vialart et Noailles. Il s'ensuivit une querelle, qui divisa l'Église de France. Quesnel fut excommunié, emprisonné, et mourut en exil à Amsterdam. Malgré tant de bruit, Napoléon confondait le père Quesnel et le docteur Quesnay. « Eh bien ! vous êtes toujours pour le docteur Quesnel », dit-il un jour à l'abbé Louis. Simple lapsus, mais autour duquel Sainte-Beuve a brodé de judicieuses remarques : « Liberté de commerce, liberté de protester et d'écrire, il brouillait volontiers toutes ces choses qu'il n'aimait pas... Napoléon ne devait pas plus aimer les jansénistes (ou ceux qu'il se figurait tels) que Richelieu ou Louis XIV... Quoi de plus justement suspect aux maîtres de la terre que la pensée unie avec la foi, même quand cette pensée et cette foi s'abstiennent de toute révolte dans l'ordre politique... Elles existent, elles échappent ; le maître le sent et c'est trop » (*Port-Royal*, livre III, Bibliothèque de la Pléiade, 1954, p. 245).

Page 231.

137. Je ne suis qu'un ver de terre, et non point un homme.
138. 2ᵉ éd. : dans le *Recueil de chansons*.

Page 233.

139. 2ᵉ éd. : sur le chevet des lits.
Faut-il attribuer
140. Qu'il est doux d'entendre les vents déchaînés quand on est dans son lit !

Page 234.

141. 2ᵉ éd. : que Dom Le Nain
142. 2ᵉ éd. : les bruits cessèrent.
Les soucis intérieurs de la communauté
143. Fille de Charles Iᵉʳ, duc de Nevers et de Mantoue, Anne de Gonzague (1645-1684), si célèbre par l'*Oraison funèbre* de Bossuet, avait épousé en 1645 Édouard, comte palatin du Rhin, dont le frère Charles-

Louis, électeur palatin, eut pour fille Charlotte-Élisabeth de Bavière, duchesse d'Orléans (1652-1722), si connue elle aussi sous le nom de princesse palatine, et dont les *Lettres* sont si savoureuses. Édouard comme Charles-Louis étaient les enfants d'un Wittelsbach de branche cadette, électeur palatin et non électeur de Bavière, comme son cousin de la branche aînée. Il avait été très brièvement roi de Bohême sous le nom de Frédéric V. Sa femme, leur mère, Élisabeth Stuart, était petite-fille de Marie Stuart, et fille de Jacques Iᵉʳ. Pour cause de religion, ce fut la plus jeune de tous leurs enfants, Sophie de Bavière (mariée à Ernest-Auguste de Brunswick-Lunebourg, bientôt électeur de Hanovre), qui fut en 1701 proclamée héritière d'Angleterre par le Parlement de Londres, et dont le fils, George Iᵉʳ, monta de fait sur le trône en 1714 à la mort de la reine Anne Stuart, inaugurant cette dynastie des Hanovre, qui devait se maintenir sur le trône de Grande-Bretagne jusqu'à la mort de la reine Victoria en 1901, et l'avènement de la maison de Saxe-Cobourg-et-Gotha dite plus tard Windsor. Ces princes palatins et Sophie de Bavière, héritière d'Angleterre, avaient pour sœur cette Louise-Hollandine de Bavière, abbesse de Maubuisson dont nous avons déjà parlé (voir p. 349 la note 3 de la p. 173).

Page 235.

144. 2ᵉ éd. : dont la beauté avait rôdé dans les bois de la Trappe. Elle se mêla, dit madame de Motteville, à presque tout

(Letessier a indiqué ce changement de façon très bizarre. A le lire on pourrait croire que le texte de la seconde édition est ainsi arrangé :

« elle avait inspiré à Henri de Guise, archevêque de Reims, une passion qu'elle partagea dans les bois de la Trappe. »

Cette étrangeté a été répétée dans l'édition à laquelle Maurice Genevoix et Jacques Chastenet ont donné leurs soins.)

145. Oncle de celui qui épousa la fille de Gaston d'Orléans, Henri II de Lorraine, 5ᵉ duc de Guise, avait été archevêque de Reims à quinze ans. Devenu l'aîné par la mort de son frère (François, prince de Joinville, mort en 1639), il quitta l'Église, prit part à la Fronde, fut exilé, condamné à mort, puis pardonné après la mort de Louis XIII. Étant encore archevêque de Reims, il avait le 4 mai 1638, à l'hôtel de Nevers, contracté un mariage secret avec Anne de Gonzague, mariage béni par un chanoine de sa cathédrale, mais mariage bientôt rompu. Il devait épouser plus tard Honorine de Grimberghe. Il tenta de reconquérir Naples en vertu de droits familiaux. Nommé grand chambellan, il mourut en 1664. C'est alors que son neveu, Louis-Joseph de Lorraine, devint à son tour duc de Guise.

Page 236.

146. Renée du Bec, maréchale de Guébriant, morte à Périgueux en 1659, en refusant de se confesser.

147. Il est vrai que cette princesse tenta de soutirer 300 000 écus à la Grande Mademoiselle sous promesse de lui faire épouser Louis XIV, mais elle ne put point garder une somme qu'elle n'avait jamais reçue.

148. De son mariage avec Catherine de Lorraine (fille du duc de Mayenne), le duc de Mantoue (Charles de Gonzague de Clèves, duc de Nevers) avait eu trois filles. L'aînée, Marie-Louise, fut deux fois reine de Pologne, ayant épousé successivement Vladislas VII et Jean-Casimir Vasa. La cadette, Anne, fut la princesse palatine. La puînée, Bénédicte, fut, comme l'a dit Bossuet, immolée aux intérêts de sa famille. « On la fit abbesse, sans que dans un âge si tendre elle sût ce qu'elle faisait ; et la marque d'une si grande dignité fut comme un jouet entre ses mains... Malgré une vocation si peu régulière, la jeune abbesse devint un modèle de vertu... et la princesse Anne n'aspirait plus qu'au bonheur d'être une humble religieuse d'une sœur dont elle admirait la vertu... Mais la pieuse abbesse mourut dans la fleur de l'âge... » Bénédicte de Gonzague de Clèves était abbesse d'Avenay, monastère bénédictin proche d'Aï dans le diocèse de Reims.

149. 2ᵉ éd. : Bénédicte, sa sœur. Elle avait fait de ses propres mains un grand tableau de saint Bernard pour le fond d'un autel consacré à la Trappe. Quand on exhuma les morts,
(Il y a amphibologie quant à l'auteur du tableau. Chateaubriand veut-il parler d'Anne ou de sa sœur? Letessier indique qu'il n'est ni de l'une ni de l'autre, mais de la belle-sœur d'Anne, Louise-Hollandine, princesse palatine et abbesse de Maubuisson.)

150. 2ᵉ éd. : des feuilles de roses séchées.
Rancé, au milieu de toutes ces tribulations,

151. Élisabeth Iʳᵉ Tudor, reine d'Angleterre.

152. L'ensemble de ce paragraphe est essentiellement tiré de Marsollier.

Page 237.

153. 2ᵉ éd. : auxquels il avait fait le plus de bien. Quand on le pressait de manger, il disait aux frères convers : « Vous serez cause que je mourrai dans l'impénitence finale. » Apercevant un de ses religieux qui souvent lui avait fait la même prière, il dit en souriant : « Voilà mon persécuteur. » Arrivé à ce comble de douleur qu'il avait tant désiré

154. 2ᵉ éd. : Que faisais-je en ce monde?

155. Ici sera mon repos.

Page 238.

156. En octobre 1695, l'archevêque de Paris était Louis-Antoine de Noailles, qui avait succédé le 10 août à Harlay de Champvallon mort le 6. Mais c'est dès le 30 mai que Rancé avait proposé à Louis XIV de lui

donner dom Zozime comme successeur. Celui-ci devait en effet devenir abbé de la Trappe le 28 décembre 1695.

157. Dom Zozime était Pierre Foisil, né vers 1650 à Bellême, et qui avait fait profession à la Trappe le 19 août 1681.

158. 2ᵉ éd. : l'année 1696,

Page 239.

159. Dom Zozime mourut le 3 mars 1696.
(C'est le 28 décembre 1695 que fut installé dom Zozime.)

160. Dom Armand Gervaise (1662-1752) avait été carme déchaussé dans le diocèse de Meaux. Il n'avait fait profession à la Trappe qu'en mars 1695. Après son départ du monastère il écrivit avec abondance. On lui doit notamment une *Vie d'Abélard et d'Héloïse* (1720), une *Histoire de l'abbé Suger* (1721), des écrits sur saint Cyprien, saint Irénée, saint Épiphane, etc. Son *Histoire de la réforme de Cîteaux* (Avignon, 1746) suscita la colère des bernardins, qui le firent enfermer à l'abbaye de Notre-Dame des Reclus, en Champagne, où il mourut. Son *Apologie pour feu M. l'abbé de Rancé* fut publiée à Paris en 1725 avec sa *Défense de la nouvelle histoire de Suger.* Le *Jugement critique, mais équitable des Vies de feu M. l'abbé de Rancé* (Londres, 1742), qui fut imprimé à Troyes, et dont parle Chateaubriand, est plus tardif. Louis J. Lekai S.O.C. a récemment révélé (*Collectanea ordinis cistercientium reformatorum,* 21, 1959, pp. 157-163) que l'*Histoire de l'abbé de Rancé* de l'abbé Dubois (Paris, Ambroise Bray, 1866), qui fait autorité depuis plus d'un siècle, et que seul a supplanté le livre tout récent de Krailsheimer, était fondée sur une biographie inédite, où Gervaise avait poursuivi la tâche entreprise d'abord par dom Jean-Baptiste de La Tour, biographie repoussée par la censure vers 1720. Mais la démonstration de Lekai n'a pas convaincu tout le monde.

Page 240.

161. Ici Chateaubriand abrège pudiquement. Voici le texte de Saint-Simon : « Enfin il arriva ce qu'on n'aurait jamais pu imaginer : D. Gervaise tomba dans la punition de ces philosophes superbes dont parle l'Écriture. Par une autre merveille, ses précautions furent mal prises, et, par une autre plus grande encore, le pur hasard, ou pour mieux dire la Providence, le fit prendre sur le fait. On alla avertir Monsieur de la Trappe, et, pour qu'il ne pût pas en douter, celui dont il s'agissait lui fut mené. Monsieur de la Trappe, épouvanté tout ce qu'on peut l'être, fut tout aussitôt occupé de ce que pourrait être devenu D. Gervaise. Il le fit chercher partout, et il fut longtemps dans la crainte qu'il ne se fût allé jeter dans les étangs dont la Trappe est environnée. A la fin on le trouva caché sur les voûtes de l'église, prosterné et baigné de larmes. Il se laissa amener devant Monsieur de la Trappe [...] qui vit sa douleur et sa honte, ne songea qu'à le consoler avec une charité infinie, en lui laissant

pourtant sentir combien il avait besoin de pénitence et de séparation. Gervaise entendit à demi-mot, et, dans l'état où il se trouvait, il offrit sa démission. Elle fut acceptée. On manda un notaire à Mortagne, qui vint le lendemain, et l'affaire fut consommée » (Saint-Simon, *Mémoires,* 1698, chap. XL, Bibliothèque de la Pléiade, 1983, tome I, pp. 552-553). La punition des philosophes superbes, dont parle l'Écriture, est allusion à un passage de saint Paul où sont fustigées les mœurs des philosophes païens (Rom., I, 22-27) : « Se vantant d'être sages, ils sont devenus fous, et ils ont changé la gloire du Dieu incorruptible en images représentant l'homme corruptible, des oiseaux, des quadrupèdes et des reptiles. C'est pourquoi Dieu les a livrés à l'impureté, ... à des passions infâmes... Les hommes, abandonnant l'usage naturel de la femme, se sont enflammés les uns pour les autres, commettant homme avec homme des choses abominables... » Saint-Simon ici ne fait que répéter ce que lui a raconté M. Maine. En telle occurrence il est difficile de distinguer médisance et calomnie. Trouvant absurde l'autre histoire narrée par le même M. Maine touchant une lettre chiffrée, Chateaubriand ne nous dit pas clairement ce qu'il pense de celle-ci. Il observe seulement qu'aucun de ceux qui ont parlé bien ou mal de dom Gervaise n'a raconté de lui ce qu'en dit Saint-Simon. Il est à noter qu'en septembre les moines de la Trappe écrivirent au roi, le suppliant de leur laisser leur abbé. Dom Gervaise, en dépit de cette supplique, qu'avait contresignée Rancé lui-même, dut cependant procéder à l'installation de son successeur, dom Jacques de La Cour, nommé abbé régulier le 17 décembre 1698. A l'arrière-plan de cette affaire il faut voir aussi la grande querelle entre les jansénistes, auxquels le secrétaire de Rancé, M. Maine, était intimement lié, et les jésuites, dont Gervaise avait été l'élève.

162. Frère Chauvier était « frère donné », c'est-à-dire une sorte d'oblat, à la Trappe. L'évêque de Chartres était Paul Godet des Marais.

163. 2ᵉ éd. : ce qui peut s'imaginer d'ordures les plus grossières », dit Saint-Simon.

Voilà de ces passages qui détruisent l'autorité de la vérité

Page 241.

164. 2ᵉ éd. : S'il y a quelque chose

165. Selon Clarac, seul Louis Du Bois a parlé de l'imagination déréglée de Gervaise. Il ne faut pas confondre ce Louis-(François) Du Bois, auteur d'une *Histoire civile, religieuse et littéraire de l'abbaye de la Trappe* (Paris, Raynal, 1824) avec l'abbé (Louis) Dubois, chanoine honoraire de Dijon, auteur d'une *Histoire de l'abbé de Rancé* (Paris, Bray, 1866). Chateaubriand a connu et utilisé le premier de ces ouvrages.

166. Dom Jacques de La Cour était entré à la Trappe à dix-sept ans, mais faute d'une santé assez solide il n'avait pu y achever son noviciat et s'en était allé à l'abbaye cistercienne du Pin, dans le diocèse de Poitiers,

où il fit profession et fut ordonné prêtre. Il n'avait jamais cessé de se
vouloir trappiste, et en 1686 il fut à nouveau admis à la Trappe. Il y fut
d'abord maître des novices, puis supérieur. Il était en mission en
Bourgogne quand il fut appelé à la succession de Gervaise.

167. 2ᵉ éd. : il faut aimer, disait ce monde, comme s'il était sans
rédemption et sans Christ. »

168. Jean de Luxembourg, fils d'Henri VII, empereur d'Allemagne,
était devenu roi de Bohême par son mariage avec Élisabeth, fille du roi
Wenceslas III et de Judith de Habsbourg (fille elle-même de l'empereur
Rodolphe). Il avait épousé en secondes noces Béatrice de Bourbon,
petite-fille de Robert de Clermont, et donc arrière-petite-fille de saint
Louis. Il avait perdu la vue en guerroyant en Lituanie. Il avait agrandi la
Bohême par l'annexion de la Moravie et de la Silésie. Il écrasait d'impôts
ses sujets, mais ceux-ci lui reprochaient plus encore de trop s'entourer
d'Allemands. C'est pourtant de son règne que date la fondation de
l'archevêché de Prague, qui devait tant contribuer à affranchir la
Bohême de la tutelle allemande. Ayant de grands biens en France, il se
tenait vassal du roi, Philippe VI de Valois, et, quoique vieux et aveugle,
il tint à honneur de donner son coup d'épée à Crécy. Afin de ne point
s'égarer il fit attacher les uns aux autres tous les chevaux de sa troupe.
Cavaliers et chevaux furent tous occis, et c'est liés les uns aux autres que
furent retrouvés les cadavres. Étant à Carlsbad, qui tient son nom de
l'empereur d'Allemagne, Charles IV, fils de Jean l'Aveugle, et qui était
lui aussi à Azincourt où il fut blessé, Chateaubriand évoqua la tombe
dont s'honorait l'église des dominicains de Montargis, tombe que le
vandalisme révolutionnaire n'avait pas épargnée. « Puisse le souvenir
d'un Français, écrit-il, expier l'ingratitude de la France lorsqu'aux jours
de nos nouvelles calamités nous jetâmes hors de sa tombe un prince mort
pour nous aux jours de nos anciens malheurs » (*Mémoires d'outre-tombe*,
1ᵉʳ juin 1833). De plus grande conséquence que la tombe de Jean
l'Aveugle fut sans doute, pour Jeanne-Marie Bouvier de La Motte (la
future Mme Guyon), la présence à Montargis de Marie Fouquet, fille du
surintendant, qui, étant devenue duchesse de Charost, devait l'introduire
dans la société des duchesses de Chevreuse, de Saint-Aignan et de
Mortemart, filles de Colbert, société où elle allait faire la connaissance de
Mme de Maintenon et de Fénelon.

Page 242.

169. 2ᵉ éd. : l'archevêque l'enferma dans le couvent de la Visitation

170. Prélat habile, homme de cour accompli, mais trop connu pour les
désordres de sa vie privée, Harlay de Champvallon encourut le courroux
de Mme de Maintenon pour s'être opposé à la déclaration de son
mariage avec Louis XIV, mariage dont il avait été pourtant témoin. Il

affichait dans sa propriété de Conflans sa liaison publique avec la duchesse de Lesdiguières, née Gondi-Retz.

171. 2ᵉ éd. : dans le couvent de la Visitation au faubourg Saint-Antoine. Madame de Maintenon, qui se mêlait alors de questions religieuses.

172. 2ᵉ éd. : des conférences entre Bossuet et Fénelon ; l'abbé de Rancé fut nommé juge ; mais il n'y vint point.

173. Joachim Trotti de La Chétardie (1636-1714) avait été le directeur de Mme de Maintenon. Une de ses parentes fut abbesse d'Essai, dans le diocèse de Sées, et en relations avec Rancé.

174. Louis Tronson (1622-1700) fut directeur du séminaire de Saint-Sulpice, et il avait compté Fénelon parmi ses élèves.

Page 243.

175. 2ᵉ éd. : On remarque dans ces lettres

176. 2ᵉ éd. : ce trait sur Cromwell :

177. 2ᵉ éd. : Le 3 octobre 1689,

178. 2ᵉ éd. : du quiétisme, mande l'abbé de la Trappe à l'évêque de Meaux, car tout ce que

Page 244.

179. 2ᵉ éd. : pour que nous comprissions cette expression de *chimérique*, que Louis XIV appliquait à Fénelon.

180. Le comté de Nevers avait été érigé en duché-pairie par François Iᵉʳ en faveur de François de Clèves (1539). Il était passé dans la maison de Gonzague par le mariage d'Henriette, héritière de Clèves, avec Louis de Gonzague (1566). Charles III de Gonzague le vendit à Mazarin (1659), lequel le légua à son neveu Philippe-Jules Mancini.

181. 2ᵉ éd. : de vouloir faire du bruit par vanité. Il y avait quelque excuse dans ces emportements du duc de Nevers :

Page 245.

182. 2ᵉ éd. : regrets de Rancé ? Il avait vu Mazarin

183. Bossuet, dans son *Instruction sur les états d'oraison*, prête « des mœurs abominables » à Molinos, lequel fut arrêté en 1685 à l'instigation des jésuites, non point pour mauvaises mœurs mais comme hérétique et digne du bûcher. Il eut beau se rétracter, c'est en prison qu'il mourut en 1697. Mais le molinisme, dont parle Chateaubriand à ce propos, n'a rien à voir avec Molinos. Le molinisme est la doctrine exposée par Molina (1535-1600) dans sa *Liberi arbitrii Concordia* parue à Lisbonne en 1588, tandis que le molinosisme date seulement de la *Guida spirituale* publiée par Molinos en 1675. Le molinisme, nuancé et développé par Suarez (1548-1617) et par Vasquez (1551-1614), sous le nom de congruisme, est en somme la doctrine laxiste qu'attaquèrent en vain les jansénistes, et

notamment Pascal, dans ses *Provinciales,* mais qui ne fut jamais formellement condamnée. On disait plaisamment que le molinisme avait été
toléré grâce à une attestation de la Sainte Vierge. Le molinosisme, tout
au contraire, bien qu'il ait séduit Innocent XI, a subi les foudres de
l'Inquisition. Le pape, lui-même compromis, dut se soumettre, par une
subtilité admirable, non comme pape, mais comme particulier, comme
Odescalchi, à un examen doctrinal. Louis XIV, le père La Chaise se
déchaînèrent contre Molinos. C'est dans cette atmosphère que ses mœurs
elles-mêmes, qui semblent avoir été très pures, furent diffamées. Le
quiétisme, qui devait surgir peu après, fut assez vite considéré comme
dérivant de Molinos, mais non point comme une variété de molinisme.

184. Il s'agit de la duchesse de Longueville. Le mot est cité par
Marsollier, qui le situe en 1678, donc bien avant l'affaire du quiétisme.

Page 246.

185. Louis de Béthune, duc de Charost, fils cadet du duc de Béthune,
avait été fait duc et pair en 1651. Comme il a déjà été indiqué, il était
marié à Marie Fouquet, compagne de jeunesse de Mme Guyon.

186. 2e éd. : répondit

187. Maupeou (tome II, pp. 98-99) précise que ce fut par les soins et le
crédit du général des chartreux (dom Innocent Le Masson).

Page 247.

188. Il ne faut pas confondre ce père Sainte-Marthe avec le fameux
confesseur de Port-Royal, Claude de Sainte-Marthe (1620-1690), si
célèbre pour son extrême humilité et pour avoir recueilli la dernière
confession de Pascal. Il s'agit ici du bénédictin Denis de Sainte-Marthe,
de l'abbaye de Saint-Germain-des-Prés, qui donna l'édition définitive de
la *Gallia christiana.*

189. Le père Morillon. Ces vers se trouvent dans le tome VII du
recueil de Maurepas. Ils ont été aussi reproduits par Louis Du Bois dans
son *Histoire... de la Trappe,* en page 261 :

> *Être moine sans dépendance*
> *Et solitaire sans silence ;*
> *Souffrir humblement à ses pieds*
> *Des confrères humiliés ;*
> *Les élever dans l'ignorance ;*
> *Savoir les secrets de la France,*
> *C'est trop peu, de tout l'univers ;*
> *Juger de la prose et des vers*
> *Comme des cas de conscience ;*
> *Prescrire aux réformés des lois ;*
> *Manger du pain bis et des pois*
> *Par une austère pénitence ;*
> *Écrire aux prélats ; voir les rois ;*
> *Déclamer contre la science ;*
> *Et secrètement dans les bois*

> *S'étudier à l'éloquence ;*
> *Condamner les moindres défauts ;*
> *Prêcher sans peine les travaux ;*
> *Être revenu subit de Rome :*
> *Voilà le portrait d'un grand homme.*

190. 2ᵉ éd. : trop longue puisqu'elle est composée de cinq cents pages, par ces mots :

191. Jean-Baptiste Thiers (1636-1703). Parmi ses nombreuses œuvres, citons le *Traité des superstitions qui regardent les sacrements*, le *Traité de l'absolution de l'hérésie*, une *Dissertation sur la Sainte Larme de Vendôme*. Son *Traité des perruques* a trait notamment à l'« irrégularité de celles des ecclésiastiques ».

Page 248.

192. 2ᵉ éd. : contre le chapitre de Chartres, il avait attaqué le grand archidiacre de ce chapitre, Robert : Robert prétendait qu'un curé

193. 2ᵉ éd. : sur un étang gelé

Page 250.

194. 2ᵉ éd. : de la patience qu'il a donnée à M. de Santeuil, dit Rancé, dans un mal aussi douloureux

195. Il était né à Paris le 12 mai 1630, et s'appelait selon son acte de baptême : Jean de Santeul. En latin cela fit *Santolius*. Un recueil de ses bons mots devait être publié en 1708 sous le titre de *Santeuilliana*.

196. Quelle imprudente précision ! Ménage était mort depuis cinq ans déjà quand Santeul, voyageant avec le Grand Condé, mourut brusquement à Dijon en 1697.

197. 2ᵉ éd. : pour les lui montrer

Page 251.

198. 2ᵉ éd. : Monsieur était tout le contraire de la sublimité ascétique. Il était fou du bruit des cloches ;

199. Philippe II, duc d'Orléans, avait d'abord été duc de Chartres. Il est plus connu encore comme ayant été « le Régent ». Né du second mariage de son père, il avait une sœur cadette, Mlle de Chartres, qui, mariée à Léopold, duc de Lorraine, fut la mère de ce François de Lorraine qui, par suite de son mariage avec Marie-Thérèse d'Autriche, fut empereur d'Allemagne et père de Marie-Antoinette.

200. Le chevalier de Lorraine descendait du plus jeune des fils de Claude de Lorraine, 1ᵉʳ duc de Guise, donc du plus jeune des oncles paternels du Balafré, du plus jeune des oncles maternels de Marie Stuart : René de Lorraine, marquis d'Elbeuf, marié à Louise de Rieux, comtesse d'Harcourt, tige des ducs d'Elbeuf. Il était plus précisément le fils cadet d'Henri de Lorraine, comte d'Harcourt ; son frère aîné était le comte d'Armagnac.

201. 2ᵉ éd. : ce qu'elle appelle *ce vilain petit laideron*.

(Chateaubriand naturellement se trompe en qualifiant d'électeur de Bavière le père du « petit laideron ». Il était électeur palatin.)

Page 252.

202. 2ᵉ éd. : les services du comte de Turenne

203. 2ᵉ éd. : qui maltraite fort le cardinal de Bouillon : « Ses regards louches venaient se rejoindre

204. « Clauk » est là pour « Cluny ». Cette curieuse bourde a été répétée d'édition en édition, mais dûment corrigée par Letessier, Clarac, Regard et quelques autres.

205. 2ᵉ éd. : en répondant à M. de Saint-Louis, qui lui tenait de bons propos à la Trappe : « Point de mort !

206. Le cardinal de Bouillon était le puîné de deux frères. L'aîné, Godefroy-Maurice, duc de Bouillon, d'Albret et de Château-Thierry, comte d'Auvergne et d'Évreux, marié à Marie-Anne Mancini, mourut en 1721, âgé de quatre-vingts ans. Le cadet, Frédéric-Maurice, comte d'Auvergne, marié à Henriette-Françoise de Hohenzollern, mourut en 1707. Frédéric-Jules, chevalier de Bouillon, puis prince d'Auvergne, était le quatrième fils de Godefroy-Maurice, duc de Bouillon.

207. 2ᵉ éd. : la déchirure par où devait passer la France.

Dans une lettre qui ne parvint à la Trappe qu'après la mort de Rancé, lord Perth mandait à Rancé que Jacques avait dit avant d'expirer :

(Ici l'ordonnance du texte devient trop différente dans la 2ᵉ édition pour qu'on puisse signaler les modifications autrement que coup par coup.)

208. Celles d'Écosse, d'Angleterre et d'Irlande.

209. James Fitz-James (1670-1734), issu des amours du roi, alors duc d'York, avec Arabella Churchill. Il fut fait duc de Berwick (titre anglais) en 1688, puis duc de Fitz-James (titre français) en 1710. Il était maréchal de France (maréchal de Berwick) depuis 1706. Parlant des enfants naturels de Louis XIV, Chateaubriand très étrangement semble confondre Mlle de Blois (épouse de Louis-Armand, 2ᵉ prince de Conti) et Mlle de Conti, sa nièce par alliance (fille tout à fait légitime du 3ᵉ prince de Conti, dit le Grand Conti, et de Mlle de Bourbon, fille du Grand Condé). Cette Mlle de Conti devait épouser son cousin germain, Louis-Henri de Bourbon, 7ᵉ prince de Condé. De vrai, il y a seulement un lapsus : « mademoiselle » pour « madame » de Conti.

Page 253.

210. Combat désastreux pour Jacques II, où Guillaume III d'Orange, qui l'avait remplacé sur le trône, le vainquit définitivement le 30 juillet 1690.

211. 2ᵉ éd. : puis il parcourut

212. 2ᵉ éd. : que la tempête jette dans

Page 254.

213. 2ᵉ éd. : un soldat devenu ermite.

Jacques II assista à une grand'messe du jour à la Maison-Dieu. Il se leva à l'Évangile, tira son épée, et la tint élevée pendant tout le temps qu'on chantait l'Évangile. C'était un droit qu'avait accordé la cour de Rome à la cour de Londres, lorsque les rois d'Angleterre reçurent du Saint-Siège le titre de défenseurs de l'Église catholique. Henri VIII, qui a détruit l'Église catholique en Angleterre, avait obtenu ce titre quand il eut composé son ouvrage contre Luther. Que de ruines ! Jacques II, se disant roi à la Trappe, reprenait dans un désert des droits que ne reconnaissait plus l'Angleterre ! Mais nous, avons-nous remporté ces victoires dont nos misérables générations lisent les noms, comme des vérités qui les regardent, gravés aux parois de l'Arc-de-Triomphe ? Les générations se disent héritières des grandeurs qui les ont précédées ; les Barbares méprisaient souverainement ces Romains qui prétendaient descendre des légions de l'Empire, parce qu'ils traversaient les voies romaines que ces légions avaient construites et foulées.

La reine de la Grande-Bretagne visita à son tour la solitude. L'aumônier

214. Marie-Béatrix-Éléonore d'Este (1658-1718), fille d'Alphonse III, duc de Modène, mère du prétendant, le chevalier de Saint-Georges. Avant son accès au trône, Jacques II avait été marié avec Anne Hyde, mais celle-ci ne fut que duchesse d'York. La reine de Grande-Bretagne ne vint à la Trappe qu'en 1696. La lettre, que cite ici Chateaubriand, est de 1692, et a trait à la visite du roi.

Page 255.

215. 2ᵉ éd. : revint à la Trappe

Page 256.

216. 2ᵉ éd. : je veux dire que le chrétien crée la nécessité par sa vertu ; il ne détruit pas le mal, il en est le maître.

On gardait à la Trappe les portraits de Sa Majesté britannique ;

217. 2ᵉ éd. : il était conservé là dans son écrin

218. Le duc de Perth (1648-1716), ancien chancelier d'Écosse, compagnon d'exil de Jacques II.

219. Il fut enterré dans l'église bénédictine anglaise de la rue Saint-Jacques, mais son tombeau fut détruit au moment de la Révolution.

220. 2ᵉ éd. : à sa frivolité.

Boivin est un dernier des hommes du siècle avec qui Rancé eut affaire. Il écrivait le 18 octobre 1696 à l'abbé Nicaise : « Je ne sais comment vous avez pu avoir l'arrêt du parlement de Rouen contre le sieur Boivin ; mais si vous connaissiez jusqu'où va sa violence et son emportement, vous auriez peine à croire qu'un homme d'étude comme lui pût tomber dans de si grands excès. » Le procès que Boivin eut avec la Trappe était pour une redevance de vingt-quatre sous, il dura douze ans et coûta douze mille livres. « Je l'ai gagné pendant douze ans, écrivait Boivin, et je ne l'ai perdu qu'un seul jour. »

Au reste Rancé, tout vieux

Page 257.

221. 2ᵉ éd. : qu'il se forgeait à Véretz ? Non : ces félicités étaient dans son âme. Supposez

222. 2ᵉ éd. : pour une ironie du ciel et que devançant les idées

223. 2ᵉ éd. : il eût préféré des plaisirs à l'éternité : autre mécompte

224. 2ᵉ éd. : la haine et l'amour se mêlent dans une confusion

225. 2ᵉ éd. : que l'ennui du cœur et la difformité des jours

Page 258.

226. 2ᵉ éd. : des morts emportant leurs illusions.

227. 2ᵉ éd. : *tombée en fleurs !* élégances

228. Selon M. Paul Martin (*L'Information littéraire*, 1967, n° 3), ce serait la poétesse grecque Anyte, de Tézée.

229. 2ᵉ éd. : d'un poète qui est femme.

Ce que l'on serait souvent tenté de prendre dans Rancé pour les allures et les pensées d'un tout jeune homme, n'était que le sentiment d'un vieillard décrépit, qui ne marchait plus et dont la tête était enfoncée dans un froc, comme une de ces momies de moine que renfermaient les caveaux de quelques anciens monastères. Les os de Rancé s'étaient cariés, il ne possédait plus que deux grands yeux où avait circulé la passion et où se montrait encore l'intelligence. Réduit à garder l'infirmerie, ses derniers moments approchaient ; il n'y avait personne

230. Ici Clarac (p. 409) risque l'observation suivante : « C'est la seule fois dans son œuvre que Chateaubriand appelle le Christ Jésus. » Voir la note 119 de la préface.

231. 2ᵉ éd. : quoique ce sentiment soit de mon cœur plus que jamais

232. Louis II d'Aquin fut évêque de Séez du 6 juin 1699 au 17 mai 1710.

Page 259.

233. Raccourci d'une phrase de Le Nain, où Letessier (tome I, pp. XLVIII-XLIX) voit un réflexe de l'écrivain, mais ici plus du tout contrôlé, et où il reconnaît une marque de la vieillesse.

Page 260.

234. 2ᵉ éd. : la passa assis : il avait mis

235. 2ᵉ éd. : L'évêque de Séez, dans son récit qui est conservé, dit qu'il avait connu dans cette occasion

Page 262.

236. 2ᵉ éd. : Rancé arriva de sa hutte d'argile

237. *Haec requies mea in saeculum saeculi : hic habitabo quoniam elegi eam* (*Psaumes*, CXXXI, 14). Dans certaines éditions, comme l'édition Segond, c'est le psaume CXXXII.

238. 2ᵉ éd. : dans le cimetière. Le pasteur fut placé au milieu de ses brebis. Des témoignages authentiques

Page 263.

239. « Quels sont les effets directs de la *faith-healing ?* Quelles sont les maladies dans lesquelles elle produit des effets curatifs incontestables ?... Il s'agit presque toujours de malades convulsionnaires. La représentation est identique dans l'évangéliaire de la bibliothèque de Ravenne, qui date du VIᵉ siècle de notre ère, sur la porte de bronze de Saint-Zénon à Vérone (XIᵉ siècle) ou dans les tableaux de Rubens ou de Jordaens... L'unanimité de ces documents est remarquable. Saint Nil, saint Dominique, saint Ignace, saint Martin, ont exercé avec un ensemble frappant leur pouvoir miraculeux pour faire cesser des convulsions dont l'origine hystérique est indubitable » (J.-M. Charcot : *La Foi qui guérit*, Paris, Alcan, 1897, pp. 18-21).

240. 2ᵉ éd. : et Rome n'aurait pas besoin

241. 2ᵉ éd. : dont il avait vécu trente-sept dans la solitude

Page 264.

242. A la fin de son *Analyse raisonnée de l'histoire de France* (*Œuvres*, Didot, 1849, p. 614), Chateaubriand avait considéré Voltaire et son action d'un point de vue tout différent : « Voltaire accomplissait une révolution dans les idées religieuses. Si l'irréligion était poussée jusqu'à l'outrage..., elle menait cependant à ce dégagement des préjugés qui devait faire revenir au véritable christianisme. »

243. 2ᵉ éd. : ont vu s'écrouler autour d'eux

244. 2ᵉ éd. : cette législation surhumaine ! Les nouveaux cénobites de la Trappe sont parfaitement conformes à ceux qui habitaient ce désert en onze cent : ils ont l'air d'une colonie du moyen âge oubliée ; on croirait qu'ils jouent une scène d'autrefois, si en s'approchant d'eux on ne s'apercevait que ces acteurs sont des acteurs réels, que l'ordre de Dieu a transportés du XIᵉ siècle jusqu'au nôtre. La cryptie de Sparte était la

poursuite et la mort des esclaves ; la cryptie de la Trappe est la poursuite et la mort des passions.

245. Les crypties étaient des expéditions secrètes, où de cruels jeunes gens, spécialement choisis par les gouverneurs, s'embusquaient dans les sous-bois et massacraient de nuit les ilotes imprudents qui cheminaient dans les campagnes.

VIE DE RANCÉ

Impression Bussière à Saint-Amand (Cher),
le 2 octobre 1986.
Dépôt légal : octobre 1986.
Numéro d'imprimeur : 1447.
ISBN 2-07-037769-5/Imprimé en France.

38873